误入藕花深处

戏剧编剧教学书信选集

郑怀兴 赖玲珠 著

中国戏剧出版社
CHINA THEATRE PRESS

图书在版编目（CIP）数据

误入藕花深处：戏剧编剧教学书信选集 / 郑怀兴，赖玲珠著. -- 北京：中国戏剧出版社，2023.8
ISBN 978-7-104-05391-0

Ⅰ．①误… Ⅱ．①郑… ②赖… Ⅲ．①戏剧—编剧—教学研究 Ⅳ．①I053

中国国家版本馆CIP数据核字（2023）第158393号

误入藕花深处：戏剧编剧教学书信选集

责任编辑：曹 静
美术编辑：冯志强

| 出版发行：中国戏剧出版社 |
| 出 版 人：樊国宾 |
| 社 址：北京市西城区天宁寺前街2号国家音乐产业基地L座 |
| 邮 编：100055 |
| 网 址：www.theatrebook.cn |
| 电 话：010-63385980（总编室） 010-63381560（发行部） |
| 传 真：010-63381560（发行部） |

读者服务：010-63381560
邮购地址：北京市西城区天宁寺前街2号国家音乐产业基地L座

| 印 刷：宁德市报捷数字印刷有限公司 |
| 开 本：787mm×1092mm 1/16 |
| 印 张：28 |
| 字 数：360千字 |
| 版 次：2023年8月 北京第1版第1次印刷 |
| 书 号：ISBN 978-7-104-05391-0 |
| 定 价：168.00元 |

版权专有，违者必究；如有质量问题，请与出版社联系调换。

赖玲珠：书信是心灵的传声器，传达当下的生活与思想，既有个人鲜活的生命，也有所处时代的讯息。这些文字记录着我人生的一个片段，一段追寻，一种情怀，一份恩典、感戴和纪念……有几封信似乎和教学没有太大关系，但也不忍割爱，它们像剧本创作中的闲笔，又像小学生的课余活动，挺有意思。

郑怀兴：呵呵呵，我都忘记了。

赖玲珠：我不知道还有哪位剧作家能够像您这样用心指导年轻人创作，我认为这些书信非常珍贵！

郑怀兴：你过奖了。当时还有精神，如今疲了。

赖玲珠：您的心血浇灌在其他学生身上，会催开更美的花，结更多果实，这也是我保存这些书信并出版它的原因。

郑怀兴：不敢奢望什么，你有心为我留下一段人生足迹罢了。

赖玲珠：天道酬勤更酬善。您灵心澄澈，诚朴良善，我蒙恩得福，忝列门墙，三生有幸矣！

摘自 2022 年 7 月 19 日微信

代 序

我对戏曲编剧教学的一些体会

□ 郑怀兴

戏曲编剧的成长方式多种多样。有自学成才的,有科班出身的,也有经过短期培训的。拿我们莆仙戏的编剧来说,前一辈的如陈仁鉴先生,后一辈的如杨美煊、王顺镇、姚清水、周长赋、郑文金以及我,都是靠自学而开始编剧生涯的。我从小爱看戏,1972年开始学习写戏,边学边写。这种自学包含三个方面:一是看剧本,不管是戏曲、话剧、电影,能搜集到的剧本我都看;二是向前辈请教,原仙游编剧小组的陈仁鉴先生、张森元先生和原福建省戏研所的陈贻亮先生都对我精心指导过;三是剧团每排我的一个新戏,我都是泡在剧团里,通过跟导演、音乐设计、演员不断探讨,不断磨合,来熟悉舞台,摸索戏曲创作规律。

我由于自己是半路出家,没有受过专门的训练,加上口才差,做梦都没有想到以后能与戏曲编剧教学沾上边。1999年刚接到台北现代戏曲文教协会让我去为歌仔戏编导培训班授课的邀请时，我诚惶诚恐，不敢答应，后来盛情难却，我只好根据自己多年编剧的实践经验，预先写出了数万字的讲稿，然后到台北来上课一个多月。我正是这样赶鸭子上架，开始涉足戏曲编剧教育这个领域的。2001年10月，福建省文化厅又聘我为首批戏剧导师，让我挑选一位年轻的编剧，指导其创作，任期为两年，在这期间指导学生创作两个剧本。因此，我又有了这么一段戏曲编剧教育的经历，积累了一些经验。现在我着重谈谈我对"以师带徒"这种培养戏曲编剧方式的一些看法和体会。

我认为，以师带徒是个好办法。办班是普及教育，而带徒是重点培养。在普及的基础上再挑选苗子，由富有编剧经验的导师进行重点栽培，或许是一种比较切实可行的培养戏曲编剧的途径。首先是要挑选苗子。这种挑选，不是单向的，而应该是双向的，不但是导师挑学生，而且学生也要挑导师，只有在自愿的基础上建立起来的师徒关系，才能牢固，才能教得尽心，学得愉快。我挑选的这位学生是福建省宁德市剧目工作室主任赖玲珠，她当过记者，有丰富的生活积累和比较厚实的文学功底，又对戏曲兴趣甚浓，曾在中国戏曲学院戏文系进修一年，几次提出要拜我为师，很有诚意。我看过她写的现代题材的剧本《桃花吟》的初稿，觉得她选材角度独特，具有新闻记者的敏锐眼光，同时语言非常鲜活，是个可造之才，所以就收她为学生了。

这两年多来，我是如何带学生的呢？

一、平常指导。具体包括读书和看戏两个方面

1. 读书

我认为，要成为一个戏曲编剧，必须具有比较厚实的文学功底。如果是一名初学者，一定要先让他熟读唐诗、宋词、元曲、明清传奇。而赖玲珠中专文秘毕业后，又坚持中文本科自学，并有多年的记者的工作阅历，文笔相当不错，就不必这么要求了。她在文学方面应该补的课，就是多读一些剧本。她曾在中国戏曲学院进修一年，已经读过不少剧本，观摩过不

少优秀剧目，我只是让她从我的藏书中挑选还没有看过的中外戏剧名著。如布莱希特、奥尼尔、迪伦马特、阿瑟·密勒等人的剧作选（我虽然是戏曲编剧，但一向比较喜欢外国戏剧，许多外国剧本写得非常深刻，富有哲理。我认为当代戏曲应当借鉴外国戏剧，不能故步自封。因此我要求学生要多读外国剧本）。我还告诉她，中国古典戏曲中，既有如《牡丹亭》《西厢记》《长生殿》《桃花扇》那样的文人写的雅戏，也有一些流传于民间的俗戏。我更喜欢那些生动活泼的民间小戏。小戏"麻雀虽小，五脏俱全"。一个初学者，应该从小戏看起，从小戏写起。我有一本《中国民间小戏选》，百读不厌，如其中的《张三借靴》，夸张近乎荒诞，虽说是出于古代，却有现代艺术的特征，因此特地向学生推荐，要求她精读。有些剧本我推荐她读了以后，还要求她写读后感。如我曾要求她读当代著名剧作家陈仁鉴先生的《团圆之后》《春草闯堂》，郭启宏先生的《南唐遗事》，魏明伦的《巴山秀才》等。陈仁鉴先生、魏明伦先生对舞台非常熟悉，写的剧本戏剧性都很强；而郭启宏先生的剧作具有元、明文人戏剧的特点，文辞比较优雅。我要求学生精读这三位剧作家的代表作品，写出学习心得，每个剧本不但要说出其优点所在，而且还要找出其不足之处。

2. 看戏

对初学者来说，看戏，比看剧本收效更快。初学者常常都是从文学的角度来考虑剧本创作，只重立意，只重文辞，往往忽略了戏曲自身的规律。有些剧本，当作文学来欣赏，觉得相当雅致，可是一搬到舞台上，就暴露出种种不足。有些初学者误认为话剧跟戏曲的区别在于前者只有台词没有唱词，后者则是又说又唱，他们写出来的戏曲剧本往往会被人家说是"话剧加唱"。只有通过看戏，才能让他们逐步懂戏；戏看多了，许多戏曲的奥妙自然就会领悟到了。在这两年多时间里，省文化厅为我们提供了几次观摩的机会，如第六届中国艺术节，第七、第八届中国戏剧节。每看一个戏，我都要求学生说出其优点有哪些，不足之处在哪儿。对于那些优秀剧目，更要找出其不足之处；对于那些比较差的剧目，却应该找出其优点来；

还要求她想一想，如果由我们自己来写这个戏，来改这个戏，应该如何写，如何改。在第七届中国戏剧节上演出的评剧《胡风汉月》和福建省第二十二届戏剧调演剧目梨园戏《蔡文姬》，是同一题材的两个立意迥然不同的戏。《胡》剧主题是表现民族团结，写饱受战争灾难之苦的蔡文姬在匈奴那儿遇到了爱情；《蔡》剧则是反其道而行之，力图表现蔡文姬在两种文化冲突中的痛苦。前者显然把匈奴的左贤王过于汉化，过于美化了，主题比较浅，有配合宣传之嫌，但戏剧结构比较巧妙，戏剧性相当强，剧场效果不错。后者立意虽然比较有深度，但存在意念强而形象弱的问题，戏剧性较差，虽由著名演员曾静萍主演，戏还是比较沉闷。尤其值得探讨的是作者把汉文化与匈奴文化的冲突当作文明与野蛮的冲突，在当今强调民族平等、文化多元的时代，是不是有些过分了？通过这两个剧目的具体分析与比较，我让学生明白了，应该如何处理题材，如何提炼主题以及戏剧结构、人物刻画等不少问题。福建省二十二届戏剧调演前征集剧本的时候，还出现两个同题材同剧名同剧种的剧本：芗剧《西施和伍员》。一本是厦门的，一本是漳州的，两本虽然各具特色，但都不是成熟的作品。我让学生看这两个剧本，学其所长，并让她找有关的史料，问她说，如果你来写这个戏，该如何写？在第六届中国艺术节上，有一个根据话剧《原野》改编的川剧《金子》，还有一个根据小说改编的京戏《骆驼祥子》，都是改编成功的范例。我让学生看戏以后还要再读原著，从中领会到戏曲与话剧与小说的差异有哪些，要从这两个剧目中学到一些什么经验？除了看戏外，我有时还会向学生推荐优秀的电影剧本和影碟。戏曲也应从电影那儿吸取营养。

　　我认为，这样一边看戏，一边指导，不失为一种很好的教学形式，比单纯教学生编剧理论见效快。例如戏曲的韵味问题，光靠说，是难以讲清楚的，而在看戏时只言片语的点拨，就能让学生领悟到了。尤其是看古老剧种的传统剧目，对学生有更多的启发。我曾让小赖看了《井边会》《大闷》《郭华买胭脂》等传统折子戏和我根据莆仙戏的传统剧目整理的《蒋世隆》

的演出，让她了解到传统剧目中的插科打诨那么富有生活情趣，表现手法那么质朴又那么夸张变形，表演那么细腻又那么自然流畅，曲牌、锣鼓经与表演程序原来是那么紧紧相扣……看完这两场演出，她对戏曲韵味的理解和体会就更深了，并使她明白了一个道理：要为一个剧团写戏，作者首先要熟悉该剧团所属的剧种的音乐和表演特色；写戏曲剧本，作者从构思开始，就应该要运用戏曲的思维来剪裁，来设计情节场面和刻画人物。这一方面的功夫比较到家的当推梨园戏剧作家王仁杰先生。

二、具体指导学生的创作，从其选材就开始介入，直至剧本完稿

　　大家都知道，要教好学生，首先在于因材施教，因势利导。我第一次看到小赖写的现代戏《桃花吟》后，就隐约觉察到她的长处与短处在哪儿。看了《桃花吟》几稿后，这种感觉就更清楚了。小赖曾从事新闻工作多年，眼光敏锐，善于发现题材，所写的剧本非常贴近生活，能及时反映社会问题，引起人们的关注。同时她才思敏捷，语言生动，尤其是对农村生活非常熟悉，掌握大量的民间俚语，所以她写的现代戏剧本，生活气息十分浓郁。然而有所长必有所短，正因为她具有记者的眼光，所选择的题材往往新闻性强，而主题的开掘容易停留在表层；同时由于她才思敏捷，下笔千言，也容易造成急于求成，不能精心构思、深入刻画。这是她的主要的不足之处。另外，虽然她悟性好，又勤奋，出手不凡，但步入戏剧界的时间还很短，对许多戏曲编剧的技巧还掌握不够。因此我在指导她创作的时候，就紧紧抓住这两个问题，一步步地引导她，帮助她提高。

　　在两年时间里，小赖创作的主要戏曲作品有《桃花吟》和《三倒丫轶事》。《桃花吟》我是半途介入的，《三倒丫轶事》我是从她选材开始就一直关注的剧本。上述两个剧本的题材，一个是她从电视新闻中捕捉到的，一个则是由一篇当代小说引起她的创作冲动的。《桃花吟》，小赖是根据安徽省凤阳县石塘村姑娘吉开桃因花烛之夜拒绝与新郎同房而遭强暴，最后将新郎告上法庭的新闻为素材的。这个剧本的初稿，一拿到省创作会议

上讨论，就引起人们的注意，也引起了争议。有的专家认为这个题材非常新颖，反映新时期妇女争取男女平等的强烈要求；有的专家却认为，这个戏反映的只是个别现象，没有什么普遍意义，而且剧本所提出的"婚内强奸"问题有悖常理，观众恐怕不易接受。我认为，这个剧本首先要解决的一个问题是如何完成一个从新闻报道到艺术作品的转化问题。我在帮她分析剧本的主题时，曾指出："这个戏最震撼人心的不是文明与愚昧的冲突，而应该是男性对女性的尊重问题，是丈夫对妻子的尊重问题。在丈夫看来是顺理成章、天经地义的事情上，往往损害了女性的尊严，你应该把女性受丈夫这种损害、侵犯的痛苦深刻而又细腻地揭示出来，这样才能振聋发聩。文明与愚昧的冲突，是人们所熟知的，而这种丈夫对妻子的伤害，却是戏剧界前人没有写过、多少男人都不自觉的，是未经发现的，这一点写好了，这个戏的主题就超越了'婚内强奸'的新闻报道，就具有普遍性与深刻性了……"后来，小赖在修改的过程中不断提炼，使主题不断得到深化。这个剧本后来获得福建省现代戏征文二等奖，也曾由龙岩汉剧团排演，由于二度创作力量比较弱，演出效果不理想。

现代戏《三倒丫轶事》是源于中篇小说《讲案》。原小说讲述一个被人称为"气死公安，难倒法院"的乡村小无赖贼豆，在村口手牵掳来的母羊，调戏了刚从外地回来的打工妹毛五月之后，又到处散布谣言，说毛五月与他如何相好，弄得毛五月只得离家逃脱。不久，贼豆老迈痴呆的老娘不慎在井边摔倒，毛五月的嫂嫂，也是毛弄井的老婆好心将她送到乡卫生院医治，不料却遭到贼豆的反诬。毛家夫妻为讨公道，受尽屈辱，历尽艰辛，最后，安分守己的毛弄井在妻子被逼疯的情况下，忍无可忍，向贼豆举起了菜刀，正当此时，傍上黑社会小头目蔡八的毛五月，领着蔡八来了。蔡八轻轻一句话，贼豆就吓得屁滚尿流，跪地求饶了。毛家夫妻的遭遇和蔡八"以黑制黑"的反讽，成为小赖改编此作的最初动机。由于原小说人物众多，情节复杂，再加上小赖第一次改编别人的作品，认为所谓改编，就是把别人的作品进行简单的剪辑与拼贴，所以一开始是冲动有余而构思不足。初稿出来以后，在其当地召开的改稿会上基本上遭到否定。在省里组织的改稿会上，专家们也都不怎么看好这个戏。大部分意见认为，把这样一个极不光彩的乡村无赖作为一号人物来写，意义何在？同时，作品基调太灰，篇幅太长，结尾也缺少弘扬主旋律的作品应有的光明……听了这些意见后，小赖十分沮丧，打算就此放弃。我知悉这些情况后，提议她把剧稿发送给我看。一看初稿，我就觉得这个题材大有潜力可挖。便给她发了一封电子邮件，鼓励她说："我认为，改稿会的意见值得你好好思考，但你不要轻易放弃这个戏。鲁迅的《阿Q正传》不是写得很灰暗吗？但深刻极了。你这个题材写好了很有现实意义，也揭露了人性的弱点。记得前些年《剧本》发表了一部外国剧作，叫《纵火犯》，写的是众人对纵火犯的纵容，最终大家都惨遭其害，富有哲理。我相信你可以改好的，只是别太急，要酝酿成熟后再动笔。"我的这封信使小赖备受鼓舞。她立即给我复信，表示愿意从头开始，认真修改这个本想放弃的剧稿。从此，我对《贼豆》——后来改名为《三倒丫轶事》的剧本开始了长达5个多月的辅导，看了不知多少次，每次都通过电子邮件，给她提了许多具体的意见。根据小赖事后的统计，交流信件多达150多封。后来这个剧本发表在《新剧本》2003年第2期上，受到一些专家的好评。

通过对小赖创作的指导，我还有以下几个比较深切的体会。

1. 给初学者提意见，一定要认真阅读其文本，看准其毛病，对症下药，切忌泛泛而谈

我常常听一些作者反映，在剧本讨论会上，专家们所说的意见听起来都有道理，可是意见常常有分歧，让他们无所适从；即使意见比较统一了，要照此修改，也时常觉得难以下笔。这是为什么呢？我自己改剧本时也多次遇到这个问题。认真分析起来，我觉得这种问题往往是参加讨论的专家，不是对被讨论的剧本有真正的理解，而是他们匆匆将本子浏览之后，就按照自己的观点来发表意见。这样提意见，就好比不弄清对方的血型是什么，却要将自己身上的血输送给人家。血型相同，人家尚能吸收；如果不同，只会相斥，甚至产生致命的后果——有的剧本意见听多了，越改越糟。陈贻亮、张森元两位先生曾指导过我的剧本创作，他们所提的意见我为什么常常都欣然接受呢？这是因为他们比较理解我的创作思想，又都认真看我的剧本，张森元先生有时甚至对我的初稿反复看，因此所说的意见就十分中肯。我对小赖的剧本，从来都不敢敷衍了事，都是看了又看，都是摸清她的创作意图后，顺着她的思路来思考的。例如她的《三倒丫轶事》，不少专家不喜欢把贼豆这个小无赖当作主要人物来写，我为什么偏偏支持她呢？因为我仔细读了她的初稿，又详细询问她的创作意图后，我就觉得不能磨平她的棱角，而要支持她的大胆探索。我所提的意见，都是如何帮她将其创作意图更完美地体现出来而已，从来不把自己的意见强加于她，都是尊重她的选择。

2. 既要热情鼓励，又要严格要求

作者通常每改出新的一稿来，都以为这一稿已经是相当成熟了，又都热切期待听到别人的意见。有一回小赖对《三倒丫轶事》做了相当大的改动后，就把修改稿发给我看了。我从她随剧本发来的信中感觉到她自己对这一次修改比较满意，期盼能够得到我的赞许。可是我认真读了她的剧本后，觉得头三场改得比前一稿好，但后面的戏却改得不如以前了，人物没有内心情感，情节掩盖了人物。她在发来稿子的第二天，又打电话过来，询问我本子看了没有？我知道她的心情非常急切。怎么办呢？要不要把我真实的看法告诉她呢？我知道小赖对这一稿期望值甚高，如果以实相告，怕挫伤她的自尊心；不说又没有尽到我的职责。想来想去，我认为对学生既要热情鼓励，又要严格要求，不能为了顾及面子，而对其作品存在的问题视而不见或者避重就轻，敷衍几句。于是，我先告诉她，要做好思想准备，等待我的具体意见，然后将其本子读了几次后，逐场做了详细的评点，对其优点充分肯定，对其存在的问题一一指出，并提出不少建议。她收到我批阅后的剧本后,听她后来说,曾大哭一场,然后给我回了一封信,说道:"这么多年来,我从来没有因为文章写不好而流泪,更没有人对我的文章进行这么用心的指导。我觉得非常对不起您。请您放心,我认真看后,一定用心改好!"我也立即给她回复:"你不要急于动笔,我的意见并不一定正确,你要好好思考后再决定如何取舍,但我想告诉你,写戏不能就事论事,写贼豆逼得毛家夫妻无路可走,村长敷衍了事,都只是一种社会现象,写得再有戏,再有趣,也只能逗乐观众,不能震撼人心,不能给人以更多的思考和启迪。只有通过故事来写人,写人的心灵,才有审美价值,才能打动人心,才有深刻的内涵。看你的稿子,我也慢慢深入这个戏中来。贼豆固然是个无赖,但如果翠花不是一味地蔑视他,辱骂他,而是给予谅解、宽容,事情就不会闹得那么僵;如果乡亲们不是一直麻木不仁,如果村长不是一直欺软怕硬,贼豆也不会越陷越深。写戏,应有悲天悯人的情怀,站得比剧中任何人物都要高,即使对剧中的恶人,也要像上帝对待罪人一样去对待他们。你说是不是?千万不要过于性急,要吃好,休息好,慢慢琢磨……"小赖经过我这次"棒喝"之后,不但《三倒丫轶事》修改得越来越好,而且对戏曲编剧的理论认识有了一次飞跃,写戏技巧也掌握得比较熟练了。

3. 要充分理解和尊重学生的创作个性

每个作者都有自己的创作个性。指导学生写作,最容易产生的问题就是老师自觉或不自觉地按自己的创作个性来要求学生,指导学生。我认为,文艺创作本来是不可教的,作为文艺门类中的戏曲编剧,之所以需要教学,是因为它有些特殊,就是技术性强于小说、散文等创作。我们指导学生编剧,其实是帮助学生掌握写戏的技巧;而其创作个性,是学生天生所具备的,不是老师所能授予的,老师只能助其更趋成熟而已,更不能用一种模式来限制学生、要求学生,不能扭曲、扼杀学生的创作个性。我在辅导小赖创作的过程中,尽量理解她的创作个性,并予以尊重和爱护。有人批评小赖的语言比较"土"。我倒认为,她生活积累非常丰厚,在现代戏中运用了大量的农村俚语，具有浓厚的生活气息，这是她的剧本的一大特点，应该让她保持和发扬。但我同时也发现，她有时"因词害意"，兴之所至，不知所止，俚语、歇后语用得过分了，乍看起来，好像很生动，仔细一推敲，就会发现她有时并没有紧紧扣住戏的主题，没有推进戏剧矛盾和冲突，已经在离题发挥了。所以我就要求她对俚语的运用也要有个度，掌握好分寸。前面我已说过，小赖当过记者，目光敏锐，常常能抓住新闻热点问题。所以她选的题材到目前为止，都是现代题材，写的都是现代戏。这是她创作的又一个特点，也可以说是她的一大优势。我在赞成她发挥这个优势的同时，也让她明白，文艺创作不能等同于新闻报道，要注意提炼主题，不要就事论事，而要有所超越，把高粱酿出美酒来。作为一个戏曲编剧来说，不能只写现代戏，应该也要写古代题材的作品。但这不能强求于她，要让她多接触一些传统剧目，等她有了合适的、感兴趣的题材再来写，只能水到渠成，不要拔苗助长。小赖所写的剧本都是一些生活在社会最底层的小人物，而且都不是什么正面人物、先进人物，《三倒丫轶事》甚至将一个农村小无赖当作主要人物，这都出乎常规。有些专家之所以提出这样那样的意见，无非是要求她塑造个正面人物，要求她不要写得那么灰暗。我却认为，《三倒丫轶事》敢于写一个小无赖横行乡里的故事，虽然有些灰暗，但反映的是社会的真实状况，有警世的作用，可见作者的胆识，这说明她比我们这一辈的编剧思想要解放得多，条条框框要少得多，我们不但要允许，而且还要鼓励她坚持这种创作个性。韩愈说过："师者，所以传道授业解惑也。"[1] 对我来说，授业，就是传授一些相关的编剧知识；解惑，就是帮助学生解决在编剧过程中遇到的一些疑难问题。那么，"传道"呢？应该对学生传什么道呢？我认为，应该引导学生在创作中体现出人文关怀与时代良知，而不要去追赶那些无聊的时髦。小赖已经自觉地往这条正确的道路上走了，我十分高兴，决不能误导她。

---

[1] 韩愈：《师说》。

三、要让学生参与导师新戏创作的全过程，让学生了解导师是如何选材、如何构思、如何修改剧本的，要让学生给导师提意见。这既给学生提供了一次很好的学习机会，也是教学相长，让导师从学生那边得到一些启发

在带徒的这两年中，我自己写了几个戏，有《林默娘》《上官婉儿》，还有根据传统剧目整理的《蒋世隆》和《轩亭血》。这几个剧本我有的从选材开始就跟小赖讨论，有的从初稿到定稿都让小赖看，倾听她的意见。有的剧本座谈会我也请她参加，让她在会上一边听专家对我剧本的批评，一边发表自己的看法。大家都知道，再老练的编剧，写出来的初稿都不可能是成熟的作品，都可能存在这样那样的问题。我以前常常拿着初稿去请教张森元等前辈。现在我收了学生，要不要也让学生看我的初稿呢？拿自己的不成熟的东西让学生看，会不会掉价了？我认为，韩愈说得好："孔子曰：三人行，则必有我师。是故弟子不必不如师、师不必贤于弟子。闻道有先后，术业有专攻，如是而已。"[2] 在师生关系方面，不要摆出好为人师的架势，以为导师处处都比学生高出一筹，而是要认识到今日我之所以当导师，只不过比人家在某个领域早些入门罢了，学生一旦入门之后，说不定进步还要快于导师，将来成就还要大于导师呢，青出于蓝而胜于蓝。因此一定要师生平等，只要把学生当作自己的一个新朋友看待，那么请她看初稿就是一件很平常的事了。请学生看稿子，鼓励她大胆地给我提意见，一方面是因为"当局者迷，旁观者清"，需要学生给我指迷；另一方面，则是让学生从中了解到我是如何创作、修改一个剧本的，如何听取、采纳各种意见的，"他山之石，可以攻玉"，学生也能从中获益，此举可谓教学相长。

我近年所写的戏中，最主要的是历史剧《上官婉儿》。这个剧本我是应厦门文化局叶之桦副局长之约为厦门金莲升高甲戏剧团写的，难度相当

---

[2] 韩愈：《师说》。

大，是我创作生涯中写得最苦、改得最多的一个剧本，也是让小赖一直跟踪的一个剧本。记得我把初稿发给她时，附上一封信，请她不要有顾虑，要畅所欲言。她看完初稿后，就连续给我写了三封信，坦言相告自己的读后感："……看完后，感觉婉儿才气很足，但内在情感戏偏少，也许她对李显、李贤情感上的戏不是您要重点表达的，或者婉儿不像班昭、王昭君或别的女性那样，儿女私情的戏份那么重。这也许都源于我对您想塑造怎样一个与众不同的婉儿，还不清楚……"我立即复信告知她，我创作这个戏的初衷是想借这个历史题材以表现中国历代知识分子——古代的士，士有在朝与在野之分，本剧写的是在朝的士——与统治者之间的关系。她又回复说："统治者与知识分子的关系，我想到曹操与杨修、汉武帝与司马迁，狭义上，那是男统治者与男知识分子的关系，而《女学士》则是中国历史上唯一的女统治者与女学士的关系。我想《女学士》在拥有共性的同时，在特性上还要取胜！而且应该会更感人的！……另外，我看电视剧，对婉儿把自己额上受的黥刑绣成一朵梅花这个细节很有感触。这不仅是女性天性中对美的执着追求，更是心如青云出岫的知识分子，其受压制、被屈辱的人格，绽放出的一朵苦寒之梅！……"我接信后，复信鼓励她继续思考。于是，她又给我写了一信："我刚才又认真读了一遍，感觉仍有一些地方的理解把握不定。您塑造的这一个婉儿，是作为'女学士'来写的，但她身上似乎带着浓厚的'男文人'的气质：恣才纵意，激扬文字，敢与贤者比高低，学而优则仕……醉改奏章那一场，更让我想起李白醉酒调戏高力士，及至被施黥刑之后，仍想着东山再起……把替武三思改文章看作是成败的机会。这是不是就是您想赋予她的独特之处呢？我在想，婉儿作为中国历史上唯一的女皇武则天身边的一个女学士，又与武则天有着灭族之仇、黥刑之恨，她身居宫中、伴君之侧、处理国是、评称天下之士，内心深处对自己所处地位、所见所闻、所做之事是抱着怎样的态度呢？对诗文、对宫廷、对从政、对女性掌天下（与上官仪对话中有一段）、对女官参政议政等等，又该有怎样的切身之体悟呢？还有她对武则天的感情，发展、变化过程,我也想从您的剧作中去感悟……"小赖对《上官婉儿》初稿的批评是有见地的,与后来有些专家的意见不谋而合。但要写好上官婉儿与武则天实属不易,我是边改边加深对这两个女君臣的理解,前后一共改了二十一稿,每改一稿,都发给小赖,至今她的电子邮箱中还保存着我发过来的这二十一稿及对这些稿子讨论的往返信件。小赖在总结两年学习的心得体会——《误入藕花迷津渡,云开雾散水连天——从初涉梨园到师从剧作家郑怀兴》中说道"纵观先生发送给我的 21 次修改《上官婉儿》的剧稿,给我感触最深的就是,剧作家与笔下人物在心灵上的距离的远近决定了剧作家对题材的挖掘与人物形象的塑造。写作的历程就是走进人物内心世界的历程,心界有多大,心路有多远,距离有多长,作品的内涵就有多深。在认真研读、对比先生修改的不同剧稿的过程中,我感到有以下几个方面的启迪……"她总结了在素材发掘与主题立意、大处着眼与小处雕琢、人物设置与场次结构、人物形象与情感世界、时空氛围与艺术韵味、意象突现与主题升华等六个方面所受到的启迪后说道:"在先生创作修改《上官婉儿》的过程中,我一边在修改《三倒丫轶事》,一边在协助宁德市前任市长周金伙先生编著《寿山石大典》。五彩缤纷、美不胜收的寿山石,正像丰富多彩的创作素材一样,而技艺精湛的雕刻师,就好比功底深厚的剧作家,他们在雕刻作品的过程中,十分讲究'相石''俏色''开掘',这与剧本创作有异曲同工之妙。所谓'相石',就是雕刻之前,要针对不同的寿山石品种,认真观察,反复研究它的色彩、质地、纹理、格裂乃至瑕疵。'相石'对于雕刻之重要,就好比深入理解素材对于创作之重要一样,故雕刻界有'一相抵九工'之说。意思是说,如果能把石头的属性彻底琢磨透了,那么,它的一分'相'功将胜过九分'雕'功。'俏色'则是根据石头的不同色彩,在构图、布局时如何巧配天成。'开掘'是指有些石头表层裹有石皮,当你没有剥开石皮的时候,你的构思可能就停留在表层,但是运刀开雕之后,深层的颜色、纹理可能与表层并不一样,或是深层的某种花色纹路,从表层看是若隐若现的,当你开掘到深处时,才发现别有洞天。所以，高明的雕刻师和高明的剧作家一样，顽石在握，雕琢什么，如何雕琢，往往取决于他对石头的不断认识和发现，而一件雕品艺术水平如何，终究还是要看雕刻家的眼力和功力。"

　　小赖能从寿山石雕琢联想到素材的挖掘，表明她已经对戏曲编剧的窍门有较深切的掌握了，这使我深感欣慰。我一向认为，编剧既可学，又不可学。可学，指的是那些基本技法，是可以学习掌握的；不可学，指的是基本技法掌握之后，看你能不能消化并灵活地运用。运用之妙，存乎一心。要成为一名好编剧，不仅要靠名师的指点或学习前人的经验、名家的理论，更重要的是要靠自己的悟性。正如俗语所说的："师傅领进门，修行在个人。"入了门以后还要能出。出，即是悟。只入不出，拘泥于法，为法所缚，永远只能为徒、为匠，而不能另立门户，自成一家。

　　附注：此文原为参加台湾大学戏剧系、台北市现代戏曲文教协会联合举办的"2004年两岸戏曲编剧学术研讨会"而撰写的论文，已收入在该研讨会的论文集里。

前 言

"风雨乾坤三声叹,天上人间一回眸",一转身,再回首,二十多年!从一脚踩空、跌进梨园,头昏眼黑之际,到蒙福得遇恩师,想来人生一切境遇其实都包含着恩典。虽然我的戏剧编剧之路走得歪歪扭扭,充满踯躅与徘徊,但梨园烟火业已熏燎心肺,感觉此生沾着些许戏曲韵味,自然也可浅斟低唱一回。

2001年10月30日,福建省文化厅首批戏剧编剧导师签约仪式,在福州市温泉大饭店举行,虽说是首批,但签约收徒的只有先生一人。在省艺委会成员的掌声与祝贺声中,福建省文化厅厅长黄启章作为甲方,先生作为乙方,分别在"合约"上签了字。"合约"规定甲方拨给乙方经费,作为乙方两年内指导、培养学生的费用;乙方选定一名省内中青年剧作者作为学生,指导其创作剧本,两年内乙方的学生必须创作出两部以上大戏剧本,其中有一部要获得省级二等奖以上的奖项。这种签约授徒培养戏剧编剧的方式,当时被新闻媒体誉为全国首创。两年之后的2004年1月,我向福建省文化厅呈交了学习结业汇报,题为《误入藕花迷津渡,云开雾散水连天——从初涉梨园到师从剧作家郑怀兴》,现略作修改,姑为前言。

1

我涉足梨园学习戏曲编剧，纯属阴差阳错，而蒙先生不弃，收为弟子，忝列门墙，一则因为福建省文化厅领导对戏剧艺术事业发展的深切关怀；二则由于福建省戏剧界诸多前辈的热情引荐，竭力促成此事；三则仰赖于先生本人对戏曲艺术情深义重。这种源自内心深处无法移植的热爱，使得安身立命于梨园的先生，面对门庭日趋冷落、青年编剧后继堪忧的境况，对待初涉梨园的年轻人，哪怕只是徘徊门外的观望者，他也是满腔热情、备极呵护和关爱的。其实，先生这种视戏曲艺术为生命的赤诚情愫和甘为人梯的古道热肠，早在他签约之前，我就已经深切体味到了。

说起来不怕方家见笑，先生的名字我是1998年9月从中国戏曲学院胡世军教授的口中第一次听到的。那时，我刚刚离开宁德报社，参加福建省文化厅组织的戏剧编剧高级研修班，在北京中国戏曲学院戏文系进行为期一年的进修。作为自从进入小学以后20多年来就再也不闻不问——想都不想戏曲的我，参加戏剧编剧班，完全是因为当时传递信息的朋友，把中国戏曲学院说成"中戏"，把一年的学期说成两年，使得一直渴盼有机会到首都充电的我，毅然决然辞去了宁德报社副总编辑和记者部主任的职务。直到办理调动手续时，才证实了消息，"中戏"是中央戏剧学院，而不是中国戏曲学院，一字之差，洞天别样，可那时我已不愿回头。所以，当我离家别子，千里迢迢，三更半夜走进宣武区里仁街3号中国戏曲学院大门的时候，我真的有一种失足跌进了一个做一千次梦也梦想不到的地方的迷茫和苦痛。同班的11名学员，不是来自专业艺术团体，就是已经颇有经验和成就，唯有我与戏曲几乎完全绝缘，可是一年之后，我这个"误入歧途"的贸然闯入者，却要在戏剧编剧这条路上开始蹒跚学步！我把苦恼和忧虑告诉了戏文系主任邵宏超老师，焦急地问他，像我这样对戏曲一片空白的幼稚园小班的学生，如果想学习写戏应该怎么办？邵老师感到很为难，他说中国戏曲学院戏文系本科生4年要学20多门课程，就是写戏也得先从小戏写起,循序渐进,脚踏实地,一步一步慢慢来。我想自己已经三十而立,哪能捧着书本从头慢慢啃起呢?于是便去请教讲授《戏曲编剧概论》的胡世军教授,问她当代中国剧坛最著名的剧作家都有哪些?他们的力作都是什么?胡教授瞪大眼睛说:"你们福建就是全国有名的戏剧大省呀,像陈仁鉴的《团圆之后》《春草闯堂》,郑怀兴的《新亭泪》,王仁杰的《节妇吟》,周长赋的《秋风辞》……"我犹如痴鹅听雷,羞愧交加——原来福建还有一位早在20世纪80年代初期,就以新编历史剧《新亭泪》名震剧坛,从而与北京的郭启宏、四川的魏明伦一道被誉为中国当代剧坛"三驾马车"之一的郑怀兴先生!

随后,我从学院的图书馆里找到了《郑怀兴戏曲选》。一卷在手,满目秋风,《新亭泪》《晋宫寒月》《要离与庆忌》……苍茫的历史,随着风声鹤唳呼啸而至,人性的悲风,如冷月清辉穿透心灵,义士雄杰的干霄节气,在字里行间奔突汹涌,悲天悯人的终极关怀,在天地之间久久回荡;《青蛙记》《神马赋》《造桥记》《蓬山雪》……人神鬼魅、善恶美丑、爱恨情仇,交织一片……一部部剧作中饱含的深邃的思想与人文关怀,直令我感到耳畔蛙鸣声声、马嘶阵阵,眼底峰峦如聚、波涛如怒,心中寒风乍起、落雪茫茫……

就这样,我这个冒失鬼就像被一只巨无霸的手拽着,一下子被拎到了戏曲文学面前!

2

1998年9月15日晚,我走进了长安大戏院,第一次掏钱买戏票,第一次掏钱买节目单,第一次如此近距离地观赏着平生第一次看到的第一部话剧《坏话一条街》。呵!那主演不就是被称为"冷面美人"的影星陈虹吗?呵!那鳞次栉比的瓦房顶,居然可以处理成这么美的舞台设计啊!呵!

我闭着眼睛不假思索横加排斥的舞台艺术，原来竟是这么好看啊！呵呵！那编剧过士行居然也是记者出身呢！呵呵呵……我的面容笑了，我的心境开了，我的愁云一下子全没了。同学见我如此少见多怪，如此喜怒无常，不禁半讥半笑道："这算什么，比这好看的戏多着呢！"

果然，中国评剧院的《山花》、上海京剧院的《智取威虎山》、青艺小剧场的《绿房子》、滇剧《瘦马御史》、晋剧《屠夫与状元》、越剧《荆钗记》、上党梆子《初定中原》、音乐剧《青鸟》、歌剧《卖花姑娘》、舞剧《天鹅湖》……来自不同国度、不同省份、不同剧团、不同品质的剧目，一个个蜂拥而至，直令我目不暇接、马不停蹄、终日驱车穿梭于京城的各大小剧院。夜半归来，躲在蚊帐里，拧着台灯做笔记、写感想。没戏的日子，就与同学们一起看电教录像，诸如京剧《曹操与杨修》、淮剧《金龙与蜉蝣》、舞剧《月牙五更》、话剧《同船过渡》等等，整个人就像一块风干的海绵拼命汲取着养分。

图书馆里的戏曲文学古本，落满尘埃，散发着一股股霉味。抖落粉尘，翻开卷本，挡不住的铿锵锣鼓饱蘸着激愤与悲凉，奏出了一曲曲颠倒儒人的生命悲歌和风流才子的逞气率性。一声紧似一声的激情宣泄，使得我这个寻找精神家园的迷途者，就这样掉了魂似的循声摸索走去。

中国戏曲学院教学楼，每到夜里11点就熄灯了。有同学对我说，这幢楼房某个时期曾制造了不少的梨园冤魂。曾几何时，我摸黑扶墙一步步探着走下楼梯的时候，内心的呼唤便颤抖地冲出喉咙："有同学吗？有带火柴和手电的同学吗……"

在黑暗中摸索的我，多么渴盼有人秉烛照我一段路程啊！

进入学院不到一个月，我就不知天高地厚地萌生出动笔写戏的念头。于是，不顾周围不解的眼光和窃窃私语，从自己多年从事新闻采访的事例中撷取了一个真实的故事为素材，边听课边构思、边看戏边思考、边读剧本边琢磨，每逢有所触动，便迅速用笔记下来。我的思想游离在饮食起居之外，我的目光也游离在绿树红花之外。终于在进学院两个月后，写出了

第一部现代戏《英雄与逃犯》的初稿。由于根本不懂编剧技巧，自然破绽百出，贻笑大方，甚至连舞台提示的文字说明为何只用半边中括号"["，我也得请教别人。好在我不耻下问，不仅向同班有经验的同学请教，还向导演系、表演系熟悉的同学请教，最后甚至壮着胆子向朱文相副院长和中国艺术研究院戏曲研究所所长王安葵老师请教。我想好不容易来京城一趟，如果在行家里手面前不敢自曝其短，讳疾忌医，又怎能从零开始，学有寸进呢？再说一年以后，如果我像滥竽充数的东郭先生一样，从戏剧编剧队伍里溜之大吉，那也没有什么，至少我是实事求是的，我是用心努力学习的，而且我也相信大凡德艺双馨的学者，是从来不会取笑无知而真诚的求学小辈的。果然不出所料，大小老师们都十分认真地给我谈意见，谁也没有瞧不起我。朱文相副院长还将我的剧稿装在一个信封里，写上标注"福建编剧班赖玲珠"字样，这个细节令我十分感动。我从师长们那里获得了不少帮助和智慧。随后该稿几经修改，于1998年底寄回宁德，参加"向建国50周年献礼"暨福建省第二十一届戏剧会演剧本征文活动，居然侥幸获得剧本奖！第二年，又居然由古田县闽剧团付排搬上了舞台。第一次看到点横竖撇捺的文字变成了活生生的表演，这对我来说，无疑是莫大的鼓舞，它使我这个"误入歧途"、迷惘不知何去何从的梨园闯入者，在焦急不安、慌乱无主的奋力划桨中，终于穿过一片郁郁荷塘，在月落乌啼之后看到了一线曙光，并产生了梦幻般鸥鹭翔飞的喜出望外。

　　1998年底，福建省古老剧种晋京演出时，作为土生土长的福建人，我第一次在北京观赏了被誉为梨园"活化石"的莆仙戏和梨园戏，看到了先生编剧的《叶李娘》《乾佑山天书》以及王仁杰老师编剧的《皂隶和女贼》《董生与李氏》。演出结束后，学院邀请两位剧作家到校园与学生座谈。济济一堂，举座欣欣。我的第一印象是，郑师忠厚纯朴，王师儒雅恬淡。因为特别喜欢《叶李娘》中为救夫君而凛然赴死的叶李娘这个艺术形象，并深为剧终从天幕上降下的一副对联所感动——"弱女代书生赴死，教士林知耻；四民为烈妇送行，显天地有情"。同时联想到《晋宫寒月》中的骊姬、《青蛙记》

中的刘月娘、《神马赋》中的李芳娘，所以就斗胆向先生提出了一个问题："为什么您笔下的女性形象，大多都挣脱不了悲剧命运？"先生的回答，有一句话至今难忘："因我偏爱笔下的女性形象。"把心底偏爱作为笔下女性悲剧命运的诠释，这话在三年之后，承蒙先生不弃，得列门墙，亲眼看到先生21次易稿，精心创作、修改打磨《上官婉儿》，才有了更深的体味。

3

1999年6月，我从中国戏曲学院福建编剧高级研修班结业，正式来到宁德市剧目工作室上班。一切从零开始！戏曲编剧对我来说依然是一片十分生疏的领域，我又重新回到了以往与戏曲几乎完全隔绝的工作和生活环境之中，因为作为地级市的宁德，不仅没有一座可供专业艺术团体演出的剧院，而且各县市专业戏剧团体又大多濒临解体的边缘。戏曲在这里只能从老人口中听到只言片语，铿锵的锣鼓之声，也只有在逢年过节时，才从一些寺庙草台中传出。而这种演出，与我心目中的戏曲艺术相去甚远，激不起我的兴趣和激情，再加上我从所谓的"无冕之王"，一下子调到剧目工作室，连上街印制名片，店里的老板都会睁着眼睛问我："锯木工作室？就是锯木厂吧？"甚至于开收据时，令人毛骨悚然地写出了"锯墓工作室"！

我看上去像落草为寇的盗墓之贼吗？单位福利、社会形象、人际关系等等一下子全都改变了。家人、亲戚、朋友都不理解，连小孩都对我说："妈妈，你知道我最最最讨厌什么电视节目吗？就是那咿咿呀呀的戏！"身边又没有志同道合者，连图书馆里都找不到一本戏曲方面的书……所有这一切都让我重新陷入了徘徊之中。我默默翻看着从中国戏曲学院图书馆里一笔一画抄写下来的《胭脂》《花为媒》等戏曲文学本，默默摩挲着近尺高的课堂笔记和观戏随感，只觉得自己就像进入了一片风沙漫漫的文化荒漠之中，心中虽有对绿洲的向往，但是没有路标，没有向导，没有经验，没有储备，孑孓孤苦，伶仃无依，我沿着这样一条荒郊古道走下去，又能走出多远呢？

中国戏曲学院一年的进修生活，在我心中掀起的热浪渐渐平息、冷却。这期间，偶尔参加省里组织的观摩活动和戏剧工作会议，我也是一半在水里一半在火里，一面感动于福建省戏剧界的诸位前辈们无悔的追求，一面感慨着来自专业戏剧团体的艰辛与困顿。静静望着戏剧界的先生女士们，默默聆听他们谈笑风生，我虽置身其间，内心却充满苦痛，甚至于阵阵的手脚冰凉。一次次在别人看来再寻常不过的工作例会，都会激起我内心的无限波澜。我反反复复地问自己：你真的要融入这样一个群体，跟随他们的步伐，去追赶被人认为是游离主流、困陷边缘、日薄西山的夕阳戏曲吗？我游离在戏曲的边缘，心中的愁痛一如戴望舒笔下那条淅淅沥沥的江南雨巷。

2000年6月8日晚，在客厅观看电视，搜索频道的时候，一个画面闪过我的眼帘，我立马截住它。那是中央电视台《新闻调查》栏目记者董倩在采访一群村民，一位中年妇女皱着眉头说话，那表情，隔着屏幕都能感受到她从鼻孔里喷出的气："她跟人家成亲了，怎么能不跟人家'那个'呢？"周围立即爆发出一阵哄笑。有一张年轻小伙的笑脸被进行了特写，那说不出滋味的表情，迅猛如匕首，白光一闪，扎进了我的心脏！大约5分钟后，节目便结束了，我知个大意内容：董倩正在主持的节目叫作《婚礼后的起诉》，她采访的那个姑娘名叫吉开桃，22岁，安徽省凤阳县石塘村人，这个极其普通而大胆的农村姑娘，因为在洞房花烛之夜拒绝与新郎李本武同房而遭强暴，婚礼后的第八天，她向当地公安机关报案，状告李本武强奸……

次日下午，我锁定了重播节目，从头到尾看了一遍。当天晚上就开始酝酿第二部现代戏《桃花吟》。用了22天，于6月30日完成初稿，7月初，带着它参加中国剧协和中国戏剧文学学会在北京举办的为期一个月的剧本创作研修班。看戏、听课、讨论作品的日子很快就结束了。结业典礼上，中国戏剧文学学会副会长曾献平老师让我上台发言。我怀着自嘲和自勉之心，写下李清照的《如梦令》："常记溪亭日暮，沉醉不知归路。兴尽晚回舟，误入藕花深处。争渡，争渡，惊起一滩鸥鹭。"举座哄笑，我心怆然。噫吁嚱，书山及天宇，艺海水茫茫，人生何其短，回首鬓如霜！

  我决定继续往前走。

4

  时光匆匆从指间流过。迷茫惆怅之际，我常常想起在中国戏曲学院进修时，加拿大国家电影总局导演王水泊先生给我们播放过的一部动画片，片名叫作《翅膀怎样和天使的后背接触》。该动画片说的是一位发明家，为了弄明白天使的翅膀是怎样长在背后而对人体展开了丰富的想象，对飞虫也如此，他甚至将妻子也作为想象的翅膀，进行透视性的观察。最后，这位发明家终于探头打开一扇房门的时候，却被门顶上掉下的斧头砍断了头颅，这颗头颅不屈地翻滚着，最后掉进了一个陷阱之中，而那个陷阱里已经堆满了许许多多像乒乓球一样的头颅，这些头颅似乎在说，这个人与鸟完美结合的飞翔之谜，已经有许多人尝试过了，但谁也没能成功地打开这一扇门，谁也没能解开其中的秘密寻找到天使翅膀的答案，想让人类思想飞向自由翱翔的天堂的头颅，就这么一个接一个地堆积着。

  我的忧郁和彷徨也在不断地堆积着。

  福建省实验闽剧团导演缪芝莲老师，因为曾经在宁德市剧目工作室工作过，所以让我感到十分亲切。我带着《桃花吟》去拜访她。她热情地谈剧本，谈舞台，谈戏剧，还谈我的散文集《曾经诉说》，末了，她诚恳地说："你如果真想写戏，我可以帮助你找郑怀兴给你提提意见，你自己碰到他的时候，也可以主动请教他，他肯定会帮助你的。别忘了，见到他时，顺便把你的散文集也送一本给他。"

  我仍是徘徊，仍是找不着人生的方向与支点，仍是苦恼着自己的未来。

为了摆脱"误入歧途"的苦痛，我开始筹建以自己的笔名命名的"田今心工作室"，并拟定今后辞去公职，朝着广告公司和文化传播方向发展。不久，福建省文化厅组织开展"向建党八十周年献礼"优秀现代戏剧本征文活动。我一边以《桃花吟》剧稿参加，一边忙着办理工作室的工商营业执照。嗣后，我接到了福建省艺术研究所邀请参加改稿会的通知，便动身前往福州听取《桃花吟》的修改意见。先生作为省艺委会成员也从仙游来到福州，我原想可以直接聆听先生的意见，没想到改稿会分成两组，先生属于另一组。为获先生赐教，会后，我把剧稿送到先生的客房，并告诉他因为次日一早就得赶回宁德，所以等他看完后，我再通过电话聆听高见。谁知当天晚上 10 点许，先生便派人敲响我的房门，让我过去听他意见。一见到我，先生就兴奋不已地说，此次参加改稿会，他很少说话，看了《桃花吟》，他认为是这次改稿会最让他兴奋的剧本，因为听说我明天一早要走，所以就不顾夜晚把我叫来了。他完全沉浸在《桃花吟》的剧情中，态度可亲，神采飞扬，表情单纯而生动，时而起身侃侃而谈，时而两手变换着手势……谈完意见之后，又留下家中地址、电话以及电子信箱。

  从此，我通过电子邮件不断向先生请教，先生每信必复，不厌其烦，精心指导。2001 年 4 月，福建省"向建党八十周年献礼"优秀现代戏剧本征文评奖结果揭晓，我瞄一眼，一等奖 1 名，《走过十五岁》，编剧陈欣欣；二等奖不管它有几名了，反正《桃花吟》是二等奖头名——事后先生私下告诉我，评审会上，本拟《桃花吟》为一等奖，后有专家认为我初出茅庐便获头奖，只怕少年得志易轻狂，为爱护青年编剧成长，所以列为二等头名，一等奖则为陈欣欣老师的《走过十五岁》独占鳌头。我备受鼓舞。先生则婉言告诫，《桃花吟》在人物形象塑造和主题开掘等方面，还须进一步修改提高。

  2001 年 6 月，《桃花吟》参加第二届中国戏剧文学奖评选，获得银奖。先生仍觉其中诸多地方尚未开掘到位。2001 年 8 月 23 日，他用满满 4 张的信笺详细剖析《桃花吟》："这个戏最震撼人心的不是文明与愚昧的冲突，而应该是男性对女性的尊重问题，是丈夫对妻子的尊重问题。在丈夫看来是顺理成章、天经地义的事情上，往往损害了女性的尊严，你应该把女性受丈夫这种损害、侵犯的痛苦深刻而又细腻地揭示出来，这样才能振聋发聩。文明与愚昧的冲突，是人们所熟知的，而这种丈夫对妻子的伤害，却是戏剧界前人没有写过、多少男人都不自觉的，是未经发现的，这一点写好了，这个戏的主题就超越了'婚内强奸'的新闻报道，就具了普遍性与深刻性了……"

《桃花吟》在先生的精心指导下，一遍遍地修改，我的工作室筹建工作也在一步步进展之中。在此期间，福建省文化厅和艺研所开始酝酿如何培养年轻的戏剧编剧，不久便研究出台了师带徒签约制。福建剧坛三大巨头编剧：郑怀兴、王仁杰、周长赋自然被推到了最前列。此后在几次戏剧活动及会议场合，每每谈及此事，诸位老师均表现出谦谦之态，先生更是极力谦让。在物色学生的时候，似乎又颇费斟酌。我因为与先生早有电子信件往来，不少戏剧界前辈又出于关爱后辈之愿，便极力撮合，我与先生的师生之约便在戏剧界师长们善意的笑谈中，似乎也成了不容先生拒绝的逼迫之实。

我继续脚踩两船，一边上班，一边忙田今心工作室，及至2001年10月30日，福建省文化厅正式通知我前往福州参加首批戏剧编剧导师签约仪式时，我才感到此举不可等闲视之。一则我的工作室已于8月16日开张，开业小广告已连续4期在当地报刊上刊出，大小业务已陆续开始接收；二则通过浅尝创作两部现代戏，我深切感到戏曲艺术博大精深，一个成熟的编剧，不仅要有深厚的人生积淀，扎实的文学功底，丰富的舞台经验、编剧技巧，更重要的还必须具备对戏曲艺术九死不悔的挚爱与追求。不说"驱梨园领袖，总编修师首，捻杂剧班头"的关汉卿，如何"花中消遣，酒中忘忧"，又如何"意马收，心猿锁，跳出红尘恶风波"。直把自己锤炼成了一粒"蒸不烂、煮不熟、捶不扁、炒不爆、响当当的铜豌豆"，最终成为"一管笔在手，敢搦孙吴兵斗"的梨园慷慨斗士。就说当代剧坛"三驾马车"吧，"皇城秀才"郭启宏，才学识兼备。"巴山鬼才"魏明伦，7岁从艺，9岁登台，14岁写戏，未到公民年龄，思想已够右派水平，被罚农村劳动3年，"四清"运动被划为"四类"，后来又被打入牛棚……凭着对"川剧母亲"的满腔挚爱，这才苦吟出"八部大戏，一卷杂文，一打碑赋，半本日记，几个电影……"。再看先生本人，出生"文献名邦"仙游，自小受莆仙戏熏陶，骨子里渗透着对戏曲艺术的热爱。他七八岁当"孩子剧团团长"，十多岁，扮小脚女人登台亮相。高中毕业时，家道贫困，境遇多舛，为谋出路，投身军旅，退役后谋职无门，又回乡务农。年届而立之时，上有古稀老祖母、下有待哺乳孩的他，为了圆梦，毅然报名参加高考，并在半工半读的境况下，从莆田师范毕业，从此走上了专业编剧的道路。数十年来，不论处身乡村军旅，也不论境遇穷达逆顺，莆仙戏始终是他心中神圣的艺术女神。为了学习写戏，他甚至冒着政治高压，与头顶"历史反革命"和"现行反革命"的陈仁鉴先生结成忘年之交。先生对梨园的深情，用他自己的话说："在我最困苦的时候，是戏曲艺术之神救助了我，给我立足之地，所以今生今世无论怎样，我都会坚守梨园，如《周易》所说'穷理尽以至于命'那样，老老实实，兢兢业业，花最大的力气，下最大的功夫，'造次必于是，颠沛必于是'"，安身立命于梨园。而我对于戏曲，在涉足梨园之前，我们形同陌路，在误闯梨园之后，从丰富多彩的现实生活中走来的我，对它能培养出这种深情吗？三则在中国文学滔滔洪流中，元杂剧作为儒人颠倒之后，在勾栏瓦舍中寻求精神抒发与人生价值的一种平民艺术，经历了唐诗、宋词、明清小说之后，其笙箫锣鼓夹着历史的风尘传播至今，当代的文史学家如何看待它呢？当代的观众又是如何接受它呢？

我记得戏剧评论家刘彦君在她的著作《栏杆拍遍》中有这样一段十分生动形象的比喻："明代戏剧就如少年风流，发乎天然，系乎纯情，纤毫不染，无所芥蒂。清代戏剧则如老人贪花，心疲神衰，强自支撑，颇多感慨。"那么，气数绵长的戏曲，在科技日益发展的今天，凭着古老传统与悠久历史支撑着生存，我作为一个年轻人，既然阴差阳错撞上了它，可以爱它一点，赏它几幕，尝试几回，但能否将其视作心灵的需要、生命的组成、精神的支柱呢？这显然是个需要用时间来思考和解答的问题。

穿越千年历史风尘的戏曲艺术，像秦俑，也像长城的青砖，在时空中伫立，它是沉默的，爱与不爱，走近还是背离，选择还是抛弃，都是心灵的决定。

记得在中国戏剧学院进修时，给我们上《世界电影史》的李道新博士说过的一句感叹之语，他说每当他骑车穿过长安大街的时候，望着川流不息的车流就会想起一首流行歌曲："为了生活，人们四处奔走，他们在寻求什么……"寻求什么呢？我似乎明白了几年来自己寻而不得的苦痛，那是因为我和许许多多的人一样，都习惯于在"东风夜放花千树"的繁华与热闹之中寻求，寻而不得却又迷乱了双眼，及至蓦然回首，才发现灯火冷落之处更富情深。

心在哪里，选择便在哪里。逃离喧嚣，平息浮躁，跳出功利，重新思考。我感觉自己需要寻找一泓清水，让蒙尘的心灵好好地洗一次澡。在先生签约两个月后，我悄然关闭了工作室。朋友闻讯惊问："好好的，刚刚开始，怎么就关啦？"我笑笑："上帝为你关闭了一扇窗，必定会为你打开另一扇门。"

5

关于如何写戏，早在1999年秋，先生应台北市现代戏曲文教协会的邀请赴台讲学时，曾结合自己的创作历程，把30多年来从事戏剧编剧的实践经验总结成洋洋十多万字的教案，从选材构思、人物关系、情境设局、场次安排、创作手法、唱词道白及如何修改等等，一一倾囊相授。2000年10月，该教案经过精心整理，由台湾文津出版社出版，书名叫作《戏曲编剧理论与实践》。同年冬，先生领到新书，即题词赠我一本，因为是繁体竖排，先生怕我阅读不便，又通过电子邮件将书稿发送给我。这部著作既是先生菊圃勤耕的经验总结，更是他作为梨园汗马的追求历程。渊博的学识、深邃的思想、丰富的经验、真挚的情感、起伏跌宕的人生、苦乐交融的创作体验，构成了这部著作的独特性。捧书在手，先生不仅耐心细致、娓娓动听地教你如何写戏，更以长者的智识教你如何善待生命、善待人生。由于某种原因，该著在国内再版发行的时间受到一定限制。2003年《新剧本》杂志社编辑征得先生同意，精选其中部分章节进行压缩后，以《雪泥鸿迹话编剧》为题，从2003年第4期起，陆续刊载，当年即被评为"读者最喜爱的文章"。时至今日，一些获悉先生电子信箱的读者，只要留言请发，先生也总是慨然允诺，发送原稿。

我比一般读者幸运得多的是，不仅在先生的著作中深受教益，而且得到了先生不倦的教诲。两年来，先生引我一如长明之灯，教我一如春雨润苗，待我一如慈父挚友，化我一如智者哲人。他把我带到书山脚下、艺海岸边，使我这个身陷人事、心随物转、无知而自欺、浮躁而自诩、浅薄而自足、卑微而自营的蚍蜉蝼蚁，得以在笙箫锣鼓之外，用心体味戏曲的魅力，解读老一辈剧作家的无悔追求。

由于我初涉梨园，基础薄弱，先生无疑要付出更多的心力教诲我，又由于我在宁德，先生在仙游，两地教学，诸多不便，同时受当地机关效能制度制约，我不仅每日要坐班签到，而且要负责开展剧目工作室的各项工作，所以只能在赴省开会、参加观摩的时候，才有可能当面聆听先生的教诲，平时则只能通过大量的电子信件往来，请教于先生。自2001年7月至2003年12月，我与先生的电子通信往来，竟达980多封！由于电脑更新换代，尽管我用软盘拷贝，但20年后，这些邮件仅有300余封得到恢复。

有人说，书信是心灵的传声器，传达当下的生活与思想，既有个人鲜活的生命，也有所处时代的讯息。这些文字记录着我人生的一个片段，一段追寻，一种情怀，一份恩典、感戴和纪念，它们短则寥寥数语，长则洋洋数千，不仅记录着先生耐心细致、孜孜不倦、具体指导我剧本创作与修改的整个过程，也记录着我由一个心浮气躁、急功近利的初学者循序渐进的学习过程，渗透着先生对戏曲艺术的执着追求和对年轻编剧的殷切希望。

在引导我走近戏曲、学习编剧创作的过程中，先生在艺术眼光上是高瞻远瞩的，在智识思想上是深邃敏锐的，他的教学方法灵活机变、对症下药、细致具体。他知我初涉梨园，倾情中有疑虑，专注中有彷徨，平静中有喧嚣，追求中有苦痛；对戏曲的认识尚需时日，对戏曲情感尚需培养，舞台经验缺乏，知识结构单薄……但他相信我想追求，能用心，肯吃苦，愿学习……所以，他既不以师道的尊严，刻意要求我做什么，也不因签约的创作任务而给我施加任何压力，只是像一位智者引领孩童观海一样，把我带到海边，让我感受艺海浩瀚无边，谛听涛声，体验海风，感受百川纳海的交响乐章。

读书、看戏、创作、交流，成为我工作之余的全部内容。先生家中上千册藏书对我全面开放。布莱希特、斯特林堡、迪伦马特、奥尼尔、莫里哀、贝克特、萨特等外国名家名作，先生亲自为我挑选；中国现当代名家剧作、中国古典悲喜剧、民间小品小戏等，任我借阅抱回；先生30多年来创作的20多部作品和100多集电视连续剧，以及他搜集的大量的戏曲录像资料片以及戏剧界评论他的百余篇论文，也任我观赏酣读。不仅如此，他看到好的作品就向我推荐；买到好的新书，就通知我；上了好的网站，看到好的文章，就发信息给我；连他在中国艺术研究院攻读电影博士的长女宜庸，每次在放假期间带回的电影资料片，他也悉数让我分享……先生认为戏曲艺术博大精深，涵盖广阔，作为编剧必须学会从各门类艺术中深挖广掘、博采广纳、汲取营养，学会在知识的海洋里畅游，学会关注社会、思考人生。

2000年中国第六届艺术节、2001年福建省"向建党八十周年献礼"优秀现代戏会演、福建省新剧目展演、武夷剧作社年会、2002年福建省第二十二届戏剧会演、中国第七届艺术节、2003年中国第八届戏剧节、第三届全国舞剧展演等观摩研讨活动，先生都积极争取机会和条件让我得以参加，在戏票紧张的情况下，他甚至把自己的戏票让给我……观摩演出时，他总是允许我坐在他的身边，现场给我指点。我从他时而击节兴奋，时而悄然叹息，时而沉思不语之中，亦能感受到剧目的精彩与败迹。每观一剧，先生总是耐心地垂询我的看法与感想，然后再谈他的看法与感想。遇到优秀的剧目，他就启发我思考好在哪里，怎样向人家学习借鉴；遇到差的剧目，他也要求我不要心浮气躁、妄加评点，而要耐心观看，认真思考，找出差的原因，不仅作为前车之鉴，防止重蹈覆辙，而且还要思考，假如自己遇到这样的题材，应该如何开掘，如何构思创作。

6

除了读书看戏，大量的时间里，先生则是不遗余力地在辅导我创作、修改剧本。两年多来，先生不仅指导我创作、修改了大型现戏代《桃花吟》及8集同名戏曲电视连续剧，改编了大型现代戏《三倒丫轶事》、话剧小品《摆位子》，还鼓励我在大型话剧、小剧场话剧和影视文学创作方面进行大胆的尝试。在指导修改《桃花吟》的过程中，先生呕心沥血，不厌其烦，精益求精，倾注了大量的心力和智慧；在指导改编现代戏《三倒丫轶事》（原名《贼豆》）过程中，先生丰富的"临床"经验、高超的编剧智慧、甘为人梯的师风艺德，使得这个本来打算放弃的剧本得以"起死回生"。

现代戏《三倒丫轶事》是我2001年6月阅读《电视·电影·文学》杂志2001年第3期中刊发的中篇小说《讲案》后，萌发创作改编的第三部现代戏。《讲案》的作者是浙江省丽水市文联作家阙迪伟，他的创作素材源于《检察日报》2001年2月7日刊出的一篇题为《黑恶势力为何能横行乡里？》的报道，该报道披露了浙江省温岭市自新中国成立以来发生的一起罕见的黑社会性质的犯罪团伙。该团伙为了骗取巨额财政资金和银行贷款，并寻求"保护伞"，采取种种手段，大肆拉拢党政、司法、金融界党员干部67人，行贿金额达千万元。阙迪伟老师以作家的良知和对当下现实的关注与思考，创作了中篇小说《讲案》。由于小说人物众多，情节复杂，内容丰富，再加上我初涉梨园，又是第一次改编别人的作品，认为所谓改编，就是把别人的作品进行简单的剪辑与拼贴，所以一开始是冲动有余而构思不足。2001年8月，初稿勉强出来以后，在当地召开的改稿会上，一位老编剧看后曾哈哈笑道："这个剧本给我的印象是，开幕时一个小流氓在台边撒了一泡尿，踢了破罐子一脚；落幕时，还是那个小流氓又在台边撒了一泡尿，又踢了破罐子一脚。屎尿屁不上场，小赖你犯忌了。"同年10月，参加省里组织的第一次改稿会，专家们也都不看好这个戏。大部分意见认为，把这样一个极不光彩的乡村无赖作为一号人物来写，意义何在？同时，作品基调太灰，篇幅太长，结尾也缺少弘扬主旋律的作品应有的光明……但是，后来在先生的精心指导下，这部原名《贼豆》的剧本，从一部打算扔进纸篓的弃稿，改头换面成为《三倒丫轶事》，成了先生和我都特别喜欢的一部剧作，2003年《新剧本》第2期刊发了它。有关此作修改历程和心得体会，详见拙作《欲速不达文思乱，气定神闲慢斟酌》，这里恕不赘述。

  为了提高我的编剧水平，让我进一步领会编剧技巧，先生不仅对我的习作进行精心的辅导，而且还把他自己创作的剧本让我研读，鼓励我大胆提意见，谈感想。开始我很不好意思：我是学生，哪敢给先生的大作提意见呢？渐渐地，我体会到了先生的良苦用心，他这是把自己的剧作当成标本，让我临床实践啊。两年来，先生先后创作了《寄印》《梅兰芳》《林默娘》《上官婉儿》《轩亭血》等5部作品，整理了莆仙戏传统本《蒋世隆》。先生每部作品，每成一稿，都发送给我，热情鼓励我大胆提问题，谈建议。不论我的意见对错，见解深浅，先生总是虚怀若谷，热情鼓励。他对自己的剧本精益求精，一遍遍地修改，并让我看到他修改的全过程，学会在前后对比中，领悟他的构思，学习他的编剧技法。仅《上官婉儿》，从2002年1月初创的《女学士》初稿，到2003年10月参加在西安举行的中国第八届戏剧节演出稿，我的电子信箱里就保存着他的原稿和大小修改的21部修改稿。不仅如此，他还尽可能创造机会，让我参加了《上官婉儿》与《林默娘》二度创作研讨会，聆听省市及北京专家的意见，加深对其作品的理解。

7

回首初涉戏剧编剧走过的路，虽然有过彷徨和苦痛，尝到了创作的寂寞和艰辛，但是，戏曲这位被我疏离太久的中国传统文化遗老，它身上散发出的魅力，却始终吸引着我，同时，来自福建省戏剧界的温暖与扶持也在不断激励着我，特别是先生的牵引，使我在创作道路上，于黑暗的摸索中有了指路明灯！先生赤诚坦荡的胸怀，纯朴忠厚的艺德，严谨治学的风范，甘为人梯的奉献精神，以及对戏曲艺术不倦的追求，都为我树立了马首是瞻的榜样。

记得当年先生签约之后，曾深情地说："21年前，我带着一个很不成熟的现代戏剧本《遗珠记》从仙游县来到省戏研所改稿，得到以陈贻亮先生为代表的老一辈戏剧家们的精心指导。我在福州住了一个多月，改了一稿又一稿，贻亮先生对每一稿、每一场戏，甚至每一段唱词都给予深入的分析指导，我一辈子都不会忘记。没有1980年的这一次改稿，就没有我1981年的获奖历史剧《新亭泪》和以后的许多剧作。我要继承老一辈戏剧家甘为人梯的精神，把我的戏剧创作经验传给有志于戏剧创作的年轻同志。"先生这样说了也这样做了。在我师从先生期间，先生还热情帮助福建青年编剧余青峰修改《兰陵王》，帮助福建师范大学戏剧戏曲学研究生张帆创作修改她的处女作《渌水亭》，给台北的同学看剧本……

孔子曰："一日为师，终身为父。"韩愈曰："师者，所以传道授业解惑也。"我的每一部习作都凝聚着先生的心血，作为一个误入梨园的闯入者，承蒙先生教诲，何其万幸。惭愧的是，先生虽然呕心沥血、倾囊相授，怎奈我质本愚陋，再加上心随物转，终难效法先生"造次必于是，颠沛必于是"，安身立命于梨园，因此自然难有所成，愧对先生栽培。所幸当年先生"师带徒"期间，指导我创作的教学通信尚存200多封，现结集出版，万望先生赐教于我者，能惠泽他人，先生在我身上倾注的心血，能在后来者身上收割。

　　学海无涯，艺无止境，面对山高海阔，举步踟蹰之际，回首三望，铭感五衷，谨以此文，聊表寸心，向先生道一声："老师！实在辛苦您了！谢谢！"

赖玲珠
2022 年 8 月 15 日

目 录

代序：我对戏曲编剧教学的一些体会 …………………………………1

前言 ……………………………………………………………………15

001 《讲案》的故事梗概 ……………………………………………1
002 有一个小细节感动到我 …………………………………………4
003 先要把这个题材吃透 ……………………………………………6
004 由谁来扛摄像机 …………………………………………………7
005 不要轻易放弃这个戏 ……………………………………………9
006 走哪条路最好 ……………………………………………………10
007 贼豆为什么会成为一个无赖？ …………………………………12
008 要善于听取各方面意见 …………………………………………13
009 患病之感 …………………………………………………………14
010 贼豆不能死 ………………………………………………………15
011 我当你的入会介绍人 ……………………………………………16
012 两个偏方 …………………………………………………………17
013 南宁看戏，感觉不好 ……………………………………………18
014 戏曲不景气由来已久 ……………………………………………19
015 别太赶了，从容些！ ……………………………………………20

016	戏外功夫	21
017	你要有信心	23
018	舍得舍得，先舍后得	24
019	为台北同学看剧本提纲	25
020	戏曲著作很难找	26
021	翠花这个人物	27
022	翠花该"新"该"旧"的问题	28
023	小品《摆位子》	29
024	小品《摆位子》我一口气就读完了	30
025	《杨志卖刀》请你找来看一看	31
026	我是否每改完一场就给您发过去？	32
027	我看稿喜欢一口气看下去	33
028	《贼豆》改到第四场了	34
029	作者要富有同情心	36
030	把"情"写足、挖深	37
031	认识日益加深了	38
032	站着控诉，不如跪下忏悔	39
033	这个戏不单是一个社会问题剧	41
034	《贼豆》修改到最后一场	42
035	写东西最忌心情烦躁	43
036	关于坐班与创作之间的矛盾	44
037	你不要担心	45
038	我找局长专题汇报了	46
039	千万别写指导老师某某	48
040	阅后三思	49
041	我真需要静静地磨这部戏	51
042	我今日一整天都在看你的本子	53

043	你应该为贼豆立个小传	55
044	戏的好坏从自己创作的状态就能感觉	56
045	要抱着悲天悯人的情怀来写	57
046	别太赶了，要从容一些	58
047	我刚从福州回来	59
048	写戏的心态确实要平和	60
049	国亮师兄在北京时对我帮助很大	61
050	我很为宁德市的剧团现状忧心忡忡	62
051	最有力的保障和最坚强的后盾	64
052	从今天起请创作假	65
053	《贼豆》终于改出来了	66
054	这一稿改得很好	67
055	谢谢您！谢谢！	68
056	《贼豆》不列入5号改稿之列	69
057	教学相长	70
058	欢迎你们伉俪光临！	71
059	昨日又看了一遍《女学士》	72
060	所提的意见很好	75
061	"铁花她姑"	76
062	您塑造的这一个婉儿	78
063	才读《新亭泪》，又收《女学士》	80
064	你的意见很好	83
065	看戏好坏都要学会咀嚼	84
066	度的把握很重要	86
067	每一篇感觉都不同	87
068	闻道有先后	89
069	看评论可知得失	90

070	从传媒看戏曲	91
071	心存感谢	96
072	剧本不要写得太快	97
073	草坪边上的花儿	98
074	这一稿将是精雕细刻	99
075	武夷剧作社泉州会议杂感	100
076	发来的文章已看了	104
077	《造桥记》真是绝妙的讽刺	105
078	这本书很好	106
079	我写了20多本戏	107
080	一口气读完《上官婉儿》	108
081	你的意见我采纳了一个	110
082	从容生活，安心创作	111
083	结尾应是修改的重点	112
084	村长要写得滑稽一点	113
085	有个小建议	114
086	创作是大兴土木，修改是精雕细刻	115
087	她有三点感受	117
088	一个棘手的问题	118
089	你的好友艺术感觉很好	121
090	可能我太看重别人的意见了	122
091	不要急于改	123
092	叶导意见	124
093	改戏的难处在于意见多	126
094	迷上越剧的那一位	127
095	婉儿，还得再改	129
096	饥者饱餐美食之后	130

097	每写一个戏，都要从头越	131
098	怦然感动的是技法之外的精神品质	132
099	这部书很不一样	133
100	戏改得好不好的标志	135
101	今天又改出一稿	136
102	一直在思考《贼豆》的修改问题	137
103	《婉儿》今天又做了几处重要修改	140
104	谢谢您的指导！	141
105	现在一个严重的时弊	142
106	呈上修改思路	143
107	我把意见都写在每场中	145
108	我从来没有因为文章写不好而流泪	179
109	写戏，应有悲天悯人的情怀	180
110	您已经给我发了65封邮件	181
111	我昨晚一直在考虑最后一场的戏	182
112	我现在一场一场用心改	183
113	一至四场……感觉很好	184
114	您的构思很妙	185
115	忽然想到一个情节	186
116	我们都感到很幸运	187
117	这一场改得好！	188
118	写戏要往人物内心走	189
119	"卷毛"删掉了	190
120	杨树儿这个人物	191
121	无赖应该是最熟悉人性弱点的	200
122	贼豆求母那段戏	201
123	留一个悬念给观众	202

124	我一定努力改好！	203
125	贼豆求娘这一段太简单	204
126	这两天真有点玩命	205
127	我非常高兴	206
128	这是一场非常好看的戏	207
129	这一场要有点睛之笔	209
130	第七场 村断（提纲）	211
131	别太赶了	214
132	《贼豆》第六场	215
133	这里要成为剧本的一个亮点	216
134	我得好好总结一下《贼豆》改稿的得失	218
135	写最后一场时予以注意	219
136	终于脱稿了	220
137	我感到很累	221
138	有几个问题还要请教您	222
139	还有三个问题补充	224
140	我一口气就读完了	225
141	你改成功了，就是我最大的慰藉	227
142	有几处小意见	228
143	高行健在瑞典皇家学院的演讲	229
144	都是一己之见	230
145	我非常珍爱这一稿	231
146	改稿总结	232
147	点题的语言	239
148	我明白了您为什么一再希望我一定要从容	241
149	写戏是需要一些机巧的	242
150	很想写一篇心得体会	244

151	《阿弥石》和《总统套房》	246
152	他那一块阿弥石	249
153	张帆看《贼豆》	250
154	《奥尼尔剧作选》你一定要看	252
155	感谢您的会是一代的青年编剧	253
156	我看的书很杂	254
157	《安道尔》读后感	255
158	你读《安道尔》比我认真	258
159	什么是"戏曲韵味"？	259
160	关于戏曲韵味问题	261
161	还戏于民	262
162	就像闽南人泡工夫茶一样	264
163	这两部戏味截然不同	265
164	一场春雨	266
165	《贼豆》初选有了	267
166	相信她会很喜欢的	268
167	戏，光有局不行	269
168	书山有路勤为径	270
169	但不知别人怎么看	271
170	我总梦想自己是庄园主的女儿	272
171	有没有仁杰先生的《蔡文姬》？	273
172	我还在看本子	274
173	您认为对我有帮助的，都请帮我留着吧！	275
174	启宏的本子看了几本了？	276
175	学如逆水行舟	277
176	《郭启宏剧作选》读后感	278
177	我坚信这是一个好戏	282

178	我很坦然	283
179	我感到遗憾	284
180	不知王珏师姐怎么看	285
181	登山	286
182	要精益求精	287
183	我算是很幸运了	288
184	我今天还在改《上官婉儿》	289
185	昨晚看《长大》	290
186	这几天太忙了	292
187	结尾我很喜欢	293
188	又对《上官婉儿》做了一点小改	294
189	向您致敬	295
190	能改的我已改了	298
191	"如何修改剧本"有感	299
192	《桃花吟》第八稿修改提纲	303
193	我还准备对《上官婉儿》进行琢磨	307
194	二十四个戏曲剧本都齐了	308
195	枇杷很好吃	309
196	您的剧作需要复印几份？	310
197	印十份就够了吧	312
198	戏曲论文54篇	313
199	最完整拥有您的作品	314
200	《桃花吟》改到第五场	315
201	这几场总体感觉不错	317
202	闽东的海产品很丰富	319
203	我对寿山石就像对戏曲一样是一片空白	321
204	关于《桃花吟》排练一事	323

205	宁德的剧团太弱了	324
206	入围名次你千万别在意	325
207	明天去厦门	326
208	写戏是一件很艰苦而清贫的事	327
209	《上官婉儿》磨了又磨	328
210	《桃花吟》做了一点修改	329
211	《桃花吟》我看了	331
212	《贼豆》是贼苦贼苦，《桃花吟》是苦吟苦吟	333
213	争取多看几场戏	335
214	《桃花吟》的修改正在思考中	336
215	人生总是有磨难的	338
216	启宏兄对《贼豆》的意见可取	339
217	苦吟成戏	340
218	戏的层次与推进问题	341
219	在这次改稿中	343
220	一定要层次分明	345
221	流落不偶	346
222	这次进京，时间很紧	347
223	《东京物语》我也很喜欢	349
224	几个问题	350
225	人物的设置要为主题服务	352
226	用真情打动人	353
227	何谓戏剧电影？	354
228	《婉儿》又做了点改动	355
229	聚焦点找到了	356
230	好作品永远看不完	357
231	大胆构思	358

232	心静才有好构思	359
233	人物设计	360
234	听专家谈《婉儿》	362
235	提纲比前一次好多了	363
236	央视采访仙游文化	364
237	提纲又进了一步	365
238	《婉儿》还要进一步修改	366
239	转去小张意见	367
240	这是一种机巧	368
241	这种思路是否更好一点？	369
242	《婉儿》最新一稿	370
243	梅花奖演员要晋京演出	371
244	又对《婉儿》改了几句	372
245	《婉儿》难写的原因	373
246	文艺作品的意义在于对人性的挖掘	374
247	要好好休息	375
248	我如释重负了！	376
249	别妄自菲薄	377
250	《婉儿》给我的教训是很深的	378

附：

欲速不达文思乱，气定神闲慢斟酌 ··· 379

密叶因裁吐，新花逐萼舒 ··· 385

斯戏人纯真 ··· 392

后记 ··· 398

From: 赖玲珠 <fjndllz@sina.com>
To: 郑怀兴 <zhenghx@163.com>
Subject:
Date: 2001-10-02 21:43:01

001　《讲案》的故事梗概

郑老师：

您好！中秋给您发的邮件，未详细谈及《一粒贼豆》的创作问题。原作《讲案》的人物较多，情节也较复杂。故事梗概是这样的：贼豆在村口碰到刚从深圳回来的毛五月时，手里正牵着一只掳来的羊。他与五月开玩笑后，就当真将羊牵到毛家，说是用羊当聘礼，要娶五月。后来又通过望远镜，观察到五月的屁股上长着一个痣，到处传播，说他与五月已经同居过了，知道五月屁股长痣。毛弄井气得反映到镇里，镇长林东北就让派出所江所长出面，将贼豆抓走并关了几天。放出来后，毛家的人生怕贼豆报复，毛五月也怕他再纠缠，便离家又去了深圳。但并不见贼豆立即报复。

过了一个月后，贼豆老娘在井边摔倒，贼豆便赖弄井老婆碰倒了他老娘。贼豆先找毛弄井家索赔，遭到拒绝后，便将老娘抬进毛家，弄井夫妻便找村长杨树儿调解，村长多次回避，最后发生两家打架，双双造成轻微伤，村长这才召集村干开会调解。但由于两个证人（豆干老婆和免生老婆）都不出面，再加上弄井老婆送金戒指的事，所以村里做出毛家赔偿贼豆五百元的论断。毛弄井夫妇不服，贼豆就一次次带人来闹，直逼得弄井夫妻有家不能归，双双去找镇长和法院。在法庭门口，弄井夫妇又碰到贼豆的同伙杨洋。杨洋称自己也看不惯贼豆所作所为，并与庭长很熟，愿意帮忙，只是打官司找人帮忙得花些钱，弄井老婆感激涕零，当下就把身上三百元钱给了杨洋,又脱口告诉他家里还有三千元,放到猪栏背的一双破解放鞋里。结果夫妻俩一到家,鞋里的钱就不见了。弄井老婆连惊带吓又受刺激,精神出现恍惚。林镇长颇为关心此事,他让派出所江所长去调查此事,但派出所的人一来,贼豆就跑了。法庭干警也费尽周折,但就是撬不开证人的口,取不到证词。毛弄井在状告无望的情况下,开始磨刀想杀了贼豆。正当他举刀欲砍时,毛五月带着八哥回来了。贼豆一见到八哥就"扑通"跪下了。于是一场按照正常的程序无法解决的官司,八哥一出面就摆平了。镇长对此事感慨万千,当他学习归来后,再路过乔村时,得知杨树儿选举村长没有选上时,不禁对着空旷的田野,发出了一声驱云拨雾的喊声。

原作涉及的人物除我所选取的,还有贼豆的三个兄弟及其一家子,证人是两个妇女,弄井也有两个孩子,还有镇长、所长、庭长、干警以及杨洋等。原作后半部大量陈述毛弄井夫妇被贼豆一次次地追赶以及他们一次次地找有关部门反映,而得不到解决,最后毛弄井才举刀杀人。

我在改编的过程中,感到几个问题比较困难:一是后半部比较矛盾,原因是如果按原作的路子,就得增加镇长、庭长、所长,这样戏就拉得很长。如果不增加,又感到促使毛弄井举刀杀人的"逼迫的动力"还不够。二是毛五月这个人物目前按原作的路子处理,似乎显得太简单。人物的思想和行为,没有足够的空间去表现。三是目前毛弄井的思想活动(特别是后半部)还没有充分地展现出他从一个老实人,走到举刀杀人这一步的思想激变过程。

我想等您的意见出来后,好好沉下心来,结合您的指点,把这部戏改好。不过目前有个较大的干扰,就是我们的局长认为我的工作是组织别人创作,而不是自己出作品。当然组织剧作者创作是我分内的事,但这毕竟是阶段性的,同时,目前宁德剧目创作人才队伍青黄不接、后继无人;几个老作者除了林之行先生还笔耕不辍外,其他的基本处于或偃旗息鼓、或销声匿迹、或力不从心的状态。而我几年来一直从事文字工作,写作已成为我生命的一个重要内容,再加上目前我对剧目创作抱着相当的热情,又有许多像您一样难得的老师关心我、帮助我，这是我求之不得的好机会，所以我想多学、多写，把自己感兴趣的题材和自己的生活积累，以及对社会的关怀、对人生的思考结合在一起，在创作中自娱自乐。

另：前不久，我读了您的《新亭泪》，很感动，准备多读几遍。目前正在看《红楼梦》，以前没有很认真地看！我常感时间不够，因为要看的好书实在太多了，还有世界经典电影，真是应接不暇！

占用您很多时间，这也许就是身为人师的难能可贵之处吧！衷心感谢您！

致礼！

赖玲珠
2001.10.2

From: 赖玲珠 <fjndllz@sina.com>
To: 郑怀兴 <zhenghx@163.com>
Subject:
Date：2001-10-05

002　有一个小细节感动到我

郑老师：

您好！来信收悉。诚如您所指出的，《一粒贼豆》只叙说了事件，人物显得平面化，故事也不感人，结尾"黑治黑"的问题，也值得考虑。这个本子在改编过程中，特别是到了后半部，我感到有些写不下去的感觉。可能是因为改编别人的东西，对其所设置的人物性格及其命运没有吃透，因而无法沉到人物的心里去。初看小说文本时，两个地方吸引我：一是毛弄井夫妻蒙冤受屈、求告无门，有关部门处事拘泥、人心不古；二是结尾"黑吃黑"让我很是感慨。但戏曲确实与其他文学形式不同，所以我感到如果拘泥于原著，就只能做些删繁就简和拼贴工作，如果要深挖人物内心，超越原著主题，那就得另辟蹊径，这样，我又想，那还不如自己创作一个。也许正是在这种创作思想指导下，显得不很用心，但我觉得这个本子还是可以修改提高的。

以下是我的一点想法，您看是否有理？

我认为不感人的原因主要是，剧作中的所有人物，都缺乏一种人性的闪光点。故事缺少一种逆转和深层次的冲突。毛弄井夫妻的遭遇，仅博得人们的同情，而没有撼动人心，博得人们的赞叹或敬意。所以我想，如要修改，重点是否应放在毛弄井身上。为什么选毛弄井？因为原著中有一个小细节，就是毛弄井让妻子给贼豆老娘喂饭。当时我看到这里，是很感动的，我觉得这就是老百姓身上很质朴的一种优良品德。

所以我想，如果把贼豆老娘改为精神正常的老人，把毛弄井夫妻改为富有爱心的村夫农妇，让他们在背着黑锅的情况下，用他们博大的胸怀，以及同情与爱心，最终感化了贼豆母子，这是不是一条修改的好路子呢？

如果这样，第一稿从人物设置到人物形象，以及故事情节，就都要做较大的手术了。如果这个题材没有多大意义，我就不想花太多的精力在它上面了。您以为如何？

小赖
2001.10.5

From：郑怀兴 <zhenghx@163.com>
To：赖玲珠 <fjndllz@sina.com>
Subject：
Date：2001-10-05 18:20:00

003　先要把这个题材吃透

小赖：

　　来函收到了。你说的修改方案是可以的，但我认为你不必这么匆忙修改，先要把这个题材吃透。目前这个本子主要问题是在于没有经过你的提炼，没有倾注进你的浓烈的情感，没有融进你对生活的独特发现和思考。虽然作者的观点越隐蔽越好，但隐蔽不等于不要作者的立意，所以我建议你不要匆匆地写，匆匆地改。另外，戏曲剧本还要考虑有没有两三场可供演员充分发挥的地方？这些在构思时都要想好。构思成熟了，立意、人物、好的情节、场面、感人的唱段都会产生出来。这些意见仅供参考。我对你是不是太苛求了？

　　祝创作成功！

怀兴

2001.10.5 匆草

From：赖玲珠 <fjndllz@sina.com>
To：郑怀兴 <zhenghx@163.com>
Subject：
Date：2001-10-12

004　由谁来扛摄像机

郑老师：

您好！来信早已收悉，因改稿会到今天下午才结束，大家对我剧本的意见尚未出来，再加上我买的电脑是兼容机，老出问题，几经调试，仍不能正常使用，所以拖至今日才给您回信。请多包涵。

这次改稿会，剧本质量除林之行先生构思的《孙尚香》外，其他都存在许多问题。大家对我的《一粒贼豆》提出许多意见。其中周长赋老师和陈立衔老师的意见，与您有共同之处。他们认为，我这个剧本意见不好谈，主要原因是目前的本子由于没有解决"由谁来扛摄像机"的问题，所以，没有明确传达出我想表达的主题思想。此外，人物性格也缺乏发展、变化，主题也太灰暗，但周老师和陈老师都认为这个本子题材不错，几个人物形象也不错，希望我好好修改。他们在听完我介绍原著的有关情况后认为，原著中镇长林东北就是"扛摄像机的人物"，不应该丢掉，如果不增设这个人物，也应把这个人物在原著中所承担的任务，加到村长或别的人物身上，才能完成表达某种主题的任务。

此外，林之行先生认为，我这个剧本舞台形象"不干净"，所有人物都是社会底层的"渣滓"，情节又涉及"屎尿"，给他的感觉很不舒服，再加上他急着回家浇菊花，说是"归心似箭，我心在箭之前"，所以没谈别的意见；再者，几个作者有不同看法，有的觉得没什么意义，有的觉得很贴近现实生活，有共鸣、有嚼头。

　　我认为周、陈二师关于"谁扛摄像机的问题"是对的，人物单一也是对的；林老师说的"舞台不干净"和人物形象问题，我有不同看法。审美意义上的美丑与现实生活的美丑不一样，但诸如"屎尿屁不上台"的问题是应该考虑的。总而言之，这个本子，我会好好考虑，再定是否值得修改或怎么修改。

　　周老师说省里改稿会可能在10月底或者11月初，我争取争取，看看本子能不能修改后参加省里的改稿会。

　　另：我一点也不觉得您对我很苛求，如果您能严格要求我，我应当感到高兴和备受鼓舞才对，因为这说明我还有进一步提高的可能和希望。

　　衷心感谢您！

　　祝

阖家欢乐！

小赖

2001.10.12

From：郑怀兴 <zhenghx@163.com>
To：赖玲珠 <fjndllz@sina.com>
Subject：
Date：2001-10-12 20:59:00

005 不要轻易放弃这个戏

小赖：

  你好！很高兴看到你发来的信。我认为，改稿会的意见值得你好好思考，不要轻易放弃这个戏。鲁迅的《阿Q正传》不是写得很灰暗吗？但深刻极了。这个题材写好了有现实意义，也揭露了人性的弱点。记得前些年《剧本》发表了一个外国剧本，叫《纵火犯》，写的是众人对纵火犯的纵容，最终大家都惨遭其害，富有哲理。我相信你可以改好的，只是别太急，要酝酿成熟后再动笔。我将于本月21日去北京参加《新剧本》的笔会，一回来又要参加省文代会，如果省改稿会在10月底或11月初开的话，我又要参加，平静的生活秩序要被打乱了。可是我又很想去南宁看戏。

怀兴
2001.10.12

From： 赖玲珠 <fjndlllz@sina.com>
To： 郑怀兴 <zhenghx@163.com>
Subject：
Date： 2001-10-18

006　走哪条路最好

郑老师：

您好！由于我的计算机在修理，下午在同学处给您发去邮件，到晚上才知道此前您已给我发来邮件，所以您的建议我未能在发邮件前看到。

今天下午，我将修改方案给陈立衔老师传真过去，他看完后，立即给我挂电话，说不赞成我的这个修改方案，同时告诉我，他回福州后，已给我写了一封信，临下班时，我收到此信。他希望我尽快拿出修改方案，并将他给省厅领导看的故事梗概寄给我，原文如下："这本来是一件再清楚不过的小事。大家都是乡里乡亲，好心的翠花扶起了滑倒于井边的贼豆娘，并急忙送医救护，不料却遭到老太太其子贼豆的反诬，还要毛弄井（翠花的丈夫）一家把他老娘'负责去'。双方为此闹得不可开交，当时在场者乃至有的村干部，明知是非曲直也噤若寒蝉莫敢声张。最后，当善良的村人忍无可忍挺身而出时，事情才有了意想不到的转机。"

这个梗概，很精练，结尾也表达了陈老师的建议，他希望这个本子要有光明的尾巴，否则通不过。

我看完后，结合自己的想法和您的建议，一时还拿不定主意。陈老师认为，此剧主题最后应落在"公道自在人心"。而我的方案让他觉得，重点偏到"金戒指"去了，同时，修改的工程量也很大。

修改工程量大小倒在其次，问题是走哪条路最好。

您的建议，内涵厚重，发人深思，超越了原著，这正是我所追求的。我现在拿不定主意的是，您怎样看待我的修改方案？如果只是事件的取舍不一样，造成情节、结构、人物设置不同，而在思想内容上却能异曲同工；或者我提供的方案，表现了另一个主题，产生的将是另一种效果，以及这种效果如何。只有鉴定了这个，我才敢动笔。

由于时间很紧，为避免轻率，我想是不是省里改稿会就用第一稿参加，然后再好好思考，择良而从之。您说呢？

致礼！

小赖
2001.10.18

From：郑怀兴 <zhenghx@163.com>
To：赖玲珠 <fjndllz@sina.com>
Subject：
Date：2001-10-18

007　贼豆为什么会成为一个无赖？

小赖：

你好！最近《一粒贼豆》有没有考虑出比较好的修改方案？甚念。我想，可能你要把几个人物的历史理清楚。贼豆为什么会成为一个无赖？是不是因为他孤儿寡母，曾经受尽人家的欺负，在生活中慢慢"悟出"只有当无赖才能在这个社会上立住脚？乡亲们以前瞧不起贼豆，而当他成了无赖后，又怕得罪不起，躲着他，纵容他，使得他离正道越来越远。他母亲是个善良的人，让儿子当无赖，出于无奈。后来看到儿子已经成为村里的祸害，感到痛苦，苦口婆心劝说，最后她不得不想要亲手来除掉儿子……饱受贼豆欺负的那一对夫妻可按你后来的设想来写。这个戏改好了，会很深刻，很有现实意义，也很感人。

我盼望你改好。我21日去北京，24日回福州参加省文代会。不多写了，以上意见仅供参考。

即颂

文安！

怀兴

2001.18日匆草

From：郑怀兴 <zhenghx@163.com>
To：赖玲珠 <fjndllz@sina.com>
Subject：
Date：2001-10-19

008　要善于听取各方面意见

小赖：

你好！我已经收到你发来的修改方案了，也看到立衔老师的意见了，我都不赞成，因为这样一来，把戏改浅了，只变成一个还算好看的戏而已。我那个粗浅的意见你再想想看，省里改稿会我将参加，你就带初稿去吧，把修改方案也带去，到时与评章[1]一起好好探讨。另：毛五月，我同意你的意见，写成一个普通的农家姑娘就行了，如果嫌她碍手碍脚的话，可变成有名字而无形象的人物，贼豆诓他母亲说，五月跟他自由恋爱，但她兄嫂嫌贫爱富，从中干预，把五月逼走了……总之，你要善于听取各方面意见，好好消化，慢慢拿出一个修改方案出来。祝成功！

怀兴
2001.10.19

---

[1] 王评章，时任福建省艺术研究所副所长、副研究员，戏剧评论家。

From：赖玲珠 <fjndllz@sina.com>
To：郑怀兴 <zhenghx@163.com>
Subject：
Date：2001-10-19

009　患病之感

郑老师：

　　您好！感谢您的指导，您的建议对我帮助很大。我拿不定主意是因为我还缺乏艺术眼光和造诣，所以无法做出自信而智慧的选择。有了您的指导，我在创作迷茫的时候，就有了方向感，这使我感到既幸运又高兴。我会认真、仔细地琢磨您的建议，并拟出一个方案。

　　我听意见多凭直觉，好的意见，一听，会有一种茅塞顿开、豁然开朗的感觉，心里兴奋而畅快，如身患之病好了一般。《贼豆》在初创时，就有患病之感，不愉快、不兴奋，也无大痛苦，如感冒一样。后来大家会诊，病因似乎找到了，方子也开了，但就是感到难受。

　　现在感觉较好。我想按您的建议写，贼豆母子的戏会很感人。最后由他母亲亲自来处理自己的儿子，这个建议特别打动我。

　　另：改稿会推迟到11月下旬进行，但依然没有多少时间。此外戏剧节听说省厅不打算组织观摩，不知各地市怎样考虑。

　　最近我有个小戏在找企业投资，如能付排，争取参加"水仙花"演出。

　　谢谢您！

　　谨祝

秋怡！

小赖
2001.10.19

From：郑怀兴 <zhenghx@163.com>
To：赖玲珠 <fjndllz@sina.com>
Subject：
Date：2001-10-27

010　贼豆不能死

小赖：

　　你好！我昨晚从福州赶回家，一上网，就看到你发来的修改方案，但太累了，没有给你立即回复。早上再仔细看你的修改提纲，基本上同意。但毒死贼豆太残忍了，能否改为用别的方式？如用剪刀刺之？贼豆不能死，要让他知道相依为命的母亲要杀死他，就可以使他心灵受到极大震撼，也震惊了村民们，大家都会从中悟到什么，这里是戏的高潮。

　　下星期二我将去福州参加省艺术指导委员会会议，评章说要通知你去，届时我们再详谈，好吗？

　　祝创作愉快！

怀兴

2001.10.27

From：郑怀兴 <zhenghx@163.com>
To：赖玲珠 <fjndllz@sina.com>
Subject：
Date：2001-11-02

011　我当你的入会介绍人

小赖：

　　我手头还有一份剧协登记表，可以寄给你，请你告诉我你的通信处、邮政编码。我当你的入会介绍人，另一个由你自己定。表格填完之后，直接寄到省剧协，通信处为福州市西洪路凤凰池省文联剧协，吴██收，邮编为350002。表格寄去之后，要等他们汇总成批后，看什么时候开主席团会议，才能审批。改《一粒贼豆》时，要把贼豆的孝顺、他母子相依为命、母子情深、毛弄井的善良和懦弱渲染、铺垫足够。毛弄井的妹妹写成打工妹就行了，不要当三陪女。

　　祝愉快！

怀兴

2001.11.2 清晨

From：赖玲珠 <fjndllz@sina.com>
To：郑怀兴 <zhenghx@163.com>
Subject：
Date：2001-11-04

012　两个偏方

郑老师：

您好！知您患有轻度糖尿病，想起北京颜振奋[1]老师曾说过两个偏方。他尿糖高，指数11，血糖亦偏高，现在正常了。具体内容如下：（1）生黄豆或生黑豆泡醋，豆量半瓶，加满醋，浸泡半月后，豆涨满瓶（如豆露出醋面，可增加醋量），当小菜配饭，每餐食用六七颗。（2）新鲜绿茶（山区百姓自制的粗茶更好）泡凉开水5个钟头后，当茶水饮用，如胃凉，可加温开水调饮。另，按摩脚拇趾趾尖及拇趾边上大块骨头往脚跟一寸处的穴位，亦是一种辅助疗法。此外，糖尿病患者，忌饭后立即睡眠。我想这是日常生活调节，比较容易做到。不知对您是否适用。如需粗茶，可告知我。

另：《贼豆》才写完两场，感觉不如《桃花吟》，此剧老在虚构和设计，显得浮躁，创作状态不断跳出，而《桃》剧不同，日夜牵挂着人物，较实在，有些着魔。

明天又上班了，有关签到的事，已有些眉目，但仍需与局长继续交涉。

祝您

健康、快乐！

小赖
2001.11.4

---

[1] 著名戏剧评论家，曾任中国戏剧家协会书记处书记、《剧本》月刊原主编。

From：赖玲珠 <fjndllz@sina.com>
To：郑怀兴 <zhenghx@163.com>
Subject：
Date：2001-11-26

013　南宁看戏，感觉不好

郑老师：

　　您好。接戏研所通知，《一粒贼豆》安排在12月4日下午讨论，我带修改提纲参加。《剧本》11月刊号刊出的《桃花吟》，我看到了，许多地方尚需精心修改。评章老师对"本剧诚征演出单位，如有意者，请与作者联系"，来电提出婉言批评。其实，在此之前，我已问过梁处长，《桃花吟》演出，省里如有安排，我绝对服从，但省里一直没有明确答复，所以我就请杨雪英老师附了这么一句，真是考虑不周，令人懊悔。

　　这次南宁看戏，感觉不好。11月22日下午，听诸位老师谈观后感，我心里很乱。我在想，如今除了戏曲圈内的人，还有谁在真正关心戏曲？又有谁真正离不开戏曲？戏曲真的是我无悔的选择吗？我能从中体验到充实和快乐吗……

　　后来，游漓江，清秀静美的山水冲淡了我的不快，但紧随而至的姓名更正、飞机误点和长途劳顿，又把漓江的余韵扫荡而去。呵，也许我太情绪化了。

　　另：您似乎对自己的健康问题感到忧虑，我看您大可放宽心。我觉得您应该保持着畅游漓江时，坐在船头，像小孩一样快乐地拍打着双膝的那种忘我的愉悦心境。

　　谨祝您快乐！

小赖
2001.11.26

From：郑怀兴 <zhenghx@163.com>
To：赖玲珠 <fjndllz@sina.com>
Subject：
Date：2001-11-26

014　戏曲不景气由来已久

小赖：

你好！你的来信收到了。在南宁没有看到特别令人激动的戏，也是正常的，出一个好戏不容易。戏曲不景气由来已久，但一旦迷上这个行业，还是很有趣的。人的一生时间和精力毕竟有限，能干好一件事，就不算虚度了。至于"另类"之说，我有过同感，也曾为此愤愤不平过。但哪个地方、哪个单位不存在这种不公平的现象？我踏入戏曲界二十多年，既有温暖的时候，也有多次令人心寒的遭遇。真实的人生就是如此，你不必过于介意。好比在江河里航行，遇到急流、险滩、暗礁，你要善于避开，千万不要去硬碰，要坚定不移地朝着自己既定的目标前进。

机票在单位能报吗？若不能报，我30日下午就要去福州了，跟评章再说说看。

《桃花吟》一事，相信省里也不会怪你，作者都希望本子写出来后有剧团排。厅里、所里都是十分器重你的，关心你的。评章刚才跟我通电话时还说，什么时候召集几个人，一起跟你谈你写过的三个剧本。我这两天在家里改《林默娘》，吸收了在南宁听到的几点意见，同时还压缩了一些。福州见。

祝愉快！

怀兴
2001.11.26

From：郑怀兴 <zhenghx@163.com>
To：赖玲珠 <fjndllz@sina.com>
Subject：
Date：2001-11-27

015　别太赶了，从容些！

小赖：

　　发过来的修改提纲已看了，初步感觉比在南宁谈得好，有趣、有戏，稍感不足的是最后一场，毛家要被贼豆弄得走投无路，全村人在贼豆面前都感到无奈，而贼豆还自鸣得意，杨婶这时感到儿子原来已经成为村里的一大祸害，人人敢怒不敢言，她几番规劝又都无效，只有一个选择：自己亲手来为乡亲们除害。这样才能把戏推向高潮，才能震撼人心。你以为如何？别太赶了，从容些。福州见！

怀兴
2001.11.27

From：赖玲珠 <fjndllz@sina.com>
To：郑怀兴 <zhenghx@163.com>
Subject：
Date：2001-12-07

016　戏外功夫

郑老师：

您好。今天看您的《戏剧编剧理论与实践》的第十章"戏外功夫"，想起您在台湾讲课时，学生们都爱听您的课。我想换了我有机会听这样的课，定然也是兴致勃勃的，因为不仅生动，而且信息量大，有渊博的知识、丰富的阅历，还有深入浅出的人生感悟，其中还不乏幽默。让我十分意外而忍俊不禁的是，您居然还相过卜。不过您走过的蹉跎岁月，已经成为您人生的一笔财富，也许这就是所谓的先苦后甜吧。

我小时候家庭也很清苦。爷爷是"富渔"[1]，奶奶生养的子女包括夭折的共十六个，但数父亲最孝顺，因替爷爷挨批斗、劳动改造，所以爷爷死后，"富渔"的帽子就戴到父亲头上，他被管制了二十五年！（现在的管制期限最长是三年吧。）期间我大哥精神分裂，大姐十三岁与姐夫订婚，换了两百斤地瓜米。就像《桃花吟》中的桃花一样，因为没感情，又迫于父母的道德情义，很不情愿地结了婚。婚后十年才生一女，两年后，在我大哥患肝癌去世一年零五个月后，她也患肝癌去世了。由于经济困难，一天医院也没住。我带她看中医买的十几服中草药还没吃完，就走了。我和姐姐感情很好，读初中时又寄读在她家，她死的时候，我在床前眼睁睁看着她

---

[1] 渔区土改时的家庭成分。

断气，所以事过多年，想起来仍然十分伤感。唉，不说这些了。

您说的"戏外功夫"在读书，我很有感触。书到用时方恨少。古人行万里路，读万卷书，不仅学富五车，而且修身养性都做得很好。现在有些人做学问，常把工夫花在学问外，如您所说的，处于"小知"状态，自我又十分膨胀。与戏剧结缘两三年来，因为无知，难免招致周围一些人的讽刺和挖苦。有时候心里很不是滋味，但想想"闻道有先后，术业有专攻"，受些辱，长些志，也就释然了。

您的这部书，我稍感不足之处是竖排，繁体字我倒看得懂，竖排看起来眼睛容易疲劳。我记得你好像跟方李珍说过，有草稿存在软盘里，是这部书的吗？

另：由于中青年演员复赛安排在本月二十几号，所以我打算10至20日请休假，再加上前后周末，以修改《贼豆》。您多次劝我创作要从容，我也知凡事不能急于求成，"亢"则容易出差错，但我很怕自己偷懒，一放松，惰性就出来了。不过在创作心态上，我会谨记您的教诲。

长春电影制片厂文学部邀约合作电视连续剧的事，我已去信说明，自己条件不成熟，希望以后有机会合作。此外，在您签约之前，我自己有个工作室，对外接些文印、实用文书、媒体策划和电视专题撰稿之类的业务，虽小有收入，但因助手难当一面，所以牵扯精力，更不好的是，会搅扰心境，冲淡感觉。我事先不敢告诉您，是因为还没有做出最后的取舍。现在已经处理好，只有一笔业务因是去南宁前答应的，待这两天处理完后，我就不接了，以确保一心一意写戏，毕竟"蜈蚣十八脚，只走一条路"。您说对吗？

谨祝

愉快

小赖

2001.12.7

From：郑怀兴 <zhenghx@163.com>

To：赖玲珠 <fjndllz@sina.com>

Subject：

Date：2001-12-07

017　你要有信心

小赖：

　　你好！收到你的来信，感慨良多。我父亲家庭的情况跟你家相似，也是被评为富农。我父亲受此牵连，被处理，蒙冤二十年。受过苦难，更珍惜现在的生活，更会努力拼搏。你目前要集中精力写戏，是对的。等写出两三个好戏以后，再做电视剧或其他的事。那本书的稿子还存在电脑中，你需要的话，我可以立即发过去。我于15日赴榕，16日赴京，23日回来。《一粒贼豆》会改出一个好戏来的。你要有信心。

　　祝愉快！

怀兴
2001.12.7

From：赖玲珠 <fjndllz@sina.com>
To：郑怀兴 <zhenghx@163.com>
Subject：
Date：2001-12-07

018　舍得舍得，先舍后得

郑老师：

　　您好！来信收悉，谢谢！给您发完邮件后，恰好一个公司找上门来要做企业宣传策划，算是"大宗生意"，被我婉言谢绝了。每当有所失的时候，我常以"舍得舍得，先舍后得"来自慰。这种方法，效果很好。古人说："天下熙熙，皆为利来；天下攘攘，皆为利往。"许多人做事很投入，但他们并不是对事情本身感兴趣，而是对赚钱感兴趣。写戏虽寂寞清苦又不挣钱，我却割舍不下，这才是真正兴趣所在。

　　您的著作原稿，如方便，请发给我。

　　另：宁德有几个作者，没有机会出去学习、观摩，戏剧方面的书又很缺，但创作热情很高。我很想为他们提供力所能及的帮助。不知能否将您的原稿打印给他们看？

　　您去北京，如方便，烦请您帮我选几本戏剧方面的书。此外，北京天气肯定很冷，请多带些衣服。祝您旅途愉快！代向师母、师太问好！

小赖
2001.12.7

From: 郑怀兴 <zhenghx@163.com>
To: 赖玲珠 <fjndllz@sina.com>
Subject:
Date: 2001-12-07

019　为台北同学看剧本提纲

小赖：

你好！我现在就把书稿发过去。如果你认为有让其他作者参考的价值，就打印出来吧。你需要一些什么书，可告诉我，我这次若买不到，以后也可以让宜庸替你买。我这一两天为台北的一位同学看剧本的提纲、出点子。这几个月我一直出差，正常的生活规律被打乱了。1月份改稿会还得去参加，到春节前才能静下心来做点事。

祝愉快！

怀兴

2001.12.7

From：赖玲珠 <fjndllz@sina.com>
To：郑怀兴 <zhenghx@163.com>
Subject：
Date：2001-12-08

020　戏曲著作很难找

郑老师：

　　您好！北京太大了，购书实在不易。如不方便，不必难为。戏曲的书，我买得少，书讯也少。一好友推荐《元人杂剧与元代社会》是一部好书，幺书仪著，北大出版社出版；世界十大悲剧和十大喜剧，奥尼尔著作，在北京时没买到，一直想藏补；另：《剧本》月刊登载的书讯，有两部我较感兴趣，一是《性别文化学视野中的东方戏曲》，由天马图书公司出版发行，书讯是崔伟写的；二是《新时期戏曲现代戏优秀剧作选》，中国戏剧出版社出版，上下册，入选有《榨油坊风情》《乡里警察》《骆驼祥子》等剧作。

　　北京书店大且多，戏曲著作很难找。西单图书大厦三楼文学部有个戏曲著作专柜，您若有到西单购物，可顺便逛逛。如有您认为适合我的其他著作，劳烦垫款捎带，谢谢！我争取在您北京归来后，能将二稿改出来。

　　谨祝
愉悦！

小赖
2001.12.8

From：赖玲珠 <fjndllz@sina.com>
To：郑怀兴 <zhenghx@163.com>
Subject：
Date：2001-12-09

021　翠花这个人物

郑老师：

您好！这两天着手修改《贼豆》，遇一问题，把持不定，敬请指导。

在福州改稿时，方李珍提出，翠花这个人物，是否可设置为刚过门不久的媳妇，对贼豆还不太了解，也不信村人传言的那个邪。她以平常心去待人处事，结果惹臊上身。否则她若长期与贼豆为邻，应对贼豆很熟悉，处事就有分寸，矛盾就不易激化，这样事件发生的理由在逻辑上，就不够充分。

我认为她提的有道理，但这样一来，人物性格、形象就得做较大调整。现在的翠花是个嘴尖舌利的妇人。如要改，要做较大调整，与之相关的细节、言语也得跟着变。但若不调整，我又感到确实存在逻辑充分问题，而且目前这个人物形象特色也比较一般，许多作品中都有见过。此外，翠花若是刚过门不久的媳妇，对毛弄井这个人物的内心，包括杨婶、贼豆也能起到丰富作用，因为"婚前"与"婚后""旧邻"与"新里"，人们内心的感应是不一样的。再说，事件的开端是翠花丢鸡引起，她与毛弄井的处事态度和性格差异，也是推动情节发展的一个动力。所以这个人物比较关键。我的想法是倾向于"改"，能给作品和人物增添一种"新意"。您以为如何？盼复！

谨祝如意！

小赖
2001.12.9

From：郑怀兴 <zhenghx@163.com>

To：赖玲珠 <fjndllz@sina.com>

Subject：

Date：2001-12-09

022　翠花该"新"该"旧"的问题

小赖：

　　刚好上网，收到你的来信。翠花该"新"该"旧"的问题，似乎对主题关系并不很大。造成贼豆这个无赖能横行乡里，谁都不敢招惹他，有其深刻的社会原因。老邻居为什么不了解贼豆？是人际关系的冷漠，只扫自家门前雪使然。即使是新媳妇，也不能刚过门，起码嫁过来三五年了，如果太"新"，怕泼辣不起来。你自己认为写哪一种翠花有把握，就写哪一种，不管你赋予翠花何种个性，都要服从主题的需要，都要看哪一个翠花更有助于剧情的展开，主题的开掘。或许贼豆以前兔子不吃窝边草，在外面惹是生非，但与邻居一直相安无事，这回是偶然遇见从外地打工回来的五月，动了春心，便借鸡向毛家开个玩笑，而毛家却认为无赖这回找上门来了，十分紧张，弄得矛盾越闹越大，结怨越来越深，以致后来杨婶跌倒，贼豆认为是翠花所为……你看怎样写比较好，就怎样写吧。写新写旧，各有千秋。不多写了。

　　祝修改顺利！

怀兴

2001.12.9

From：赖玲珠 <fjndllz@sina.com>
To：郑怀兴 <zhenghx@163.com>
Subject：
Date：2001-12-10

023　小品《摆位子》

郑老师：

　　您好！中国文联、中国剧协和南安市联合举办的曹禺戏剧奖小品、小戏比赛，我两件旧作应征，他们来信，说小品《摆位子》实力较强，从目前福建来稿看，除赞助单位南安市的外，算是最强了。若有条件加工、付排，可望进入决赛。

　　由于我对这些不熟悉，不知是否值得去做。也不知省里有关部门是否能够提供何种帮助。特此向您咨询，劳烦指教。不好意思，让您费神了。另：《贼豆》正在修改，很费脑筋，但进展还行。

　　致礼！

小赖敬上
2001.12.10

From：郑怀兴 <zhenghx@163.com>
To：赖玲珠 <fjndllz@sina.com>
Subject：
Date：2001-12-10

024　小品《摆位子》我一口气就读完了

小赖：

你好！小品《摆位子》我一口气就读完了，写得很流畅，很有生活气息，语言也很生动活泼，应该去参赛。但我对小品比赛的情况一无所知，不知是由省剧协，或是由省群众艺术馆负责？你可向这两个单位询问一下。既然为中行写的，中行应组织排演才对。这也是为他们行业争光的事。"竟"字有几处写成"竞"字，要改一改。《一粒贼豆》不要改得过急，要从容一些。

祝一切如意！

怀兴
2001.12.10

From：郑怀兴 <zhenghx@163.com>
To：赖玲珠 <fjndllz@sina.com>
Subject：
Date：2001-12-11

025　《杨志卖刀》请你找来看一看

小赖：

　　你好！刚才看了《小说月报》今年第十二期的中篇小说《杨志卖刀》（作者：谈歌），忽然联想起你的《一粒贼豆》来。此小说写一个本来十分老实本分的秀才牛仲学，如何蜕变成了泼皮无赖牛二。请你找来看一看。当然，我们不可能写贼豆如何变成无赖的过程，但也要花点笔墨交代，以深化戏的主题。不多写了。

　　祝修改顺利！

怀兴
2001.12.11

From: 赖玲珠 <fjndllz@sina.com>
To: 郑怀兴 <zhenghx@163.com>
Subject:
Date: 2001-12-11

026　我是否每改完一场就给您发过去？

郑老师：

　　您好！由于这段时间，我科室里只我一人上班，局里本不同意我关门，但我今年休假未休，所以请了十天。虽是休假，但杂事较多，不时要进去处理。不过晚上时间还是可以保证。我有个想法，想征求您意见，就是我是否每改完一场就给您发过去，请您指点？这样是否便于及时发现问题，及时修改，以免走弯路。只是这样，您会非常辛苦。15号您去福州，16号去北京，又有许多同行请您辅导，真是太累了。您如果安排不过来，或认为这种办法不适合，我们就换别的方法。一切根据您的作息安排，请多注意身体，不要太累。

　　您的《戏剧编剧理论与实践》简体字电子稿，是否发了？我没收到。如未发，不必急，以后再说。小品的事，中国剧协来信说，如银行能介入，成功机会很大。不过，吴新斌老师告诉我，省剧协今年八九月份举办的"水仙花"杯小品、小戏比赛，就是为曹禺奖而准备的，其中一等奖十个作品，推选参赛。因宁德剧协未组织，所以像我这种情况，得另行汇报研究。我将有关资料寄给他，等他明示再说。加入剧协的表格他也收到了，说没问题，待明年开会审批。他热情而友善，谢谢您。

　　另：您如需要灵芝，请说一声，我家小李的朋友在福州专营灵芝，很方便。
　　祝阖家好！

小赖
2001.12.11

From：郑怀兴 <zhenghx@163.com>
To：赖玲珠 <fjndllz@sina.com>
Subject：
Date：2001-12-12

027　我看稿喜欢一口气看下去

小赖：

　　两封来信均收悉。书稿一回来，就给你发过去，可能中途失落了，今天再发，请查收。修改稿待我从北京回来后再一并发过来为宜。我看稿喜欢一口气看下去，以求得到一个整体的感觉。灵芝，我家中还有好多，不必寄来。绿茶，我近来每天炖鲫鱼吃，很好。谢谢你！不多写了。《上官婉儿》构思出一个眉目来了。这个戏难度挺大，试一试，可能有意思。不多写了。祝愉快！

怀兴

2001.12.12

From：赖玲珠 <fjndllz@sina.com>
To：郑怀兴 <zhenghx@163.com>
Subject：
Date：2001-12-12

028 《贼豆》改到第四场了

郑老师：

您好。"讲稿"收悉，真是太感谢您了。这是您二十多年写戏的心血结晶，真不容易！应该争取简体再版，让更多的人受益。不过我外行，又是打电话，又是叫人修电脑，又怕再丢了，从下午一直折腾到晚上，才拷下来，最后才发现原来只需几秒钟就能解决。

绿粗茶用完，需要，请说一声。

上官婉儿，我从《武则天》里了解她，虽不全面，但非常喜欢她，认为她是一个很厚重的女性。但愿早日看到您笔下的婉儿。

《贼豆》改到第四场了。随着改稿的进展，个别地方与修改提纲有所不同，但感觉比初稿好，这次我没把贼豆当坏蛋写。我很同情他。他也有痛苦、泪水和屈辱，他也需要别人的尊重、信任和理解，但他没能得到。写戏应把连剧中的人都没有意识到的东西，或尽到的责任，都展现在观众面前，对吗？鲁迅先生说："悲剧就是把美好的东西毁坏给人看。"我想，在丑恶中沉浮、挣扎、闪烁的美好人性，如果没有得到挽救和尊重，也是一种悲剧。您说呢？

因为倾情于笔下的人物，才感到这一行很有意思也很有意义。谢谢您的鼓励，因为《贼豆》在省里改稿时，仍有老师言中流露出让我放弃的意思，是您的坚持和肯定，才让我有信心把这个本子改好。

祝快乐！

小赖

2001.12.12

From：郑怀兴 <zhenghx@163.com>
To：赖玲珠 <fjndllz@sina.com>
Subject：
Date：2001-12-13

029　作者要富有同情心

小赖：

　　得悉你对贼豆已经有新的理解，我很高兴。我请你看谈歌的《杨志卖刀》（属于故事新编），目的就在于让你要将贼豆为什么会成为一个无赖交代清楚。一个人变坏，除了个人因素外，还有别的原因，作者要富有同情心，戏才能写深，才能感人。祝愉快！

怀兴
2001.12.13

From：赖玲珠 <fjndllz@sina.com>
To：郑怀兴 <zhenghx@163.com>
Subject：
Date：2001-12-14

030 把"情"写足、挖深

郑老师：

您好！昨夜看《杨志卖刀》，有感触，嬉笑怒骂、辛辛酸酸，但不感动，因为冲击力不很大，不过对理解和塑造贼豆，以及修改剧本和今后创作，确有启发。想要深深地打动人心，还是靠挖掘真情。《杨志卖刀》似乎就缺这个。剧中几个人物之间的感情都没写足挖深，所以发生变故之后，"悲"也就不够切。由此，我进一步理解您为什么一再强调、希望我把贼豆母子的"情"写足、挖深。谢谢！我会尽力而为。您明日启程，祝旅途愉快！

小赖
2001.12.14

From：郑怀兴 <zhenghx@163.com>
To：赖玲珠 <fjndllz@sina.com>
Subject：
Date：2001-12-14

031　认识日益加深了

小赖：

　　你好！

　　我同意你对《杨志卖刀》的看法。谈歌此篇的主要问题在于"主题先行"，说明牛二是为社会环境所逼，才由一个老实厚道的书生变成了有名的泼皮无赖。而这一点，却是对你有借鉴的地方。瞧你对《一粒贼豆》的认识日益加深了，我很高兴，相信你能改出一个好戏来。我最近老出差，心都安静不下来，《女学士》（上官婉儿）虽然构思有了眉目，却动不了笔，看来得等1月份省改稿会之后才能静得下来写了。

　　祝写作顺利愉快！

怀兴

2001.12.14

From：赖玲珠 <fjndllz@sina.com>
To：郑怀兴 <zhenghx@163.com>
Subject：
Date：2001-12-21

032　站着控诉，不如跪下忏悔

郑老师：

您好！先致晋京归来愉快。本拟在您归来之前将《贼豆》修改完成，因连日来，亲朋婚庆喜事连连，应酬很多，花时不少。修改虽已近尾声，但尚未完工。前日，去局里，发现局长已换，大感突兀。据说老局长自己也感意外。明日我要赴榕参加中青年演员复赛，24日回宁。澳门妹夫等亲友八九人进来做客，想必又要热闹一番。省里第二轮改稿定在1月上旬，时间很紧。

感到可惜的是，老局长刚刚同意轮流上班，还未实行，又换了新局长。但愿今后创作时间能够确保。

陈立衔主任让我看看第七届文代会的内容，说是对《贼豆》修改或有帮助（指主题）。虽说应该了解当今创作大环境，但我不赞同把弘扬主旋律理解为一味地歌功颂德。社会问题剧在某种意义上，好比忧国忧民者对社会、对国家、对人的生存状态的关注，是很真诚的。一个人不应该害怕别人说自己的缺点，一个国家更不该如此。

听说有部书叫《祸国的辉煌》，列举数十年来，把祸国的惨剧当作辉煌的历史载入史册。我还记得看过一篇文章，一德国小孩听家长控诉纳粹犯下怎样的滔天罪行，便问父亲："当纳粹横行的时候，你在干什么？"我们批判"四人帮"的时候，全国人民大骂"四人帮"，我不喜欢这种缺乏自省精神的论调，哪怕它再慷慨激昂，再振振有词。站着控诉，不如跪下忏悔。

　　题外啰唆，见笑了！

　　　致

礼！

小赖

2001.12.21

From：郑怀兴 <zhenghx@163.com>
To：赖玲珠 <fjndllz@sina.com>
Subject：
Date：2001-12-24

033　这个戏不单是一个社会问题剧

小赖：

　　你好！我昨天就回来了，因为电脑出了故障，今晚才请朋友修理好了，一上网，就看到你的来函，很高兴。《一粒贼豆》按你的想法修改就行了。各人有各人的想法，哪能都采纳？这个戏不单是一个社会问题剧，还饱含丰富的人生哲理。不要太赶了。新局长来了，要慢慢再做工作。你想买的几本书，我在王府井书店都找不到，很遗憾。不过中国戏剧出版社资料室的一位热心人找到我十年前出版的仅存的几本书，这回改稿会，我带一本给你。祝你一家圣诞节快乐！

怀兴
2001.12.24

From：赖玲珠 <fjndllz@sina.com>
　To：郑怀兴 <zhenghx@163.com>
Subject：
Date：2001-12-29

034　《贼豆》修改到最后一场

郑老师：

　　您好。《贼豆》修改到最后一场。由于近段日子来，创作时间无法自主安排，夜晚创作，常感寒冷，修改断断续续，所以感觉不太好。我的创作习惯是在创作期间专心致意只做一件事。如有可能，吃饭睡觉最好都免了。遇有他事干扰，感觉就不断地跳出，几经反复，便很疲乏烦躁，需重新安排一大块时间才能调整，进入状态。

　　新局长上任，上班制度更严，昨日开会，谈及机关效能，又有科室人员应和，说不能搞特殊化，否则就不公平。我虽觉不可理喻，但没有吭声。创作时间的事，以后再争取。省里本要30日之前送稿，我恐怕得拖几日，利用元旦放假，好好捋一遍。

　　我常常想，是不是自己能力有限，不善解决问题，或性格中的某种缺陷，不适合干复杂的事，与复杂的人打交道。遇事总爱理想化，不够现实。唉，如果不是为了一份工资，我真想辞职，一心一意干自己喜欢的事。

　　心情很灰，对不起了。

　　谨祝

新年好！

小赖
2001.12.29

From：郑怀兴 <zhenghx@163.com>
To：赖玲珠 <fjndllz@sina.com>
Subject：
Date：2001-12-29

035　写东西最忌心情烦躁

小赖：

　　你好！来信收悉。新来的局长要你坐班，你不要焦急，等我近日去福州参加改稿会时向省厅反映，请他们协调解决。中国的官僚习气太严重了，对专业人员不理解，往往管卡得很厉害。我刚踏入戏剧界时，也受了不少欺负，也逼我要天天去上班，随着自己出了成绩，又不断争取，情况才慢慢好转、改观。要沉得住气。写东西最忌心情烦躁。天气寒冷，夜里不要写得太迟，要注意保暖，别累坏了身体。

　　祝新年愉快！

怀兴
2001.12.29 匆草

From： 赖玲珠 <fjndllz@sina.com>
　To： 郑怀兴 <zhenghx@163.com>
Subject：
Date：2001-12-29

036　关于坐班与创作之间的矛盾

郑老师：

您好。来信收悉，甚为感谢。关于坐班与创作之间的矛盾，我想是否缓段时间再妥当解决？因为上次我在省里开会提出后，梁处长很关心，当即挂电话给老局长，后来局务会议时，老局长便怪我，说我什么都好，但怎么能将此事捅到省里。现在，新局长刚到任，所谓新官上任三把火，他刚刚强调要严肃上班制度，如我当即提出创作时间问题，即使省厅出面协调，恐怕也会引起误会。我想先克服一段时间，再找个适当的机会，好好跟局长沟通沟通，请他理解支持。如实在不行，再想其他办法。您看这样行吗？

再次谢您。祝

好！

小赖

2001.12.29

From：郑怀兴 <zhenghx@163.com>
To：赖玲珠 <fjndllz@sina.com>
Subject：
Date：2001-12-29

037　你不要担心

小赖：

　　你不要担心新来的局长会不愉快。我刚才给评章挂了电话，说我收学生一事，不但在福建报刊上发了消息，而且《中国文化报》《文艺报》也都报道了，北京的朋友纷纷询问此事，如果没有保证小赖有充分的创作时间，我哪能完成任务？岂不闹出笑话来？评章要我别焦急，他们会想办法协调解决的。以后你们局长若要怪罪，你推到我头上来就行了。我目前都看书，要等省改稿会结束后再考虑动笔写《女学士》即上官婉儿。最近读李泽厚的《己卯五说》，觉得很好。拙作《寄印》可能要给云南省滇剧院，不过要等几天看他们寄合同过来再确定。

　　祝愉快！

怀兴

2001.12.29

From：赖玲珠 <fjndllz@sina.com>
To：郑怀兴 <zhenghx@163.com>
Subject：
Date：2001-12-30

038　我找局长专题汇报了

郑老师：

　　您好！刚才我找局长专题汇报了创作时间问题。我把全省其他地区的剧目工作室的情况、省厅对我的关怀、签约收徒的影响和意义、戏剧界人士对我们的关注与期盼，以及我自己从新闻转行戏剧，从"误入歧途"的苦闷不安、到进京求学的孜孜努力、直到爱上这一行的经过，以及父母、家人、朋友从最初的惋惜、不理解到现在的支持赞同，一股脑儿都掏了出来。同时把局里目前的办公环境，不利于写作的现实也摆了出来。局长听后，表示理解，说应该支持我创作，但他认为我的创作应是阶段性的，要写出创作计划，需要多长时间，然后以书面形式提交给他，由他审批。同时，他也希望我要做好面上的工作，组织帮助全市其他作者共同进步。我表示赞同。

　　此外，局里明年可能要更换办公场所，搬到后面的楼上。我提出，如果不能参照其他地区做法，彻底解决创作与上班的矛盾，那就必须专门为剧目室设立一个创作室，配备电脑，以便在上班时间里创作。他认为这个办法可行，但电脑等，需逐步解决。近日内，局里会开会研究此事。

　　虽然目前还不能自主，但我已经很感激了。

　　这件事，我一直没能彻底解决，让您挂怀，真不应该。如要实现自主，恐怕也得像您一样，待创作有所成就后，才能得到充分的理解和尊重。省厅和您的关心，让我非常温暖，我会继续努力，敬请您放心！

小赖
2001.12.30

From：郑怀兴 <zhenghx@163.com>
To：赖玲珠 <fjndllz@sina.com>
Subject：
Date：2001-12-30

039　千万别写指导老师某某

小赖：

你好！我今天去市里当职称的评委刚回来。本来我不想去，因为市人事局职改办对演员卡得很严，要看学历什么的，我不得不去，与他们据理力争，最后还是胜利了，几个演员都顺利通过了。看了你的信我很高兴，由你直接跟新局长谈，是最好的解决办法。我还要告诉你一件事，即你打印的本子上以后千万别写指导老师某某，这样会引起人家的反感。我最近给好几个作者出了不少点子，动的脑筋比你的《一粒贼豆》还要多。这是我应该尽的责任，你一宣扬，会招惹人家的不满，于你于我都不好。

不多写了，向你一家恭贺新禧！

怀兴

2001.12.30

From：赖玲珠 <fjndllz@sina.com>
To：郑怀兴 <zhenghx@163.com>
Subject：
Date：2001-12-31

040　阅后三思

郑老师：

您好。

来信收悉。阅后三思，虽觉不太理解，但我一定尊重您的意思。我署您的名字，心里其实有种惶惑。就尊重您倾注的心血和劳动来说，这是理所当然的，但就本子的水平来说，我确实很感不安。我找不到很恰当的词来形容这种感觉，接近于害怕涉及沽名钓誉之耻和让您难堪之忧吧。不过我确实考虑不周，也不清楚圈内的规矩。我不知您指的"人家"是什么样的人，也不明白他们为何会反感，又反感什么，但您既有这种感觉，我是一定尊重您的，并为我事先没有征求您的意见，贸然而为，向您表示歉意！

我见过好些人为文章署名甚至是前后顺序而不欢的事，这与您甘为人梯，幕后奉献，真是不可同日而语。为此，我只能心存感谢！

另：《贼豆》最后一场，在承前启后上，感觉有裂缝，所以还没动笔去写。原因是在"村断"做出翠花赔偿贼豆五百元后，毛弄井夫妻发生冲突，翠花怒责丈夫，遭毛弄井狠打。到这里，我原作这样处理：翠花遭打后，怒而哭泣，毛弄井思前想后，忍无可忍，回家操刀想杀贼豆，翠花见状，力阻丈夫，含泪答应赔钱。这样处理后，便感矛盾已经解决了，那么最后一场，杨婶的"刺子"就缺乏更大的动力，戏没法上去，所以，就改为翠花遭打后，精神受到重创，出现疯状。毛弄井看到好端端一个家，被贼豆害得七零八落，于是怒从心起,想举刀杀人,但他生性软弱,又放不下疯癫的妻子,只得哭泣作罢。这样,对杨婶的内心冲击是否更大些?

为便于您审定,我将二稿发给您。敬请赐教。

祝

好!

小赖
2001.12.31

From：赖玲珠 <fjndllz@sina.com>
To：郑怀兴 <zhenghx@163.com>
Subject：
Date：2001-12-31

041 我真需要静静地磨这部戏

郑老师：

您好。

朋友搬家去喝喜酒，回来便看到您的信。看后，第一个决定是不赶着去参加改稿会。除元旦放假时间外，准备打个报告，向局里请段创作假。静下心来，好好修改。我自己多次看稿，感觉也是前几场较好，自己也被贼豆的滑头惹笑了，后面就越写越没劲。因为状态不投入，像在改作业，而不是创作。我真需要静静地磨这部戏，我多次想辞去主持剧目室工作的职务，只要专心致志搞创作，一年完成一两部作品，领一份工资就行了。

从我一进入剧目室，就感到有些事情是没有料到的。我当时一心只想去学习，调动文化局时，既没告诉他们我在报社的职务，也没提任何条件。后来人在北京，局里给我办手续时，才知道我有职务。按组织程序套，他们办完后，电话通知我，说任命我为剧目室副主任，主持工作。我学习归来后，来上班时，才知在此期间发生了许多事情。

我生性不是一个有魄力的人，干些简单的事情还行，但不适合走仕途，较适合与世无争、静静地创作。我一心只想生活在一个友善、单纯的环境里，所以，在这种情况下，我一不熟悉业务，二资历不深，三没人际基础，四周围又充满敌意，所以工作真是很难，心情也不愉快。同时，这里的气氛不太好，钩心斗角，拉帮结派，同事、领导之间，动不动就敲桌子，大吵大闹，我很不适应。现在新局长来了，但愿这种氛围能有所好转。

　　我跟您说这些，是想告诉您，我的情绪包括创作心态，经常受到办公室里气氛的影响。虽然局里已将我副科转正的报告呈给市委宣传部了，但我一直在想，是不是应该向领导提出，是否允许我辞去主持剧目室工作的职务，以换取让我专心致志从事创作。因为，在我目前创作刚刚起步的时候，周围人总是时不时地说，我的职责不是自己创作，而是组织其他人创作。我想，每个人的精力都是有限的，能力也是不同的，应该找准位置，扬长避短。在"鱼和熊掌不可兼得"的情况下，应该"舍鱼而取熊掌"。

　　我这种想法是不是太幼稚了？

　　新年到了，很想做出新的选择。

　　祝您！

新年快乐！

小赖
2001.12.31

From：郑怀兴 <zhenghx@163.com>
To：赖玲珠 <fjndllz@sina.com>
Subject：
Date：2001-12-31

042　我今日一整天都在看你的本子

小赖：

你好！

我今日一整天都在看你的本子。戏从开始到杨婶跌倒，都很好，非常有戏，顺畅，人物个性十分鲜明、生动。语言妙趣横生，令人忍俊不禁。但到了贼豆回家探母以后，戏就明显降下来了。可以看出来，你对这个戏的后半部还没有构思成熟，就匆忙动笔修改了。

贼豆为什么会恩将仇报，诬陷翠花撞倒他母亲是这个戏的关键所在，你还没有理清楚。贼豆在外头喝酒，人家告诉他，杨婶跌伤了，他还不相信，以为人家在诓他，他认为母亲身体还好，就是挑一担水，也不会跌倒的。回家看到母亲躺在床上不能动弹时，他自然首先会怀疑母亲是不是被别人推倒或撞倒？他以小人之心推忖，不相信跟他闹矛盾的翠花会那么热心助人，送母亲进医疗所，为母亲垫付医疗费。他以为是母亲为了息事宁人，才掩盖了事实真相。尤其是他知道当时在场的还有豆干嫂，而母亲越不说，他越以为自己推断正确。杨婶躺在床上，增加了贼豆的经济负担，尤其是她生活不能自理，大小便都要人伺候，贼豆如何受得了？这令贼豆非常头痛。他会怨恨毛家不让他娶五月，他要是讨了媳妇，杨婶起居就有人照料了。当他出去找豆干嫂查问，碰上了村长，村长训他惹是生非，欺负毛家，同时表扬翠花不计前嫌，救助杨婶，激起贼豆的逆反心理。而这时豆干嫂刚好路过，她听到村长表扬翠花，有些不服气，说要不是翠花冷言冷语刺伤杨婶的心，就没有后来的事发生。当贼豆要继续追问是不是母亲与翠花发生争执，被她推倒？豆干嫂含糊其词，溜之大吉，贼豆就狠下心来，咬定母亲跌倒与翠花有关，逼村长到毛家去落实解决。

毛弄井起初认为老婆以德报怨，可能会感动贼豆，使他不再上门纠缠，还沾沾自喜吃亏是福呢。等村长上门说贼豆要他们赔偿时，他大吃一惊，立即换了一副脸孔，骂妻子多管闲事，惹来麻烦，村长走后，他们去杨家责备杨婶，贼豆回家（应该听了村长回话后，认为毛家不但不肯赔偿，而且咒骂杨家），看到母亲哭泣，听到毛家还在指桑骂槐，便一不做，二不休，决定把母亲抬到毛家去。

翠花为什么要送金戒指给豆干嫂？应还有一个缘故，就是她求豆干嫂不要说出杨婶跌倒之前曾被她冷嘲热讽过。贼豆求母亲帮自己过关那段戏还可以。结局我以为不难处理。这边是毛家夫妻不堪忍受不公正的对待，万分痛苦，要生要死；那边是杨婶明白已经劝不了儿子回头，觉得无颜对乡亲，想要一死以谢乡里，又想即使自己死了，贼豆还会祸害乡亲，便决定带把剪刀，叫人把她抬到会场上去……后面的戏有不少还是可用的。

你要理清楚，再予以剪接，不要急着改。改稿会之前拿不出来，就别赶了，慢慢来好吗？以上意见仅供参考。今天就写到这里了。戏若都能按头三场那样写就成功了。

祝新年愉快！

怀兴
2001.12.31

From：郑怀兴 <zhenghx@163.com>
To：赖玲珠 <fjndllz@sina.com>
Subject：
Date：2002-01-01

043　你应该为贼豆立个小传

小赖：

　　你好！收到你发来的贺年片了，谢谢你！昨晚发出信件后，我还在思考贼豆。你应该为贼豆立个小传。他为什么成了一个无赖？早年孤儿寡母受了人家的欺负，要有具体的事例。设想一下，贼豆小时候并不坏，有一次毛家丢了一件东西，是贼豆捡回来的，可是因为他家里穷，大家都不相信他母子的话，都说是他偷的。本来他的小名叫小豆，从那次起，人家都叫他贼豆了。这对贼豆刺激太大了。他开始向社会报复了，真的小偷小摸了，变成无赖了。他后来也想变好，但人们不信任他，没有地方打工，没有人借钱给他，他只好破罐破摔。这要在杨婶刺儿后母子对唱时唱出来。他把母亲抬到毛家以后，要一波三折，经过几个回合。他有过后悔，想打退堂鼓，但情势逼他骑虎难下。他也有同情毛家的时候，但听毛家咒骂他母子，旧恨涌上心头……看到乡亲都怕他，他心里既感到痛快，感到一种满足，又感到气愤，认为人们欺软怕硬。乡亲的心态也要有所刻画，使戏更有社会意义。你不去参加改稿会是对的，不要匆匆拿出来。前面三场戏写得有声有色，是因为你戏剧情境设置得好，后面戏剧情境尚未设置好，所以戏出不来，人物出不来，生动的语言也出不来。向你一家恭贺新禧！

怀兴

2002.1.1

From: 赖玲珠 <fjndllz@sina.com>
To: 郑怀兴 <zhenghx@163.com>
Subject:
Date: 2002-01-01

044　戏的好坏从自己创作的状态就能感觉

郑老师：

您好。辞旧迎新之际，让您为《贼豆》辛苦了！昨夜朋友搬家，去喝喜酒，原说七点开始，到九点多才开宴，回来后，即看到您的来信。今早送儿子回老家，心里一直挂念《贼豆》。我自己也感觉，前几场戏较好，后面就越写越没劲。看了您的指点后，我才明白原因是戏剧情境没有设计好，人物感情前后没有波澜起伏和变化。比如杨婶，一直哭，一直哭，哭到最后，她泪水流干，无话可说，我也思路枯竭，语尽词穷。再比如翠花，一直气，一直恨，一直骂毛弄井软弱，一直被毛弄井打嘴巴，打到最后，她不疯我也要疯了。

戏的好坏从自己创作的状态就能感觉。您的指导意见，对我很有启发。我好好思考后，再集中精力，认真修改。

这个本子，虽然写得很辛苦，但也学到不少东西。不仅是写戏方面，还有创作心态。我需要大块时间静心创作，慢慢琢磨。越想写戏，就越希望有个比较宽松的创作环境，专心致志搞创作，而不要分神去干别的事情，毕竟人的精力是有限的。以后，如有这样的去处，请您帮我牵牵线，我只要一份工资就行了。

　　致
礼！

小赖
2002.1.1

From：郑怀兴 <zhenghx@163.com>
To：赖玲珠 <fjndllz@sina.com>
Subject：
Date：2002-01-03

045　要抱着悲天悯人的情怀来写

小赖：

　　上午我发过去的意见收到了吗？我今天看美国的一本小说，感触很深的一点是，人家并不追求什么思想性，而是强调审美的福祉（不知是翻译的问题或是别的什么，我对后面这两个字不好理解），强调好奇心、柔情、善和迷狂。由此我想起《一粒贼豆》。虽然你是有感于社会问题而发的，但不要是非、善恶过于分明，而要抱着悲天悯人的情怀来写贼豆、写众人。这样作品会更有深度厚度。想到一点，就顺便给你发过去。祝愉快！

怀兴

2002.1.3

From：郑怀兴 <zhenghx@163.com>
To：赖玲珠 <fjndllz@sina.com>
Subject：
Date：2002-01-03

046　别太赶了，要从容一些

小赖：

　　收到你的修改提纲了。元旦你都没有休息，太累了。对这个修改方案我只有两点意见：（1）贼豆最后一场与杨婶的戏是一定要写得感人至深。贼豆不要笑别人如何如何，重点在于要说自己小时候被毛家（到底是毛弄井或是翠花，你再斟酌）冤枉开始变坏，切身的经历告诉他，只有无赖才不受人欺负。这事不仅对毛家，而且对乡亲都有所震动。（毛家可能早就忘了这件事，可是他们万万想不到一件小事却对贼豆造成那么大的心理伤害。）他们扪心自问，以前是不是都有意或无意欺负、伤害了孤儿寡母？后来为什么对贼豆为非作歹熟视无睹？总之，在这一场戏中，每个人的良心都应该受到谴责。但不能长，不能说教，要做到言简意赅，余音袅袅。（2）检验这个修改方案好不好，要看你写起来是不是像前三场那样得心应手，妙语连珠？最后还是一句老话，别太赶了，要从容一些。

　　祝创作顺利！心情愉快！

怀兴

2002.1.3 匆草

From：赖玲珠 <fjndllz@sina.com>
To：郑怀兴 <zhenghx@163.com>
Subject：
Date：2002-01-05

047　我刚从福州回来

郑老师：

　　您好！

　　我刚从福州回来，才知您的信搁了两天。未能及时回复，对不起了。

　　前日我叔叔过世，跑上跑下，今早为他送行后，又与苏副局长赶去福州，与梁处长商量福鼎越剧团一演员参赛的事。她本是我区优秀演员，这次中青年复赛，因种种原因，表现不佳，心理负担很重，将对她的艺术生涯产生影响。虽然我认为赛场应是公平的竞技，一个优秀的演员，应经得起磨砺，但看到她那么痛苦，所以，很想帮帮她，毕竟，在戏剧艺术不景气的今天，大家真的都不容易。

　　近几天内，我可能很忙，要把工作的事情处理好后，才能请创作假，静心创作。

　　因刚回来，晕车头痛，匆匆草复。谢谢您的关心。改天再向您禀告创作的事。

　　谨祝

愉快！

小赖
2002.1.5

From：赖玲珠 <fjndllz@sina.com>
To：郑怀兴 <zhenghx@163.com>
Subject：
Date：2002-01-12

048　写戏的心态确实要平和

郑老师：

　　您好。改稿会要看那么多本子，一定很辛苦吧？这次改稿会的剧作，和往年相比，感觉如何？近日来，琐事较多，夜里修改《贼豆》，进展缓慢。您多次教导我要从容些，我也学着慢慢磨。每场宁愿写慢些，也不要老是返工。写戏的心态确实要平和。也许刚开始，总显得热情有余，从容不足，不过我希望春节前能完成，然后轻轻松松过春节。

　　另，我和我家小李商量，准备春节后一起去仙游拜访您和师母（方便吗？），顺便拜访仙游农行盖尾营业所的邱明勇同志。他是两年前，我做希望工程电视节目时，未曾谋面的一位热心人士。明年选好季节，请您来宁，师母和宜平若能一起来，更好！

　　绿粗茶用完，如需，请告诉我一声。我家小李也在吃灵芝，味很苦！我喝不惯。

　　谨祝

愉快、安康！

小赖

2002.1.12

From：赖玲珠 <fjndllz@sina.com>
To：郑怀兴 <zhenghx@163.com>
Subject：
Date：2002-01-13

049　国亮师兄在北京时对我帮助很大

郑老师：

您好。来信收悉。很高兴大家吸收我和小方入社。谢谢！年会将使开春的正月变成一个快乐的聚会。国亮师兄在北京时对我帮助很大。是他在我连最基本的东西都不懂的情况下，四次帮我审阅《英雄与逃犯》，并鼓励我，说我是可以写戏的。这对我是一个雪中送炭，我永远感激他，但愿他早日写出好作品。

请将您的创作时间安排告诉我，以免在此期间打扰您。

《贼豆》我已补了两场，感觉比二稿好。我会继续努力！

祝您创作《女学士》愉快、顺利！

小赖

2002.1.13

From：赖玲珠 <fjndllz@sina.com>
To：郑怀兴 <zhenghx@163.com>
Subject：
Date：2002-01-25

050　我很为宁德市的剧团现状忧心忡忡

郑老师：

您好。这段时间一直没有大块时间静下心来创作。一是中青年演员比赛，虽然进入决赛的人很少，只有两个（一个小生，一个器乐，那一个青衣争取不上），但仍是劳师动众的。再就是今年的工作计划和22届会演的方案都要出台。三是春节团拜会演出也给我派任务，再加上一同事又被福州市文化局借走排节目，分管工作的副局长，会议又多，具体的事情全部由我包揽，局里经费又紧，连出差交通补给费每天都只有6块钱，感觉很累。但愿这个月底能告一段落，否则我的创作计划将受影响。

这次中青年演员比赛，看了几个节目，有些是第一次看的，像高甲女丑、提线木偶等，同时还看到鲤声剧团的演员表演您创作的《叶李娘》中片段"四处求告"，感觉很好。看到全省其他剧团的情况，我很为宁德市的剧团现状忧心忡忡。估计参赛的唯一戏曲演员也只能得个铜奖，而为了这一个，我们从初赛忙到决赛，局里和福鼎越剧团也花费不少钱。

今年会演我市计划上两台戏，但除了古田闽剧团还算较好外，其他剧团都无力独立承担大型演出任务。寿宁北路戏剧团，想排我的《桃花吟》，我很感不安。北路戏是个稀有剧种，"天下唯此一团"，但这个剧团已有十多年没有承担过大型演出任务，演员四分五裂，自谋出路，目前只有6个人在上班。局里又要我负责抓22届会演，昨夜赶回，把计划做完，下午交上,还有几件琐事处理完后,春节前,基本上没剩几天时间可以请假了。所以我只能做好夜里创作的安排。

梁处已跟我局局长说过我创作时间的事,局长应该会支持。匆匆絮叨。

谨祝

创作顺利!

小赖

2002.1.25

From：赖玲珠 <fjndllz@sina.com>
To：郑怀兴 <zhenghx@163.com>
Subject：
Date：2002-01-25

051　最有力的保障和最坚强的后盾

郑老师：

　　您好，很高兴收到您的来信。您不懈的创作精神，对我就是一个莫大的鼓励。《贼豆》已改到第八场，我一遍一遍地磨，一点一点地悟，创作比以前从容多了，但愿稿成后，能让您满意！虽然单位很多烦事，但我家人为我创造了一个很好的创作环境，婆婆包揽了所有家务，非常疼我。我家小李负责接送小孩和处理杂事，全力支持我创作。这是我最有力的保障和最坚强的后盾。

　　祝您的《女学士》，再上一个新高峰！我从心底里为您感到高兴！待我完稿后，再好好拜读您的佳作！

　　遥祝快乐！

小赖
2002.1.25

From： 赖玲珠 <fjndllz@sina.com>
To： 郑怀兴 <zhenghx@163.com>
Subject：
Date： 2002-01-31

052　从今天起请创作假

郑老师：

您好。我从今天起请创作假，把团拜会的稿子处理好后，明后天即可集中精力写最后一场，2月5、6日把稿子发给您。目前我已写到杨婶举刀向贼豆刺去，后面的戏暂时定格。我感觉这个突变行动之后，每个人物的内心震动，还需好好体验和准确把握，特别是贼豆和杨婶，我感觉这是整本戏最难的地方，也是最关键之处，需要有充分的准备和良好的创作感觉。

另：因为改编别人的东西，在法律上需先征得作者同意，所以我给"电影电视文学"编辑部挂了电话，询问有关事宜，对方回答：一需向作者购买改编权，二需向编辑部缴纳一定的编辑费，并由他和作者联系后，再进一步回话。我这里也要等初稿出来后，再咨询法律界朋友，以按照合法的程序和对方联系。

祝您创作快乐！

小赖

2002.1.31

From： 赖玲珠 <fjndllz@sina.com>
　To： 郑怀兴 <zhenghx@163.com>
Subject：
Date： 2002-02-02

053　《贼豆》终于改出来了

郑老师：

　　您好。《贼豆》终于改出来了。也许是初次改编别人作品的缘故，再加上创作时间没法保证，所以感觉贼苦贼苦。这个作品与原作相比，创作成分占了七分。戏研所的王保亮曾说，如果我能将此作品改成功，算是克服了一个难关，对以后创作很有帮助。此稿如有所提高，您首推劳苦功高。在此谨向您表示由衷的感谢。诚惶诚恐，等您批评！

　　我现在很开心，哈哈！

小赖
2002.2.2

From：郑怀兴 <zhenghx@163.com>
To：赖玲珠 <fjndllz@sina.com>
Subject：
Date：2002-02-03

054　这一稿改得很好

小赖：

　　我一口气就把《一粒贼豆》读完了，戏很流畅，最后一场很感人。我认为，这一稿改得很好。如果说以后还要改的话，就是进一步精练的问题。目前戏可能太长了。你再征求一下评章等人的意见看看。祝你修改成功！好好休息一段时间！过个快乐的春节！

怀兴

2002.2.3

From：赖玲珠 <fjndllz@sina.com>
To：郑怀兴 <zhenghx@163.com>
Subject：
Date：2002-02-03

055　谢谢您！谢谢！

郑老师：

　　您好！来信收悉，非常高兴，眯眯笑着看了好几遍。谢谢您！谢谢！昨日央视《新闻调查》播的"重婚证据"，我很感兴趣。（今晚央视二套6:20还有重播，您如有空，敬请观看。）就像《桃花吟》一样，老天又给我一个创作题材。这次，我要好好领会您的教导，在构思和主题升华和人性情感上下功夫。5号戏研所有内部改稿，没有通知我，但我是否借此机会征求评章老师意见，请指示！

　　敬祝快乐！

小赖
2002.2.3

From：赖玲珠 <fjndllz@sina.com>
To：郑怀兴 <zhenghx@163.com>
Subject：
Date：2002-02-04

056 《贼豆》不列入5号改稿之列

郑老师：

您好。《贼豆》已托戏研所的郑长铃带给评章老师，但不列入5号改稿之列。过两天，我再去拜访评章老师，顺便听取意见。"武夷剧社"年会通知收悉，文中要求做好发言准备，但没有指明发言的具体内容，是否人人都要发言，内容是否就是指"福建戏剧创作的新突破"，如是这个，我可不敢班门弄斧。此外，您的《女学士》可否方便让我拜读？

还有，您家有四季兰吗？如无，节后我带几株给您。我公公在老家养了好多！

祝好！

小赖
2002.2.4

From：郑怀兴 <zhenghx@163.com>
To：赖玲珠 <fjndllz@sina.com>
Subject：
Date：2002-02-04

057　教学相长

小赖：

　　来信收到了。遵嘱将《女学士》发过去。古人说过，教学相长。这个本子是我在十来天中赶出来的，一定还很不成熟，请你不吝赐教。我家里没有养四季兰，方便的话给我带一两盆过来。粗绿茶再替我带几斤。武夷剧作社年会发言，有话则长，无话则短，大家都要说一下，会议很宽松。不要有什么顾虑。我明天去莆田开会，晚上就回来。不多写了，祝愉快！

怀兴

2002.2.4

From：郑怀兴 <zhenghx@163.com>
To：赖玲珠 <fjndllz@sina.com>
Subject：
Date：2002-02-08

058　欢迎你们伉俪光临！

小赖：

　　我初三会在家里，欢迎你们伉俪光临！拙作《女学士》你收到了没有？看了有何意见，盼告。另，泉州会议的通知我没有收到，报到的时间、地点请告诉我。祝愉快！

怀兴

2002.2.8

From：赖玲珠 <fjndllz@sina.com>
To：郑怀兴 <zhenghx@163.com>
Subject：
Date：2002-02-09

059　昨日又看了一遍《女学士》

郑老师：

　　您好。昨日又看了一遍《女学士》，因为还没有深加思考，您又那么谦逊，我倒有些惶恐，不敢妄加评点，但感觉很好，流畅、精练、高度浓缩！人物设置、关系编织、史传撷取、情节创编，都值得我好好学习。由于有关上官婉儿和武则天的历史资料，我只知轮廓概貌，不知皮肉筋骨，所以有几个情节和人物关系，不知是历史原貌还是您精心编撰，比如，武三思对婉儿的窥觎、李显、李贤和婉儿的关系等等，特别是婉儿冒死代人受过，说《黄台瓜辞》是她所写，从而受黥刑之惩……

　　我听说您写《女学士》，就感到很欣喜，因为这是一个令人很感兴趣又满怀期待的好题材，我是抱着急切而欣喜的心情来看的，相信这是一个雅俗共赏、可以流传的好戏。在看的过程中，有两点感觉，还请帮助理解：

　　一是个别地方唱词，特别是婉儿的唱词，因为她是一个有胆有识的大才女，女性味、雅韵味是否需要再增强一点，如第二场：

婉儿（唱）　看窗外，一片鸟语花香。
　　　　　　明媚春光无暇赏，
　　　　　　六载来随太后日夜繁忙。
　　　　　　这些年芳心早曾动，（"早萌动"如何？）
　　　　　　奈何宫中难选好儿郎。

曾中意李贤他风流倜傥，（"中意"感觉白了点，少了柔性和含蓄，我倾向于"倾慕""暗慕"之类。）

　　　却遭废贬巴州音讯渺茫。

　　　武三思屡献殷勤我看不上，（"看不上"，情感色彩似嫌笼统了点，因为婉儿对他还有鄙视，"武三思献殷勤似狂蜂逐香"。我想表达的是，最好既能说明婉儿态度，又能勾画出武的形象。）

　　　李显他虽忠厚却少刚强。

　　　难挡他即位后把我恩宠，

　　　封昭容犹将机要掌。

　　　草诏书批奏章备顾问商国是日理万机不辞苦，

　　　愿大唐长治久安百世昌！

　二是：第二场武则天闻听李显想避开她独使皇权，来到婉儿椒房，借说与婉儿论诗，实则要挟婉儿，李显恰好进来，武则天躲入内，这时，李显谈论奏章的事，婉儿暗示提醒他，我觉得胆识才华过人的婉儿，所采取的方法似乎不够巧妙。不仅没有起到保护李显、替李显解脱的作用，反而欲盖弥彰。

　　……

李显　（扶起）每天这么多奏章，让爱卿辛苦了！今日你看有哪些大事？朕就在这儿商议裁定吧。

婉儿　臣妾尚未看完。就是看完了，还要送到太后那儿……（婉儿要是想回避，她只要推说没看完就行了，干吗还要提起"就是看完了，还要送到太后那儿……"话虽只说了半截，但已经挑起话端，对李显是十分不利的。）

李显　朕不是密谕过你，从今以后不要把奏章送给太后御批吗？（夫妻干吗还要密谕？）

婉儿　陛下真会说笑话，你何时送这道密谕给臣妾？（反问李显"何时送密谕"，又挑起话端。）

李显　早上不是刚叫老黄门送过来的吗？

婉儿　没有呀！（又需要李显进一步证实。）

李显　没有？这个老阉奴，竟敢扣下朕的密谕！（欲喊太监）来呀！

婉儿　且慢！陛下，你是一片孝心，不忍烦扰太后才想要下这道密谕的吗？（又一个问号，又要李显回答。）

李显　不是想下，而是早就送给你了！

婉儿　那是你昨晚做梦下的。（李显听了肯定要辩解。）

李显　不是梦中所下，朕如今是皇帝了，怎么还能让母后牵着走？朕要……

婉儿　（焦急万分）陛下，你怎么今天酒喝多了，说起醉话来了？（李显没醉，当然更要说出真话来。就是真醉了，武则天听了也不高兴，所谓酒后吐真言。）

李显　朕哪里喝了酒？朕说的是心里话，婉儿，母后她……

婉儿　（又急又气）我不听！我不听！

……

　　我以为，这时的婉儿，不应该这么直接地绕着这个明知对李显十分不利的话题，应该顾左右而言他，或劝李显休息，或谈些别的，而李显却追根究底，婉儿不断支开，李显却一再转不过弯来，终致太后动怒。

　　此外，我完整看完后，感觉婉儿才气很足，但内在情感戏偏少，也许她对李显、李贤情感上的戏不是您要重点表达的，或者婉儿不像班昭、王昭君或别的女性那样，儿女私情的戏份那么重。这也许都源于我对您想塑造怎样一个与众不同的婉儿，还不清楚，所以实在不敢再胡说八道了。班门弄斧，汗颜不已。

　　祝一切好！

小赖
2002.2.9

From：郑怀兴 <zhenghx@163.com>
To：赖玲珠 <fjndllz@sina.com>
Subject：
Date：2002-02-09

060　所提的意见很好

小赖：

　　收到你的来函，我十分高兴。你对《女学士》看得很认真，很仔细，所提的意见很好，我会认真思考，予以采纳。谢谢你！这个戏我是凭着创作冲动，一口气写出来的，还很粗糙，准备好好再磨一磨。我所写的都有史实根据，但又进行重新组合，似历史，又不是历史，是用艺术的眼光重构历史。这是我史剧创作的一贯观点。如武三思与婉儿的关系，据史册所载，婉儿与武三思私通。我推测，一定是武三思先去纠缠她的，她出于无奈，才跟武三思有染。这个戏的立意，我主要是放在知识分子跟统治者的关系上。婉儿与武则天的关系，就是典型的知识分子跟统治者之间的关系。在专制社会里，知识分子的命运都是很可怜的，统治者从来都是恩威并施，既要利用其才华，又不许他（她）忤逆其意志；而知识分子只有顺从了，才有地位，才有作为。现在我也觉得婉儿的情感写得不够，当然我不会着眼于她跟李家子弟的情感上，而是作为一个知识分子跟统治者之间的复杂矛盾的感情上。当局者迷。我是非常喜欢听到朋友的意见。评章对《贼豆》这一稿有何意见？来我这边，要视你们的方便而定，不要太匆忙。如果安排不出时间，借不到车子，就以后来吧。祝你一家春节愉快！

怀兴

2002.2.9

From：赖玲珠 <fjndllz@sina.com>
To：郑怀兴 <zhenghx@163.com>
Subject：
Date：2002-02-09

061 "铁花她姑"

郑老师：

您好！信件收悉，您的大度和鼓励让我舒了一口气。谈到您创作《女学士》的初衷——统治者与知识分子的关系，我想到曹操与杨修、汉武帝与司马迁，狭义上，那是男统治者与男知识分子的关系，而《女学士》则是中国历史上唯一的女统治者与女学士的关系。我想《女学士》在拥有共性的同时，在特性上还要取胜！而且应该会更感人的！作为中国历史上唯一的女皇帝，武则天对婉儿施黥刑，这恐怕也是独有的。这样一想，婉儿的悲剧色彩和内涵都应更加厚重了。另外，我看电视剧，对婉儿把自己额上受的黥刑绣成一朵梅花这个细节很有感触。这不仅是女性天性中对美的执着追求，更是心如青云出岫的知识分子，其受压制、被屈辱的人格，绽放出的一朵苦寒之梅！

《贼豆》，评章老师还没看完。我前日拜访他时，齐所长[1]说，评章老师对我是又气又笑，因为我斗胆给他发了一张署名"铁花她姑"[2]的贺年卡，惹得所里众人再次围攻他！这次泉州开会，大家肯定还会取笑他，因为我给仁杰、崔伟二师的贺卡署名也是"铁花她姑"……

---

[1] 齐建华，时任福建省艺术研究所所长、党支部副书记。
[2] 福建戏剧界一位老师杜撰的一个玩笑，说评章老师与某君铁树开花，取名"铁花"。

呵呵，拿师者取笑，真是斗胆乐乎！

另：春节车的事，我会想办法解决！我家小李说，如朋友的车有空，同行的还得加上我家小孩。

祝好！

小赖

2002.2.9

From：赖玲珠 <fjndllz@sina.com>
  To：郑怀兴 <zhenghx@163.com>
Subject：
Date：2002-02-09

062　您塑造的这一个婉儿

郑老师：

您好。给您发去邮件后，心里既惭愧又不安，我很可能还没有很好地理解《女学士》的内涵，就胡言乱语了。我刚才又认真读了一遍，感觉仍有一些地方的理解把握不定。您塑造的这一个婉儿，是作为"女学士"来写的，但她身上似乎带着浓厚的"男文人"的气质：恣才纵意，激扬文字，敢与贤者比高低，学而优则仕……醉改奏章那一场，更让我想起李白醉酒调戏高力士，及至被施黥刑之后，仍想着东山再起……把替武三思改文章看作是成败的机会。这是不是就是您想赋予她的独特之处呢？

我在想，婉儿作为中国历史上唯一的女皇武则天身边的一个女学士，又与武则天有着灭族之仇、黥刑之恨，她身居宫中、伴君之侧、处理国是、评称天下之士，内心深处对自己所处地位、所见所闻、所做之事是抱着怎样的态度呢？对诗文、对宫廷、对从政、对女性掌管天下（与上官仪对话中有一段）、对女官参政议政等等，又该有怎样的切身体悟呢？还有她对武则天的感情，发展、变化过程，我也想从您的剧作中去感悟。

我这样理解《女学士》，是不是理解错了？因为赏析这一块，我一直感觉很弱，所以借此机会，自曝其短，以便于您指教。

另：《贼豆》改编的事，我已与原作者联系上了，他是浙江丽水市文联的作家，我的意见是：征得他的同意，让我先改编，有关经济利益的事，待剧本在市场流通后,再与他按有关法规或合约分享,他很友好地表示同意了。但改编真的麻烦,以后我还是尽量自己创作的好。

遥祝愉快!

小赖
2002.2.9

From： 赖玲珠 <fjndllz@sina.com>
　To： 郑怀兴 <zhenghx@163.com>
Subject：
Date： 2002-02-16

063　才读《新亭泪》，又收《女学士》

郑老师：

　　见信好。刚刚读完《新亭泪》，又收到《女学士》二稿。掩卷长思，感慨良多。《新亭泪》我这是第三次拜读，感觉仍是非常好。特别是您的文笔辞功，溢彩流光，底蕴深厚，由此想起这次拜访您时，看到您家的大书房以及您平时读书时日之多，更觉您"戏外功夫在读书"之重要。我很喜欢唐诗宋词，不论是纵情浪漫，还是忧思现实，也不论是"明月松间照，清泉石上流"的田园诗情，还是"大漠孤烟直，长河落日圆"的边塞画意，都令我陶醉。您的《新亭泪》的辞功，十分豪放，文思才华，满卷流溢。

　　也许我刚看完《新亭泪》后，又接着再看《女学士》，所以不自觉就做起了对比。我以为，凭着您深厚的文学功底和史剧创作经验，您完全可以让《女学士》发出异彩。上次看婉儿，没有您的点拨，我的视野窄而浅，后来您说，此剧旨在揭示统治者和知识分子的宠辱进退的关系，我才发觉这个主题，非常深远而宏大。正如《贼豆》初稿，有的人只看到一个无赖、两件小事，而您却看到人与人之间的深层关系的裂变，所以，这次看《女学士》，我的感觉是不一样的。我认为，婉儿被施黥刑之后，武三思来请她修改《劝进表》，婉儿思想矛盾的那段唱词，所表达的意思，在深度和广度上都较原稿进一步拓展了。您对此剧十分珍爱，一定还在进一步思考、精雕，我也热切期盼着您的创作再上一个新高峰，所以哪怕是再微小的感觉，我也斗胆坦诚相告而不顾有污清听。

一是武则天追问《黄台瓜辞》是谁所写时，李显否认自己所为，婉儿经过激烈的内心冲突后，毅然冒死认罪，说是自己所写。武则天也就相信了。看到这里时，我感觉武则天相信不是李显所写的理由很充分，但相信婉儿所写的理由似嫌不足。因为武则天对婉儿的器重是建立在非常信任的基础上。其一，她因爱才而不顾婉儿是罪臣之后，将她带在身边六年之久。其二，即便在李显遭贬为庐陵王之后，武则天对婉儿也仍然器重如初，让她继续掌管机要。对这样一个器重和信任的人，为什么会写出《黄台瓜辞》来嘲讽她呢？武则天应该有进一步的追问，我认为您用以下这几句台词似嫌不够：

　　……

武则天　啊，是你所作？你要代人受过？

婉　儿　臣虽不甘代人受过，却也不忍嫁祸于人。太后想想看，殿下能写出这样真切感人之诗来吗？

武则天　哈哈哈，我一听此诗，也曾怀疑逆子无此诗才，另有捉刀之人，而今果然水落石出！婉儿，你祖父上官仪的故事你还记得不记得？

婉　儿　臣记忆犹新。

武则天　婉儿，哀家待你不薄呀！

婉　儿　臣有负太后隆恩！（为什么？）

　　　　（这里是否需要加上一两句？）

武则天　你与乃祖，一脉相承，有才无德，忘恩负义！哀家只得忍痛送你下阴司，让你与乃祖相会去吧！

　　……

我想是不是从李显被贬，而婉儿是李显宠爱之妾，所以对太后这个决定有想法，这个方面去找出更让武则天信以为真的理由，用一两句点明？

二是婉儿遭黥之后，以违背自己的心志替武三思修改《劝进表》为代价，为自己铺了一条"东山再起"的道路，以及她与祖父上官仪辩驳的这一段唱词、台词中，对古往今来知识分子与统治者之间的荣辱进退关系的感慨，我感觉有一点是不是需要补充？就是婉儿从自己、祖父直至屈原、司马迁、杨修……这些文人贤士的宠辱成败中得出的教训，不仅仅对他们不公的遭遇感到悲愤，还应该有所反思。那就是知识分子多"直忠有余，委婉不足"，多逞才纵意，多锋芒毕露，而不懂收敛含蓄，能伸不能屈，不懂得保护自己，以致雄心壮志难以实现，只落得个"徒使英雄泪满襟"。最后婉儿才决定不学杨修之死，要学司马迁之活，违心歌颂武后，含屈酬壮志。

总而言之，婉儿是个称量天下士的女学士，她称量的不应该只是文人学士的才华和心志，还应该称量他们的得和失。

可能是因为《女学士》激起我太多的感慨，所以情不自禁，胡乱说了这许多，不怕见笑，只请海涵。

另：评章老师说，22届征文截稿在3月底，我准备泉州会议后，再压缩《贼豆》。

致礼！

小赖
2002.2.16

From：郑怀兴 <zhenghx@163.com>
To：赖玲珠 <fjndllz@sina.com>
Subject：
Date：2002-02-16

064　你的意见很好

小赖：

　　收到你发来的读后感，我非常高兴。你的意见很好，我立即采纳，已对那两段戏进行修改了。武则天加了一段唱词，使她为何要对婉儿施刑的理由更充足些。婉儿对"知识分子"命运的咏叹也做了一些改动，更深沉一些。你看本子看得很细。我通常只从大处着眼，往往容易忽略了细微之处。你恰好能弥补我的不足。一个戏架子搭好之后，就要细磨。于细微之处见功夫了。当然首重立意，重在骨架。大的不行，再拼命装修，也是白费劲。我的戏，当然最重要的要数《新亭泪》，历史剧受人推崇的还有《要离与庆忌》。也有专家或对《晋宫寒月》、或对《青蛙记》、或对《神马赋》、或对《叶李娘》、或对《鸭子丑小传》、或对《寄印》比较喜欢。我对自己写的24个戏曲剧本（其中三个小戏）敝帚自珍，都是喜欢的，但从来不沉溺于以往的成就中，都是一个写完不久，就要寻找新的题材，进行新的探索，是非得失让别人去评说吧！我喜欢听各种批评，听不进批评，是缺乏自信的表现。但也不要盲从，要有主见。你说是不是？不多写了。再一次谢谢你！坦诚相见，最令人欣慰。向小李问好！昨天他的酒还没有喝够呢。

　　祝愉快！

怀兴
2002.2.16

误入藕花深处

From：赖玲珠 <fjndllz@sina.com>
To：郑怀兴 <zhenghx@163.com>
Subject：
Date：2002-02-17

065　看戏好坏都要学会咀嚼

老师：

　　您好。

　　看到您这么鼓励我，真高兴！说实话，给您的作品谈读后感，我有些拘谨，因为说好话，显然多余，而"挑刺"则很不安。现在看您这么大度，那我就轻松多了。不过我的意见还很粗浅，所以很惭愧，但有您帮助，再假以时日，一定会进步的。记得南宁戏剧节，您对我说，看戏好坏都要学会咀嚼，找出哪儿好哪儿不好，不好的，怎样改好，我认为这是非常严谨的治学态度，对创作和欣赏都有很大帮助。您创作的24个戏，舞台上我只看过两部：《乾佑山天书》和《叶李娘》，文学本也只看过《鸭子丑小传》《新亭泪》《寄印》《林默娘》以及《女学士》。这次您送给我您早期的作品集，我很高兴，一定认真学习，好好领会。

　　戏曲的文学本，我看得太少了。在北京学习时，大部分时间在看戏，看本子的时间不多，魏明伦的，能找到的都看了。福建剧作家的只找到几本。仁杰老师送给我一部《"三畏斋"剧作选》（书名好像是这个），除此之外，家里只有一套莎士比亚全集。希望在今后的岁月里，能多多看些好作品。这次去拜访您，看到您坐拥书城，我和小李都很感叹，这才是真正做学问。我真幸运！谢谢您了！

　　我家小李性格外向，缺点也明显，但他心地很好，质朴正直，对父母也很孝敬，对妻儿也很好，只是酒量很大，喝酒又干脆，我常笑他是烟缸、酒囊和饭袋。他对我能遇到您这样一位好老师，感到由衷的高兴和自豪。对您拥有四个很会念书的女儿，赞不绝口。他还称赞师娘是一位很慈善的长辈，我们都由衷地喜爱和感激她。

  向师娘、师妹们问好，欢迎大家到宁德来！

  另：腌制的大黄鱼，最好趁鲜吃，搁久了会出油。撒些葱姜蒜末，蒸熟，浇点醋，就行了。兰花通常在端午节前后开花，可一直开到八月中秋。但今年刚分盆，可能要迟些。

  祝：一切好！

小赖
2002.2.17

From：郑怀兴 <zhenghx@163.com>
To：赖玲珠 <fjndllz@sina.com>
Subject：
Date：2002-02-19

066　度的把握很重要

小赖：

　　你好！昨天跟评章通了电话，得悉报到的地点，应该是刺桐路，因为泉州别名为刺桐。我认为《贼豆》压缩时要注意一点，即贼豆为何变成无赖，不要完全推给社会，别人欺负他母子是一个原因，但天下寡妇孤儿好多，也曾受人欺负，为什么很多孤儿都成才了，而贼豆却堕落了？好的剧本所包含的东西应是很丰富的，能引起人们很多思考的，你说得太详尽了，反而会削弱了多义性。鲁迅并没有交代阿Q是如何成了这么一个人，是评论家分析他的社会意义。当然我们若不写杨婶刺子，贼豆说出小时被人诬陷，戏显得有点单薄，有些人会说戏没有多大意思。在这儿，度的把握很重要。请你修改时注意。你带来的酒，我送了三筒，自己留一筒，今天中午开了，喝了，孩子们都称赞是好酒；黄鱼也蒸了，吃了，味道好极了，可谓山珍海味。谢谢你！《女学士》又做了一点修改，幅度很小，就不发给你了。泉州见！向小李问好！

怀兴
2002.2.19

From：赖玲珠 <fjndllz@sina.com>
To：郑怀兴 <zhenghx@163.com>
Subject：
Date：2002-02-20

067　每一篇感觉都不同

郑老师：

　　见信好！

　　这两天有空就看您的剧作，《晋宫寒月》《青蛙记》《神马赋》都是第一次看，每一篇感觉都不同，《青蛙记》特别好！还要再看！今天与好友一起去师范拜访一位先生，他特意让我看了1986年章武先生写的《站在立交桥上的剧作家》，这是我看到的第一篇有关您的评论，深感自己对您的创作理念和思想了解太少，应该多多向您请教才对。同时也敬请您一定严格要求我，多多教导！因为路途远了点，我只能靠电子邮件向您请教，一疏懒，就很容易浪费时间。如果不能理解先生的创作精髓，那我怎有资格做您的学生呢？

　　我做事情比较专注，也不怕吃苦，您尽管放心严格要求。需要补哪些课，敬请不吝赐教。虽然涉足戏曲是"误入歧途"，但拜师是我多年来求之不得的愿望，通过两年的创作浅尝，苦中有甜，苦不怕，甜吸引我，现在有您指导，感谢上帝！虽不敢说有志于戏剧创作，但我会朝着这个方向努力。

　　您看我多像小学生写保证书呀，见笑了。《贼豆》我已复印了几份，带到泉州，再向您请教。

　　竹筒酒和大黄鱼，还有酒糟腌制的一种，味道很香，初四拜访您时，本想多带两盆，因小李说不知您喜欢否，所以没敢多带。十二去泉州时，捎上。这是宁德的土产,价格很便宜,小李好友在专营。您如果需送亲朋品尝,或自己下饭,随时吩咐一声就行,不要客气。

敬祝:快乐!

小赖

2002.2.20

From：郑怀兴 <zhenghx@163.com>
To：赖玲珠 <fjndllz@sina.com>
Subject：
Date：2002-02-21

068　闻道有先后

小赖：

　　清早上网，就收到你的来函，很高兴。我愧为人师，只是闻道有先后而已，不过比你痴长十几岁，多看一些书，多走一些路，多写一些戏，没有比你高明多少。我一看你的《桃花吟》，就知道你有写戏的天分，在跟你交谈中，觉得你有悟性，也感到你虚心，有耐性，肯不厌其烦地修改。这些，都是你能成为一个剧作家的条件。因此，我才答应评章的劝说，同意举行那个签约仪式。我会尽自己的所知、所能给你看剧本、谈剧本的。只要不断努力，你将来会比我更有成就。我只是凭兴趣、靠勤奋，一步一个脚印走出来的。去泉州，你千万不要给我带东西，因为会后我不能立即回家，不是去厦门，就是去莆田。到泉州再详谈吧。

　　祝愉快！

怀兴
2002.2.21

From：郑怀兴 <zhenghx@163.com>
To：赖玲珠 <fjndllz@sina.com>
Subject：
Date：2002-02-21

069　看评论可知得失

小赖：

　　发完信后，忽然想到你说才第一次看到有关我的评论。我手头有份自己所搜集来的有关评论我的资料目录，应该发给你看看。看评论，可知我创作上的一些得失，但关键在于自己创作，不在于人家说你什么。以后我再发自己的创作年表给你。

　　泉州见！

怀兴
2002.2.21

From：赖玲珠 <fjndllz@sina.com>
To：郑怀兴 <zhenghx@163.com>
Subject：
Date：2002-02-22

070　从传媒看戏曲

郑老师：

　　您好！评论目录收悉，谢谢！在感叹自己孤陋寡闻的同时，也真为如我这样的青年群体对戏剧的疏离而叹息。在您创作如火如荼的二十多年里，我正好进入了与戏剧绝缘的状态。由此您可想象，我当时去中国戏曲学院学习时的惶恐和茫然，以及周围人的不解。如果不是进入这个圈子，也许这辈子，我的生活都不会再有和戏曲有关的东西。去年在《福建文化报》发了一篇《从传媒看戏曲》，是我在宁德了解了戏曲刊物的征订发行情况后，有感而发，但编辑把最主要的数字都删了，我看了很不满意，窃以为这种不敢正视现实的态度是缺乏勇气的表现。现将原稿发给您，从中您可看出我对戏曲传媒的粗浅理解。

　　因23号我局召开文化局长会议，我要到下午才动身，估计到泉州时，天已黑了。

　　敬祝

一切好！

小赖
2002.2.22

附件：

从传媒看戏曲

一夜，我正拿着遥控器搜索电视频道，七岁的儿子突然问我："妈妈，你知道我最恨什么节目吗？"我说："戏曲呗。"他粲然笑了，歪着头惊叹："你怎么知道呀？"

唉，我怎能不知道呢！每每他爷爷从农村进得城来，在家里观看戏曲节目时，我那想看动画片的小儿就在一旁横眉侧目、嘟嘟囔囔，而一旦由他执掌了遥控器，便一个点击，毫不客气就将戏曲节目给封杀了。

为什么从来没有进过剧场看过戏的小孩，却懂得憎恨戏曲呢？为什么当代的中青年人，一听到"戏曲"二字便摇头拒绝呢？我认为，这与他们认识了解戏曲的渠道有关。由于戏曲与现代传媒之间保持的一种封闭、疏离、沉寂、粗陋乃至错误的态势，使得戏曲在当代人眼里，实际上只是一种积满尘埃的陈腐概念，他们也许已经几十年没看过戏，也许压根儿就不懂戏曲，可他们对戏曲的否定和拒绝却是那样的果断和坚定。

先看报刊：今年5月18日，我在宁德市邮电局发行处统计到几个数字：2001年第一季度，拥有300多万人口的宁德市，《剧本》月刊的征订数是2份，其中有一份是从事戏曲研究创作、只有两个人的宁德市剧目工作室征订；《中国戏剧》的征订数是1份，是宁德市文化局征订的，读者也是我们剧目室两个人；《戏剧艺术》的征订数是1份；《戏剧丛刊》的征订数是0份，《北京娱乐信报》即原来的《戏剧报》，也是0份；《中国文化报》稍稍好点，征订数是21份，其中宁德市文化局就订了5份；至于《当代戏剧》《戏剧文学》《剧作家》《新剧本》等，发行处说鉴于"保密"，不便透露，我也就不得而知了。但从当今许多报纸杂志一次又一次地扩版增刊的态势来看（比如《读者》，发行量突破两百万份，由月刊改为半月刊，《读者》乡村版、维文版、盲文版同时发行），我们那些作为戏曲传媒阵地的文学刊物，居然不约而同地都是"双月刊"，相形之下，可以看出大家的日子好不了多少。

由于条件限制，我无法查到这些报刊在更大范围内的发行量，但通过长途电话得知的两个情况，却也足够令人感慨不已了。《中国文化报》发行处的一位同志在电话中这样叹息道："唉！发行量啊？你就满写十万份吧。"而《剧本》月刊副主编杨雪英老师则感慨万千，她说："唉，80年代最红火的时候，咱们的《剧本》发行量曾突破 13 万，后来就每况愈下，一直锐减到目前的六七千份……

再看戏曲在影视声像传媒中的状况。

电视是当代最重要的媒体之一，其覆盖面之广、内容之丰富、传播速度之快、占用人们生命时间之多，是有目共睹的。电视与互联网的结合，更使它如虎添翼。而电影因为与电视同属声像艺术，有着很多共同之处，所以，人们常把影视连在一起并称，如影视大片、影视明星、影视……至于电影胶片转为磁带通过电视播放，或制作成 VCD、DVD，对观众来说，视听效果的差异，更多的只是表现在屏幕的变化大小而已，因为特技、剪辑、蒙太奇以及技术上的转换，都是幕后的事。可戏曲就不同了，它是剧场艺术，在剧场里，观众面对的是活人，而不是影像，所以戏曲上了电视，剧场效果也就随之消失了。而作为声像艺术，戏曲仅凭着一台固定地架在剧场正中的摄像机，靠着镜头的简单推远与拉近，粗制滥造出几盒机械死板的录像带，然后就拿到电视上播出，这未免太糟蹋作践自己了。

如今，电视电影已发展到运用高科技、高清晰度的摄制设备，有人夸张地说，连演员戴隐形眼镜，观众都能从屏幕上看得出来。可是，看看我们电视上播放的戏曲录像带，它的效果又是如何呢？通常情况是，几声唨唨锵锵开场，一道沉沉帷幕拉开，几丈空空落落舞台、几盏昏昏暗暗灯光、几个咿呀作唱人物、一场偶尔还有场内观众圆脑宽肩挡住镜头的戏曲……你说，这能吸引现代的青年观众吗？这又能使他们走近戏曲、了解戏曲吗？我不得不告诉你，在我家里，不论是谁，调频时只要碰到舞台戏曲的镜头，绝对一个点击 pass。

所以，你就会明白，为什么中央电视台第三频道原名戏曲频道，没多久，就变成戏曲·音乐频道，又没多久，又变成综艺频道，到今天恢复成戏曲频道时，已退居到第十一频道，也是最末位的一个频道了，而且播出的片可能因为搁置时间太久，所以老是卡片，这对一个国家级专门传播"国粹"的媒体来说，真该值得人们深思。

最后，你还可以听听广播、逛逛书市、浏览浏览市场上的音像制品商店，找找磁带、影碟、光盘，你会发现，在图书泛滥成灾，盗版猖獗肆虐的今天，戏曲应该算是非常幸运，不仅图书能够幸免于难，而且 VCD、CD、DVD 尽管售价高于同类产品数倍，但也大可高枕无忧，放心打盹，因为买的人实在太少了。有上网的朋友，还可以看看网上的戏曲状况，我搜索过，有，但是，真的非常少！

这种状况确实无法令人乐观，但要说戏曲已经走到穷途末路，我又不以为然,因为还有许多迹象表明,戏曲界有识之士始终在摸索、在改革、在寻求戏曲的发展之路。我以为,以下几种路子,为传播戏曲、弘扬戏曲,让戏曲走近现代人,特别是年轻人这方面所做出的尝试和努力,是十分可贵的,也是比较成功的。

比如戏曲电影,尽管圈内人士对此褒贬不一,但对没有条件进入剧场的绝大部分观众来说,虽然无法观赏到戏曲作为虚拟艺术在舞台上的魅力,但戏曲电影移步换景所产生的真实美感,却是剧场录像所无法比拟的。以我一家人为例,绝对百分百地认为戏曲电影要比剧场录像更好看,也更容易被观众所接受。我那正在念高中和初中的侄女,碰到类似《孔雀东南飞》之类的越剧电影,就也能够看到三更半夜。

再比如,注重名人效应,懂得媒体炒作。在今天这个信息社会,媒体的力量是绝对不容忽视的,凡是聪明人都懂得利用传媒、借传媒之力,推动事业向前发展。据报载,2001年最具影响力的八位造势英雄,其成功的秘诀都是善于通过新闻、互联网、广告、艺术、体育等人们普遍关注的工具,争夺人们的注意力,他们不仅能通过传媒"造势",还能通过传媒"借势",来引起人们的高度注意。在戏曲界,我们也欣喜地看到了一线光明。例如文化名人余秋雨为夫人马兰写黄梅戏《秋千架》,越剧艺术家茅威涛削发出演《孔乙己》,黄梅戏艺术家韩再芬扮演《徽州女人》,川剧《中国公主图兰朵》敢与张艺谋的大制作、歌剧《图兰朵》在北京较劲,北京京剧院敢将《马前泼水》搬入小剧场演出等等,这些无不是各媒体关注的焦点。还有前不久刚刚举办的全国青年京剧演员大奖赛,以及正在播放的四十集电视连续剧《大宅门》中的主题音乐采用京剧徽班……所有这些,都有助于让观众特别是那些一听到"戏曲"两字就倒胃皱眉的观众,让他们在"调上戏曲佐料的情况下,吃下艺术大餐"的过程中,逐渐改变对戏曲的成见。这一点,我是有例证的:当《大宅门》正如火如荼地上演时,我曾问寄宿我家两名正在念高中和初中的侄女:"你们觉得《大》剧中的主题音乐难听吗?"她们都说:"挺好听的。"当《大》剧演到韩荣因告白家不成反而被投进监狱,白二奶奶为了庆贺白家再次躲过灭顶之灾,而请戏班唱大戏,戏中有高宠勇挑铁滑车的虚拟表演,我儿及侄女们看不明白,问我为什么手拿画有车轮的两面旗的那个人,老在跳上跳下,而下面那个人拿着枪舞来舞去又在干什么。我便告诉他们,演员两手拿着画有车轮的旗,是代表铁滑车,他翻着跟斗跳上跳下,是代表一辆辆铁滑车被高宠挑开后,又开上来一辆辆,最后,高宠两腿一跪,大叫一声,向后仰去,是说他骑的战马最后承受不了重力,马腿折断,导致高宠被铁滑车轧死,并告诉他们,这就是戏曲的虚拟性。他们"哦"了一声,算是稍稍明白了一点。

　　写到这里,我突发奇想,既然中央电视台长年累月都在播几十集的电视连续剧,为什么就不能播几十集的戏曲电视连续剧呢?既然张艺谋一会儿又是《红高粱》,一会儿又是《我的父亲母亲》,一会儿又是把《大红灯笼高高挂》搬上芭蕾舞台,还要以桂林山水为大舞台,制作一个《刘三姐》音乐剧,那么,为什么有一天他就不能对咱们的戏曲动动脑筋呢?还有,既然中国的男女老少都对金庸的武侠小说感兴趣,各电视台和影视制作中心,为什么就不能有人冒天下之大不韪,试着拍一部戏曲武侠电视连续剧呢?既然连港台拍的又唱又舞的什么剧也不是的《新白娘子传奇》,都能让国人一家老小津津乐道,为什么戏曲就不能考虑考虑,在搬上银幕和银屏时,也来一些特技呢?和影视演员相比,戏曲演员的武功不是更强吗?

　　也许这是痴人梦话。但只要媒体足够关注戏曲,只要戏曲在媒体中占据着足够的分量,我想,也许今天的梦想就是明天的现实。

From：赖玲珠 <fjndllz@sina.com>
To：郑怀兴 <zhenghx@163.com>
Subject：
Date：2002-03-04

071　心存感谢

郑老师：

　　您好。

　　来信收悉。刚回来，私事公事便缠在一起，昨日去看一位堂姐，正逢族人给她送终，心里十分伤感。这几年我看惯了死亡，亲人们一个个从我身边离去。我怀疑可能有遗传因素，因为在我家族中已有八个人患癌症走了。继我大哥大姐走后，排行老三的二哥肝区又时常在痛，我是老四，所以有时候，我也感到死亡离自己很近。许多事情都提前思考了，心情倒是很坦然。也许因为心中有了这么一种生存意识，所以生活中处处都能感到让我心存感激的温情和甜美，在得失和取舍上，也显得很轻松。我对每一天都充满感激，并努力善待他人和自己，感受生活的美好与快乐。对待写戏也是这样。

　　《贼豆》过几天再改。这两天我在网上查到了一些吴越的史料，以后再抽空读些史书，待条件成熟时再向您请教。我写了三个戏，但在题材上都不能寄托我心中美好的理想。我之所以对《西施和伍员》感兴趣，就是这个原因。《要离与庆忌》我看了，结尾让我很感动。武夷剧作社会议杂感正在整理，写出来后，再发给您看。敬请保重身体！衷心祝福您和您的《上官婉儿》！

小赖
2002.3.4

From：郑怀兴 <zhenghx@163.com>
To：赖玲珠 <fjndllz@sina.com>
Subject：
Date：2002-03-04

072　剧本不要写得太快

小赖：

　　来函收到，一时默然，心底一阵悲凉。你是信主的，应该比我更坦然。我认为，你千万别把家族的问题搁在心上，要乐观豁达，热爱生活，充满自信；同时工作不能过于紧张劳累，一定要轻松些。饮食方面要多吃点清淡的，多吃点解毒的草药。剧本不要写得太快，慢慢来。不多写了。向小李问好。

　　祝愉快！

怀兴

2002.3.4

From：赖玲珠 <fjndllz@sina.com>
To：郑怀兴 <zhenghx@163.com>
Subject：
Date：2002-03-04

073　草坪边上的花儿

郑老师：

　　来信收悉，谢谢！我真不该对您说那些伤感的话，其实上帝对我是非常宠爱的，我只有心存感激。那天在泉州，早起散步时，看到草坪边上的花儿开得那么艳丽，我就想起《圣经》中耶稣对他的门徒说的一句话。他说："你看，路边的花草，那么卑贱，上帝还这样用心装点它们，更何况万物之灵长的人呢？"

　　我会珍惜生命、热爱生活。衷心祝愿快乐伴随您左右！

　　另：我收到小方给您发的一个令人捧腹的邮件，是您转来的吗？

　　致礼！

小赖

2002.3.4

From：郑怀兴 <zhenghx@163.com>
To：赖玲珠 <fjndllz@sina.com>
Subject：
Date：2002-03-04

074　这一稿将是精雕细刻

小赖：

　　来函已悉。我正在修改剧本。这一稿将是精雕细刻。有些意见貌似合理，但改时才明白并不对。如第一场，芝莲说，婉儿当场评议武则天的诗，被武则天当场听到，而引起下面的戏。细想，这是行不通的。武则天一出现，必有大批随从，婉儿与众宫女怎能不知道？而且在武则天当政时期，施行特务制度，秘密监视、举报十分风行，按我原来构思，更符合历史真实，更有深度。希望你以后听意见，也要深思熟虑，不可盲从。不多写了。

　　祝愉快！

怀兴

2002.3.4

From: 赖玲珠 <fjndllz@sina.com>
To: 郑怀兴 <zhenghx@163.com>
Subject:
Date: 2002-03-05

075　武夷剧作社泉州会议杂感

郑老师：

　　见信好。武夷剧作社会议杂感整理出来了，虽浅显稚幼，却是我的真情实感。因为把不准该不该寄给王珏姐，所以请您帮助看看，敬请批评！

　　致礼！愉快！

小赖

2002.3.5

附件：

走近戏曲[1]
——福建武夷剧作社泉州会议杂感

"当一种文化正值衰落之时，为这种文化所化之人，必感苦痛，化得越深，苦痛也越深……"这是国学大师陈寅恪悼挽王国维的一句感叹之语。2002年2月25日，在泉州召开的福建武夷剧作社第十二次会议上，剧作家王仁杰先生引用这句话作为他的开篇之语。其时，右侧坐着84岁高龄的陈贻亮先生，左侧是武夷剧作社社长郑怀兴先生，环而围坐的是周长赋、王评章、姚清水、陈欣欣……以及远道而来的郭启宏先生等。举座50多人[2]，虽非酒酣耳热，却也慷慨陈词、畅所欲言。尽管座中不断有人插科打诨，发出阵阵笑声，可我的内心却充塞着一种莫名的苦痛。缓缓扫视着这一张张已经不再年轻的脸，脑海中不断有意气风发、激扬文字的青春形象浮光掠影而过。我在内心一遍又一遍地问自己：你真的要融入这样一个群体，跟随他们的步伐，去追赶游离主流、困陷边缘、日薄西山的夕阳戏曲吗？

二十多年不听、不看、不读、不问，想都不想就断定今生今世已与戏曲绝缘，谁知鬼使神差，懵懵懂懂一个跌撞，睁开眼睛时，发现自己已经一头栽进了梨园。挡不住的铿锵锣鼓，带着元人苦行的激愤和满清遗老的悲凉，在歌舞升平的今天，奏出颠倒儒人的生命悲歌和风流才子的逞气率性。一声紧似一声的激情宣泄，使我这个寻找精神家园的迷途者，就这样失了魂似的循声摸索走去。从1998年初秋离开新闻工作岗位，踏进中国戏曲学院，一直走到今天加入武夷剧作社，有人为我叹息，有人为我惋惜，更有人劝我回头是岸。同龄的朋友甚至揶揄说："纵然你的后半生能提炼出一支生命的白蛋白，可你把它注射到戏曲这位苟延残喘的遗老身上，这有意义吗？"

"那你告诉我，最能成就白蛋白的意义又是什么呢？"

朋友笑了，说我自作多情，把戏曲当成了终极关怀的对象。其实，我只是一名年轻而陌生的贸然闯入者，我的精神就好比一片淌着殷殷之血的肌皮，带着剥离躯体的痛，累了，倦了，依附在了戏曲这位精神遗老身上。我在经历着

---

[1] 《新剧本》2002年第3期刊发（略有删改）。
[2] 郑老师校正。

抗原和排异之后，怀着成为一个细胞的希望，渐渐开始与它磨合、共融。也许，我将被化成蚯蚓似的一条疤痕，或被化成一星半点的水分，从戏曲的毛孔中蒸发了，可我感到了痛并快乐着。这不是激情，因为在讨价还价的市场经济大潮中，纯粹的激情，已经显得十分另类；这也不是作秀，因为阳光明媚的世界，嗟叹和悲吟都催不开理想的花朵。我只想说，这是一种感动，一种来自梨园世界的性情中人，不经意间在我心中激起的情感波浪，由涓涓细流汇聚成滔滔江河的感动。

中国戏曲学院的平海南教授，身体单薄而虚弱，和福建编剧班的学生一起吃饭时，他佝偻着腰身，小心翼翼地将一张洁白的餐巾纸撕成两半，边折边说："我不管别人怎么看，反正我少用半张餐巾纸，这世界上的森林就少被砍伐一株。"就是这样一个"迂"得不合时宜的教授，在我上学的第一天，说了这样一句话："普通人活着，希望再活一次，因而生儿育女，而某些理性的人要活下去，就是创作出优秀的精神产品。"他认为，在既没有伟大思想又没有伟大人格的时代，不会产生出超越时空的作品，但是，越是没有伟大思想和缺乏伟大人格的时代，就越是伟大思想和伟大人格痛苦酝酿和孕育的时代。

这话，平教授也许忘记了，可我记在了心里。

中国艺术研究院戏曲研究所博导苏国荣教授[3]也给我们上课，我从他那里知道了奥尼尔的戏剧观，要写人与自然的关系、与社会的关系、与上帝的关系，而不要写人与人之间的关系。可是，我一点也不知道，苏教授是撑着肝癌晚期的病体，来给我们上课的。

噩耗，是在他辞世半年后，才传到我耳里，那时，我手中正捧着他题词赠送的《戏曲美学》。想起他的音容笑貌，再想起平教授的"理性的人要活下去……"一时间顿然热泪满眶，心中低低响起一曲生命的歌吟。从此曾经一度极力拒绝走近戏曲的我，开始端正态度，崇敬起这种原是贫民的文学艺术，开始学会在信息、速度、喧嚣的熙熙攘攘中，平息浮躁，静心体味这种从勾栏瓦舍中一直流传至今的天地吟唱。我开始漫步在戏剧文学世界中，犹如步入一座完全陌生的文化遗址。在这里，我感受到了沧海桑田，感受到了苦心孤诣，更感受到了文人们关注人生、担当社会……

随着时日的飞逝，我渐行渐近，步入了福建编剧队伍。我不仅感动于来自

---

[3] 郑老师校正。

戏剧界的阳光温暖，更感动于福建的剧作家们。他们大多数是今天武夷剧作社的精英分子，也是福建剧坛的中流砥柱。《新亭泪》《节妇吟》《秋风辞》……一部部作品如山野的刺枣，如啼血的杜鹃，在贫瘠中育果，在血光中思索；郑怀兴、王仁杰、周长赋、陈欣欣……一位位剧作家，在扬帆进取，沧海争流。

虽然我不像他们那样，和戏曲有着青梅竹马的情感，把戏曲创作当成了一种生命的需求，但是，这些"忍将浮名换了浅斟低唱"的白衣卿相，在物欲横流的今天，在中国传统文化风雨飘零之时，"既大胆创新，又小心守成"，甘当民族优秀传统文化的卫道士。他们有苦痛，也有甘甜，有追寻，也有失落，有峰头激进，也有低谷徘徊，但他们不趋不媚，无怨无悔，以"末代戏剧文人"的铁肩和信念，扛担着如血的残阳。他们以一种自由独立的精神追求，领着福建剧坛的生源力量，团结在武夷剧作社这个由他们自发组织成立的全国第一个剧社中，用生命和激情，拥抱自己的选择。

为此，我常想，跟着这些"戏痴"，哪怕戏曲真的是一位穿越世纪沧桑的精神遗老，他只要向我投来忧伤的一瞥，我也会情不自禁地追他而去……

From: 郑怀兴 <zhenghx@163.com>
To: 赖玲珠 <fjndllz@sina.com>
Subject:
Date: 2002-03-05

076 发来的文章已看了

小赖：

　　你好！发来的文章已看了，写得既有激情，也很凝重，可发给王珏。有两个地方要小改：与会的有五十多人，不止四十人；苏国荣先生是中国艺术研究院戏曲研究所的博导，不是中国戏曲研究院的。昨晚也收到你发来的有趣的图像，小方同时也发过来。我还在改《上官婉儿》，主要是细磨，把一些唱词改得更准确、到位。

　　祝身体健康、精神愉快！

怀兴
2002.3.5

From：赖玲珠 <fjndllz@sina.com>
To：郑怀兴 <zhenghx@163.com>
Subject：
Date：2002-03-05

077 《造桥记》真是绝妙的讽刺

郑老师：

您的《造桥记》真是绝妙的讽刺。我看了，想起当今社会上的种种骗局，见您毫不客气地把他们一个个拉出，剥皮曝光，真是解气、痛快，当然还有一种无奈和哀伤。世风日下，人心不古，混迹官场、商界、人心、道德的骗子，遍地都是。唉，假作真时真亦假，试看谁的骗术高，道貌岸然高台坐，地球照样天天转。

我的习作《英雄与逃犯》在某种意义上说，也是一个讽刺剧。那是我记者生涯中一件难忘的真事。有关部门为了树立典型，把一个见义勇为的治安联防队员，一步步推上了英雄模范的奖台，可一旦发现他是一名逃犯后，便现出了另一副嘴脸。这个戏，我没写好，但愿以后能好好修改。

读您的作品，深感您的文学、哲学、社会学功底之深厚。您的作品看得越多，我就越感羞愧，恨不得把自己的习作当手纸给扔了。

致礼！

小赖
2002.3.5

From：赖玲珠 <fjndllz@sina.com>
To：郑怀兴 <zhenghx@163.com>
Subject：
Date：2002-03-06

078　这本书很好

郑老师：

见信好。我在复读您的《戏曲编剧理论与实践》，一卷在手，受益无穷。

这本书很好，有创作经验，生活经历，更有人生感悟，语言通俗易懂，深入浅出，看似信手拈来，听着娓娓道出，知识含量又很丰富，一点都不像某些理论性的书，很难读进去。我对您在书中感叹"是功利心嫌弃了戏曲，是喧嚣、狂躁和狂妄无知抛弃了戏曲"很有感触。此外，还有创作中的设局问题，把人物推向极限，这非常需要智慧。

《贼豆》开始压了一点，但还没有着手修改，我安排本周末开始动工。

今天陪小李的一位堂叔跑了一趟养蛏的池塘，明天得给他写个材料。他是养殖大户，资产上千万，没多少文化，但很有魄力，外号"野心"。他为李家有位能写几篇小文章的媳妇而沾沾自喜，还说要赞助我十万，让我专心创作。我告诉他，无功不受禄，坐享其成会很不舒服。他听了就说，假如今年正在进行的事业顺利，那明年他就要拿出几百万，请我写他的创业故事，然后拍成电视剧……

扯远了，就此打住。

祝一切好！

小赖
2002.3.6

From：郑怀兴 <zhenghx@163.com>
To：赖玲珠 <fjndllz@sina.com>
Subject：
Date：2002-03-06

079　我写了 20 多本戏

小赖：

你好！来函已悉。《造桥记》是我 1988 年写的，与《神马赋》同时，诚为有感而发。戏没排好。上海越剧院曾改编过，但改动太过，原来的意味失掉很多。我写了 20 多本戏，题材、风格、主题各不同，可以说都是在摸着石头过河，不管得失成败，只管不断探索，不断学习，不断地想，不断地写。你尚年轻，步入戏剧界时间还很短，已有长足进步，只要坚持不懈，他日成就不可估量。但一定不要太累，任何时候身体要放在第一位。我还在改《上官婉儿》，不少唱段在挖深写细。

不多写。祝愉快！

怀兴

2002.3.6

From： 赖玲珠 <fjndllz@sina.com>
To： 郑怀兴 <zhenghx@163.com>
Subject：
Date：2002-03-07

080 一口气读完《上官婉儿》

郑老师：

您好。一口气读完《上官婉儿》，既钦叹又欣喜！您的二稿，在厦门开会时，与会中人虽讨论别的本子，但谈及阅读第一感觉时，都拿您的佳作做比较。这部作品一定会很成功的。我感到您的这次修补，非常好。许多问题都很好地解决了。这也为我今后改稿提供了良好的学习机会。当然，首先是您的初稿、二稿就已很好。正如您所说，大框架若没搭好，拼命装修也是枉费心机。最后一场，我原有两种设想，一种是婉儿学乖了，一种是婉儿再次露出反骨，从而为其悲剧的命运埋下伏笔。现在看您这样处理，我认为是很正确的。既符合历史，又令人深思，同时也与众不同，更有深远意义。此外，当时有人提出婉儿戏弄武三思时，应有观众，让她尽情地把对武则天的怨恨发泄出来，我认为这不太现实，也许戏好看，但武三思也不是没有一点尊严，再说，如果有那么多人在场观看，婉儿也应考虑后果。万一被武则天知道了，对她是非常不利的。所以我认为您这样处理是对的。写到这里，我不禁想到，是不是再给武三思加一两句哭笑不得的自我解嘲之词。他是不是应该在四顾无人的情况下表现出种种丑态，但他却不知门外有人窥视。这样是不是能增加一点喜剧的效果？

感觉略有不适的有一处，就是武则天得知李显想专权，婉儿设法周旋那一段，也就是评章老师说婉儿办法太平庸的那一段，虽然补了一段唱词，反映婉儿心乱如麻，以致手足无措，慌乱不已，但我看了，仍嫌不足，这是一种感觉，也许太过于注意了。

我会再找个时间好好拜读，如有新的感觉，再斗胆坦告。衷心祝《婉儿》演出成功！

小赖
2002.3.7

From: 郑怀兴 <zhenghx@163.com>
To: 赖玲珠 <fjndllz@sina.com>
Subject:
Date: 2002-03-07

081 你的意见我采纳了一个

小赖：

收到你的来函，十分高兴，说明我这几天的工作是有成效的。你的意见我采纳了一个，即武三思的旁白加了四句"献上此表邀恩宠，有望入主那东宫；无人知我受戏弄，天下尽仰我尊荣。"婉儿在二场的表现，我不写她太工于心计，有两个原因：（1）她刚听到悲惨的家世，心乱得很，没那么冷静。（2）她当时还是比较单纯，虽然聪明，但没有什么心计。你说是不是？我在她听到祖父死于武则天之手时，又添了几句唱词："我虽不识祖父面，一首诗可见他才华横溢志宏恢；太后她广招人才有海量，想不到曾难容异己把栋梁摧！"武则天听到婉儿出面承认《黄台瓜辞》是她所写时，也加了两句唱词："……纵使她代人受过，也是个忘恩负义叛逆臣……"戏将结束时的唱词改为："女学士同女皇帝，共推大唐诗运兴；称量天下传佳话，多少辛酸诉不清。"戏真耐磨，以后可能还要再不断地斟酌。另，我接到中国剧协通知，将于本月15日赴京参加剧协理事会议，18日返回。不多写了。祝愉快！

怀兴
2002.3.7

From：赖玲珠 <fjndllz@sina.com>
To：郑怀兴 <zhenghx@163.com>
Subject：
Date：2002-03-08

082　从容生活，安心创作

郑老师：

　　您好。《婉儿》的新稿，烦您发来。"三八"我局组织女同志去杭州游玩，我想安心修改作品，就不去了。我希望能在您动身去北京之前，完成大部分工作，然后再扫尾。

　　另：今天小李的堂叔到我家，正式和我谈写电视剧的事。我见他很认真，又是长辈，对我所从事的工作表示非常的赞赏和支持，又很诚恳地想帮助我，同时我家在他蛏塘做了小股份，多亏他经营有方，年年都有收入，所以，就答应他4月以后，安排时间，先了解他的创业经历后再说。不过，我把住一条原则，那就是从容生活，安心创作。

　　遥祝

一切好！

小赖

2002.3.8

From：赖玲珠 <fjndllz@sina.com>
To：郑怀兴 <zhenghx@163.com>
Subject：
Date：2002-03-08

083　结尾应是修改的重点

老师：

　　您好。给您发完信后，与练处和叶导[1]通了电话，因在厦门，我将稿件给了他们。练处长已看完，他认为二稿改得很好，稍感不足的是结尾问题，也就是您跟我说的"贼豆"变坏，内因与外因"度"的把握问题。叶导还没看，我们约好星期天下午3点半通话。到时再将意见反馈给您。

　　这个戏的立意和走向，大家有分歧，看法不一样，但二稿结尾存在问题，比较一致，所以结尾应是修改的重点，您说呢？

　　致礼！

小赖

2002.3.8

---

[1] 指福建省文化厅艺术处原处长练向高和福建人艺导演叶洪威。

From：郑怀兴 <zhenghx@163.com>
To：赖玲珠 <fjndllz@sina.com>
Subject：
Date：2002-03-08

084　村长要写得滑稽一点

小赖：

你好！现将《上官婉儿》发过去。跟前几天发过去的比起来，只是压缩一点。你有没有让你爱好戏曲的朋友看我这个本子？不知年轻人喜不喜欢这个戏？《贼豆》里的村长要写得滑稽一点，他的处理方式纯属于无奈、偶然，但在别人的眼里却好像很有办法的样子，这样才有喜剧效果。电视剧的事别焦急，慢慢来。刚才安徽台的制片人又打电话来，约我写地藏王菩萨的本子，我还是婉言谢绝了。我得好好歇一歇了。

祝愉快！

怀兴

2002.3.8

From：赖玲珠 <fjndllz@sina.com>
To：郑怀兴 <zhenghx@163.com>
Subject：
Date：2002-03-08

085　有个小建议

老师：

　　您好。又读了一遍《上官婉儿》，有个小建议供您参考：第五场，婉儿受刑后，武三思来求婉儿修改《劝进表》，我认为应用一两句话简单交代婉儿和武三思的内心。因为婉儿受刑，是武三思告密引起，武三思更清楚自己是罪魁，所以，武三思来求婉儿时，双方都应对这件事有很明确的内在或外在反应。对婉儿，是恨，对武三思，则是好色之徒因自己的过错，而造成名花受摧的惺惺之惜。这是我的粗浅看法，不当之处，请谅。

　　另：我已将《上官婉儿》发给我的好友张帆[1]，她看完后，我会将她的意见向您禀报。

　　我相信这部戏年轻人会很喜欢的，因为，我也算一个。

　　致礼！

小赖

2002.3.8

---

[1] 现为福建省艺术研究院副研究员。

From: 赖玲珠 <fjndllz@sina.com>
To: 郑怀兴 <zhenghx@163.com>
Subject:
Date: 2002-03-08

086 创作是大兴土木，修改是精雕细刻

老师：

您好！我今天开始思考《贼豆》的修改。我认为大家对二稿的意见主要集中在主题和结尾上，而这个题材的点题，就在结尾。长赋先生说二稿的结尾太正，与整个作品的风格不协调；崔伟先生认为结尾与原作相比，意义浅了；立衔先生也认为，二稿结尾从作品的深度上看，似乎不如一稿。这几个意见我考虑得较多。我想如果把结尾往讽刺剧靠，是否更会引起人们的思考？

有关村长这一角色的戏，也是我考虑的重点。我乍听崔伟先生的建议时，脑子里一下子蹦出一个想法，就是按照那种思路，村长就应该升为一号人物，但细细一想，又觉不行。村长的戏可以加重，但过重的话，作品的结构就要伤筋动骨，那就不是修改，而是拆倒重建了。再说二稿里，村长是到第四场才出场的。

依您看，目前的结构有问题吗？

我看您修改《婉儿》的体会是，创作时是大兴土木，构建框架；修改时应补缺补漏，精雕细刻。您对《婉儿》的修改，并没有伤筋动骨，但每一处修改，都很精到，有的地方如画龙点睛，有的地方巧加利用，添它几笔，立即峰回路转，别有洞天。我会结合您的改法，慢慢体会。

另：小品获三等奖，很可惜的是当时没有找到付排的单位，因为参加

二等奖以上的评奖作品，必须有演出录像。不过，我已经非常高兴了！
　　致礼！

小赖
2002.3.8

From：赖玲珠 <fjndllz@sina.com>
To：郑怀兴 <zhenghx@163.com>
Subject：
Date：2002-03-09

087　她有三点感受

老师：

您好。我的朋友张帆看完《上官婉儿》了，现将她的读后感禀告于您。她有三点感受：（1）本子好看，语言很雅，是大手笔之佳作。技巧非常娴熟，结构安排疏密得当，气氛调节也很好。看了以后，让读者引发出的思绪很多，思考的空间很大。是个大师，非常好！（2）塑造的婉儿是男人写的婉儿，有男文人化倾向，女性味比较淡。一些细节的地方，是不是再女性化一点。（3）她认为文魁星称量天下文章，把婉儿与文魁星形象连在一起，似嫌牵强。一是剧本写的是婉儿由一个天真烂漫的少女一步步成长为政治家；二是历史上的婉儿，并没有留下多少锦绣文章，即便有几篇，但与唐代的文化名人相比，根本不能相提并论；三是让婉儿这样一个附庸政治的女性来称量天下文章，作为今天的文化人，情感上无法接受。

此外，我们还就许多话题进行了交流和讨论，因为大多属于剧本提供给读者的思考空间范畴，所以就不一一细说了。

我现在正在请她看我的《贼豆》，她是我在宁德屈指可数的可以谈谈本子的好友。

我本要把您的电子信箱告诉她，让她直接和您交流，但她说太冒昧，还说提的意见不成熟，请您见谅。她让我代她向您问好。

　　遥祝

一切好！

2002.3.9

From：赖玲珠 <fjndllz@sina.com>
To：郑怀兴 <zhenghx@163.com>
Subject：
Date：2002-03-09

088　一个棘手的问题

老师：

　　您好。修改《贼豆》至后半部，碰到一个棘手的问题。因为二稿的村长戏很少，第四场出场，教训贼豆；第五场毛弄井夫妻找他来主持公道，他决定开会调解，此后六、七、八场都没他的戏，到了第九场"村断"，他的戏才多些。第十场的戏份也很少，是群众演员中的一员。现在我按照二稿的结构，在第四场他出场时，这样安排：

　　　　……

杨　婶：（不安地）豆儿，你上哪儿去呀……

　　　　[暗转。村头路上。

　　　　[杨树儿腋下夹着公文包上。

杨树儿：（念）县里开大会，治安叫得响，乡里抓典型，说要树模范。乔村贼豆臭名远扬，成了重点帮教对象。呵呵，大麦没吃屁先放，帮教出成果，报纸来宣传，当着乡干部，立下军令状，贼豆我负责，保他改邪归正定从良。唉！

　　　　（唱）谁知才进村，

　　　　　　　坏消息，就已耳边传。

　　　　[贼豆怒气冲冲上。

杨树儿：（看见贼豆）

（接唱）吊儿郎当害群马，

正好找他上一堂。

（迎上）贼豆！

贼　豆：村长，啥事？

杨树儿：（横眉竖眼打量着他，带着批评教训的口气）啥事？歪头撇脑，像只抽风的鸭子，又想上哪儿晃荡去呀？

贼　豆：（闻言，脖子一拧，没好气地）爱上哪儿，就上哪儿。

杨树儿：呵，你可真是七月半的恶鬼，一出坟就放邪气呀。你给我听着，从今往后，不许给我惹麻烦。

贼　豆：我惹什么麻烦啦？

杨树儿：你还装蒜啊，昨天你上毛家干什么啦？弄得五月姑娘连夜离家出走。你呀你，真是浑身贴膏药，毛病不少啊！

……

贼　豆：你了解好了，不过，要快点。（走不远，又回头笑道）村长，你那砖厂发死了，你不当村长就承包不了砖厂，是不？（从鼻孔里冷哼一声，转身下。）

杨树儿：婊子个贼豆！我没教训他，他却倒打我一耙。承包砖厂，承包砖厂又怎么啦？

［切光。

按这条路子走，我感觉村长和贼豆的关系贴近了，也和这个戏的讽刺主题贴近了，戏也出得来，可是和二稿的路子就不一样了。因为这样一来，六、七、八场就该有他的戏。而二稿已经太长了，要大大地压缩。我把不准，这条路子是不是比原来的好。如果按二稿的路子，我只要在最后一场，借群众的嘴，把贼豆变坏的"内因"说出来就可以解决"度"的问题。

您认为，二稿的主题和讽刺主题，哪一种更可取？

当然，如果二者兼顾，是不是能让作品的思考空间更大一些？可我又怕双主题或多主题，反而会削弱主题的集中性。如果选择讽刺主题，村长这个人物的定位就很重要。我现在对村长的修改方案是：他不是真正关心贼豆，也不是死心塌地响应乡里号召，而是当今基层干部中的工作浮夸者。所以他一看见贼豆把老娘抬进毛家，两家闹得不可开交，就想放弃对贼豆的帮教，认为贼豆不可救药了，于是草草决定召开村委会，调解纠纷。可是一想到自己已经立了军令状，不好向乡里交代，记者又闻风来采访，所以便颠倒炮制，浮夸帮教成绩。舌头一转，说村里人如何关心贼豆一家，把戏聘说成村人好意撮合，想给贼豆介绍对象，把抬老娘进毛家，说成是毛家春风送暖，将杨婶领进家门照顾，甚至把杨婶刺子，说成是贼豆感激涕零，以血为证，表示改邪归正……而记者是一种手机、呼机一个不少，忙于奔走，疲于写稿，不深入调查的形象（这种记者，我见过很多）。

  不知这种思路，行否？

  敬请赐教。不好意思，又要让您费心了。

小赖
2002.3.9

From: 郑怀兴 <zhenghx@163.com>
To: 赖玲珠 <fjndllz@sina.com>
Subject:
Date: 2002-03-09

089　你的好友艺术感觉很好

小赖：

　　刚才厦门高甲戏剧团来电话，要我把《上官婉儿》发电子邮件过去，一上网，就收到你的来函。你的好友艺术感觉很好，鉴赏力很强。非常高兴听到她的意见。关于女性化不够的问题是存在的，但我不好解决，留给表导演去处理吧。关于上官婉儿称量天下一事，乃是史册所载，非我杜撰。唐玄宗即位后，曾给她出了一本文集，由当时的名宰相、诗人张说作序，后来文集散佚，此序犹存，序中对婉儿文学造诣评价甚高。全唐诗中保留她的诗只二十多首，但历代诗论，对她评价也很好。客观地说，武则天的文治，尤其是对律诗的倡导，婉儿是起了很大的作用。但中国是个男权社会，对女人在历史上的作用，从来抹杀得多，宣扬得少。倒是婉儿同时代的文人学士对她的评价比后代要高得多。应该说这是比较公正、客观的。当然我写的上官婉儿也不是单纯历史意义上的婉儿，已经把我的主观情感融进去了。这又扯远了。替我向你的朋友致谢、问好，祝她考上蒋松源的研究生。蒋先生让他现在的一个研究生来找我几次。不多写了。

　　祝愉快！

怀兴
2002.3.9

From: 赖玲珠 <fjndllz@sina.com>
To: 郑怀兴 <zhenghx@163.com>
Subject:
Date: 2002-03-09

090　可能我太看重别人的意见了

老师：

　　您好。可能我太看重别人的意见了，所以在意见出现分歧的时候，显得没有主见。不过，有些意见，到修改时，才发现行不通。明天我会和叶老通电话，并准备和我好友谈谈。其实，最后一场，虽然"度"的把握有些偏了，但我还是很喜欢的。特别是"井水"的比喻，是我在写的时候冒出来的，我认为那是整本戏中最好的一段唱词，是贼豆的心声，是我的心声，也是值得人们思考的地方。可是在厦门时，长赋先生说到最后一场的唱词、台词风格不协调时，曾说，他觉得好像有一种硬扭过来的感觉，太正了，而且还问我，是不是您帮我写的。

　　关于风格协调问题，我曾请教您说，我认为一部戏应该也有"正经"的时候，就像一个老开玩笑的人，应该有严肃的时候。可能当时在路上行走，所以我们没做进一步的讨论。

　　夜深了，就此打住吧。

　　祝

晚安！

小赖
2002.3.9

From：郑怀兴 <zhenghx@163.com>
To：赖玲珠 <fjndllz@sina.com>
Subject：
Date：2002-03-09

091　不要急于改

小赖：

到底《贼豆》要按哪一种方案改？我也处于犹豫中。二稿的立意明显比一稿深刻，它揭示了贼豆堕落成为一个无赖的社会原因，能引起观众的反省。如果写村长处理方法的无能、荒唐，讽刺目前的官场或法制的不完备，这也只是贼豆能产生的一个社会因素而已，立意反而浅了，虽然与戏的格调协调一些，但主角可能变了，不能紧紧围绕贼豆来写戏。你说呢？你的朋友意见如何？我认为，老练的意见值得考虑。不要急于改，要三思而后行。

祝愉快！

怀兴

2002.3.9

From：赖玲珠 <fjndllz@sina.com>
To：郑怀兴 <zhenghx@163.com>
Subject：
Date：2002-03-10

092　叶导意见

老师：

您好。

下午和叶导[1]通了半个小时的电话，他对《贼豆》二稿提出了比较详细的意见。归纳如下：

一、和一稿相比，结构、技巧都有进步，结尾立意的改变也较一稿好（指立意的积极性方面），前半部戏很生动，有几场特别好。人物形象生动。如演出，剧场效果会很好。

二、后半部戏较弱些，贼豆的形象还不够丰满，说服力还不够。作为一个多次"进宫"的无赖，他应该有他畏惧的东西。目前的本子，"不畏惧"的方面写得较充足，但使他感到"畏惧"的是什么，应该要写；促使贼豆变坏的"内因"要进一步挖掘。仅凭"一个鸡蛋"事件，使他走上无赖的道路，理由似嫌不足，还需夯实。贼豆母亲对贼豆的影响，也不可忽略。

三、最后一场，力度较强，能震撼人心，但贼豆母亲的"悔"写得还不够。

总而言之，贼豆的形象还要进一步梳理，立意也要再斟酌。

我的好友张帆的意见是：

一、本子生动，好看，吸引人。如果剧场演出，年轻人会喜欢看，因

---

[1] 叶洪威导演，时为福建省艺术指导委员会专家。

为本子里有许多地方具有小品的效果。

二、台词、唱词生动有趣，但写得太满了，应对表现"贼豆"形象以外的人物语言和过渡性场次，进行适当删减。每个角色的语言个性化不够，区别不明显。不像您的《上官婉儿》的语言，有些地方轻轻一点，着墨不多，却意味深长。如"我的膝盖怎么这么酸"，如最后一场，婉儿一阵眩晕等等，把人物深层的东西都表现出来了。

三、最后一场，太像戏了，反而觉得有些假。

四、立意不错，虽是小事、凡人，但令人思考的空间较大。

您这次厦门之行，感觉怎样？北京的专家对《上官婉儿》评价如何？

《贼豆》让您花了不少时间和心血，您比谁都更熟悉、关心这个本子。辛苦您了。

致礼！

小赖

2002.3.10

From：郑怀兴 <zhenghx@163.com>
To：赖玲珠 <fjndllz@sina.com>
Subject：
Date：2002-03-10

093　改戏的难处在于意见多

小赖：

　　你好！改戏的难处在于意见多。特别对一个写作经验还不丰富的编剧来说更是如此。方朝晖的初稿我常常很喜欢，但他的定稿本却常常令我失望、遗憾。他多年来就是听意见时把握不准。他还是一个老作者呢，跟我同时入道的。所以我有时感到，要有几个知音，每逢写新的本子，先邀这几个看，使自己心中有数后再扩大听意见的范围，这样就不会乱。每一种意见都有其对的地方，但一个戏不能面面俱到。各种好布料集成的衣服好看吗？二稿有二稿的短处，人们看了，才会提出各种意见，说明还不成熟（就是经典作品，各人的看法也会不同）。小崔的意见乍听起来，我觉得还好，但认真想一想，并不新鲜，他还没有摸透《贼豆》。我看要冷静处理。三稿的方案不妨先想一想，写出提纲来，也不妨有几种方案，让艺研所讨论一次再动笔，好吗？

　　叶之桦昨晚来电话，说安葵、曲六乙、曲润海来厦门看《金刀会》，还要看我的本子，今天下午要讨论，我上午得赶去厦门，明天回来。希望你别慌，别急，从容些，好吗？

　　祝愉快！

怀兴

2002.3.10 晨

From：赖玲珠 <fjndllz@sina.com>
To：郑怀兴 <zhenghx@163.com>
Subject：
Date：2002-03-11

094 迷上越剧的那一位

老师：

见信好。

今天几位好友小聚，忙了一天，刚刚送走他们。一上网知道您回到家了，很高兴。因为我的好友，就是迷上越剧的那一位，过几天将父母送往美国弟弟家后，就要动身去北京谋生了，以后她的父母想在上海养老，所以就很难有机会和她聚在一起了。她是我高一时的同班同学，那时我从乡下来，上学报名太迟了，没有住的地方，我父亲带着我到女生宿舍楼，挨着房间问女生谁肯跟我合铺，只有她毫不犹豫地站出来，其实她的个子是所有女生中最高大的。正是这种善良、质朴和情义，我们成了非常好的朋友。后来，她迷上越剧，走了一条与我们完全不同的道路。我在济南念书时，她因生活无着，我让同学给她在服装商场找了个事做，当营业员。两个人挤在一起，同一张床，同一套餐具，因为她下班回来晚，我买了饭总是先吃一边，剩下另一边的饭菜就等她回来后，再用电炉热给她吃，有时候逢着学校查房，我就和她一起躲出去……十多年来，尽管孑然一身，东漂西泊，居无定所，没有固定职业，没有积蓄，现在在她父母定居上海前，连家也没了，但她对自己的选择从不后悔。其实一个人幸福与否，并不在于别人怎么看，而在于自己内心的体验和感觉。您说对吗？扯远了。

因为我18号下午从宁德出发去福州，要经过连江，离长乐机场很近，所以我想如果朋友便车有空，就顺道去机场接您，好吗？

另：王珏师姐来信说，武夷杂感很好，拟发在3月刊号上。她还说，北京艺术团体很缺现代题材的本子，有机会一定帮助我推荐。《贼豆》她看完后，也会给我提意见。

向师娘、师祖婆问好。致愉快！

《贼豆》不忙着改，这几天我安心看点书。

小赖
2002.3.11

From：郑怀兴 <zhenghx@163.com>
To：赖玲珠 <fjndllz@sina.com>
Subject：
Date：2002-03-11

095　婉儿，还得再改

小赖：

　　你好！我下午5点才回到家。你的两封来函都收到了。我乘18日下午3点零5的8108航班从北京回来，估计5点半左右到达，会议是在武夷大厦开吗？你在那儿等我就行了。去飞机场接太麻烦了。我去厦门时安葵就要走了，他把本子带走，等我去北京时谈意见。曲润海他们都说作为文学本非常流畅，一气呵成，但作为演出本，还得再改。曲六乙嫌不够深刻。最后一场他们也不满意。我会慎重考虑这些意见的。你把《贼豆》带去福州，我18日夜再重温。现在你不必忙于改。

　　祝愉快！

怀兴

2002.3.11

From: 赖玲珠 <fjndllz@sina.com>
To: 郑怀兴 <zhenghx@163.com>
Subject:
Date: 2002-03-12

096　饥者饱餐美食之后

老师：

您好。从昨夜起，我花了一天半的时间，在电脑面前读您的《戏曲编剧理论与实践》，虽然眼睛有些疲劳，但欲罢不能。因为台版著作是竖排繁体字，此前曾断断续续看了部分章节。后来您给我传来电子邮件后，又因创作改稿，一直没有一块完整的时间来从头到尾静心品读。现在看完了，却默然无语。感觉好比饥饿者饱餐一顿美食之后，随之而来的竟是无比的疲乏。我必须动用周身的血液，启动所有消化器官、循环系统，才能慢慢消化吸收。

我以前不知道师范学校的由来，后来一次去宁德师范学校，看到墙上题着大大的八个字：学高为师，德高为范。

感谢刘南芳女士，衷心祝您健康、快乐！

小赖
2002.3.12

From：郑怀兴 <zhenghx@163.com>
To：赖玲珠 <fjndllz@sina.com>
Subject：
Date：2002-03-12

097　每写一个戏，都要从头越

小赖：

　　两封来函均已悉。《讲稿》是匆匆写出来的，乃是一孔之见，不足为训。文无定法。每写一个戏，都要从头越。我今天又开始思考如何改《上官婉儿》了。可能第三场要重新构思。当时我只考虑别让当婉儿的演员太累了，让老黄门出场来交代剧情，但这妨碍了对婉儿内心的开掘。婉儿在听到祖父的惨案和李显被废后，应该说是十分痛苦的，如不正面刻画，就影响了对这个人物的塑造。可能得待北京回来后才能改好。我改戏的全过程让你参与进来，或许对你有所启发。18日下午你能借到车吗？如果麻烦就算了。我搭民航的车到城里，然后再打的到鼓房。向小李问好！

　　祝愉快！

怀兴

2002.3.12

From：赖玲珠 <fjndllz@sina.com>
To：郑怀兴 <zhenghx@163.com>
Subject：
Date：2002-03-12

098　怦然感动的是技法之外的精神品质

老师：

　　您好。车的事，福宁高速公路指挥部总指挥陈宗森先生很乐意帮忙。他是我在报社时结交的兄长似的朋友。当时他在乡镇工作，因主持公道，受到恶劣的攻击和诽谤，有人乱贴他的小字报，内容不堪入目。我担任采访任务，以媒体的方式，将案情始末公之于众，他认为替他消除了影响，还他清白，由此对我非常友好。其实那是我的工作，而且当时我根本不认识他。

　　我不善于和政界的人物交往，也极少找他们办事，但几乎所有认识我的领导，都对我很好，而我只对极少数让我感觉交往起来能够完全不当他是领导的领导，保持清淡的友谊。

　　烦您转告师母一声，说我已联系好车，到时去机场接您。糟制大黄鱼想吃吗？如需请吩咐一声。

　　编剧虽有技法，但文章的真性情只能靠心灵去感悟。学，然后知不足。您为我打开了一道认识文学世界的大门，这已经很难得了。我看您的著作，怦然感动的是技法之外的精神品质。

　　祝您的《上官婉儿》越改越好。

小赖
2002.3.12

From：赖玲珠 <fjndllz@sina.com>
To：郑怀兴 <zhenghx@163.com>
Subject：
Date：2002-03-13

099　这部书很不一样

老师：

　　见信好。著作《编剧》读后感，我的朋友张帆和师范教师邱景华先生不日将会把意见发给我，到时再转发给您。

　　就我自己来看，这部书与其他理论著作是很不一样的，因为它是剧作家结合自己二十多年的创作经历所写的，包容的信息量非常大。有全方位的编剧技法、创作得失经验总结、剧作家的人生体验、世界观、审美意识、人文关怀、精神境界等等，特别是您饱览群书，旁征博引，有许多章节，激情澎湃。语言文字酣畅淋漓，实例举证具体生动。单单从阅读感上，就一点都不晦涩、不枯燥。

　　如果再版，我有个不成熟的建议：一是能否让它与您的剧作集的出版或再版结合在一起。因为看了您的剧作，再看这部理论与实践的著作，对学习编剧的读者来说，更有助于理解和消化。二是如果考虑读者面更大些，是否把电视剧这一块进一步充实。三是再版时，一定要找一家好的出版社，让他们注意宣传策划和包装，使更多的人能够认识它，并从中受益。许多人把宣传简单地理解为炒作，我不这样认为。站在戏剧本位看，我希望戏剧界能尽可能多地利用传媒，占领传媒阵地，让传媒为戏剧服务。

　　连《圣经》中都说"你要把灯放在高高的台上，让更多的人看到它的光，也让它的光照亮更多的人"。（大意是这样吧）

另：我在网上下载了几部以前没有好好看的古典戏曲名著。感觉真好！
致礼！

小赖
2002.3.13

From：郑怀兴 <zhenghx@163.com>
To：赖玲珠 <fjndllz@sina.com>
Subject：
Date：2002-03-13

100　戏改得好不好的标志

小赖：

　　我已告诉燕英[1]，说你已联系好车子，将去长乐机场接我到福州，她很高兴，让我向你致谢。大黄鱼不要带来了。我已开始改《上官婉儿》了。改戏的过程，就是我们对人物不断加深认识、了解的过程，不断使他（她）们成长、成熟的过程。戏改得好不好的标志，应看人物是不是鲜活起来。人物形象鲜明了，主题就深刻了。你把《讲稿》分给老师、朋友看，他们看了吗？作为文学爱好者，其意见如何？我也很想了解。如果对初学者真的有益的话，或许将来还可以加以充实、再版。不多写了。

　　祝健康愉快！

怀兴
2002.3.13

---

[1] 郑老师的爱人林燕英。

From：郑怀兴 <zhenghx@163.com>
To：赖玲珠 <fjndllz@sina.com>
Subject：
Date：2002-03-14

101　今天又改出一稿

小赖：

　　你好！你的手机号码我记在日记本上了。《上官婉儿》今天又改出一稿。因为叶之桦在北京，准备找导演，逼我不得不尽快拿出来。今发给你，看改得如何？评章一直批评我对婉儿太疼爱，没有写她变坏，这可能是戏最大的问题。这次我不得不写她的蜕变，但还是比较委婉。最后一场只有几笔，把婉儿与武三思的暧昧关系点出来了，也预示了她的悲剧命运。到福州听听你的意见。明天上午我乘县政府的小车去长乐机场。不多写了。

　　祝愉快！

怀兴
2002.3.14

From：赖玲珠 <fjndllz@sina.com>
To：郑怀兴 <zhenghx@163.com>
Subject：
Date：2002-03-19

102　一直在思考《贼豆》的修改问题

老师：

您好。回宁路上，一直在思考《贼豆》的修改问题。昨夜把原著及一稿、二稿认真看了一遍。后又与立衔先生通了电话（他分管宁德片的，对我也很关心，回到家后，还在思考）。他很不赞成二稿的路子，认为把立足点放在贼豆身上，是走进死胡同，而且在付排上，会给"政审"以及老旦角色的寻找等方面造成更大的困难。他坚持认为，应该把立足点放在毛弄井夫妻身上。在泉州时，他坦诚告诉我的第一句话就是，二稿不如一稿（应该是指立意吧）。

我之所以把他的意见毫不掩饰地禀告您，是因为我得向您坦白交代，这些日子来，在主题立意上，我一直显得迷茫、摇摆不定，有时甚至也怀疑起二稿的路子。请您原谅我这么直言不讳，因为这个问题一直困扰着我，只有彻底把它解决了，我才能心无旁骛地改好二稿。

反复想后，终于豁然开朗。

《贼豆》二稿和原著走的路子不一样，是因为两者的立足点与视角不同。原著题为《讲案》，其旨在通过一个是非本是十分清楚的事件，在协调解决的过程中，引发和映照出众生百态，从而揭示善者被欺、恶者横行的社会原因。该作者的创作初衷也是来自对黑社会横行，令善良者忍无可忍、奋起反抗这一社会现象的思考，因此，它用了很大的笔墨来描写毛弄井夫妻四处求告，不仅得不到公正的裁决，反而招来更深重的精神和肉体的戕害，从而导致毛妻发疯、毛弄井想举刀杀人，它关注的是毛弄井夫妻的命运，展示的是他们怎样由安分守己的普通老百姓，一步步被逼上举刀杀人的绝路，从而达到唤起人们对这种不正常的社会现象之所以存在的根源的思考。

贼豆在原著，只是一个彻头彻尾、变本加厉的无赖。这个人物形象是单一的、没有灵魂，也没有内在的发展。读者的感情天平（作者的创作热情）很大程度上，倾斜在对毛家夫妻的同情上，思考的问题也集中在"为什么一件是非十分清楚的事件，层层的人物和机构，都不能解决，而一个黑社会小头目一句话，就轻松地摆平了？"读者（也是作者）对贼豆的认识，是表层而片面的，其感情色彩，也是单一的憎恨。对毛弄井的同情，在某种程度上说，也是比较单一的，把他定位在老实人被逼急了，终于举刀杀人这一层面上。

而我们的二稿，题为《贼豆》，一号人物当然是贼豆。所以我们把主要的笔墨，用在刻画被人们恨之入骨、认为已经是不可救药的无赖贼豆身上，把这个被人们盖棺论定的无赖，其耍赖过程的横切面放大给人们看，从中映照出周围的众生百态，以此来达到揭示其存在的社会根源这一目的。

打个比方，如果把贼豆比作病毒，那么原著重在展示抵抗能力不强的人，被病毒吞噬侵害的痛苦过程，由此唤起人们对被侵害的生命的同情与关爱。而二稿则直接拿病毒开刀，研究病毒的本质和侵害人体健康过程中的内在活动，让人们认识病毒，最后达到治病救人的目的。

至此我才明白，为什么您说，在主题立意方面，二稿明显比一稿深刻。相形之下，原著注重"讲案"的过程，因而叙事的成分重了，而二稿则更注重人物，注重剖析和研究，因而在寻找社会原因上，也就更理性、深刻了。

是这样吧？

弄明白了这个问题，我才真正感到，应为二稿与原著的不同而欢欣鼓舞。

由此想到，所谓没有主见，大多是因为不知己也不知彼的缘故。
原想把小说《讲案》给您寄去，现觉无关紧要了。您说还需要吗？
祝
一切好！

小赖
2002.3.19

From：郑怀兴 <zhenghx@163.com>
To：赖玲珠 <fjndllz@sina.com>
Subject：
Date：2002-03-20

103　《婉儿》今天又做了几处重要修改

小赖：

　　你好！今天你发来的两封来函我均收到了，因改《上官婉儿》，就拖到傍晚一并回复。《婉儿》今天又做了几处重要修改，自我感觉很好。你前天说的婉儿为什么迟迟不知祖父之冤案，我也借老黄门之口，做了一个交代：大家一见婉儿被武后所起用，对上官仪的冤案就讳莫如深了。这次改的三个地方我特别高兴。一是婉儿借承认《黄台瓜辞》是自己写的机会，劝武则天母子和好，让李显复位，这使武氏看到了又一个上官仪，就勃然大怒了；二是最后一场婉儿被群臣奉承，有点忘乎所以，抬头遇见武氏的目光，又不寒而栗了……三是评诗时的气氛渲染加强了，戏就好看了。还有在前面几场，有意提起沈宋两人，免得最后一场出现显得突兀。

　　你说《贼豆》立意问题，我知道会有不同意见，这是很正常的。为什么我们这个社会会出现贼豆？这是令人深思的问题。你不要大写贼豆如何诉说自己沉沦的原因，而是要通过剧中群像对贼豆和毛弄井一家的种种态度，把这个社会、时代的原因深刻地揭示出来。你能认识到写好这个问题比写毛家的无奈、痛苦更有价值，说明你提高了一大步。相信你通过这次座谈会，能更清楚修改的方向，把本子改好。我对你本子的认识也只能逐步加深，不可能一步到位。不多写了。

　　祝愉快！

怀兴
2002.3.20

From：赖玲珠 <fjndllz@sina.com>
To：郑怀兴 <zhenghx@163.com>
Subject：
Date：2002-03-21

104　谢谢您的指导！

老师：

　　谢谢您的指导！我会认真思考您的建议。前五场修改感觉较好。后半部的修改工程较大，估计得两三天才能出来。这两天您好好休息一下，待我脱稿后，再敬请您指导。

　　另：烦您跟师母说一声，自制的蛏干[1]，放冰箱冷藏，因有带点沙土，做配料时，要先用水泡一阵子，再抓洗干净，不要搓洗，怕会断碎。

　　祝：一切好！

小赖

2002.3.21

---

[1] 晒干的蛏肉。

From：郑怀兴 <zhenghx@163.com>
To：赖玲珠 <fjndllz@sina.com>
Subject：
Date：2002-03-21

105　现在一个严重的时弊

小赖：

　　你好！我今天又把莆仙戏传统剧目《拜月亭》的整理本再做一些改动，然后与《上官婉儿》一起拿去复印，准备于25日托人送到福州去。回家一上网，就收到你的来函。修改思路我基本上同意。只是村长既然是一个和稀泥的人，他遇事能拖就拖，不会主动去处理、解决什么问题的，应该有个外部压力，逼他不得不去过问贼豆与毛家的争端。这个压力能不能是文明村的评比？随着评比的时间越来越临近，化解这两家矛盾的问题也就越显得迫切。现在一个严重的时弊是掩盖矛盾，粉饰太平，做表面文章，这也是产生贼豆这种人物的一个社会因素。评比作为气氛渲染就行了，不要加人物，但要一步一步加强，以增加戏的悬念。你觉得如何？贼豆也是抓住村长怕在评比期间暴露村里问题而要挟村长，这样更能引起观众的共鸣。这个意见供你参考。我这两天开始闲下来了，有什么问题可以随时来函探讨。

　　祝修改顺利！

怀兴
2002.3.21

From：赖玲珠 <fjndllz@sina.com>
To：郑怀兴 <zhenghx@163.com>
Subject：
Date：2002-03-21

106　呈上修改思路

老师：

您好。您的《上官婉儿》越磨越精，给我很多启示。前途漫漫，艺无止境，唯努力求索。呈上修改思路，敬请赐教。

一、篇幅压缩。（一般的本子是三万字吗？）

二、村长杨树儿的戏份适当增加，以加强其普遍性，拓展其社会意义。他是剧中唯一有别于老百姓的社会形象，也是毛家夫妻寄希望主持公道的对象，因此应该着意刻画。基本定位是：老练精明，深谙人情、世故，城府深，对上他可应付政府官员，对下他能应酬村民百姓，他不想得罪任何人，也绝不引火烧身，"怎样做最划算"，是他处事的信条，也是协调时，奉劝别人的主要办法。该人物笔墨安排前淡后浓。

三、群像的戏适当增加，展示众生百态。

四、前半部主要是压缩，个别地方小改。已改好。

1. 前四场戏，戏聘—耍泼—赔礼—置疑，个别地方小改，唱白尽量精简。

2. 第一场"戏聘"的结尾，将杨婶上场改为杨树儿赶着去镇里开会，匆匆路过，他对毛弄井说贼豆戏聘的事，一笑置之，勾出他的基本轮廓。

3. 第四场"置疑"，杨树儿再次上场时，是从镇里开会回来，用几句台词交代他处理农村工作的原则："看云识天气，随身带雨伞，看菜再吃饭，显水不露山。"

4. 第四场"置疑",贼豆将杨婶抬进毛家时,群像的戏,加了"毛家房屋四周的窗户打开,一张张神态各异的头探进探出",虽有不忍者,但都被家人阻止了。最后在翠花的长号中,一张张脑袋都消失在紧闭的窗户后面。豆干嫂明哲保身的形象,也在此加了一笔。

5. 第五场"试探",结尾部分,把杨树儿到毛家定下调解日期,改为他以"心急吃不了热豆腐,不要把事情闹大"为由,劝毛家夫妻少安毋躁,让他找贼豆好好谈谈,再让贼豆把母亲抬回去。我的目的是想,缓和两家冲突,蓄积再次冲突的情势。

6. 自第六场起,做较大改动。原第六场"见证"考虑将其删掉,因为豆干嫂的态度,观众能猜测得出来,翠花给她"送金戒指"的事,用伏笔的办法来解决。原第七场"和谈",现是第六场,比较重要。思路如下:毛家夫妻强忍不快,侍候杨婶——贼豆心情矛盾,到毛家窥视,心有所动——正当这时,杨树儿来了。我想尝试利用戏曲的虚拟性,打破舞台空间限制,把舞台分作两个表演区,让杨树儿来回穿梭,以自己的"博闻多识,言传身教",一边奉劝毛家夫妻"忍小气,图大安",一边忽软忽硬地做贼豆的工作。最后,在杨树儿的主持下,毛家夫妻来到贼豆家,进行"和谈"。和谈失败后,双方才围绕"村断"各自争强取胜。最后一场,初步考虑是,"村断"使毛家夫妻愤激不平,翠花寻死觅活,毛弄井磨刀霍霍,村人百态迭出,最后选择一个意味深长的结局。

考虑到后半部改动较大,不敢仓促为之,特劳烦您,看大体方向是否可行?

致礼!

小赖
2002.3.21

From：郑怀兴 <zhenghx@163.com>
To：赖玲珠 <fjndllz@sina.com>
Subject：
Date：2002-03-23

107　我把意见都写在每场中

小赖：

你好！从昨夜到现在，一直在看《贼豆》。说实话，我只喜欢头三场，后面的戏改得不如以前，人物没有内心情感，情节掩盖了人物。修改过程出现这种反复，并不奇怪。我把意见都写在每场中，请你看一看。我的设想并不一定正确，只供你参考，或许能帮你打开思路。不多写了。

祝你愉快，修改成功！

怀兴

2002.3.23

附件：

贼豆（郑老师批改稿）
（大型现代戏）

编剧：赖玲珠

根据阙迪伟小说《讲案》改编

时间：当代

地点：乔村

人物：（按出场先后顺序）

  翠花、毛弄井、杨婶、贼豆、毛五月、杨树儿、豆干嫂、卷毛、男女老少村民及村干部各若干名。

场景：普通农村，寻常屋舍，房前一口井，屋后几畦地。家与家之间只有一道墙，人与人之间只隔一扇门。

第一场　戏聘

[幕启，早晨。毛家院前。翠花一手提兜，一手撒谷上。

翠　花：啄咯咯咯，啄咯咯咯……

  （唱）口呼鸡，撒谷米，

    小姑就要回家里。

    为给她，补身体，

    今天我要杀只鸡。

    毛家的鸡有标记，

    只只身上点红漆。

    三只公来四只母，

  咦——？

  （数）一、二、三、四、五……六……

  （接唱）怎么少了一母鸡？

  啄咯咯咯……啄咯咯咯……（寻而不得，满腹狐疑）

  （接唱）贼豆住在我隔壁，

    偷鸡摸狗多劣迹。

今天这只小母鸡，

八成又是他偷的。

弄井，弄井——

［毛弄井手拎柴刀匆匆上。

毛弄井：什么事大呼小叫的。

翠　花：咱家一只母鸡不见了，你过墙找找看。

毛弄井：让我上他家找鸡？你没疥找癞疤啊？（气下）

翠　花：你……唉，这个死鬼！

（唱）弄井胆比芝麻小，

母鸡丢了瞧都不敢瞧。

我对贼豆三分怕来七分恼，

不骂几句我气难消。

（冲着毛家）畜生啊畜生！叼我的鸡，烂肠烂肚，不得好死！

［杨婶惶惶不安，开门出。

杨　婶：（小心翼翼地）翠花，发生什么事啦？

翠　花：（狠狠地剜了杨婶一眼）还能有什么事？我家的母鸡又给黄鼠狼这畜生给叼了！（"砰"的一声，关门入内）

［杨婶一阵心悸，悲从中来。

杨　婶：（唱）翠花指桑骂槐话带刺，

如针似锥扎在我心里。

都只为孽子豆儿不争气，

邻里们这才横眉竖眼看人低。

为此我是人前受气赔尽礼，

人后伤心抹泪常哭泣。

唉！

找豆儿，问仔细，

莫非他真的掳了毛家的鸡。（下）

［贼豆光头秃脑拎着一只母鸡，大摇大摆上。

贼　豆：咯咯咯，咯咯咯……（狠狠揪下一撮鸡毛，弹开）嘿嘿！

（唱）一根毛，两根毛，三根毛……

小母鸡，咯咯叫，

一地鸡毛飘呀飘。

误入藕花深处

　　　　哼,做记号!
　　　　　一撮红毛全拔掉,
　　　　　它就姓贼不姓毛!
　　　[毛五月一身开放地区时新装束上。
毛五月:(唱)两年打工在深圳,
　　　　　无枝无叶也无根。
　　　　　今日回家来办暂住证,
　　　　　顺便把哥哥嫂嫂来探问。
贼　豆:(一见五月,顿时眼直)嘿,五月,好久不见了,在深圳嫁老公了吧?
毛五月:老公?哪有啊,你给找一个吧。
贼　豆:找一个多麻烦,现成的,你看我怎样?
毛五月:你?莫非想拿母鸡当聘礼吧?呵呵……(径直走开)
贼　豆:(追上去)我拿母鸡当聘礼怎么不行?
毛五月:行,行,你就拿这只母鸡当聘礼吧。(笑着步入家门。)
贼　豆:(直着眼,喃喃地)婊子个五月……
　　　　(唱)不见五月眼不花,
　　　　　见了五月心里就像小虫爬。
　　　　　她从上美到下,
　　　　　我活活想死她。
　　　　　想死她,何不趁机戏戏她?(一般一段唱词中的押韵用字不要重复,你这儿用了两次"她")[1]
　　　嘿嘿!反正在深圳——
　　　　(接唱)她也是任人揉捏的豆腐渣。
　　　[毛弄井抱着一捆柴片上。
贼　豆:(歪头一笑,迎上去)哥!
毛弄井:(如被蜂蜇,柴片掉落)贼豆,你、你叫我什么?
贼　豆:哥,五月回来了,我跟她的婚事也该办了。
毛弄井:什、什么?你说什么?
贼　豆:(一笑)哥,你知道,我家里穷,可五月她不嫌弃,她说我要真喜欢她,

---

[1] 画线部分为郑老师批语。下同。

　　　　　就用这只母鸡当聘礼。
毛弄井：（眼珠子都快掉下来）贼豆，你、你没病吧？
贼　豆：哪能呢，不信你摸摸我的头。（凑近）
　　　　[毛弄井一个趔趄，跌倒在地。
　　　　[翠花闻声，开门自内出。
翠　花：（见状）弄井，你怎么啦？在自家门前当尺子量。
贼　豆：嘿嘿，长兄为父，长嫂为娘，嫂子，我这未来的姑婿，给您磕头了。（"扑"地跪下）
翠　花：（尖叫）贼豆，你疯啦？
贼　豆：（抖抖裤上尘土）嫂子，不瞒你们，我跟五月好很久了。"斤鸡马蹄鳖"[2]，礼轻情意重，这聘礼您就收下吧。（把鸡往翠花怀里一塞，转身朝自家走去，快至门口，回头一笑）不信，你们问问五月。（"嘎吱"一声，关门入内。）
翠　花：（抱着母鸡，不知所措）这……这是哪门子事啊？
毛弄井：（吼）五月，你给我出来！
　　　　[五月笑着自门内出。
毛五月：哥，什么事？
毛弄井；你跟贼豆到底是怎么回事？
毛五月：（一时反应不过来，想了想，顿时明白，不禁笑弯了腰）一句玩笑话，他也当真？呵呵……
毛弄井：你开玩笑，他可不当玩笑。告诉你，沾着他，你不死也得脱层皮！
毛五月：不至于吧？（毫不介意，笑着入内）
翠　花：弄井，这还是咱家的鸡呢！
毛弄井：你没认错？
翠　花：这鸡我一手养大，就是光着身子我也认得。
毛弄井：那就别理他！（转念一想）哎呀，不行啊。把鸡给我。
翠　花：你想干吗？
毛弄井：你还不知道吗，那贼豆可是白露的雨水——下到哪儿，坏到哪儿啊。我怕他日后拿这做借口，纠缠五月。

---

[2] 当地土话，意思是：一斤重的鸡、马蹄大的鳖最好吃。

翠　花：这可是咱家的鸡啊！
毛弄井：唉，你就当被黄鼠狼叼了吧。（抢过鸡，向贼豆家走去）
翠　花：（跺脚）人说你软，你还真软！（生气入内）
　　　　[毛弄井敲贼豆家的门。贼豆笑着开门。
　　　　[毛弄井虎着脸，把鸡往他怀里一塞，转身就走。
贼　豆：（追出，扯住毛弄井）哥，嫌聘礼少不？
毛弄井：贼豆，我没空跟你开玩笑。
贼　豆：（正色地）婚姻大事，谁开玩笑？
毛弄井：（火起）贼豆，你想沾五月，先撒泡尿照照脸。
贼　豆：（也火）哥，婚姻自由，我跟五月的事，你管不着。送聘礼是乡俗，你不收也得收！（把鸡一掼，"砰"地关门）
毛弄井：（暴跳）贼豆，你做梦！
　　　　[杨树儿腋下夹包匆匆上。
杨树儿：（闻言，驻步）弄井，怎么啦？
毛弄井：（如遇救星，哭诉）村长，贼豆拿母鸡到我家下聘，他想赖上五月呢。
杨树儿：（笑）这个贼豆，想老婆想疯了。
毛弄井：村长，你可要替我做主啊。
杨树儿：呵，这种事，我做什么主呀？我还得赶去镇里开会呢。（下）
毛弄井：村长……

　　　　（这一场戏写得好，贼豆母子、毛家夫妻、兄妹的个性都写出来了，详略也得当。只是村长出场嫌太简单了些。人物第一次出场最好要唱几句。毛弄井在贼豆家门外不停地喊、叩门的同时，村长就唱着上来，把他的处世态度点一下，交代他要去哪儿，干什么，见毛弄井在喊贼豆，说几句……）

　　　　[切光。

第二场　耍泼

　　　　[灯亮。紧接前场。杨婶屋内。
　　　　[杨婶垂泪不已。贼豆嬉皮笑脸。
贼　豆：娘，我不过是跟他们开个玩笑嘛。
杨　婶：开玩笑？你啊你你，为什么就不给我争口气啊！
　　　　（唱）你胡作非为瞎胡闹，

　　　　　　我一天到晚把心操。
　　　　　　你可知我为你流了多少泪？
　　　　　　你可知我有多少愁和恼？
　　　　　　我出门怕听警车叫，
　　　　　　在家害怕邻里话声高。
　　　　　　白天我怕你在外不学好，
　　　　　　夜里我老梦着你坐监牢。
　　　　你啊你，你看看自己——
　　　　　　一头光秃秃的芋头脑，
　　　　　　被剃得像个不长毛草的小山包。
　　　　你知道，我看了，这心里……（抹泪）
贼　豆：（笑）娘，您就是爱发愁。这有什么，警察叔叔替我省了不少理发费呢。再说，您瞧我这样多"酷"呀。
杨　婶：你又胡说八道了。去，快向弄井和五月姑娘赔个不是。
贼　豆：娘，他们当我是马蜂呢，我去了，他们不怕挨蜇？
杨　婶：你不去，我去。
贼　豆：好好好，我去我去。嘿嘿，向五月赔不是，我乐意！
杨　婶：唉，这孩子就是没正经……

<u>（这一段母子的戏里要不要加几句贼豆的人生观，意思是当今的世道如何，做人该如何才好，前几年咱们孤儿寡妇受人欺负之类，说当今受人尊重的是有权有钱的人，咱们没权没势的人不能老实，老实人如今最被人讥笑，这种能深化主题的语言你这个本子里太少了，造成人家产生写这种人物、故事有何意义的疑问。）</u>

　　　　［暗转。灯明，毛家。翠花闷声不响，弄井唉声叹气。
毛弄井：（唱）贼豆抱鸡来戏聘，
　　　　　　不由我心头怦怦跳不停。
　　　　　　他泼皮无赖出了名，
　　　　　　怕只怕从此生活不安宁。
　　　　唉……
翠　花：哼，像颗空心的枣子，人家哈口气，就缩成一团了。
毛五月：哥，那贼豆算什么货色呀，我就不信他能把咱给吞了！
　　　　［贼豆上。闻言止步。

误入藕花深处

毛弄井：他吞不了你，可他像疥疮、像毛刺、像粪坑里的蛆虫！他要往你身上沾，你不臭也得脱层皮。

　　　[贼豆一听，火冒三丈。

贼　豆：（唱）狗眼看人真可恼，
　　　　　　　怒气直冲到九霄。
　　　　　　　我若是不露点颜色让他瞧，
　　　　　　　他哪知大写的人字怎样描。

（后两句唱词能否改一下，意思是我贼豆不是当年受人欺负的孤儿，已经是个堂堂男子汉之类。）

　　　[抬脚欲踹门冲入，转念一想，不动声色，推门步入。

毛五月：管他是什么，就冲他那副没出息的样，他就是抱着金鸡，我也……（抬头猛见贼豆迎面而立，话声戛然而止。）

　　　[毛弄井夫妻大气不敢出。毛五月强装镇定，满脸不屑。

贼　豆：（走到五月跟前，冲她一笑，温言软语地）月，这几年你在外头，我可真是一手拿针一手拿线——望眼欲穿啊。

毛五月：贼豆，你少自作多情。

贼　豆：多情？嘿嘿，月啊，我对你可真是三年不下雨，要有多（晴）情有多（晴）情啊。

毛五月：贼豆，你别疯狗咬人不看对象。你想沾我，算盘打错了。

贼　豆：月，怎么一转眼，你的心就像冰库里的五脏，冷硬冷硬的呀。哎，一年三百六十五，我可是夜夜做梦吃黄连，想你想得好苦啊！

　　　[毛五月厌恶地看着他。

贼　豆：（越发涎皮赖脸）月，你知道吗？我想见你的脸，那是看戏流眼泪，听书抹鼻涕。我想亲你的嘴，只得半夜抱着茶壶喝凉水啊，唉！
　　　　（唱）我的月啊……
　　　　　　　我好比剥开皮肉种红豆，
　　　　　　　想你想得入骨头啊……

　　　["啪"的一声，贼豆挨了五月一巴掌。

毛弄井夫妇：（大惊失色）五月……

　　　[五月也怔住，惶恐不安地望着贼豆。

贼　豆：（摸摸脸，歪歪嘴，居然笑了）好，打是亲骂是爱，杨宗保和穆桂英的姻缘就是打出来的。（恶邪地）月，你猜我昨晚梦见什么了？（说

　　　　　着旁若无人，将手往五月腰间一搂）走，到房里我悄悄告诉你……
五　月：（"腾"地红了脸，闪身啐道）贼豆，你皮真厚！
贼　豆：（嘻嘻笑着）皮厚质量好。
毛五月：你真无耻！
贼　豆：（面不改色）无耻价更高。
毛五月：你耍流氓！
贼　豆：（更加得意）流氓？嘿嘿！
　　　　（唱）流氓那是老字号，
　　　　　　　现在改称性骚扰。
毛五月：你……你给我滚出去，不然，我就报警了。
贼　豆：报警？哈哈，你要有胆去报警，我就敢——
毛五月：你敢怎样？
贼　豆：我就敢十字路口做广告，让来来往往的路人都知晓。咱俩是那熟透的西瓜老相好，还有个私生儿子叫豆毛！你要是不怕粪勺搅粪坑越搅越臭，你现在就报警去吧！
毛五月：你……（哭）哥……
翠　花：贼豆，你太过分了。（上前安抚五月）
毛弄井：（吼道）你给我出去，滚！
贼　豆：呵，这话听起来过瘾，就像刚开坛的老白干，有股冲劲！不过，哥，我这人好比出炉的生铁，越打越硬。我告诉你，我跟五月呀，算是泡泡糖粘住了糯米饭，扯不开啦。
毛弄井：（一下子软了）贼豆，我们跟你无冤无仇啊。
贼　豆：那自然，咱们是亲戚嘛。
毛弄井：（眼泪都快掉下了）就算我求你，不要胡闹了，行吗？
贼　豆：（两眼朝天）说什么来着，大声点！
毛弄井：……就算我求你了！
贼　豆：呵，求我呀？那你说，谁是疥疮啊？
毛弄井：……
贼　豆：说呀，说了我就不闹了。
毛弄井：我……我是疥疮！
贼　豆：那谁又是毛刺，谁又是粪蛆啊？
毛弄井：我是毛刺，我是粪蛆，这样总行了吧？

翠　　花：你啊你，真是连粪蛆都不如啊你！
贼　　豆：（笑）呵，嫂子这话，我爱听。好吧，看在我们是多年友好睦邻的分上，今天我这放你一马。不过，你们都给我听着，我贼豆就算是城隍庙里的小鬼，可大小也是尊神！（走到五月身边，望着她，一笑）五月，要不是看你长得还行，这一巴掌……嘿嘿，好男不跟女斗，今天就算了，不过，咱俩哪，牛郎约织女，后会有期！拜拜——（一个飞吻，笑下）
　　　　　[切光。

<u>（这一场戏是写得好，尤其是贼豆想去赔礼，但毛家对他的背后议论使他改变初衷，这揭示了人性的弱点。要不要加一两句翠花对贼豆的成见？）</u>

第三场　赔礼

　　　　　[灯亮。次日晨，房前井边。
　　　　　[翠花一手执衣盆、一手提水桶上。
翠　　花：（唱）泼皮贼豆太可气，
　　　　　　　　弄井软弱任人欺。
　　　　　　　　夜送五月离家去，
　　　　　　　　心头怨恨难平息。
　　　　　唉，五月走了，那臭狗屎也就死了这条心了。
　　　　　[豆干嫂挑着水桶上。
豆干嫂：翠花，洗衣呀？
翠　　花：哎！
豆干嫂：听说贼豆想五月想疯了，想用一只母鸡赖个老婆呢。
翠　　花：唉，别提了，恼得我们只好让五月一走了之。
豆干嫂：这个贼豆啊，真是百年的歪脖子树。咱们哪，千万别让他沾着，不然的话，就是铁人也得脱层皮啊。
翠　　花：唉，怎么就没个人治治他呢。
豆干嫂：要有人能治得了他，他还叫"气死公安，难倒法院"吗？他呀，大错不犯，小错不断，判刑不够，劳教没用，罚款又没钱，就是进了拘留所，那也是前门进后门出，唉，这种人是死猪不怕开水烫啊。
翠　　花：他要是死猪，我把门板拆了当火烧，也要让他脱层皮。
豆干嫂：可他偏偏不是一头挺尸的猪呀，唉，你还是能忍则忍吧。

　　　　　［杨婶愁容满面上。

杨　婶：（唱）豆儿做事太荒唐，
　　　　　　　愧对毛家心不安。
　　　　　　　趁他一早进城去，
　　　　　　　我登门赔礼去道歉。

豆干嫂：（肘碰翠花）那不是杨婶吗？你让她好好管教管教贼豆。

翠　花：她？哼，烂绳一根，拴得住野马吗？

豆干嫂：那倒也是。（转身对杨婶笑道）杨婶，上哪儿去呀？

杨　婶：呃，我……我找翠花。翠、翠花，你洗衣啊？
　　　　　［翠花斜了她一眼，转身去打水。

杨　婶：（笑容僵在脸上，尴尬地）翠花……
　　　　　［翠花提水怒倒盆中，水花飞溅，杨婶惊避。

杨　婶：（羞愧万状，极力克制，强颜赔笑）翠花……
　　　　　［翠花埋头搓洗衣服。

豆干嫂：翠花，杨婶唤你呢。

翠　花：（冷硬粗重地）我听着呢！
　　　　　［杨婶如闻惊雷，连跌两步，艰难站稳，擦拭眼泪。
　　　　　（背唱）三声叫唤赔笑脸，
　　　　　　　换得一声冷语言。
　　　　　　　砸在地上能跳起，
　　　　　　　刺在心头似刀尖。
　　　　　　　养子不肖羞为母，
　　　　　　　人前受气泪暗咽。
　　　　　（转向翠花）
　　　　　　　翠花呀，
　　　　　　　孽子豆儿多不是，
　　　　　　　得罪你全家我心不安。
　　　　　　　今天我厚着老脸来赔礼，
　　　　　　　还望你大人大量不计嫌。

翠　花：大人大量？说起来轻巧！

豆干嫂：翠花，不看僧面看佛面，你呀，宰相肚里撑大船，就给杨婶一张脸吧！

翠　花：宰相肚里撑大船，我说豆干嫂啊，要是那撑船的篙子，篙篙都当胸往

你心口上戳，你能受得了吗？（抹泪）

杨　婶：翠花，真是对不住啊。你要是有气，只管冲着我骂吧，我生了这样一个儿子，活该呀……（哭）

豆干嫂：翠花，算了吧。

翠　花：（恶气出后，有所回顾）杨婶，你也不用又抹眼泪、又揩鼻涕，照理说呀，这五月要是对贼豆有意思，我这当嫂子的，哪有不乐意的理呢？可是这婚姻大事，总不能像冬瓜秧爬进茄子地，胡乱攀扯吧？

杨　婶：他是癞蛤蟆想吃天鹅肉，你就当他放屁好了。

翠　花：再说，拿我家的母鸡到我家下聘，往一个干干净净的姑娘身上泼脏水，豆干嫂，你评评，这算哪门子事嘛。

豆干嫂：呵，要我说呀，这都得怪杨婶。

杨　婶：是是是，都怪我没管教好他。(杨婶因为只有这么个宝贝儿子，夫早死，家贫穷，更溺爱他，这也是贼豆不成才的一个重要原因，要在适当的时候予以点明。）

豆干嫂：不是怪你没管教好他，而是怪你怀贼豆的时候，癞蛤蟆的脊梁看多了，酸石榴的籽籽也吃太多了，要不，你怎能生出一个满脑袋都是鬼点子的宝贝儿子呢？呵呵……

　　　　〔翠花忍俊不禁，"扑"的一声，笑了。

　　　　〔杨婶无地自容，但她看见翠花笑了，又不禁舒了一口气。

豆干嫂：好了好了，笑一笑，公鸡啼母鸡叫，什么怨气都消了。你们慢慢聊吧，我该回去了。（挑水起身）

杨　婶：（心疲神伤）翠花，你忙，我也走了……

翠　花：（勉强地）那你走好。

杨　婶：（万分感激地）哎！（诚惶诚恐，举步欲离，一个趔趄，"扑"的一声，摔倒在地）哎哟……

豆干嫂：杨婶！（放下担子，正要伸手去扶，却又犹豫了）

翠　花：哎呀，你怎么这么不小心！（快步上前，扶起杨婶）

豆干嫂：（手不离担）杨婶，没事吧？

杨　婶：哎哟哟……（疼得起不来）

翠　花：哎呀，怕是股骨断了。豆干嫂，快去叫人吧！

豆干嫂：哎！（挑担，匆匆下）

[切光。

（第三场戏也不错）

第四场　置疑

[灯亮。接前场，午后。杨婶屋前。
[贼豆三分醉意上。

贼　豆：（念）昨日我把毛家来戏闹，吓得五月夹着尾巴连夜逃，娘是又气又哭又哀告，我是点头认错又哈腰，其实这有什么大不了，嘻嘻哈哈图个笑，呵呵，瞧他弄井那熊样，整个是烤熟的烧鸡，窝着脖子别着脚，呵呵……

（唱）今日里进城去把八哥找，
　　　想谋个事儿做保镖。
　　　八哥满口答应打包票，
　　　只是需要一千块钱做红包。
　　　一路上搔头搔脑千百遍，
　　　也想不出突发横财路一条。

[卷毛揭汗抹发，匆匆上。

卷　毛：（念）杨婶接骨嗷嗷叫，抬去抬回累弯腰，帮了别人有回报，帮了贼豆讨个好。（与贼豆相撞）哎哟！

贼　豆：妈的，赶去报丧啊你！

卷　毛：哎哟，豆哥，你娘差点摔死了。

贼　豆：你娘才摔死呢！（使劲一推）

卷　毛：（一个趔趄）我没骗你，你娘真的吃苦头了……

贼　豆：你个兔崽子，再讲，看我不收拾你！（追上欲打）

卷　毛：（拔腿就跑）我真的没骗你……（逃下）

贼　豆：妈的，光天化日之下，竟敢诅咒我娘……

[贼豆推门进屋。杨婶躺在床上。
[贼豆舀勺凉水，仰起脖子，咕咕灌下。

杨　婶：（虚弱地）豆儿……你怎么这时候才回来啊？

贼　豆：（顿时酒醒）娘，你怎么啦？

杨　婶：不小心，跌倒了……<u>（这一大段母子的戏层次没有理清楚。这时贼豆</u>

误入藕花深处

（应到杨婶身边，问真的跌倒了？伤势重不重？杨婶说医生说骨折了，贼豆问你怎么到医疗所去的？杨婶说多亏了翠花，是她把我送到医疗所去的，医疗费还是她垫付的，贼豆此时还不会立即怀疑翠花，杨婶乘机还要说儿子两句，不该戏弄毛家，贼豆此时心中对毛家略感愧疚，当杨婶尿床之后，贼豆怨她怎么会跌倒，她说在井边不慎滑倒，贼豆说我每天都挑好一缸水，你今天又去井边干什么？杨婶说我看翠花在那儿，跟她说几句，贼豆生气了，我说过毛家的事不用你管，你偏多事，这一躺，不知要多久，将拖累我，又欠了毛家的钱和人情，忽然想到母亲平常去井边洗菜，从来都不曾跌倒，今天是不是被翠花撞倒或推倒？杨婶为翠花申辩，贼豆不相信翠花会那么好，问她有没有骂你？杨婶越为翠花申辩，贼豆越怀疑）

贼　豆：在哪儿跌的？

杨　婶：在井边……

贼　豆：你去井边干吗？

杨　婶：我……（触及痛处，一时泪涌，无言以对）

　　　　（背唱）豆儿追根刨底问我话，

　　　　　　　　不由我一阵心酸泪暗下。

　　　　　　　　井边赔礼有冷暖，

　　　　　　　　我怎能一五一十告诉他？

贼　豆：（背唱）娘暗流眼泪不说话，

　　　　　　　　莫不是哪个鸟人欺负她？

贼　豆：娘，是不是谁把你撞倒的？

杨　婶：豆儿，不要瞎说，是我自己不小心，被、被石子绊倒的……

贼　豆：被石子绊倒？那你告诉我，谁在现场？

杨　婶：没……没人呢。

贼　豆：一个也没有？

杨　婶：没……没呢。

贼　豆：那又是谁把你送到卫生院接骨的呢？

杨　婶：（感激地）唉，多亏翠花在场，把我送到卫生院，六十块诊费还是她垫的呢。

贼　豆：我就知道是她！

杨　婶：豆儿，天地良心，她可是一片好心啊！

贼　豆：她好心？杀头我也不信。

杨　婶：豆儿，娘说的是实话，不信，你问问豆干嫂，她也在场……
贼　豆：那她怎么就不送你去卫生院，她怎么就不替你垫诊费呢？
杨　婶：（忽感内急，欲言又止）豆儿，你可千万不要瞎猜啊，娘这颗心再也经不起担惊受怕了……（老脸皱成一团）
贼　豆：娘，就因为你胆小怕事，所以无论你受了多大的委屈，也不肯对我说实话。
杨　婶：娘说的是实话，你怎么就不信呢？豆儿，快，快拿马桶……
贼　豆：啊？！（顿时手忙脚乱）

[杨婶内急又害臊。贼豆慌乱不堪，尴尬不已。先是不敢靠近，后见母亲动弹不得，只得硬着头皮近前，却又发现母亲挪不得、抱不得，马桶根本派不上用场，情急之下，抄过一个脸盆，放入被中，但为时已晚。

杨　婶：豆儿……我……（捂着老脸痛哭起来）
贼　豆：（一声叫苦）娘，你怎么尿床了呀……（盆落，乒乓滚开）
杨　婶：（唱）伤筋断骨动不了，
　　　　　　　临老尿床头一遭。（羞哭）
贼　豆：（唱）一切全都乱了套，
　　　　　　　昏头涨脑心发毛。
母子合：（唱）真真羞死我，（真真头疼死，）
　　　　　　　怎么办才好？（心如火在燎。）
　　　　　　　难为豆儿他，（苦了母亲她，）
　　　　　　　往后怎么熬？（往后怎么熬？）
　　　　　　　端汤又送药，（屙屎又屙尿，）
　　　　　　　钱没有，（粮米少，）
　　　　　　　衣谁洗，（饭谁烧，）
　　　　　　　生活起居谁照料？（一日三餐怎得饱？）
　　　　　　　哎呀呀，（哎呀呀，）
　　　　　　　有个女儿该多好，（有个媳妇该多好，）
　　　　　　　想到痛处泪暗抛。（想到痛处怒火烧。）
（正是这些痛处才使贼豆追究母亲跌倒原因）
　　　　　[杨婶哭泣。
贼　豆：（接唱）都怪翠花这只啄木鸟，

　　　　　　　　　挑拨离间乱造谣。
　　　　　　　　　害得五月离我去，
　　　　　　　　　害得我娘受煎熬。
　　　　　　　　　定是她井边撒气司报复，
　　　　　　　　　存心把娘来推倒。
　　　　　　　　　待我去找豆干嫂，
　　　　　　　　　查出真相决不饶！（冲出门，怒下）
杨　婶：（不安地）豆儿，你上哪儿去呀……
　　（母子的这一段戏要重新梳理）
　　[杨树儿腋下夹着公文包上。
杨树儿：（念）县委下令，文明评比；乡长开会，说得很急。三月二十一，村村搞评比，结果好不好，就算是政绩。前后距离十五天，提裤狂奔也来不及。不过，才进村，就听到一桩典型事例，我若是巧做文章，到时候，说不定还能评个全县第一，呵呵呵……
　　[贼豆怒气冲冲上。
杨树儿：贼豆！
贼　豆：村长，啥事？
杨树儿：歪头撇脑，像只抽风的鸭子，上哪儿晃荡去啊？
贼　豆：（脖子一拧，没好气地）爱上哪儿，就上哪儿。
杨树儿：呵，你可真是七月半的恶鬼，一出坟就放邪气呀。你给我听着，从今天起，你要特别注意，不许给我惹麻烦。
贼　豆：我惹什么麻烦啦？
杨树儿：你还装蒜啊，昨天你上毛家干什么啦？害得五月姑娘连夜离家出走。你呀你，真是浑身贴膏药，毛病不少啊！
　　[贼豆梗着脖子不吭声。
　　[豆干嫂上。
杨树儿：你看看人家翠花，气量多大呀。你娘井边跌倒，她不仅不计前嫌，上前扶救，还叫人把你娘送到卫生院，连接骨费都帮着垫上。你还不快去谢谢人家。
豆干嫂：（闻言，心里犯酸）哼，明明是我叫的人，功劳却记到她的头上了。
　　　　还说气量大呢，要不是她对杨婶挖苦讽刺，杨婶哪会伤心跌倒……
杨树儿和贼豆：（异口同声）豆干嫂，你说什么？<u>（两人同时听到豆干嫂的话，</u>

显得造作）

豆干嫂：（急捂嘴）我……（看看贼豆，又看看村长）哎呀，都怪我多嘴，都怪我多嘴……（匆匆溜下）

贼　豆：村长，你都听见了，我娘是毛弄井老婆冲她撒气，才伤心跌倒的！

杨树儿：你怎么能听豆干老婆的一面之词呢？

贼　豆：（吼道）她是现场唯一的证人，她的话不能听，难道那烂婊子的话倒能听？

杨树儿：（立即换了口气）贼豆，话可不能这么讲啊，你娘的诊费还是翠花垫的呢。

贼　豆：不是她撞跌，她会垫诊费？

杨树儿：话不能这么讲嘛。

贼　豆：那你的意思是说我要敲她的竹杠了？

杨树儿：我没这意思，你怎么误会了呢？

贼　豆：那你干吗下结论？

杨树儿：我……我也没下结论嘛。

贼　豆：既然这样，你是村长，那你就得让她把我老娘负责去。

杨树儿：你总得让我了解了解情况吧？

贼　豆：你了解好了，不过，要快点。（走不远，又回头笑道）村长，你那砖厂发死了，你不当村长就承包不了砖厂，是不？（从鼻里冷哼一声，转身下。）

杨树儿：（怔住，半晌才挤出话来）婊子儿贼豆！承包砖厂，我承包砖厂又怎么啦？

［切光。

（这场戏我不满意。母子的戏写得层次不明，贼豆一下子就怀疑到翠花，毫无道理，他的潜意识是要找个替他侍候卧床不起的母亲的替罪羊，才找到翠花的头上来。如果杨婶跌倒，生活还能自理，贼豆就不会倒打翠花一耙。这也能揭示出人性的弱点来，戏显得深沉点。贼豆与村长、豆干嫂的这段戏写得不好。得重写。能不能让豆干嫂先出场，说翠花被村里人夸奖有肚量，是活雷锋，她却不服气，认为自己也在一边帮忙，翠花怎么能独占功劳？又认为若不是翠花骂，杨婶不会跌倒。这时贼豆找来，追究此事，她既不敢得罪贼豆，也不让翠花占了便宜，含糊其词，使贼豆更坚信自己的推断，决定找翠花去。）

第五场　试探

（戏从五场开始，我很不满意。你被事件拖着走，忘了人物，也就是说，人物没有推进，还是停留在前几场的状态。戏写得没有深度了，言语也不如前三场了。是何原因呢？可能是你没有构思清楚，匆促动笔。我以为，下面几场戏要重新设置。第五场应让村长先来毛家，他因为文明村评比，要树一个典型，刚好听到翠花抬杨婶去医疗所治疗，并垫付医疗费，认为这是一个很好的事例，本来两家关系不好，这样以德报怨，值得表彰推广。他这么一说，毛弄井非常高兴，夸奖妻子，翠花被夸有些不好意思，倒认为自己当典型不够格，平时嘴不饶人。这时贼豆进来，先嬉皮笑脸，大家以为他是来感谢的，很热情接待之。贼豆开始也感谢翠花背母亲去医疗所，慢慢要她好人做到底，要付几种费，村长越听越觉得贼豆说得离谱，责备他，毛家也意识到他恩将仇报，开始恼怒了，贼豆才亮出底牌：母亲是你翠花推倒的，只要你赔偿，邻居之间就不计较了，如果不赔偿，休怪他把事做绝了。毛家要村长做主，村长说要调查清楚，翠花去找豆干嫂来做证人，村长在这期间要求贼豆不要闹事，影响评比，贼豆说，我不闹呀，来找村长，找毛家协商解决。翠花回来，说找不到豆干嫂，有人说她到城里女儿那边去了。贼豆对村长说，你要树翠花为典型，我也支持，干脆把母亲背过来，让翠花照料。这时翠花大怒，骂贼豆，贼豆击掌三下，两个不知从哪儿来的小无赖把杨婶抬过来，毛家问杨婶，你要说句公道话，杨婶口口声声说不是翠花推倒的，村长命贼豆把母亲抬回去，贼豆却说母亲是为了息事宁人，不敢说实话，临走时，扔下一句话，不照顾好他母亲，别怪他以后把事闹大了，与两个小无赖扬长而去。毛家夫妇要把杨婶抬回贼豆家，杨婶挣扎着要爬回去，村长却阻拦了他们……村长心中很清楚，豆干嫂是害怕做证才躲避走的，估计不是翠花推倒杨婶的，但他更明白不能得罪贼豆，从来富贵与亡命无争，不使他满意的话，他可能会给村里评比抹黑，而毛家是老实人，翠花虽然口硬，也是怕惹事的人，只能先把毛家稳住，于是他对毛家软硬兼施，先不要把杨婶抬回去，贼豆跑了，她又卧床不起，乏人照料也不行，你们先委屈一下，待我调查清楚后，一定给你们讨回公道……这样写，几个人物的个性各有所进展，尤其是村长，他前后对毛家态度的变化，他的欺软怕硬，掩盖矛盾，表面公允的面目就清楚地写出来了。这种干部，也是产生贼豆的一个重要因素。五六两场合并，省了许多篇幅，戏也集中了。新的六场要写夜里，贼豆偷偷溜回家，不敢开灯，从墙缝里窥视毛家。毛家夫妇和杨婶的一场戏，原来你写得不错，可以重新用上，但不能照搬。写毛弄井的委屈，他期待村长主持公道，写翠花骂丈夫无能，受人欺负，写他们对贼豆的气愤，对杨婶的怜悯，照顾她吃喝拉撒。贼豆见此情形，也受了感动，但他骑虎难下，怨自己不成才。这时，村里人也在窥视毛家，这是一组群像的戏，他们有的笑翠花做雷锋不成，引火烧身，有的同情毛家，有的笑毛弄井软骨头……翠花一听窗外有人在偷窥，讥笑他们，便更生气，丢下杨婶不管，这使贼豆愤然，又记起旧怨来，怨翠花当年冤枉了他……村长也在屋外暗暗观察，想如何大事化小，小事化了。他的一套处世哲学可以在此展现。这样可把人物的内心世界展示出来。否则整个戏只有外部动作，缺乏内心情感。最后村长进来，他说最好的处理方案，接受贼豆的意见，让杨婶在毛家养病，再给贼豆一点赔偿，毛家坚决不同意，他又软缠硬磨，说这笔款对外只说毛家付，以后村财政暗中拨还……翠花死也不肯答应，这不是一笔钱的问题，是事关毛家的面子，她要讨回公道，要是贼豆死了，她甘心照顾杨婶……

最后一场毛弄井讨不回公道，妻子要寻死，被逼磨刀霍霍，村亲们还是笑他。贼豆来了，也笑他，激他，他把刀举起来，又丢下，杨婶把儿子叫到身边，猛不提防，刺了他一剪……杨婶声泪俱下，悔恨自己教子不严，为害村里，这也令村长、村民们扪心自问，是不是他们纵容、助长了歪风邪气……这一场还没看到你写的，我胡思乱想，仅供参考。）

    ［灯亮，紧接前场。毛弄井家。
    ［毛弄井荷锄归来，神情愉悦。
毛弄井：（唱）翠花井边扶杨婶，
      村头村尾好评论。
      这真是，做人还是善为本，
      吃亏是福少纷争。
   （放下锄头，含笑叫道）翠花——
    ［翠花自内出。
翠　花：（见弄井笑眯眯，奇怪地）弄井，啥事这么高兴呀？
毛弄井：翠花……

　　　　　（唱）你以德报怨救杨婶，
　　　　　　　　贼豆一定会感恩。
　　　　　　　　我心头石块落了地，
　　　　　　　　从此睡觉也安稳。
翠　花：（嗔笑）原来是为这呀，怪不得你这干枣脸上露出了笑纹。
毛弄井：呵呵呵……
　　　　［杨树儿上。
杨树儿：文明评比近在即，出了一桩是与非，平时可以不搭理，今天却万万不可太麻痹。
　　　　（唱）那贼豆是个有名的泼皮，
　　　　　　　　井边的事我闭着眼睛也能猜个八九不离十。
　　　　　　　　怕只怕贼豆他兴风作浪犯狗急，
　　　　　　　　为此我先到毛家摸摸底。
　　　　（到毛家门口）弄井——（招手示意）
毛弄井：（乐呵呵迎出）村、村长，（递上烟）您找我有事？
杨树儿：一桩小事，咱们走远点讲。（移步外出）弄井，杨婶跌倒的事，你知道吧？
毛弄井：知道知道，我正夸翠花呢，她帮杨婶，应该的，应该的。
杨树儿：可是，刚才贼豆找我，他说……
毛弄井：（乌云立即堆上笑脸）他说什么？
杨树儿：哎，你别介意。他说杨婶是你老婆冲她撒气才跌倒的。
毛弄井：（跳起来）什么？这婊子儿竟然恩将仇报？！
杨树儿：别激动，别激动，我只是了解了解嘛。
毛弄井：村长，你讲了解，该不会相信他吧？
杨树儿：看你，讲哪里去了，贼豆是什么人，我还不清楚？不过，关键得有人证明啊。
毛弄井：豆干老婆在场，她可以证明。
杨树儿：豆干老婆？她……她能证明就好，就好。弄井，这样吧，你先别找贼豆烦，也千万别让你媳妇跟贼豆闹，你们先跟豆干老婆说一声，让她到时候站出来，替你们证明证明。我还有事，先走了。
毛弄井：村长，你可千万要为我们做主啊！
杨树儿：那自然，那自然……（下）

毛弄井：婊子儿贼豆！

　　　　（唱）本以为打发五月回深圳，
　　　　　　　他就不再胡乱想。
　　　　　　　想不到他狼心狗肺天良丧，
　　　　　　　竟然恩将仇报想赖账。

翠　　花：（笑着迎出）弄井，村长找你有事？

毛弄井：（劈手一嘴巴）你啊你，烧香惹鬼叫，好心被蛇咬。

翠　　花：（被打蒙了，瞪着眼睛）你吃火药啦，干吗打我？

毛弄井：你吃饱没事干，干吗去扶贼豆老娘，现在他婊子儿赖你把他老娘撞倒，要咱们负责呢。

翠　　花：（简直不敢相信）你说什么？！

　　　　（唱）一句话听得我好似五雷齐轰炸，
　　　　　　　冲天怒火难忍难耐难压下。
　　　　　　　我找他老娘去！（冲出）

［随着翠花急锵锵的脚步，转景贼豆家，杨婶躺在床上长吁短叹。翠花破门而入，直戳杨婶。

翠　　花：（接唱）骂一声烂蛇你好毒，
　　　　　　　恩将仇报会遭天杀！

杨　　婶：（惊惶失色）翠花，怎么啦？

［卷毛和村人闻声陆续上。

翠　　花：你别装模作样，你这烂蛇，我好心救你，你竟然反咬一口。说我撞你，我哪只手撞你啊？！

杨　　婶：（百口莫辩，哭道）翠花，我没说啊……

［毛弄井赶上。

［豆干嫂上，见状，手按胸口暗叫：老天！（慌忙跑下）

毛弄井：你这一点就着的傻炮啊！你这样子，他婊子儿会更高兴的，快给我回去。（往回拉翠花）

翠　　花：（撑着不走）我就骂，烂蛇、贼子……（被弄井硬拖入内）

［村人交头接耳，指手画脚，低声议论。

［幕后唱：蜈蚣十八脚，
　　　　　　头次惹鸡叫。
　　　　　　一场好戏开了锣，

　　　　　　　　看看谁的道行高。
卷　毛：嚯，真热闹！
村人甲：呵，骂得好！
村人乙：唉，公鸡不啼母鸡叫，只怕大祸临头了！
村人丙：嘘，咱们还是留着口水养牙齿，睁着眼睛一边瞧。
　　　　［贼豆内唱：怒冲冲，满肚窝着一团火——（上）
贼　豆：（接唱）村长不怪翠花有过错，
　　　　　　　　却怪我故意把他毛家来诈讹。
　　　　［村人一见贼豆，立即噤若寒蝉，纷纷侧目，让出一条路。
贼　豆：（跨步入屋）娘，你怎么啦？
杨　婶：（手指贼豆，涕泪齐下）逆子，你干的好事……
　　　　［内传翠花骂声：烂蛇！贼子！恩将仇报，不得好死！
贼　豆：（心知肚明，铁青着脸）
　　　　（接唱）臭婆娘胆敢冲着我娘来耍泼，
　　　　　　　　这只母老虎怕是皮儿未曾剥。
　　　　　　　　我一不做，二不休，
　　　　　　　　偏要她把我娘来负责。
　　　　（动手去搬杨婶的床，搬不动，回头怒视众人）
　　　　你们这些鸟人，还不快来帮帮我！
　　　　［众人一听，纷纷掉头作鸟兽散下。
贼　豆：（冲出，喝住已走到边幕的卷毛）卷毛，你给我站住！
卷　毛：（哀求地）豆哥，我、我家里还有事呢。
贼　豆：怕什么？杀头我顶！（不容分说，将卷毛拉进屋里）抬！
　　　　［卷毛无可奈何，抬起杨婶。
　　　　［房屋四周和窗户上，出现男女老少和神态各异的头脸。
杨　婶：（哀号）豆儿，使不得啊……
　　　　［贼豆举脚一踹，直驱毛屋。
毛弄井：（惊恐万状，跑到跟前）干吗干吗！
贼　豆：（把杨婶往厅堂上一放）你老婆撞倒我娘，我要你负责去！（劈手一
　　　　巴掌，打得毛弄井眼冒金星。）
　　　　［村民甲有些不忍，刚想张口，其妻立即捂住他的嘴。
　　　　［卷毛见状，拔腿就跑。

翠　花：（一声嘶喊）贼豆，你是强盗啊！（冲上前来）
　　　　[贼豆一把揪住她的头发，将她掼到地上。
　　　　[村民乙于心不忍，似想出手，立即被身边的老妇挡住。
　　　　[一扇扇门开启关上，一个个头颅探进探出。最后，所有的脑袋都消失在关闭的窗户后面。
翠　花：（歇斯底里，一声长号）天哪，没王法了吗？
杨　婶：（哭求）草子，快送我回去……
贼　豆：娘，你就安心躺着吧，他们要敢动你一根毫毛，我就敢把他毛家掀个瓦片蝴蝶飞！（下）
杨　婶：你给我回来……（哭）
翠　花：天哪，还有没有王法啊……
　　　　[毛弄井鼻青脸肿，举目垂顾，不禁悲从中来。
毛弄井：（唱）光天化日把人逼，
　　　　　　　明目张胆把我欺。
　　　　　　　世上哪有这样的事！
　　　　　　　人间哪有这样的理！
　　　　（狠狠擦去泪水）走，找村长去……（拉妻怒下）
杨　婶：天哪，我这是造什么孽啊……（哀哀而泣）
　　　　[杨树儿内唱：驴事没完马事到——（匆匆上）
杨树儿：（接唱）吃饱撑着瞎胡闹。
　　　　　　　要是消息传出去，
　　　　　　　政绩全都泡汤了。
　　　　[毛弄井夫妻哭哭啼啼随上。
夫妻俩：村长，你看看……
杨　婶：村长，求求你把送我回去吧……（泣不成声）
杨树儿：（接唱）火烧眉毛不乱套，
　　　　　　　息事宁人出急招。
　　　　（虚张声势、大发雷霆）胡闹！胡闹！婊子儿贼豆，人呢？！
　　　　[众人没想到杨树儿发这么大火，翠花哭声立止。杨婶也大气不敢出。
毛弄井：（平静多了）他把人往我这里一撂，就跑了。
杨树儿：跑啦？跑哪去啦？
毛弄井：不知道……

杨树儿：（语气缓和）杨婶，不是我说你，你明知贼豆是个赖歹，怎么还跟他胡说八道呢？
杨　婶：村长，我没胡说，是他不相信我说的话啊……
杨树儿：你看你，躺在人家厅堂上，这像什么话嘛？
杨　婶：村长，我求求你，让我回去吧。
杨树儿：杨婶，送你回去很容易，可事情不能越闹越大啊！
毛弄井夫妻：村长……
　　　　［杨树儿双手一挡，毛弄井夫妻看看他，居然忍住了。
杨树儿：（掏出一根烟，点上，深吸一口，吐出一股浓烟，语气低缓平和）你们都知道贼豆的脾气，他现在正在气头上，如果现在就把杨婶抬回去，你们说，他会怎样啊？这事情要是闹大了，对谁都不好啊！这样吧，我先找贼豆谈谈，让他把杨婶抬回去，婊子儿不给我面子，也得注意一下舆论，是不？
毛弄井夫妻：村长……
杨树儿：（两手一挡）我知道你要说什么。你们如果需要我替你们做主，就按我说的办，否则，后果自负！（转身对杨婶）杨婶，你也要好好配合，要不然……
杨　婶：村长，只要事情不闹大，你叫我怎样都行……
毛弄井夫妻：可是，村长……
　　　　［杨树儿步出毛家，示意毛弄井夫妻门外说话。
杨树儿：（充满同情而责怪地）你们做事怎么这么没头脑呢。（对毛弄井）叫你别烦，你偏烦，（对翠花）叫你别闹，你偏闹。现在让你们少安毋躁，你们仍然不明白。唉，豆干嫂那儿，去过了吗？
毛弄井：还、还没呢。
杨树儿：她是唯一的证人，一定要走一走，你得防那婊子儿一手，知道了吗？
毛弄井：（感激涕零）知道了，村长……
翠　花：村长，那……那烂蛇怎么办？
杨树儿：（笑）别烂蛇烂蛇的，你姿态高一点，再怎样也是多年的老邻居嘛，权当3月学雷锋送温暖，照顾照顾她，啊？村里得迎接文明检查，很多事还等着我去办呢。（下）

翠　花：村长……（满脸懵懂）

　　　　[切光。

第六场　和谈

　　　　[夜幕降临。毛家屋外。鸣虫唧唧。三三两两的村民从毛家门前走过。他们踮足扯脖，窃窃私语，诧异于毛家出奇的平静。
　　　　[幕后（唱）静悄悄，
　　　　　　　　　无风无雨无风暴。
　　　　　　　　　门前千对眼，
　　　　　　　　　屋后百双脚。
　　　　　　　　　人心隔墙厚，
　　　　　　　　　柴门无人敲。
　　　　[灯亮。毛屋内。毛弄井夫妻默默端坐桌旁，夫妻俩端起饭碗，没扒几下，便又放下了。

翠　花：（唱）村长说去找贼豆，
　　　　　　　夜幕降临不见他。
　　　　　　　饭菜草草做，
　　　　　　　怎也咽不下。
　　　　　　　弄井唉声叹气不说话，
　　　　　　　我心头结着层层的疙瘩。
　　　　　　　一天来尝遍辛酸和苦辣，
　　　　　　　昏沉沉，如噩梦，不知是真还是假。
　　　　[杨婶一声呻吟。毛弄井长叹一声，放下饭碗，示意翠花。

翠　花：管她呢。
毛弄井：她饿了呢。
翠　花：她饿关我屁事。
毛弄井：万一饿出毛病来，怎么办？
翠　花：烂蛇！一个下午屙屎屙尿，现在还要我端汤送饭！（极不情愿地装饭夹菜，将饭碗往床边一摆，转身走开。）
　　　　[杨婶艰难挣扎，双手颤抖，捧起饭碗，眼泪簌簌而下。

杨　婶：（唱）从早到晚米未进，

　　　　　　饿得前腔贴后腔。
　　　　　　一碗饭菜千斤重，
　　　　　　个中多少暖和凉。
　　　　　　端不起，咽不下，
　　　　　　禁不住老泪横流往下淌。（放回饭碗，抹泪哭泣）
毛弄井：她吃不来，你过去喂喂她。
翠　花：人家都骑在你头上屙屎了，你居然还让我给那烂蛇喂饭。
毛弄井：唉，她一个上了年纪的人，又伤筋动骨的……
翠　花：她伤筋动骨，那我呢？
杨　婶：孽子啊……（哭）
毛弄井：（低声地）你少说两句行不行？万一有个三长两短，他婊子儿能放过咱们吗？
翠　花：我……我前世欠她什么债啊！（虎着脸离座，极不情愿朝着杨婶走去。走至半途，就再也迈不出步伐了）
　　　　（唱）生吞蜈蚣，
　　　　　　百爪抓心。
　　　　　　面对冤家，
　　　　　　心中顿似翻了五味瓶。
　　　[幕后（唱）
　　　　　　一步之遥咫尺近，
　　　　　　恰似天河隔断人间情。
翠　花：（接唱）举手投足千斤重，
　　　　　　心潮翻滚意难平。
　　　　　　喂鸡喂狗我高兴，
　　　　　　喂她烂蛇我实在不甘心！（掉头哭泣）
　　　[贼豆楚上。
贼　豆：（唱）把娘扔在毛家厅堂上，
　　　　　　越想心头越不安。
　　　　　　晃荡一圈天色晚，
　　　　　　偷偷跑回看一看。（扒着墙头往里偷看）
毛弄井：（无可奈何地望着翠花，长叹一声，走上前去，端碗举筷，侍候杨婶）
　　　　杨婶，吃一点吧……

杨　婶：（失声痛哭）不……弄井，我担当不起啊……
毛弄井：杨婶，我知道，这怨不得你……
杨　婶：弄井，我再三跟他说，可逆子他不相信啊，逆子他这么做，我杨家祖坟草都不生啊！
毛弄井：杨婶，有你这句话，我就放心了……
贼　豆：哎呀！（翻身下墙）
　　　　（唱）毛弄井一副孝子贤孙样，
　　　　　　　弄得我娘和他站在同一旁。
　　　　看来我是真的冤枉了他们。哼，都怪翠花这个臭婆娘，谁叫她一张乌嘴啄到我的头上来呢。这也叫啄木鸟死在树窟窿里，活该！
　　　　（唱接）将心比心想一想，
　　　　　　　被人冤枉的滋味可真不好尝。
　　　　　　　罢罢罢，管他呢，
　　　　　　　开弓没有回头箭，
　　　　　　　我怎能向他弄井来投降？（入屋）
　［杨树儿上。
杨树儿：（念）镇住弄井和翠花，本想去找贼豆他，半路接到一电话，说是文明检查提前啦。后天，后天就要来人，这不是存心让我尿裤吗？
　　　　（唱）毛家的事，关系重大，
　　　　　　　无论如何得尽快解决它。
　　　　（搔头摸脑，抬头一见贼豆屋里有光，喜上眉梢）嘿！
　　　　（接唱）娘子儿，他在家！
　［音乐欢快起。毛、贼两家房门洞开，舞台分为两个表演区。随着杨树儿在两家间的穿梭表演，两个表演区渐渐融为一体。
　［幕后（唱）
　　　　　　　村长两家传话，
　　　　　　　说要化解疙瘩。
　　　　　　　强调一个"和"字，
　　　　　　　从此不结冤家。
毛弄井：（唱）村长说话算话，
　　　　　　　总算没有骗咱。
翠　花：（唱）出它一口恶气，

辨清是非真假。

贼　豆：（唱）想下楼，正愁无人把梯架，

争面子，千万不能露出被子里的破棉花。

毛、翠、豆：（唱）不亢不卑不求他，

不冷不热会会他。

杨树儿：（拉过两条凳子）坐，都坐下。

[毛弄井和翠花，虎着脸，站着不动。

[贼豆一笑，大大咧咧坐下。掏出一包皱巴巴的香烟，抽出一根递给杨树儿。

杨树儿：（瞄一眼）哪来的？

贼　豆：我没钱买，是城里蔡八哥给的。（转身再递一根给毛弄井）抽过吗？软壳大中华，两块多钱一根呢。

[毛弄井不接。

贼　豆：一大篮青菜也抵不上一根烟啊，抽吧！

[毛弄井警惕地，仍然不敢接。

杨树儿：老邻居了，客气什么，抽！

[毛弄井犹豫地接过。贼豆点燃打火机，伸到毛弄井面前。毛弄井怯怯地托着贼豆的手，凑近点了烟，吸一口。

贼　豆：（笑）怎么样？味道不错吧？

[翠花虎着脸，斜着眼。

毛弄井：（不自然地）没……没啥名堂，淡得很……

杨树儿与贼豆：哈哈哈……

毛弄井：（也舒一口气，不自然地）呵、呵呵……

杨树儿：呵呵，你看这样多好，这才叫和为贵嘛！

贼　豆：村长，我知道村里人对我有看法，可我这人义气，人敬我一尺，我还他一丈。

杨树儿：要这样，就更好了。咱们言归正传吧。过两天呢，县里文明检查团就要到咱们村来检查了，我想你们该不会在这个节骨眼儿上，给咱村添乱、丢脸吧？

贼　豆：呵，是吗？

杨树儿：你们两家也是多年的老邻居了，既然是老邻居，碰到事情就该好好坐下来讲，免得伤了和气，是不？我相信你们一定会拿出高姿态，也给大家树个榜样，是不？

贼　豆：（笑了）可我娘跌成那样，你们也看到了，当然，嫂子也许不是有意的。
翠　花：（一下子激动起来）我没碰你娘，没碰就是没碰！
杨树儿：翠花，有话好好说。
毛弄井：贼豆，连你娘都说翠花没碰她，你怎么能硬赖呢？
贼　豆：那是我娘怕事，不敢讲！
翠　花：豆干老婆在场，她还没死呢。
贼　豆：（笑）要是她跟你串通一气呢？
翠　花：你……
杨树儿：哎呀，小事一桩，不要面红耳赤嘛。贼豆，无论如何，你把人抬到弄井家里，是你不对！
贼　豆：我有什么不对？
杨树儿：（提高声音）你还要强词夺理啊！说，你到底想怎样？
贼　豆：我的意思是，我娘的医药费，他们多少都要负责一些。
毛弄井：我老婆没碰倒你娘，负什么医药费？
贼　豆：（生气地）你要这么说，那我娘的精神损失费，你们也要负责去。
翠　花：（尖叫）精神损失个屁！
贼　豆：（笑）还有护理费呢？要么你们出钱，我雇人服侍，要么你们护理。
杨树儿：（猛地扔掉烟头）贼豆，你给我住口！
贼　豆：村长，我是看着你的面子，我才心平气和跟他们商量的。
翠　花：这不是商量，是耍赖、敲诈。
毛弄井：贼豆，做人得有良心啊！
贼　豆：你以为就你有良心啊？
杨树儿：（火起）不要吵了！（看看双方，语口又软下来）贼豆，你先把你娘抬回去，其他的事，以后再说。
贼　豆：（慢条斯理地）村长，他们不给钱，我今晚就外出打工去了。人命关天，你们看着吧！（下）
杨树儿：（望着贼豆的背影，咬牙切齿）婊子儿，算你行！
毛弄井夫妻：村长，你可要替我们做主啊！
杨树儿：弄井，要不……你随便拿一点，意思意思吧！
毛弄井夫妻：村长，这是你说的话吗？
杨树儿：（无限懊恼地）他婊子儿是个"气死公安，难倒法院"的货色，你们难道还不清楚吗？他要是真的拍拍屁股打工去了，那他老娘的吃喝拉撒谁负责啊？她要是死在床上长虫生蛆，这责任谁能担当得起啊？

翠　　花：照你这么说，我就该给他赖死啦？

杨树儿：我要想让他赖死你，这三更半夜的，我不去睡觉，在这陪你们干吗？我是建议你吃小亏，避大难，花小钱，买平安！

翠　　花：可这天大的亏，我能吃得下吗？村长……

杨树儿：你吃不下，那好，明天上午九点，到村委公开调解，我看他婊子儿，有什么话说！（手机响起，慌忙接机）婊子儿……啊？（惊恐，随即绽开笑脸）哦，林乡长啊，没什么没什么，我知道我知道，好好！一定一定！再见……再见……

[切光。

第七场　村断

[幕后（唱）
　　　　公开调解未开场，
　　　　夜半风雨已苍茫。
　　　　人间多少啼笑事，
　　　　幕后往来穿梭忙。

[接前场，次日晨。村委。
[卷毛等男女村民及村干上。

众　　人：（唱）井边是与非，
　　　　村委调解会。
　　　　去看杨树儿，
　　　　如何辨是非。

[翠花阴着脸急步上。

翠　　花：（唱）彻夜辗转难入睡，
　　　　我不信白的能够变成黑。

[毛弄井亦步亦趋跟上。

毛弄井：（唱）心慌意乱眼皮跳，
　　　　就怕调解又犯邪。

[贼豆满脸不屑，慢悠悠上。

贼　豆：（唱）双管齐下无一失，
　　　　　　　看他村长怎调解。
　　　　［杨树儿强打精神上。
杨树儿：（唱）文明检查催得我东歪西斜，
　　　　　　　政绩考核暂时交给老天爷。
　　　　　　　他两家斗得头破血流不停歇，
　　　　　　　我公开裁断免得他们说我有偏斜。
　　　　（环视四周，对着村干）人呢？怎么只有你们几个？
村干甲：其他人都说没空。
杨树儿：没空？（顿时火起）妈的，平时吃饭喝酒，个个屁颠屁颠的怎么都有空啊？通通给我叫来！
　　　　［几个待在边幕的村干，立即跑上。
杨树儿：当事人杨婶和证人豆干嫂呢？
　　　　［毛弄井夫妻环顾四周，不见豆干嫂，顿感不安。
贼　豆：我娘她躺在床上，动不了。
杨树儿：（对村干甲）有她的笔录吗？
村干甲：她只是一个劲儿地哭，说求求大家，千万别把事情闹大了。
杨树儿：那豆干嫂呢？
村干乙：她说家里有事，来不了。
　　　　［翠花一阵眩晕，几乎跌倒。
杨树儿：她是唯一的证人，她不来，怎么下结论？（对村干甲）老五，你去叫，就是抬也要把她抬来！
村干甲：已经叫过好几遍了，就像拉她去枪毙一样，死活不肯来。
杨树儿：你再去叫，就说我杨树儿叫她，有事，我负责。
村干甲：哎！（下）
杨树儿：（看看手表）时间紧迫，我们先开始。我先宣布会场纪律，不准吵闹，要实事求是，以理服人。贼豆，你先讲。
贼　豆：（看了翠花一眼，笑）女士优先，国际惯例，让她先讲。
杨树儿：翠花，你先讲！
翠　花：村长，我冤枉啊……
杨树儿：摆事实，摆事实。从头到尾一缘二故，讲清楚。
翠　花：村长，我真的没有撞她啊……是婊子儿他不要脸，他癞蛤蟆想吃天鹅肉，他要流氓，要五月做老婆……

贼　　豆：村长，我抗议，她污辱我的人格。
杨树儿：翠花，别的少说，讲讲那天在井边的事。
翠　　花：那天的情况那么清楚，还要我再说吗？烂蛇她自己跌倒，我好心去扶，忙前忙后的，六十块诊费还是我垫的呢……
毛弄井：村长，她说的可都是实话啊！
贼　　豆：你又没在场，怎么知道她说的是实话？
毛弄井：我……
杨树儿：翠花，你讲完了没有？
翠　　花：村长，我真的没有撞她啊……
杨树儿：贼豆，你讲。
贼　　豆：（打背躬）哼，看她平时说话像机枪扫射，今天看起来，也不过是后台的一面破锣罢了。哼！
　　　　（背唱）东山遛过马，
　　　　　　　　西山跑过驴。
　　　　　　　　阵势没少见，
　　　　　　　　说话心不虚。
　　　　　　　　娘和证人没在场，
　　　　　　　　我胜券在握已定局。
　　　　　　　　平时众人总是看轻我，
　　　　　　　　今天我索性抖它一抖唱一曲。
　　　　（笑）大家都知道，现在是文明社会、法治社会，处事要合法，说话要文明，告状呢，得有凭有据。翠花嫂，你说你没撞我娘，可你有什么证据？你说我不要脸，这可是骂人的话，弄不好，我告你诽谤污辱。当然，今天我就不和你计较了。我承认，我爱过五月，也希望她能做我的老婆，可这怎么能算不要脸呢。不过，当我知道五月在深圳干那种事时，我就再也不想要她了。（突然提高声音）你们知道，五月在深圳干什么吗？她做的可是政府"扫黄打非"的生意啊！
众　　人：呵呵呵……
毛弄井：你……
杨树儿：贼豆，正经点！
贼　　豆：（正色地）村长，你当我不正经？那好，我这就言归正传！那天我跟五月表达爱慕之情，她也许觉得自己配不上我，所以就连夜走了。我娘不明白真相，以为我伤害了五月，就跑去向翠花赔礼道歉，谁知她小肚鸡肠，对我娘挖苦讽刺，害得她伤心不已，跌断股骨。我不否认，是翠花把我娘扶起来，送她到医院接骨，出了六十块诊费，可我娘得躺几个月啊，六十块钱，还不够塞鼻孔呢。

翠　花：（吼）贼豆，你放屁！
贼　豆：（以手扇鼻）果然很臭。村长，你做证，这屁是她放的。
众村民：呵呵呵……
杨树儿：（对弄井老婆）你说话控制点，光发火，没有用的。
翠　花：村长，我真的没有撞他老娘，不信你问问豆干嫂。
贼　豆：好啊，那就问豆干嫂吧。
　　　　〔村干甲领着勾头垂目的豆干嫂上。
杨树儿：豆干嫂，你是唯一的证人，你要实事求是，不得隐瞒。
豆干嫂：村长，我……
　　　　（背唱）村长明知是与非，
　　　　　　　　为什么还要调解来开会。
　　　　　　　　分明是把皮球踢给我，
　　　　　　　　让我去做坏人倒大霉。
翠　花：他婶子，你可一定要说实话啊！
豆干嫂：（唱）我亲眼看见她救危，
　　　　　　　怎能颠倒白与黑。
　　　　　　　悔不该一时心软发慈悲，
　　　　　　　答应她不说开头说结尾。
贼　豆：豆干嫂，你说呀，我娘是怎么跌倒的？
豆干嫂：（抬头乍看）
　　　　（唱）贼豆活像阎罗鬼，
　　　　　　　啥事都敢胡非为。
　　　　　　　我要是胆敢和他来作对，
　　　　　　　只怕十条小命也不够赔。
杨树儿：豆干嫂，你倒是说话呀？
翠　花：（几乎要哭了）他婶子，做人得有良心啊！
贼　豆：照实说呀，我可是最恨没良心的人了。
豆干嫂：（唱）罢罢罢，
　　　　　　　干脆做个闷葫芦，
　　　　　　　是是非非全都推。

　　　　　我……我……我当时只顾着提水，什么也没看见。
毛弄井夫妻：你说什么？！
杨树儿：豆干嫂，大声点。
豆干嫂：我……我真的什么也没有看见……
翠　花：（跳起来）你……你胡说！
豆干嫂：翠花，对不起，我……我帮不了你。（把手中之物塞向翠花，捂面跑下。匆忙间，一颗圆状物滚落地上）
　　　　　[众人伸长脖子探看。
贼　豆：（一个箭步，拾起）呵！好沉啊！村长，你看这是什么？（高高举起）
众　人：金——戒——指——！
　　　　　[翠花一个趔趄，瘫倒在地。
毛弄井：（扑上）翠花……
　　　　　[切光。

第八场　补偿（思路）

　　　　　唱词交代"村断"结果：不是翠花赔钱，而是村里垫款。
　　　　　二道幕外，贼豆胜利而归。他趁机送杨婶进城换药去了。
　　　　　[灯亮。
时间：宁静之夜。
场景：毛家屋外。
　　　　　杨树儿心事重重，步履匆匆。路过毛家时，见毛家屋门紧闭。这个准备迎接明天文明检查的村长，他内心有些不忍，他懊恼地想着，如果这两家能按着他的设想，一个就是学雷锋的先进，一个就是浪子回头的典型，村里有了这两块牌，做起事来，就能得到八方的支持。在想着明天怎么汇报工作的同时，杨树儿不禁也想着，如果能评上文明村，他就把先进的名额和奖金，作为补偿毛家在经济和精神上的损失。这么想着，杨树儿的心情马上就好了起来。他觉得可以好好睡个觉了。
毛家屋内：
　　　　　[翠花半疯半癫，喃喃自语。
　　　　　[毛弄井默默地磨着柴刀。

From：赖玲珠 <fjndllz@sina.com>
To：郑怀兴 <zhenghx@163.com>
Subject：
Date：2002-03-23

108　我从来没有因为文章写不好而流泪

老师：

您好。邮件收悉。晚饭吃了几口，就再也咽不下了。我把您的意见用黑体字区别出来。边看边哭。这么多年来，我从来没有因为文章写不好而流泪，更没有人对我的文章进行这么用心的指导。我觉得非常对不起您。

请您放心，我认真看后，一定用心改好！

谢谢！

小赖

2002.3.23

From：郑怀兴 <zhenghx@163.com>
To：赖玲珠 <fjndllz@sina.com>
Subject：
Date：2002-03-23

109　写戏，应有悲天悯人的情怀

小赖：

　　你好！你不要急于动笔，我的意见并不一定正确，你要好好思考后再决定如何取舍。但我想告诉你，写戏不能就事论事，写贼豆逼得毛家无路可走，村长敷衍了事，都只是一种社会现象，写得再有戏，再有趣，只能逗乐观众，不能震撼人心，不能给人以更多的思考和启迪。只有通过故事来写人，写人的心灵，才有审美价值，才能打动人心，才有深刻的内涵。看你的稿子，我也慢慢深入到这个戏中来。贼豆固然是个无赖，但如果翠花不是一味地蔑视他、辱骂他，而是给予谅解、宽容，事情就不会闹得那么僵；如果乡亲们不是一直麻木不仁，如果村长不是一直欺软怕硬，贼豆也不会越陷越深。写戏，应有悲天悯人的情怀，站得比剧中任何人物都要高，即使对剧中的恶人，也要像上帝对待罪人一样去对待他们。你说是不是？千万不要过于性急，要吃好，休息好，慢慢琢磨，好吗？向小李问好！

　　祝愉快！

怀兴
2002.3.23

From：赖玲珠 <fjndllz@sina.com>
To：郑怀兴 <zhenghx@163.com>
Subject：
Date：2002-03-23

110　您已经给我发了 65 封邮件

老师：

您好！来信收悉。我已经平静下来了。也吃了一点东西。因为晚饭时，我忍了两次都控制不住，被小李和婆婆都发觉了。他们见我心情不好，就让儿子来问我想不想吃米粉（我最爱吃），我感到不应该让他们担忧，所以洗了把脸，吃了半碗，让家人看到我的笑脸。

为了《贼豆》，自去年 10 月份起，您已经给我发了 65 封邮件，花的心血比您自己写一部戏还多，而我却仍然没能改好，所以非常难过。学生不才，是对先生最大的辜负。

您的话，我能体会，我会用心修改。但愿本子出来后，能让您感到一丝的欣慰。

今晚您早点休息吧！让您辛苦了！

祝

怡悦！

小赖
2002.3.23

From：郑怀兴 <zhenghx@163.com>
To：赖玲珠 <fjndllz@sina.com>
Subject：
Date：2002-03-24

111　我昨晚一直在考虑最后一场的戏

小赖：

　　你好！我昨晚一直在考虑最后一场的戏。毛弄井忍无可忍才磨刀，贼豆听到这消息，也来看热闹。他有些心虚，但虚张声势，逼到毛弄井面前，激他举刀劈自己，他以为只有镇住毛弄井，以后才能横行霸道于乡里。这时翠花紧张了，是她激丈夫磨刀的，但她又怕丈夫动真的，在丈夫举刀的那一刹那，她冲上前，夺下刀，她向贼豆求情了，承认是自己撞倒杨婶，接受贼豆的条件，求他别再欺负毛弄井了，贼豆得意扬扬，乡亲们对他更畏惧了……这震撼了杨婶，她趁人们把注意力集中在刀上面之时，连滚带爬，爬到贼豆跟前，贼豆见到娘爬来，俯身问的时候，杨婶拾起毛弄井丢下的刀，刺向儿子……村长赶来，又表扬杨婶大义灭亲……这是我胡乱想的，供参考。这样写，人物前后都有巨大反差。毛弄井从胆怯变到要举刀杀人，翠花从一直不肯屈服，到向贼豆低下了头，杨婶从一向母子相依为命，到要杀儿……这对剧中人，对观众才有震撼。你慢慢思考。

　　不多写了。

　　祝愉快！

怀兴
2002.3.24

From: 赖玲珠 <fjndllz@sina.com>
To: 郑怀兴 <zhenghx@163.com>
Subject:
Date: 2002-03-24

112 我现在一场一场用心改

老师:

您好。昨夜我想了很多,很为自己羞愧。今天感觉较好,就先把一至四场修改出来了。但愿您不要批评我做事心太急(我一直是这样,一时改不过来),也不要认为我对您的建议言听计从。我的三稿就是听了太多意见,没有好好领会您的建议,所以走远了。我现在一场一场用心改。我把修改的地方用黑字区别出来,您看这样改行吗?我是否每改好一场,就发给您看看?

让您费心了。不说了。向您问好!

小赖
2002.3.24

附件:《贼豆》一至四场(略)

From：郑怀兴 <zhenghx@163.com>
To：赖玲珠 <fjndllz@sina.com>
Subject：
Date：2002-03-24

113　一至四场……感觉很好

小赖：

你好！一至四场我一口气就读完了，感觉很好。尤其是二场母子间的那段对话，写得很生动，把贼豆的人生观点明了，也把社会背景交代清楚了。四场贼豆怀疑翠花那段戏也层次分明，让人信服了。有几个小意见：（1）一场村长出场的四句唱词，头两句好，后两句比较含糊，能否改一下，让人一下子就能摸清其个性。（2）贼豆知道母亲跌倒了，应写得更有孝心点，这是他的一个亮点，也为后来杨婶刺儿预先铺垫。（3）豆干嫂四场的唱词中，"锋"与"寻"不同韵，要把"锋"改掉。（4）豆干嫂说起井边的事要更狡猾一些，让贼豆听出其弦外之音：她是不敢得罪翠花而含糊其词，更坚定了他的推测：母亲跌倒与翠花一定有关。最后一场要写杨婶先想自杀，以免拖累毛家，她也知道自己是个累赘，害贼豆诬陷毛家。而看到贼豆已成为全村一大祸害，大家对他敢怒而不敢言，逼得毛家无路可走，就萌发先杀儿、后自杀的念头。祝你以下各场也能改得这么顺利！要注意劳逸结合，千万不要太累了！

怀兴
2002.3.24

From：赖玲珠 <fjndllz@sina.com>
To：郑怀兴 <zhenghx@163.com>
Subject：
Date：2002-03-24

114　您的构思很妙

老师：

　　您好。信收悉，谢谢！第五场较长，已写了一半。您的构思很妙，我写的感觉也很好，几次都被贼豆和杨树儿搞得忍俊不禁。估计得到夜里才能写好。今晚就不打扰您了，您好好休息一下。明天早上看我的第五场吧。我没事，吃了几颗洋参丸，精神很好！

　　代我谢谢师母对您辅导我的支持！

小赖
2002.3.24

From：郑怀兴 <zhenghx@163.com>
To：赖玲珠 <fjndllz@sina.com>
Subject：
Date：2002-03-24

115 忽然想到一个情节

小赖：

　　我刚才忽然想到一个情节，即杨婶在毛家时，毛弄井告诉翠花，好多年前，他母亲卧病在床，杨婶还是个新嫁来的媳妇，就热心地过来帮忙，邻里关系十分融洽，而这些年为何变了……这个情节不要太长，但要写出来，要有画龙点睛之笔，以引起观众的思考，人际关系为何变成这个样子了？仅供参考。

怀兴　匆草

2002.3.24

From：赖玲珠 <fjndllz@sina.com>
To：郑怀兴 <zhenghx@163.com>
Subject：
Date：2002-03-24

116　我们都感到很幸运

老师：

您好。刚才和好友张帆通了电话，我谈了这次改稿的感受。在打击与失败中，获得创作的体验，害怕辜负先生的期望，成为学习的动力。她很有同感。这种来自正面的压力，成为我们在黑暗中摸索前进的引航之灯，我们都感到很幸运。她说，从我与她谈及您对我写戏的指导意见中，感到收获很大。一种光，只要人们能够看见它，都会照引他们。

祝您晚安！

小赖
2002.3.24

From：郑怀兴 <zhenghx@163.com>
To：赖玲珠 <fjndllz@sina.com>
Subject：
Date：2002-03-25

117　这一场改得好!

小赖：

　　你好！早上一上网，就收到你发来的两封来函和第五场戏。这一场改得好，村长的形象就生动多了。贼豆无赖的另一方面也写出来了。无赖不是一味蛮横，他有一套歪理。还有几个小意见：你以前有贼豆对村长说承包的事，为何删了？我认为应补上。只要他笑嘻嘻地对村长低语一句就够了，村长心虚，对他就不敢硬了（如他见贼豆把杨婶放在毛家，开始也不同意，说要叫派出所来处理）。劝毛家收留杨婶的话说得还不够巧妙，应该软硬兼施，硬的是你们如果不听我的话，我从此不管了，任贼豆闹个天翻地覆，这一下把他们夫妻吓住了；软的是劝他们顾全大局，评比在即，不能给全村抹黑，只要你们听话，我会给你们好处的（如毛家要盖新房子，他催促上级审批地皮，这毛家最高兴，有了新宅，可以远离贼豆）。杨婶要爬回去，村长不让，说你生下这个宝贝儿子，已经让全村不得安宁了，现在你千万不要给大家再添乱。村长的唱词要点明现在有几种人要小心：有权、有钱、有势（兄弟多）及地痞……正是这种基层干部助长了歪风邪气。

　　你的好朋友张帆考上研究生，代我向她表示祝贺！蒋松源先生现在一个研究生来我这边好几回了。

　　祝愉快！

怀兴

2002.3.25

From：赖玲珠 <fjndllz@sina.com>
To：郑怀兴 <zhenghx@163.com>
Subject：
Date：2002-03-25

118　写戏要往人物内心走

老师：

　　您好。信收悉。我想不到的您都替我想到了，建议一一采纳、细改。昨夜把第六场理了理，已写一半，感觉较好。是一场难度较大的心理戏。因人物集中，又是在墙里墙外、屋里屋外，主要的几个人物都"心事重重"，所以心理戏的成分很大。我注意吸取第四场的教训，关注人物心理变化的层次，这才感到写戏要往人物内心走。估计得到下午才能出来。我已向单位说明了，获得支持。

　　祝您心情好！

小赖
2002.3.25

From: 赖玲珠 <fjndllz@sina.com>
To: 郑怀兴 <zhenghx@163.com>
Subject:
Date: 2002-03-25

119　"卷毛"删掉了

老师：

　　您好。第六场戏，是不是改得不好？

　　由于一至六场目前篇幅已达到2.7万字，我刚才对个别地方做了一点删节，考虑到剧中增设了两个小无赖，"卷毛"这个人物便删掉了。再就是将一些地方的唱词压一压。五六两场的篇幅都很大，特别是第六场感觉很长。可能存在许多问题，等听了您的意见后，再修改。

　　按篇幅要求，后面安排两场戏比较合适。二稿后四场是"见证"—"求母"—"村断"—"刺子"，现在压缩篇幅，我的想法是："见证"可删除。"求母"得妥当处理。至第六场，杨婶一直坚持说实话，她的态度对毛弄井的影响很大。只有连这样的人，最后也违心了，翠花和毛弄井的精神才会崩溃。这样考虑，"求母"这场戏就不能省。我三稿就因为这个原因，所以才把它作为舞台表演的过渡草率处理，导致杨婶这个人物在这么重大的转变关头，内心世界居然一片空白。

　　我还是先听听您的意见后，再思考吧！

　　祝好！

小赖
2002.3.25

From：赖玲珠 <fjndllz@sina.com>
To：郑怀兴 <zhenghx@163.com>
Subject：
Date：2002-03-25

120　杨树儿这个人物

老师：

　　您好。第六场我在您构思的基础上做了一些调整，特别是杨树儿这个人物，我认为他的形象有着深刻的社会意义。他也有他的不满和苦衷，他也有他的误区和陷阱。这个自以为如鱼得水周旋在人情世故中的人物，我让他在最后败在了头脑简单的翠花手上。期待聆听您对我这一场的意见。

　　小赖向您致礼！

2002.3.25

附件：第六场

第六场　夜探

[接前场。毛家。屋外。夜色朦胧，鸣虫唧唧。
[贼豆弓腰猫步偷偷上。

贼　豆：（念）把娘扔在毛家厅堂上，
　　　　　　　我越想心头越不安。
　　　　　　　那翠花一听我娘是她撞，
　　　　　　　好比那热油锅里冷水掺。
　　　　　　　虽说我没有破过大要案，
　　　　　　　可察言观色胜过老公安。（一段唱词中有两字"安"）[1]
　　　　　　　恨只恨她一张鸟嘴尖又利，
　　　　　　　就像那脱靶的枪机把人伤。（"伤"与"安"不同韵）

　　　　　哼！这也算是啄木鸟死在树窟窿里，谁叫她啄到我的头上来呢？只是，她受了冤枉，必然心怀不甘，她心怀不甘，我娘可就惨啦！待我看看他们有没有恶待我娘。（扒在墙缝里窥视毛家）（最后这一句道白最好改为唱两句，有利于表演）

[毛家屋内。翠花虎着脸，正将饭菜摆上饭桌。
[毛弄井焦躁不安地走来走去。

毛弄井：（唱）村长说去找贼豆，
　　　　　　　天色已黑不见他。
　　　　　　　一口闷气堵在胸，
　　　　　　　心里七上又八下。

[毛弄井步出户外，开门，站在门口东张西望。
[贼豆吓了一跳，赶紧猫在墙脚。

翠　花：（唱）烂蛇躺在厅堂上，
　　　　　　　我一股怨气堵得慌。
　　　　　　　弄井一副任人欺负窝囊相，

---

[1] 画线部分为郑老师批语。下同。

　　　　　我越看心头越发狂。（摆放碗碟，乒乓作响）

　　[墙外贼豆一惊一乍。

贼　豆：（躲在墙脚，咬牙切齿）妈的，这臭婆娘，摔盆摆碗这么重，我娘听了，岂不胆战心惊？

毛弄井：（回头）你敲锣打鼓是不是？乒乒乓乓的。

翠　花：那你要我怎样？一声不吭，做头任人骑压的死驴。

毛弄井：你呀你，唉！

翠　花：唉什么唉，连叹气都像挨过刀的烂球，死瘪瘪的。（重重地将碗碟往桌上一放）吃饭吧！

毛弄井：（怒吼）你有完没完？

翠　花：你吼什么，就知道关门做皇帝，窝里逞能！（阴着脸，不再吭声，赌气入座，饭菜未动。）

毛弄井：（嘟囔回屋）一张臭嘴整天流脓，不死才怪呢！（虎着脸入座，端起饭碗，停箸不前。）

　　[贼豆随着屋内夫妻的言行，时笑时气时惊时怒。

贼　豆：（从墙角站起身来）这个臭婆娘，脾气真大，她要再这样，我就进去教训教训她。

　　[杨婶一声呻吟。

贼　豆：（一阵心紧）哎呀，我娘八成不是疼就是饿。（扒墙偷看）他夫妻俩竟然自己吃饭不管我娘，妈的，看我不收拾他们。（正要下墙，见桌旁毛弄井长叹一声，放下碗筷。贼豆便又停止行动，继续窥视。）

　　[毛弄井示意翠花。

翠　花：（没好气地）管她呢。

毛弄井：她饿了呢。

翠　花：她饿关我屁事。

　　[贼豆蠢蠢欲动。

毛弄井：万一饿出毛病来，怎么办？

翠　花：烂蛇！一个下午端汤送水、屙屎屙尿，现在又要吃饭送菜，我前世欠她什么债啊！（极不情愿地装饭夹菜，将饭碗往床边一撂，转身走开。）

贼　豆：妈的，她就这样对待我娘啊。（欲入内，又止步）

　　　　（唱）待要冲进毛家去，

　　　　　　又怕老娘骂我没心肝。

误入藕花深处

　　　　　　　　在家挨骂犹还可，
　　　　　　　　冤家面前多难堪。
　　　　　　　　唉，我真不该把娘抬进毛家啊……
　　　　［杨婶艰难挣扎，双手颤抖，捧起饭碗，眼泪簌簌而下。
杨　婶：（唱）从早到晚米未进，
　　　　　　　　饿得前腔贴后腔。
　　　　　　　　一碗饭菜千斤重，
　　　　　　　　个中多少暖和凉。
　　　　　　　　端不起，咽不下，
　　　　　　　　禁不住老泪横流往下淌。（放下饭碗，抹泪哭泣）
贼　豆：（唱）隔墙看娘心悲伤，
　　　　　　　　暗恨自己没能活出个人样。
　　　　　　　　我要是有钱有权更有势，
　　　　　　　　又怎会这样难为我的娘。
　　　　（拭泪）娘，我对不起你……
毛弄井：她吃不来，你过去喂喂她。
翠　花：人家都骑在你头上屙屎了，你居然还让我给那烂蛇喂饭。
毛弄井：唉，她一个上了年纪的人，又伤筋断骨的……
翠　花：她伤筋断骨，活该！
杨　婶：孽子啊……（哭）
　　　　［翠花闻声，心有不忍，虎着脸离座，极不情愿朝着杨婶走去。走至半途，
　　　　就再也迈不出步伐了。
　　　　（唱）生吞蜈蚣，百爪抓心，
　　　　　　　　面对冤家，心中顿似翻了五味瓶。
　　　　［幕后（唱）一步之遥咫尺近，
　　　　　　　　恰似天河隔断人间情。
翠　花：（唱）举手投足千斤重，
　　　　　　　　心潮翻滚意难平。
　　　　　　　　喂鸡喂狗我高兴，
　　　　　　　　喂她吃饭我实在不甘心！（掉头哭泣）
毛弄井：唉，你哭什么呀。杨婶她也怪可怜的，再说这事跟她又没关系。
翠　花：你倒可怜起她来了，你当她是你的亲娘啊？

194

毛弄井：（一怔）亲娘……翠花，我突然想起一件事情来了。
翠　花：（哽咽赌气地）你哪会懂得想事啊……
毛弄井：翠花——
　　　　（唱）记得我娘曾说过，
　　　　　　她也曾经病卧床。
　　　　　　那时候杨婶新嫁到杨家，
　　　　　　是她悉心照顾热心肠。
翠　花：（拭泪）有这事？
毛弄井：（唱）想往事，泪满眶，万般感慨涌心上，
　　　　　　叹人情，曾炎暖，为何如今变这样？
　　　[幕后（唱）
　　　　　　世情薄，人情恶，
　　　　　　堪叹三春情暖变成了朔九寒凉。
　　　[毛弄井端起饭碗，朝杨婶走去。
　　　[翠花紧走几步，一把抢过，走到杨婶跟前，端碗举筷，侍候杨婶。
翠　花：杨婶，吃一点吧……
毛弄井：杨婶，翠花她说话不着边，您别放在心上，吃一点，啊？
杨　婶：（望着毛家夫妻，克制不住，失声痛哭）不……我担当不起啊……（泣白）弄井，翠花，你有怜我意，我岂无天良？孽子把你夫妻来冤枉，我问心有愧羞难当啊！他强行把我抬到你家厅堂上，我恨不能一死把那羞来挡。这端汤喂饭本该我那孽子他来干，纵然你们夫妻两个以德报怨——
　　　　（唱）我心存感激口难张……

<u>（这段戏能感人，太短了，可惜，应多写几句。杨婶也回忆起过去邻里的温情，感叹自从贼豆不肖后得罪了邻居，非常愧疚，毛弄井夫妇也希望贼豆能变好，与邻居和睦相处该多好。）</u>

毛弄井夫妻：杨婶……
贼　豆：（唱）听娘一番话，
　　　　　　热泪满眼眶。
　　　　　　与其大庭广众出洋相，
　　　　　　不如趁早现在就收场。
　　　　（才走几步，又驻足不前了）

误入藕花深处

开弓没有回头箭,(其心情不能这么快就转到这里,他听到母亲及毛家夫妇在议论自己,应有愧疚,想到自己的人生历程,书念不好,家穷,孤儿寡母,受人欺负,被人诬陷,找不到正当职业,被人瞧不起,当"混混",破罐破摔……才转到现在如何收场……)

我怎能向他弄井来投降?

(徘徊)唉!

将心比心想一想,

背黑锅的滋味可真不好尝。

(转念一想)哼!

一时间,一股恼怒涌心上,

想起往事一桩桩。

他们也曾冤枉我,

他们何曾替我想?

罢罢罢!

宁做猛虎吼,

不当咩咩羊。

先回家中躺一躺,

撑死也要脸一张。(回家入内)

[村民三三两两上。

众　人：(唱)毛杨两家开了仗,

不知到头怎收场。

饭后无事闲得慌,

踱到毛家去望一望。

村民甲：(唱)笑翠花,学习雷锋学不像,

引火烧身气欲狂。

村民乙：(唱)叹毛家,受冤枉,

暗恨贼豆丧天良。

村民丙：(唱)看弄井,忍气吞声软骨相,

缩头乌龟太窝囊。

村民丁：(唱)你说别人很容易,

换成是你也一样。

村民丙：(唱)既然你想抱不平,

　　　　　　为何不敢去帮忙？
村民戊：哎呀呀，你们别吵了。
　　　（唱）毛家为何静悄悄，
　　　　　　不见一声半点响。
　　　[众人扒门挤窗争相窥看。
　　　[幕后（唱）
　　　　　　我看看，你看看，
　　　　　　人情世故就这样。
村民甲：嘿，毛弄井和翠花正在给杨婶喂饭呢。
村民乙：唉，他们怎么成了孝子贤孙了呢？
村民丙：呵，我说得没错吧？毛弄井就是骨头软。唉唉，毛弄井毛弄井，一根寒毛当绳子，能弄得过贼豆那口臭老井吗？
众　人：哈哈哈……
　　　[翠花闻声，端着饭碗跑出。
　　　[众人哈哈笑下。
（这里翠花要有一段唱）
　　　[翠花生气跺脚，一怒之下，"啪"的一声摔掉饭碗。
毛弄井：怎么啦？
翠　花：全村的人都在笑话我们呢！我这张脸往哪搁儿呀！（捂脸痛哭）
　　　[毛弄井叹气，关门入内。
　　　[杨树儿满脸懊恼上。
杨树儿：（念）好不容易镇住弄井和翠花，又要急急忙忙迎接文明大检查，毛家的事，关系重大，愁得我的脑袋比那箩筐还要大，唉！
　　　（唱）虽说九品乌纱官不大，
　　　　　　可一村之长恰似基石撑大厦。
　　　　　　别看位子在最底下，
　　　　　　可谁能比咱更能知轻重知复杂。
　　　　　　喜怒哀乐酸苦辣，
　　　　　　柴米油盐酱醋茶，
　　　　　　是非恩怨、好坏真假、叔伯妯娌、婆婆妈妈、吃喝拉撒，还有陈年烂谷和芝麻。
　　　　　　我这里左冲右突解疙瘩，

误入藕花深处

　　　　　　　它那里走马看花要检查。
　　　　　　　我这里千斤重担不堪负，
　　　　　　　它那里层层加码任务压。
　　　　　唉，当官怕小不怕大，若当公仆准累垮，要是村财穷塌塌，打死我也
　　　　　不当这个家。
　　　　　（突发灵感，喜上眉梢，一拍大腿）嘿！
　　　　　脑子里钻进一个两全其美的好办法，
　　　　　呵呵……我这就去找毛家。（朝毛家走去，敲门）

翠　　花：（没好气地）谁呀。
杨树儿：我！
翠　　花：（生气地）你，你是谁，你爹妈没给你起名字啊？（开门，一怔，随
　　　　　即掉头，转身不理）
杨树儿：呵，怎么啦，一转眼，连我的声音都听不出来了？
毛弄井：村、村长，对、对不起，她正生闷气呢。
杨树儿：我就知道你想不开，这不，所以连夜又来现场办公。
翠　　花：那你说，怎么办？
杨树儿：唉，为了你家这件事，我真是伤透了脑筋啊！我想贼豆无非就是要几
　　　　　个钱嘛，你呢，我当然不能让你背着石头上山，吃硬亏了。这样吧，
　　　　　这块石头，村里替你背。
翠　　花：村长，你这话啥意思？
杨树儿：我的意思是，文明评比在即，村里无论如何不能出乱子，所以杨婶呢，
　　　　　得在你家养几天……
翠　　花：（忍不住打断）村长，你这是什么话？！
杨树儿：翠花，你听我把话说完嘛。杨婶在你家，你的任务只有一个，那就是
　　　　　好好照顾她……
毛弄井：（打断）村长，你这话我不明白。
杨树儿：哎，你们听我把话说完好不好？
翠　　花：村长，你说吧，我听着呢。
杨树儿：至于其他的，一切由我来做。
翠　　花：（想想，突然笑了，语气异常平和地）村长，那你准备怎么做啊？
杨树儿：对内嘛，我们知道就行了。对外呢，你们不要跟贼豆闹，也不要跟任
　　　　　何人说，要说的话，我替你们说。

翠　　花：那你准备怎么说呢？
杨树儿：对贼豆，我说你确实是一个宽宏大量的人，这钱是因为你看杨婶跌倒，他家里缺钱用，所以帮帮他。对村里人呢，我就说，你确实是一个以德报怨，好事做到底的人。对上面嘛，那就更好说了，助人为乐、以德报怨、扶贫帮困、献爱心、送温暖……
翠　　花：不要再说了！村长，一句话，你想让我当个活活冤死的大雷锋吧？！我实话告诉你，这雷锋我不想当，也当不了！
杨树儿：我只不过想请你照顾照顾杨婶嘛。
翠　　花：要没有这件事，我甘心照顾她……
杨树儿：那你做做样子行吗？
翠　　花：我没法装模作样。
杨树儿：你只做一个再简单不过的事情嘛。
翠　　花：我只要一个再明白不过的道理！
杨树儿：翠花，你怎么死抓蒺藜硬不丢啊。这恨虱子，也不能烧棉袄嘛。那我雇你照顾一下杨婶，行吗？
翠　　花：村长，我不赚这个钱！
毛弄井：村长，我都被你搞糊涂了，这事情这么清楚，这么简单，你为什么把它搞得这么复杂呢？
杨树儿：（暴怒地）你以为我愿意这样，我是他妈的被逼得没办法啊！（无限懊恼，蹲地痛哭）

　　[切光。

　　（村长这样写可以，但下面的戏如何接上？是不是村长见翠花不同意这个处理方案，问她说，你看怎么办？翠花提出公断，那前面不要写村民们来偷窥，因为她相信公道在人心，杨婶会证明不是她撞倒的，乡亲们会主持公道的，今天她听到许多乡亲为她鸣不平，她要和毛弄井连夜去找豆干嫂回来做证人，她以为自己胜券在握。那前面她听村民议论的戏就不要写了，只写到她和毛弄井在照料杨婶，被村长看到了，他就为毛家夫妇出了这么一个和为贵的主意，谁知翠花不同意。贼豆并没有去睡觉，他听到这边的议论，一惊，待毛弄井夫妇去找豆干嫂时，溜进毛家求母……求母这段戏不要写太长，要给观众留个悬念，到底杨婶听从不听从儿子的意见……那戏就剩下最后一场了，村民的态度集中到最后一场，他们都怕贼豆，没有人为毛家主持公道。

From：赖玲珠 <fjndllz@sina.com>
To：郑怀兴 <zhenghx@163.com>
Subject：
Date：2002-03-26

121　无赖应该是最熟悉人性弱点的

老师：

　　早上好。我考虑第六场结尾部分，贼豆的唱词应该丰富一点，借贼豆之口把豆干嫂、杨树儿以及周围人的弱点简单交代，以说明他对周围人的弱点的熟悉和了解，因为无赖应该是最熟悉人性弱点的，否则他横不起来，这样，借贼豆之口，把这个具有社会意义的根源再加以强化。还有就是要把他与母亲相依为命、母亲对他的溺爱、他对母亲胆小怕事弱点的了解，以及对说服母亲必胜的信心都点出来，这样，省去正面表现求母的过程，观众就不会对杨婶的违心感到吃惊了。您说呢？

　　我今天上午得帮小李好友处理一个急件，下午和晚上创作。

　　这几天让您非常辛苦，真怕把您给累坏了。

　　致

礼！

小赖
2002.3.26

From：赖玲珠 <fjndllz@sina.com>
To：郑怀兴 <zhenghx@163.com>
Subject：
Date：2002-03-26

122　贼豆求母那段戏

老师：

您好。现将调整后的第六场（自杨树儿朝翠花家走去部分起）发给您。贼豆求母那段戏，考虑之后，我用贼豆看到翠花和毛弄井连夜去找豆干嫂后的一段唱词来表达。最后两句：

使出浑身解数去求娘，

拼死也要她一口咬定是翠花把她撞！

是否足以表达贼豆去求杨婶的坚决，而不再写其方法、过程和结果了，给观众留下悬念和想象的空间。您看这样行吗？

另：上次我跟师母说的那种电脑病毒，我这里已听到它开始破坏硬盘的消息了，我的朋友让我隔段时间就检查一下，请您也加以注意。如不懂操作，请告知一声。

祝好！

小赖

2002.3.26

附件：调整后的第六场（略）

From：郑怀兴 <zhenghx@163.com>

To：赖玲珠 <fjndllz@sina.com>

Subject：

Date：2002-03-26

123　留一个悬念给观众

小赖：

你好！我以为，求母要正面予以表现，但不宜长。这也是揭示贼豆沉沦原因的一个机会，让观众直接感受到杨婶过分溺爱儿子，当然杨婶最后的表态不要写出来，留一个悬念给观众。毛家夫妇去找豆干嫂为虚写，贼豆求母为实写，一虚一实，才好。不多写了。祝成功！

怀兴

2002.3.26

From：赖玲珠 <fjndllz@sina.com>
To：郑怀兴 <zhenghx@163.com>
Subject：
Date：2002-03-26

124　我一定努力改好！

老师：

　　您的意见很好。我听您的。今天感觉有点累，想稍事休整，以写好后面的戏，同时也应该让您喘口气。我想把第六场和后面的戏一起写完后再发送给您。争取明天下午吧。您好好休息一下。我一定努力改好！

　　小赖遥祝您一切好！

2002.3.26

From：郑怀兴 <zhenghx@163.com>
To：赖玲珠 <fjndllz@sina.com>
Subject：
Date：2002-03-26

125　贼豆求娘这一段太简单

小赖：

　　你好！我刚才看了你修改的部分（前面有没有改？五场改了吗？），比前一稿顺了。贼豆求娘这一段太简单，应写贼豆进去，娘骂他，要他马上把她背回家，贼豆求她先答应一件事，说明天如果问起翠花有没有撞倒她，一定要先说有，杨婶不肯，他就胡说什么会被抓去坐牢，求娘就帮他这一回，以后一定痛改前非，跪下叩头，痛哭流涕，就此落幕，让观众思考。你说呢？

　　不多写了，祝越改越顺利！

怀兴
2002.3.26

From：赖玲珠 <fjndllz@sina.com>
To：郑怀兴 <zhenghx@163.com>
Subject：
Date：2002-03-26

126　这两天真有点玩命

老师：

　　您好。第六场贼豆进入毛家求母这段戏，加了以下这一段。感觉比原先好多了。您说是不是？

　　这两天真有点"衣带渐宽终不悔，为伊消得人憔悴"的玩命，我发现自己真喜欢干这一行了。

　　小赖感谢您在前面带路。

2002.3.26

　　附件：贼豆求母（略）

From: 郑怀兴 <zhenghx@163.com>
To: 赖玲珠 <fjndllz@sina.com>
Subject:
Date: 2002-03-26

127　我非常高兴

小赖：

　　你好！今天你两次来函均收到了，你不要太赶了。六场前面的戏不但要把群众的戏去掉（留到下一场），而且其他的地方要加深（记得我已给你提过）。看到你们年轻的编剧在崛起，我非常高兴。

　　祝你成功！

怀兴
2002.3.26

From：赖玲珠 <fjndllz@sina.com>
To：郑怀兴 <zhenghx@163.com>
Subject：
Date：2002-03-26

128　这是一场非常好看的戏

老师：

您好。众人激毛弄井杀贼豆那场戏，我一定要努力把它写好，因为这是一场非常好看的戏。我会注意村民、贼豆、毛弄井、翠花在这场"激杀"过程中的心理层次。

众人激毛弄井的同时，也要激贼豆，激他如果是条好汉，就不要躲，不要藏，不要去拿刀拿枪。他们激毛弄井杀贼豆时，说，要是你杀了贼豆，你老婆我们帮你养，我们给你写英雄赞。

他们激贼豆别躲别藏时，说，要是毛弄井杀了你，你娘我们帮你养，我们给你树碑立传。

村民的心理层次：先是笑毛弄井光磨刀，不动手，接着激他杀贼豆，等到他们看到毛弄井真的想杀贼豆时，又感到害怕，想劝又不敢，怕毛弄井的刀误伤了自己，但毛弄井又软下去时，村民就又开始放心地笑他激他了。

村民激贼豆时，先是巴不得毛弄井杀贼豆，但又怕他与毛弄井斗，进行反击，所以就激贼豆不要躲藏，等到毛弄井迟迟杀不了贼豆时，他们又感到很失望，怕从此以后，再也没有机会杀死贼豆了。

贼豆对毛弄井想杀他，先是怕，便借着毛弄井一步步逼向他时，像斗牛场上的兽一样，边激毛弄井，边绕圈圈。说："你来呀，有本事就一刀杀了我，不要他妈的像娘儿们杀鸡一样。"等到他发现毛弄井没胆时，他就站着不动了,说"你手别抖,腿别软,刀抓紧,心莫颤",等到毛弄井软下去了,就拍着胸脯,一步一步地逼上去,说"朝这"……

我还是别说了,等写完再看吧。

祝好!

小赖
2002.3.26

From：郑怀兴 <zhenghx@163.com>
To：赖玲珠 <fjndllz@sina.com>
Subject：
Date：2002-03-26

129　这一场要有点睛之笔

小赖：

你第七场的提纲我看了，基本上同意，但请你注意几个问题：（1）乡亲们来看公断，既希望贼豆能受惩罚，又担心他占了上风，不要把乡亲的议论范围铺得太大，一大，主题就难以集中。（2）当裁决是毛家输的时候，群众内心是同情毛家，但怕得罪贼豆，不敢说出来，反怪翠花当时多管闲事，有的劝毛家忍一忍；当毛弄井磨刀时，大家的心情是巴不得把贼豆除掉，但没有一个敢把心里话说出来；毛家呼冤时，没有一个敢仗义执言；当贼豆激毛弄井劈他时，没有一个站出来劝阻（有人要出来劝阻，被亲人拉住），才叫翠花彻底失望，只好自己拉住丈夫，并向贼豆屈服。（3）毛弄井不要怨翠花什么，他只认为贼豆坏，人间没有公道，当翠花骂他软弱才招人欺负时，才想起磨刀，但他磨刀之时，盼望人们能站出来劝阻，盼望大家说一句公道话，却不见一个乡亲站出来，他更心寒。（4）杨婶看出来，她的儿子已成了全村大祸害，大家敢怒不敢言，尤其是毛家夫妇的屈服，更震撼她，不得不想亲手杀子，再自杀。杨婶的举动要震撼大家，母子之间的一段话，要写得发人深省，把大家都镇住了；村长出来，也为之惊呆，他知道杨婶亲手杀儿，只能惊叹她要大义灭亲，但乡亲们没有一个附和他，大家沉默，可能更意味深长。总之，这一场要有点睛之笔。我对第六场上面还有一些意见，即毛弄井说起往事，杨婶受到感动时，要加强渲染，这是能让人动情和深思的地方，不能轻描淡写。贼豆被毛家感动后，为何又继续耍赖皮，要写得充分一些，让人觉得可信。总之，要写得入情入理，<u>丝丝入扣</u>。

不多写了。

祝修改顺利！

怀兴
2002.3.26

From：赖玲珠 <fjndllz@sina.com>
To：郑怀兴 <zhenghx@163.com>
Subject：
Date：2002-03-26

130　第七场　村断（提纲）

老师：

我重新整理了一下最后一场的修改提纲。您看好点了吗？原来"激杀"部分气氛太闹，不如您建议的无声。所谓无声胜有声，所以就改过来了。

第六场前面的几个问题，我再好好改改。

只有等我写完了，才能让您休息。您不要太累，时间来得及。

祝好！

小赖

2002.3.26

附件：

第七场　村断（提纲）

次日上午，村委大楼前。

乡亲们惊急奔告，争相前来观看公断。他们既希望贼豆能受到惩罚，又担心毛弄井一家斗不过贼豆，让他占了上风，从此更加横行霸道。

毛弄井、翠花、贼豆、杨树儿各自怀着不同的心情上场：毛弄井、翠花认为自己问心无愧，相信公道自在人心。贼豆双手环抱胸前，两眼斜睨着四周，鼻中哼着冷气，脸上带着不屑，心中恨恨地想着：几年来，从来没有谁敢公开跟他这样斗，今天毛家夫妻既然敢跟他玩，那就好好陪他们玩一场。杨树儿则对昨日翠花不听阻劝的事，还耿耿于怀，他心里想，既然公开论断，他今天就只凭现场证据，不管内中隐情，反正谁是谁非，都摆在面上，什么火也烧不到自己身上来。

村断过程，原二稿"村断"那场戏，加以压缩调整。

村断结果，大出意外，因为杨婶没有出场，只留下一句"求求大家，千万不要把事情闹大了"，豆干嫂又不敢说实话，并交还金戒指，因而毛弄井夫妻一败涂地，没有讨回公道。

翠花呼天抢地，她哭自己含冤受屈、清白难辩；她骂世道艰险、是非颠倒；她恨人心叵测、反复无常；她怨世人欺软怕硬、袖手旁观。

毛弄井恨贼豆横行霸道、丧尽天良，骂村长明知是非、逢场作戏，气杨婶纵子作恶、隐瞒真相，怨豆干嫂明哲保身、雪上加霜。

乡亲们内心同情毛家，但没有一个敢仗义执言，因为大家都害怕得罪贼豆，招祸上身，所以都噤若寒蝉。他们有的咬牙切齿恨贼豆为非作歹、横行霸道；有的反怪翠花多管闲事、引火烧身；有的认为当今世界，好心没有好报的事太多了；有的劝毛家忍一忍，大事化小，小事化了，不要认死理，求公道。

翠花哭恨不已，痛骂毛弄井是连壳都没有的缩头乌龟，都是因为他太软弱了，贼豆才敢这样欺负她。为此夫妻俩大打出手，翠花要死要活，毛弄井忍无可忍，一怒之下，磨刀霍霍。

村民们纷纷围观。他们有的想上前劝劝毛弄井，但被亲人拉开了。有的巴不得毛弄井杀了贼豆，为民除害，便悄声激将毛弄井（我觉得如果公开激将，不符合他们害怕的心理，您以为如何？）。毛弄井一边磨着刀，一边盼望着能够有人站出来劝阻他、替他说句公道话，但是没有一个人吭声，也没有一个人站出来，这使他感到透骨的心寒。翠花开始时也希望毛弄井杀了贼豆，出口恶气，但很快她就开始害怕了，她举目四望，希望有人能够站出来劝阻他，但始终没有一个人敢站出来。

这时，贼豆以胜利者的姿态上场了。他原想耀武扬威地去毛家把杨婶背回来，但走到毛家门口，看见毛弄井红着眼，站起身，朝自己一步一步走来，不禁有些心虚。他慌乱地环顾四周，看到周围那么多乡亲都用冷怨的目光看着他，他心里便恨恨地想，要是这个时候在众人面前，镇不住毛弄井，那他以后就再也无法横行乡里了。同时，他也不相信毛弄井真的有胆量面对面杀他。想到这里，他就虚张声势，走到毛弄井跟前，激他举刀劈自己。当他看到毛弄井不敢杀他时，他就开始有恃无恐地激将毛弄井了。

众人见状，都紧张地为毛弄井捏把汗。有人想劝，但立即被亲人拉住了。翠花极度惶恐地望着，她希望有人能站出来拉毛弄井一把，但是，没有人站出来。当她看到所有的人都眼睁睁地看着自己的丈夫往死路上走时，她感到了彻底的绝望。就在毛弄井颤抖地举起刀，闭起眼睛想向贼豆刺去时，翠花冲上前去，夺下毛弄井手中的刀，双膝向贼豆跪下。她向贼豆承认自己撞倒了杨婶，愿意接受贼豆的赔偿条件，只求他今后再也不要欺负毛弄井。贼豆得意扬扬，乡亲们对他更畏惧了……

在毛弄井磨刀、举刀的过程中，杨婶的心灵受到震撼。她恨自己教子不严，为害村里，更恨自己违背良心，不说真话，她觉得祸由己出，都因自己是个累赘，才害贼豆诬陷毛家，害毛家夫妻蒙受冤枉，使事情越闹越大。她挣扎着滚到地上，艰难地爬出毛家。当她看到众人敢怒不敢言，特别是翠花向贼豆跪下屈服时，她知道自己的儿子已成了全村的大祸害，于是萌生了先杀子后自杀的念头。她爬到贼豆跟前，趁贼豆俯身去扶抱她时，拾起地上的刀，向儿子刺去……

杨婶的举动，震撼了乡亲们的心灵。贼豆捂着胸口，和母亲一起发出了发人深省的质问。乡亲们被镇住了。人人都在沉默中扪心自问（我原来最后一场"他他他"的那一段唱词，准备用上）。

这时，村长杨树儿跑来了，他也为之惊呆。当他得知道杨婶亲手杀儿时，便惊叹杨婶大义灭亲。但是，乡亲们没有一个人附和他。

他也沉默了。每个人都在沉默中反思，在沉默中扪心自问，为什么贼豆会走到这一步，为什么歪风邪气会这样肆虐横行？

一声长长的汽车喇叭声，撕破了沉默。

杨树儿喃喃着：文明检查团到了……

From：郑怀兴 <zhenghx@163.com>
To：赖玲珠 <fjndllz@sina.com>
Subject：
Date：2002-03-26

131　别太赶了

小赖：

　　你好！你发来的提纲我看了，基本上同意，杨婶的心情应加上一点：过去自己太溺爱贼豆了，这也是儿子成为祸害的一大原因，自己愧对乡亲。后面众人的沉默，或众唱，或幕后唱，我一时也把握不准，你写着看吧。别太赶了。

　　祝愉快！

怀兴

2002.3.26

From：赖玲珠 <fjndllz@sina.com>
To：郑怀兴 <zhenghx@163.com>
Subject：
Date：2002-03-27

132 《贼豆》第六场

老师：

您好。晚上我将第六场您提到的两个地方，做了一点修改。毛弄井想起往事那部分，及贼豆看到墙内情景之后，又为什么继续耍赖。这两个问题，我解决了。可是，我感觉这样一来，贼豆和翠花在杨树儿走进毛家后的心理戏，如按原来的走势，感觉就不"丝丝入扣"了。由于还没把握准，我只好先将那两处改后的第六场，发给您。请您诊断一下，是否存在这个问题。

致礼！

小赖
2002.3.27

附件：第六场 夜探（略）

From：郑怀兴 <zhenghx@163.com>
To：赖玲珠 <fjndllz@sina.com>
Subject：
Date：2002-03-27

133　这里要成为剧本的一个亮点

小赖：

　　你好！今天一大早就在你发来的六场上写几点意见，然后转到"我的文档"上保存，准备给你发过去，为慎重起见，我将之打开，检查一下，发现保存的不是我批过的，还是你的原稿，差点又发生前天的错误。我懒得在你来稿中重写了，只在这儿提几点意见。（1）唱词中押韵的问题，"伤"与"安"不是同韵，要改一下。（2）毛弄井说以前杨婶帮他们看顾母亲而引起他们几个人的一大段唱词，你写得偏离主题了。他们都要紧紧围绕一个问题唱：为什么以前邻居相处和睦，而如今却如此紧张？问题出在哪儿啦？是大家都变得自私？浮躁？或是毛家欺贫重富？太势利了？贼豆不肖而引起邻居关系的恶化？这段唱词要寄托你的理想，希望人际关系的和好，人与人要互相宽容，互相理解，互相帮助……这里要成为剧本的一个亮点，要引起观众的深思。这也是你感觉到为什么还没有丝丝入扣的症结所在。写戏，时时都要考虑围绕着主题，当然有时也要有闲笔，要插科打诨，但闲笔不闲……这又扯远了，待以后再说吧。（3）贼豆求母那段戏，写得尚不到位。贼豆此时是行哀兵之计，以哀动母，以情动母，而不能威胁说我出狱回来要杀人之类。当杨婶举起手想打他时，他要跪到跟前，要让她打，杨婶搂着贼豆，边捶他的背边哭：我为什么会生这么个不肖的儿子呀！这段戏要写贼豆的狡猾与母子之情、杨婶对儿子的溺爱，就是她以前常常无原则地迁就贼豆，纵容贼豆，才酿出这个恶果来，现在她又不自觉地在重犯旧错……

不多写了，别太赶了，要注意休息。祝愉快！

怀兴

2002.3.27

From：赖玲珠 <fjndllz@sina.com>
To：郑怀兴 <zhenghx@163.com>
Subject：
Date：2002-03-27

134　我得好好总结一下《贼豆》改稿的得失

老师：

　　您好。今天我把一到六场顺了一遍。第六场您说的两个地方，也做了改动，自我感觉好多了，但实际效果如何，还得等您鉴定。第七场已写到"激杀"了，感觉良好。特别是毛弄井在磨刀时，期待有人能站出来，却没有一个人敢仗义执言的那一段，我的内心一阵阵地颤痛。几句唱词自我感觉特别好！我现在正在处理杨婶的唱词，考虑是集中表现效果好还是分散表现效果好。晚上加把劲，明天早上您应该可以看到我的脱稿。

　　这些日子来，您废寝忘食，太辛苦了。等《贼豆》脱稿后，我得好好总结一下《贼豆》改稿的得失。

　　另：北京金尊影视中心来电与我联系，说想把我的《桃花吟》拍成6~8集戏曲电视剧。长春后来没声音。听说忙着拍什么电视。此事以后再说。

　　致礼！

小赖

2002.3.27

From：郑怀兴 <zhenghx@163.com>
To：赖玲珠 <fjndllz@sina.com>
Subject：
Date：2002-03-27

135　写最后一场时予以注意

小赖：

　　你好！来函收到了，改得顺利，我很高兴。今天我想到一个问题，请你在写最后一场时予以注意，即翠花在第六场既出去找豆干嫂，也找乡亲，求大家明天公断时主持正义，大家都是义愤填膺，表示要站在毛家一边，毛家夫妇非常高兴，认为得道多助，胜券在握，谁知在紧要关头，没有一个站出来仗义执言。这种社会现象如今普遍存在，值得深思。不多写了。我正在看一批参评的剧本，下个月上旬要去福州讨论。我自己有本子参评，不参加投票。要早点休息，别太累了。《桃花吟》有人想拍戏曲电视剧是件好事。

　　祝你成功！

怀兴
2002.3.27

From：赖玲珠 <fjndllz@sina.com>
To：郑怀兴 <zhenghx@163.com>
Subject：
Date：2002-03-27

136　终于脱稿了

老师：

　　《贼豆》终于脱稿了。我写完最后一场，心颤不已，泪流满面。不知您看了觉得怎样。

　　小赖再次谢谢您。

2002.3.27

　　附件：《贼豆》（略），后改名为《三倒丫轶事》，详见《三倒丫轶事：赖玲珠剧作初集》

From：赖玲珠 <fjndllz@sina.com>
To：郑怀兴 <zhenghx@163.com>
Subject：
Date：2002-03-27

137　我感到很累

老师：

您的意见我是在发件后才看到。等您看完稿后，与其他意见一并修改。

我感到很累，连敲键盘都很吃力。我去休息了。

谢谢！

2002.3.27

From：赖玲珠 <fjndllz@sina.com>
To：郑怀兴 <zhenghx@163.com>
Subject：
Date：2002-03-28

138　有几个问题还要请教您

老师：

您好。休息了一个晚上，恢复过来了。您提的翠花夫妻找众人仗义的意见，很好。我准备加几句台词，并对相关地方的唱词做些调整。有几个问题还要请教您。

一是毛弄井用柴刀好还是杀猪刀好。因为柴刀只能劈，不能刺。如用柴刀，我想杨婶是不是只劈中贼豆的肩部。但这样在力度上，会不会影响效果？如用杀猪刀，杨婶刺的结果，是不是也只是让贼豆受了重伤，或不要交代伤情？

二是"村断"我没让杨树儿做出明确的论断，是因为考虑到戏到这里，剧中剧外人都很明白结论会怎样了，同时，对杨树儿这个人物的精明狡猾，也加重一笔。事情发生后（戏里不再去写了），他仍会觉得自己并没有做出论断结果，而是毛家夫妻自己看到"行贿"暴露，认为必败无疑，才导致举刀杀人。这样考虑是否符合这个人物的性格？

三是最后杨婶刺子后，我也没有让她母子抒发情感，是因为我考虑整部戏体现的就是这个主题，观众应该很明白了，再说显得多余，不如用沉默代替，或交给音乐去处理。您看我这样处理是否可行？

我打算明天送稿。

小赖向您致敬。

另：想征求您意见，稿上是否允许我写上指导老师您的名字？

2002.3.28

From：赖玲珠 <fjndllz@sina.com>
To：郑怀兴 <zhenghx@163.com>
Subject：
Date：2002-03-28

139　还有三个问题补充

老师：

您好。还有三个问题补充。

一是众人在关键时刻的退缩，我看应该还有来自现场的情势变化：这情势变化从证人豆干嫂未及时出场开始—杨婶没有证词—村长态度—（是否再让那两个社会闲杂出场？）—豆干嫂出场后的否认—金戒指的出现。

二是如果翠花夜间找过众村民，那么出场时，众人的各种内心揣测（原稿甲乙丙众唱的八句唱词，是否还需做点调整？或保持不变，再加两至四句，提示翠花昨夜找过大家，我们最好今天趁这个机会帮帮翠花，惩罚贼豆）？

三是豆干嫂的内心，我认为还应加上一笔，就是翠花要求她时，曾说过，全村人都义愤填膺要惩罚贼豆，所以她才收礼，答应出来庭做证，可是关键时刻，却看不到一个人站出来，所以就退缩了，违心了。

以上想法，对不？

小赖致礼！

2002.3.28

From：郑怀兴 <zhenghx@163.com>
To：赖玲珠 <fjndllz@sina.com>
Subject：
Date：2002-03-28

140　我一口气就读完了

小赖：

　　我一口气就读完了《贼豆》修改稿，最后一场十分感人。整个戏都很顺，虽然以沉默来结局，但此时无声胜有声，戏是深沉、厚重的，相信能给人留下很多的思考。像社会问题剧，又不是，因为几个人物写得活灵活现，不是一种主题先行的作品。你后来说的三个问题，我认为用柴刀好，杨婶劈得重不重不是重要的，她举刀的本身就说明了问题。二、三两个问题，我都同意你的想法。有几个小意见，供参考。24页中贼豆见毛家夫妇喂杨婶的一段唱词，尚未写到位。贼豆此时的心情是复杂的，首先是感动，认识到自己冤枉人家不对，接下来想到把母亲背回去喂她不成问题，难是难在侍候她拉屎拉尿，再想到就此收兵，会被人瞧不起，不如继续让毛家侍候我母亲，我母亲过去待毛家那么好，可是毛家如何待我们孤儿寡母呢？翠花瞧不起我们，从来没有好脸色给我们看过……这段唱词是揭示贼豆内心世界的一个地方，写好了，戏更有味道。

　　翠花在公断前听到乡亲都支持毛家，恨贼豆，所以信心百倍，等到当场看到人们冷漠的态度就惊呆了。另外有几个词句要推敲一下。13页中，"讨好我娘想推掉"意思不明确，是不是"讨好我娘，千方百计要把过失掩饰掉？"16页中，全县两个名额，是不是改为全乡两个名额？23页中，"强"

与"宽"不同韵。25页中,"累跨"应改为"累垮"。28页中,"撞"与以上的"娘"等字不同韵。不多写了。你要好好休息几天,这一段时间太累了!祝你成功!

怀兴

2002.3.28

From：郑怀兴 <zhenghx@163.com>
To：赖玲珠 <fjndllz@sina.com>
Subject：
Date：2002-03-28

141　你改成功了，就是我最大的慰藉

小赖：

　　有些问题观众稍一留意，就能领会，我们不必交代得太详细、具体。如村民前后态度的变化，稍点一下就可以了，关键在于翠花发觉昨晚大家说得好好的，今天怎么都没有一个站出来？她失望了，寒心了。村民加几句唱就行了。你一定不要署上什么指导老师，我刚才没注意你问这个问题，所以没有答复。你改成功了，就是我最大的慰藉。可以再发给王珏看一看。

　　祝愉快！

怀兴
2002.3.28

From：郑怀兴 <zhenghx@163.com>
To：赖玲珠 <fjndllz@sina.com>
Subject：
Date：2002-03-28

142 有几处小意见

小赖：

　　修改的部分我看了，有几处小意见。（1）翠花在村长下去后，喊村长，再向乡亲们呼喊，说贼豆冤枉了她，但大家都毫无反应，这才开始唱。（2）村民上场时合唱的几句好，前面一人唱一两句后，大家碰面了，互相对视，互相打招呼，才合唱，可能更有戏剧性。（3）有些唱词中，一字用了两次，不大好，如"枉""斜""劈"。改一下，更精致。不多写了。

　　祝愉快！

怀兴
2002.3.28

From：赖玲珠 <fjndllz@sina.com>
To：郑怀兴 <zhenghx@163.com>
Subject：
Date：2002-03-28

143　高行健在瑞典皇家学院的演讲

老师：

您好。上次从好友处拷贝来高行健在瑞典皇家学院的演讲全文，今天才有空看。不知您有没有，或需不需要，先发给您。

小赖致礼！

2002.3.28

From：郑怀兴 <zhenghx@163.com>
To：赖玲珠 <fjndllz@sina.com>
Subject：
Date：2002-03-28

144　都是一己之见

小赖：

　　高行健的讲稿我看过了，他的《灵山》《一个人的圣经》我都有，都读过了，有故弄玄虚的感觉。我虽然不喜欢他的作品，但他的有些观点我还比较欣赏。你要好好休息一些日子，多读一些书。《贼豆》有没有发给你的好友张帆看？听听她的意见。我读了林之行的上下集[1]，不怎么喜欢，虽然找了一个新的角度，技巧也很娴熟，但还是有陈旧之感。刘备后来不肯收留孙尚香，于情于理都说不过去，太别扭了。方朝晖写江淹的戏，文辞相当漂亮，可是戏剧性太弱了，这是他的一个老毛病。郑文金的《龙眼树下》写得比较朴实，令我感动，或许这与我小时候生长在农村有关，所以读起来倍感亲切，但听说省话不喜欢这个本子，这就麻烦了。我对一些本子的看法，你不要告诉别人，这都是一己之见，不一定准确。不知你这一稿省里几位看了，是何感觉？我们等着瞧吧。祝愉快！

怀兴
2002.3.28

---

[1] 应指《孙尚香》。

From：赖玲珠 <fjndllz@sina.com>
To：郑怀兴 <zhenghx@163.com>
Subject：
Date：2002-03-28

145　我非常珍爱这一稿

老师：

　　您好。我刚把稿子印出来，正在整理，就收到您的信。我的好友张帆明天会看《贼豆》，到时我再把她的意见向您禀告。我刚才和她及另一位正在准备律考的好友林莉一起狂聊了一阵，感到非常开心。我们三个臭味相投，一起自考，一起学习，虽然走的路不尽相同，但彼此鼓励，无话不说。我们都有一个共同的感触，那就是选中目标，专心致志，勤奋努力。所谓苦心人天不负，有志者事竟成。我相信这位准备了两年的好友，一定能实现她的理想，成为一名出色的律师。

　　您交代的话，我会记着，不会对外乱说。我准备明天将稿子送往福州，不管省里的先生们怎么看，我都非常珍爱这一稿。

　　致礼！

小赖
2002.3.28

From：赖玲珠 <fjndllz@sina.com>
To：郑怀兴 <zhenghx@163.com>
Subject：
Date：2002-03-29

146　改稿总结

老师：

　　您好。

　　这次改稿，虽然很累（脱稿那天晚上，我躺在床上浑身发抖，约半个钟头后，才渐渐平静下来），但是，收获很大。有许多感想，需要认真总结，对今后的创作一定有帮助。特别是我在这次修改中，暴露出来的种种缺陷，要好好反省。

　　一、构思不成熟甚至压根儿就没花心思去构思，就仓促动笔。这是您多次提醒我要注意的问题，可我不仅没克服，反而变本加厉，应该说是一次大曝光。虽有来自性格方面的原因，但初涉编剧，没有经验，急于求成，是不可轻易原谅的。算是一次很深刻的教训。

　　我这人一旦激动起来，脑子里想的东西就很多，常常彻夜难眠。性格中有我父亲的遗传基因，我注意过他几次情绪激动时的样子，觉得自己跟他很像。小李说我有时候一天能做三十六个梦，恐怕指的就是这个。这个缺陷有好也有不好。好的是指，脑子清晰时，想法很多，思路很活，一会儿一个点子，顺的话，一路长驱，畅通无阻。不好的话，就很容易在创作时表现得很不冷静，无法静下心来认真分析、思考。天马行空，胡思乱想，想到哪儿就写到哪儿，犯起错误来，也是一路长驱，谁也挡不住，直到一路狂奔后，掉进坑里去了才能停下来，开始感到痛并哭泣着。这样一来，听意见时，如果对某些意见反应敏感，做出的判断也就非常迅速而情绪化，吸收思考时，显得草率急就。意见一多，就无所适从，直至产生混乱。

二、听取意见的心态不端正。不怕您见笑，我听意见时，总是期待得到人们肯定和好评。这有好也有不好。好的方面是指，如果本子不错，大家意见统一集中并且肯定居多的话，那我就大受鼓舞，思维很活，思考积极，吸收很快。《桃花吟》和这次《贼豆》最后阶段您的帮助，就是这样。不好的方面是指，遇到大家意见不统一、褒贬不一时，我就往往显得迷茫、焦急和混乱，感到无所适从，拿不定主意，急需别人帮我稳住。评章先生说我在泉厦时，近乎逼着他快点给我提意见。其实他不知道我心里多么焦急。我想我在厦门时，他可能一见到我，就感到压力了，心里可能想着，我是不是又要请他给我谈意见了。在我焦躁不安、摇来晃去的时候，我的心态是一边希望反向的风别再继续吹，一边渴望着正向的风，能吹得强劲点。这时候，我就到处找人，抓着光头就是和尚，其实我的潜意识里，是希望能多多听到正面的意见。在这个时候，我心里特别希望有人坚定地替我拿主意，或者凶狠一点，对我"当头棒喝"！这样，才能让我冷静下来，停止摇摆。所以我觉得这种状态下的自己，就像一根墙头草，风越吹，头越晕，最后一阵劲风将我朝哪个方向吹，我就朝哪个方向倒了，如果没倒下，那我肯定无精打采，低头垂脑，直不起腰。

这次《贼豆》从福州听意见回来后，我的内心其实一片混乱，在车站您问我"这样听完应该思路很清晰了吧？"时，我的头脑里其实什么想法也没有。因为我被吹得晕乎乎的，但我又不敢跟您说实话，一是怕您批评我，听了那么多意见，却越听越糊涂了，是不是脑子不开窍。二是怕您失望，花了那多么精力，都白费了。三是我不知道谁的意见对，所以只好哼哈说，清楚，很好。

回来后，就与陈立衔先生挂了二十多分钟的电话。因为他的某些意见与您相左，所以我就更加矛盾了。当时，我心里很乱，因为想到您花了那么多时间辅导我，我如果沿着一条与您相左的路子走去，那我就太伤您的心了（当然我丝毫没有说立衔先生的意见不好的意思，他非常关心我，也不是说我对您盲从，而是因为我自己听取意见的领会能力出了问题）。后来，我强迫自己平静下来，想了一会儿，觉得自己想通了（给您发的那封所谓"豁然开朗"的信后），就动笔修改了。由于我所谓的想通，想的都是大家为什么意见不统一，而对本子存在的问题，压根儿就没冷静分析，更谈不上构思了。

　　当时尽管我手头上有文字稿，可我静不下心来，匆匆看了一会儿，就跑去上电脑，可又出不来东西，眼睛长时间盯着屏幕又很累，就又跑到案头看稿子，没看两分钟，又坐不住了。就这样跑来跑去，最后在晕乎乎的状态下，开始创作，一路狂奔，很快改出了第三稿的前七场，自我感觉还挺良好。发给您后，因为我听稿的心态从来就是抱着想听表扬话，所以我就抱着期待您表扬的心情一直等您的回音。等到第二天上午，再也坐不住了（因为通常情况下，如果改得好，您的意见很快就会传过来），于是我就紧张起来，就打电话给您。接电话时，一听您说要我做好思想准备，我就知道完了，立即有些语无伦次起来。等到打开您发来的电子邮件时，正值中午。我瞄一眼，一见文中意见那么长，心就沉了下去。家里人催着我吃午饭，我没办法，就去了。坐在桌旁，吞了两口，低着头，眼泪就往碗里掉。又怕他们看见，就装着去厨房拿东西，本想调整调整，结果一进厨房，就出不来了，站在那里眼泪越抹越多，到最后，勉强低着头再来吃饭，拿着筷子在碗里扒来拨去，怎么也没法抬起头来去夹菜。想想，反正小李和婆婆他们早就看出来了，就不要再装了吧。就到书房去，泪眼模糊看您的意见，一边看，一边感动于您的精心细致和高超的编剧技巧和智慧以及对我的关心，一边为自己胡乱改稿、让您失望感到羞愧。由于您的意见十分详细具体，思路又很清晰，所以，我就像一个在迷宫里转得晕头转向的孩子一样，一下子感到遇到了一位拉着我的手的向导，耐心地告诉我，该怎么走，走哪条路，才能走出迷宫。我沿着您指的路，走得很顺，但我做事太急，总想一口气把它做完，结果体力吃不消（那几天我身体刚好不舒服），饭也不想吃，靠洋参丸和流质物维持，虽然我婆婆杀了两只鸡给我进补，但到最后两天时，加上连续熬夜上火，我就又流鼻血，又感疲乏了。

虽然您很爱护地说我改这一稿很努力，但是，我很清楚，如果您没有这样详加指导和引带，我还真的想象不出自己会继续转到哪里去呢，天知道会不会跌到哪个坑里，弄得头破血流，一身污水。

现在想想，觉得很好笑。昨天去与好友聊天，我的脚还是浮浮的、软软的。她俩一见我，都说我的脸一下子长了许多。

唉！我下次再也不敢这样了。

我把这些告诉您，是想让您了解我的缺点，以便于今后多多对我"棒喝"。

三、我感到领会了一些编剧技巧。

我前两部作品如果有一定基础的话，那是不乏选材的运气。因为题材本身新鲜，故事情节吸引人。但我对编剧技巧一知半解，没有多少巧妙的构思。这次您的指导，我感到收获最大的就是对于"设局"的理解，也许理解还不到位，但我再也不想在老师面前回避和掩饰我的肤浅，所以就斗胆把这些理解说出来。请您批评，看看我是否真的领会了、掌握了。

您在《戏剧编剧理论与实践》著作中，有专题论及"设局"，我也看了几遍，但看书的收获必须与实际创作结合起来，才能检验出到底领会了没有，学会应用了没有。我觉得《贼豆》前几稿我没有领会，或者说，我没有清楚地领会并刻意加以注意和应用。包括《桃花吟》，也明显地存在这个问题。

您在著作中，把"设局"作为构思四个组成部分（立意、中心事件、人物关系设置、设局）的最后一个部分来论述，我当时看的时候，并没有像今天这样的体会。从这次《贼豆》修改中，我感到"设局"是编剧非常重要的一个基本功，也是体现编剧智慧和技巧的一个重要标准。"编剧"很大程度上就是"编局"。戏剧冲突的组织运作、悬念的制造、情节的跌宕起伏、戏剧性强弱、人物性格的发展变化、蓄势强弱、人物形象与语言生动与否，乃至为导表演提供的二度创作空间大不大，都与"设局"有关。

而在构思这四个组成部分中,"设局"恰恰是我没有认真思考的一个盲点,尽管剧作中也许不乏设局,但那是无意识的。

您把局比作是"圈套",这个"圈套",我是这样理解的。它有两重含义,一是"外套",套观众,设置情节,制造悬念,组织冲突等,吸引观众。一是"内套",套剧中的人,让他们一步步走入特定的戏剧情境中。就《贼豆》来说,从第四场起,您对我提示,我的理解多与设局有关。比如,贼豆去找豆干嫂前,您提示说,要写此时的豆干嫂正在为翠花被村人表扬而感到不满,这时,贼豆来找她了,我理解,这是一个局,让贼豆进入豆干嫂的不满的情绪中,顺着她提供的模糊信息,走进冤枉翠花的圈套中。第五场,您提示我,杨树儿从乡里开会回来,想树一个先进典型,结果找到翠花身上,这也是一个局。一方面,让杨树儿一步步朝着"和为贵"的目标走去,越陷越深;另一方面,使翠花与杨树儿、贼豆之间的矛盾冲突,也越来越激烈。再比如这一场中,您提示我,毛弄井在贼豆找上门来之前,要让他沉浸在以为贼豆会感恩的高兴之中,这也是个局。第六场,您提示我"夜探"这场戏,让杨树儿窥视到毛家夫妻喂杨婶吃饭的那一幕,从而让杨树儿陷入想"一举三得"地和为贵解决这件事的圈套中,这也是局。还有"村断"这场戏,您提示要交代翠花在夜间去找过众村民,大家都表示到时候仗义执言,这也是局,因为这让毛弄井夫妻陷入对村民们信任的陷阱中,然后再从满怀必胜信心的高处,跌入对人心叵测的悲绝深渊中。

从您的这些提示中,我感到,设局的技巧有规律可循,比如欲扬先抑,欲悲先喜,欲擒故纵,欲放先收……多呈对立关系。这样才有变化,有蓄势,有跌宕起伏,有峰回路转。这么想来,我的《桃花吟》在这方面就很需要修改提高。比如,桃花在洞房之夜遭李虎强暴之后,悲痛欲绝地跑回家。这时,我却让她的父母从睡梦中醒来,这就很不好,太简单太平淡了,人物内心也没了,应该要让他们正沉浸在好不容易送走女儿,感到长长舒了一口气,但同时又担忧女儿嫁到李家后,到底能不能和李虎好好过日子的担忧中,您说对吗?这样一想,很多地方都有所启发。

同时也明白了，为什么大家说我的戏往外走的倾向性很强，而往内走的倾向较弱，剧中的情势发展蓄势不够，往往像一条小河哗哗哗一路欢畅地流下去，没有峰回路转，没有跌宕起伏，形不成瀑布。

四、唱词的节奏。您肯定已经注意到了，我这次修改的唱词，节奏性有所加强。这与设局也有关系。特别是最后一场，"激杀"这一部分的唱词较简练，节奏短促，符合特定情境下的氛围。您说呢？我写这一部分的时候和看这一部分的时候，都有种身临其境的紧张压迫感。我认为整部作品中，这一场的唱词最好，也最简洁。您说呢？

五、深化主题性的语言太少问题。您指出我在《贼豆》中深化主题的语言太少，因而造成人们不懂我写这个戏到底有什么意义。这个原因，可能是因为我对这个问题的理解有误。有的人主张，作者的观点必须隐藏得越深越好，我对这句话理解没到位，所以认为，点题性的语言应留给观众去思考。所以原来有一段表现贼豆人生观的话，我反而把它删了。

六、亮点。这也是我从这次改稿中的收获之一。因为我太外行了，我对戏曲的一些专业俗语很陌生。一些对圈内人来说，可能是很浅显的问题，对我来说，都要通过证实以后，才能正确理解。这次您说"毛弄井夫妻给杨婶喂饭"是这部作品的一个亮点，我才知道所谓的亮点，原来是指人性中美好善良的闪光的东西，是这样吗？所以上次大家给我的《桃花吟》谈意见时，虽也谈到这个问题，但因为我没搞清楚，因此无从下手。

七、人物心理的发展变化的层次问题，这次印象也很深刻。从梳理贼豆怀疑翠花推倒杨婶这一场中，我明白了心理发展变化的先后层次。所以在后面的修改中，我就注意了这个问题，而不是想到哪儿写到哪儿。也努力思考酝酿，在写最后一场时，我才开始有所构思。

本来写最后一场时，我没理清楚，又匆匆想动笔，后来吸取教训，就特意重新整理了提纲，这样写起来，果然就轻松多了。

八、最后还想谈谈您为我指出的，人物唱词、台词，围绕主题、准确表达。这在今后的创作中，也应该注意。

唠叨了这许多，肯定有不少自以为是和没有意识到的缺漏之处，请您不吝指出。

　　我受了一次挫折后，会老实一点。

　　另：您的书，我的朋友和师范的老师还没看完（因为有好几万字，他们得慢慢看）。《贼豆》的意见，我的好友明天会反馈给我。

　　总而言之，小赖想好好学习，天天向上。

　　祝您快乐、健康！

2002.3.29

From：郑怀兴 <zhenghx@163.com>
To：赖玲珠 <fjndllz@sina.com>
Subject：
Date：2002-03-30

147　点题的语言

小赖：

　　清晨起来，一上网，就收到你的来函，看了，深受感动。同是作者，我非常理解你的心情。我每写完一个新戏，也是急切地盼望能听到意见，尤其是肯定、表扬的意见，如果别人批评，我也会沮丧，甚至产生抗拒的心理：你还没看懂我的戏！等创作激情冷静下来后，倒希望听到批评的意见，特别想听到好的点子（建设性的意见）。我改稿也是一鼓作气，没日没夜地赶，现在不敢了，怕身体吃不消。这你要注意，千万不可太任性，身体累垮了，后悔都来不及。你这样小结一次，对将来的创作、修改很有帮助。我这里着重谈两点：一是关于点题的语言，二是人物刻画。我说你的语汇生动，但缺少点题的语言。我这里所说的点题，不是要你直奔主题，而是要你紧紧围绕主题。如《贼豆》，为什么贼豆会成为一个无赖？你不能赤裸裸地告诉观众，而是要通过细节和语言慢慢予以揭示。贼豆的人生观，杨婶对儿子的溺爱，村长的为官哲学，翠花夫妇的处世态度，都可以反映这个问题，你要处处加以注意，让人家以为你是漫不经心，其实你是在做巧妙安排。二是人物前后一定要有变化，翠花一直恨丈夫软弱，但当毛弄井最后举刀的那一刻，她却自己软下来了。你写的戏，容易让人物一条直线发展下去，戏就不好看，不感人了，主题也不深刻了。先谈这几句吧，这两点你也悟到了，我不过加以强调而已。要好好休息几天！祝愉快！

怀兴

2002.3.30

From： 赖玲珠 <fjndllz@sina.com>
To： 郑怀兴 <zhenghx@163.com>
Subject：
Date： 2002-03-30

148　我明白了您为什么一再希望我一定要从容

老师：

　　您好。信收悉。谢谢您为我强调指出了我还应该注意的几个问题。我要注意的问题，肯定还有许多，还需要反省、领悟。我准备再好好读读您的《戏剧编剧理论与实践》。这是您二十多年写戏的心血结晶，得结合创作实践，慢慢消化领悟和学会应用。

　　上封信中，关于设局，我的理解是否到位？

　　从这次修改中，我明白了您为什么一再希望我一定要从容，等构思成熟了，再动笔！但愿以后不要重蹈覆辙了。

　　小赖还有一个请求，请老师今后对我不要太客气，该批评的时候，狠狠地批。

　　昨天是我们天主教的耶稣苦难日，今天是期待复活，明天是复活节。晚上教会安排我恭读《圣经》。我感谢上主赐给我这么一位好恩师！为您的健康、幸福、合家欢乐祈祷！

小赖

2002.3.30

From：郑怀兴 <zhenghx@163.com>
To：赖玲珠 <fjndllz@sina.com>
Subject：
Date：2002-03-30

149　写戏是需要一些机巧的

小赖：

你好！今天我回榜头老家去扫我祖父的墓[1]，回来午睡后就看到你的来函。你的小结我都赞同，关于"设局"你还有更好的发挥。如"外套""内套"之说。写戏是需要一些机巧的，现在有些戏不好看，是与作者没有掌握、运用好机巧有关。当然，一味强调机巧，戏写油了，也不好，最高的境界是"无机巧"，那也是我一直推崇的"大智若愚"的境界。要历经多年磨炼才能达到的。拙著确是多年写戏的经验之谈，称为心血结晶，并不过分。那是我为了去台北上课，被逼赶出来的。如果没有台北之行，也就没有那一本书了。师大蒋松源的研究生徐蔚正在做一篇关于我《戏曲编剧理论与实践》的论文，说过些日子要拿来给我看，不知写得如何？前几天《湄洲日报》发表了一篇关于我新本子《林默娘》的评论，一了解，原来也是师大一位

---

[1] 郑老师的身世有点特殊。祖父郑树堂，祖母陈三座厝，都是仙游县榜头镇人。他们生有一对女儿：长女郑美龄，嫁给盖尾镇人连燕访，生五子，长子取名怀兴；小女郑营治，一出生即送人抚养，长大后嫁给榜头镇人林清静，生三女一男，长女林燕英。根据仙游习俗，膝下无子的夫妻，为了延续血脉，在女儿出嫁前，通常会与男方约定，婚后第一胎孩子应随母姓，所以郑老师随母姓郑，他的夫人林燕英是他的姨表姐。郑老师祖父母的墓在榜头，父母亲的墓在盖尾。

研究话剧的研究生写的。我以为，像你这样有创作实践，对我的那本书的理解才可能更深切。以后如果有机会，我还可以对拙著再做修补。不多写了，你好好休息吧！

怀兴

2002.3.30

From：赖玲珠 <fjndllz@sina.com>
To：郑怀兴 <zhenghx@163.com>
Subject：
Date：2002-03-30

150　很想写一篇心得体会

老师：

　　您好。信收悉。下午福鼎越剧团两个团长一起来找我，商谈准备排演《桃花吟》。我坦诚地把有关情况跟她们进行了交流。我的意见是自己地区的剧团要上戏，肯定支持，但我希望她们一定要全力争取各方支持，把这部戏排好。福鼎越剧团今年建团五十周年。福鼎市由于与浙江交界，所以文化氛围、经济环境，在宁德市来说，相对较好，但演员肯定要借。我请她们回去后，跟有关的领导及同志们进一步商讨后，再把决定性意见告诉我。

　　您的《戏剧编剧理论与实践》，我很想进一步品读领悟后，结合创作学习实践，写一篇心得体会。但因我现在创作的习作不多，尚不成熟，所以我想等我修改《桃花吟》《英雄与逃犯》或再写一两部习作后，再写比较好。我有个不成熟的想法，就是待您的这部著作再版时，集中地在报刊上发表一些有关这部作品的各类文章，这样才能让更多的人认识这部作品，使更多的人从中受益。

　　我上教堂去了。今天刚看完《总统套房》。晚上接看陈健秋的《阿弥石》。

　　我看您那儿的地名，好几个都是什么头，或什么尾，很有意思。我们宁德霍童有个山村名叫作"风吹罗带"，非常特别，肯定是古代哪个文人起的。

忘了告诉您。刚与省艺研所的方李珍通过电话,她说我这一稿,比上一稿感觉好多了!这得归功于您!

祝快乐!

小赖

2002.3.30

From：赖玲珠 <fjndllz@sina.com>
To：郑怀兴 <zhenghx@163.com>
Subject：
Date：2002-03-31

151 《阿弥石》和《总统套房》

老师：

您好。陈健秋先生的《阿弥石》，我看得很慢、很静，感觉像戴望舒笔下的《雨巷》，撑着一把油纸伞，慢步穿过忧伤的江南，无言无语，郁郁寡欢。我感到这部作品有几个特别之处：

一、环境氛围营造得很足：40年代的江南水乡、一条不知名的扁担街、高高的风墙、水边的吊脚楼、永远湿漉漉的麻石路面、雾一般的麻雨，一群穿着木屐"咯咯"走着、以聊天嗑牙、看热闹、散布小道消息、打麻将、打哈欠等方式"打发时光把生偷"的无聊的长衫短褂们……写的剧情也是在这种"又小又窄又愚又蔽"把人"磨得苟苟且且、浑浑噩噩、庸庸碌碌"的生存环境中的一幕"死水微澜"的人生境遇。这种手法，我在您的剧作《神马赋》和《青蛙记》中已得到充分的感受。同时，联想起您说的点题性的语言问题。我认为这种环境的渲染本身应该也是点题。我的《桃花吟》第一稿有个序，也想借"风摧桃花，零落为泥"这种意象，表达女性在遭受精神摧残后，生命光彩的飘落，后来讨论时，大家认为多余，就删掉了，但我一直喜欢那种开头。现在的《桃花吟》开场采用的是林之行先生的建议。我总觉得偏陈旧。这个问题，等修改《桃花吟》时，再请教您。

二、明线、暗线并行。该剧以常芬和傅宜男这一对青年男女的情感为明线，以常芬他爹死因为暗线，增加了作品的深度、层次和内涵。

三、语言很美，意境也很美。充满诗情画意。有些地方显得很空灵。

四、人物之间的矛盾冲突不明朗、不激烈，但潜流很深，暗流很急。如傅宜男、常芬、许有庚三人的情感矛盾冲突，常芬教小孩子游泳与众妇女的冲突等，虽有水花溅起，但波澜不惊。潜在的更大矛盾是人物思想观念与生存环境的冲突。

五、有个不明白的地方：

剧终傅宜男没有跟常芬走，虽然加深了作品思想内涵，但我感觉理由似嫌不够充分。常四婶把常四先生的信给她看，按我作为一个女性的理解，应该更坚定傅宜男跟常芬走出雨巷的决心。

另：《总统套房》，由三个男女演员在同一个场景里扮演不同的角色，这为表演提供了良好的创作空间，作为轻喜剧来说，也是一部好作品，但我看后，感到其设置的机巧，并没有特别高明的地方。因为每一幕看到一半，我就猜出被作者掩盖起来的人物关系或情节（即真相）是怎么回事了。三幕的情节与人物都是独立的，三个独幕剧，照此下去，还可以编出四幕、五幕……当然，他的语言很好，信息含量也不错。

再者：上次高行健的演讲稿，我本抱着想听不同声音的好奇和对诺贝尔文学奖的崇敬而想拜读。因为国内对他获奖持贬抑态度，但我看完以后，感觉很困惑。一是关于文学不能为政治服务的观点，但我感到他的政治情绪很浓，把自己当作一个身受政治迫害、流亡异国他乡的作家。二是他说了那么多文学概念性的东西，我觉得在那种场合必要吗？明智吗？三是他一而再再而三地强调说作家不是"超人""上帝""神""救世主"，弄得我搞不懂他到底把自己当成什么了？作家当然不是"超人""上帝""神""救世主"，这还需要一而再再而三地强调吗？为此，我想起获诺贝尔和平奖的印度修女德兰姆姆。她有一句话，大意是，我们没有能力去做伟大的事，但我们可以用伟大的爱心，去做每一件最微小的事情。相比之下，德兰修女只用一句话，就让我看到了她的精神和人格，而高行健说了那么多，我想看到的作家的精神和品格却没有看到。

误入藕花深处

　　老师，您几号去福州？目前看的几个本子，除《龙眼树下》外，还有哪些好本子？如方便的话，请帮我留几本好的，以便学习学习！
　　刚才可能哪里地震了，我这里震感很明显！
　　小赖祝您一切好！

2002.3.31

From：郑怀兴 <zhenghx@163.com>
To：赖玲珠 <fjndllz@sina.com>
Subject：
Date：2002-03-31

152　他那一块阿弥石

小赖：

你好！看了你的读后感，能与我产生共鸣。我比较喜欢《阿弥石》，除了你说的那些优点外，我认为他那一块阿弥石起了很好的象征作用。乡亲们以为溺死人，是水鬼在作怪，才在河边立了块阿弥石以镇邪，殊不知作怪的是这儿封闭、保守、落后的环境和陈腐的观念。陈健秋先生这部作品如香茗，有股淡淡的清香，令人回味无穷，是一部炉火纯青之作。当然任何好作品都难免有所缺憾，这个本子价值取向过于单纯。外面的世界即文明的社会难道一定比古老的乡村好吗？作为在外面闯荡过的常芬来说，他难道没有这种感受吗？你提到那位作者的本子我只看一幕，就不看了，他的作品常常是华而不实，思想内涵单薄。高行健早年有部与人合作的话剧《绝对信号》我很喜欢，后来他的小说、戏剧，我都不大喜欢，是自己的观念落后，跟不上人家的创新吗？我困惑过。他的演说是反对意识形态对文学的束缚，但太过分了，一过分，就显得自己在作秀。你说是不是？读别人的作品，尤其是名家的，不要盲目崇拜；对无名之辈的，却不要轻视之。省里只送八个本子来，除了《龙眼树下》外，我比较喜欢的还有诗剧《蓝色的亚当》。我都给你留着。不多写了。

祝愉快！

怀兴
2002.3.31

From：赖玲珠 <fjndllz@sina.com>
To：郑怀兴 <zhenghx@163.com>
Subject：
Date：2002-03-31

153 张帆看《贼豆》

老师：

您好。来信收悉，很高兴您为我指出了《阿弥石》中"阿弥石"的象征意义。我不应该把这么重要的问题给忽略了。这部作品的价值取向单纯性问题，对我也是个启发。要想在创作上有所长进，鉴赏水平的培养与提高，是一个必不可少的知识储备。

好的作品看完之后，我还会再看。以前看书只看情节，没有仔细品味。现在初涉这一行，如何看书这一块得好好补一补。

我的好友张帆看完了《贼豆》这一稿，她的意见如下：

一、这一稿改得很好，特别是最后一场非常简练、精致，比二稿的结尾好多了（方李珍也认为最后一场很好）。

二、前半部和后半部比，前半部铺陈太多，显得很满，不如后半部简练、精致。

三、原稿贼豆威胁豆干老婆那一场改为暗场处理很好。

四、杨树儿这个人物，改得很好。

五、卷毛删掉也很好。

六、毛弄井夫妻喂杨婶那一段，感觉唱词多了点。她认为他们不可能认识到那么多（我跟她解释，我也考虑到这个问题，所以有六句唱词是幕后伴唱，她认为这么处理是合适的，小方则感觉这个地方有补上去的痕迹，可能我还没处理好过渡，或语言生硬了）。

七、毛五月说："哥，那贼豆算什么东西啊，我就不信他能把咱给吞了。"这个地方，她认为应加一点站在毛五月的角度，说几句贼豆怎么会变成这个样子，与她没出去前的贼豆对比，同时也点出贼豆变坏的原因（我认为这个意见有道理）。

八、几个词句的表达不够准确：如翠花说杨婶"股骨断了"，这是很专业的医学语言（她在卫生局工作），一般的农村妇女只能说："骨头断了"或"屁股骨断了"；再如，杨树儿说评上先进"工资奖金都提高一级"，这与现在单位的提资条件不符合，不如改为"提干、提拔"之类（这一点我也赞同）。

另：我把关于这次《贼豆》修改的小结，以及您对我修改小结的复信，都发给她看了（请原谅），她看后，感到这是一种血淋淋的体验，与纯粹在书本中进行某种研究，是很不一样的。我希望能与她共同学习进步。她让我转达一句话：您对我的帮助很大，对她的帮助也很大！

我们一起谢谢您！

小赖祝您一切好！晚上我看《安道尔》。

2002.3.31

From：郑怀兴 <zhenghx@163.com>
To：赖玲珠 <fjndllz@sina.com>
Subject：
Date：2002-03-31

154 《奥尼尔剧作选》你一定要看

小赖：

　　你好！刚好上网，就收到你的来函，张帆对你剧本的意见我都赞同。有你们年轻人加入戏剧队伍，我非常高兴，同你们一起来探讨，对我也是一种鞭策，能从中得到许多启发。我在看《贼豆》的同时，还给台北一位同学看个剧本《周阿春》。我历来认为，教学相长，痴长你们十几岁，可能经验多一点，但如果不向年轻人学习，故步自封，老气横秋，也就会被时代所抛弃，你说是不是？《贼豆》一些细微之处你要继续推敲，精益求精。《奥尼尔剧作选》你一定要看，借不到的话，我这边有一本，以后可给你看。你选材、构思一定要从容，不可太急。有的题材我已构思十几年了，但还没有动笔。当然也有一冲动，就迫不及待挥笔写的戏，不过那毕竟是少有的现象。我大部分时间是在看书、是在思考，写戏的时间并不多。向你一家问好，代我向小张问好，祝贺她考上研究生！

　　祝愉快！

怀兴
2002.3.31

From：赖玲珠 <fjndllz@sina.com>
To：郑怀兴 <zhenghx@163.com>
Subject：
Date：2002-04-01

155 感谢您的会是一代的青年编剧

老师：

信收悉。您的话我都记住了。《奥尼尔剧作选》我没有，他的作品也只在《世界十大悲喜剧》中读过他的《琼斯王》，不绝的鼓声，至今想起，仍然绕耳。这些书我一直想买，但还没买到。这几天我到书店看看，这种书是要必备的。您如有空，请给我列一列必修课、必读书。这样我会把有限的精力花得更有价值一些。

看到您这么无私、这么毫无保留地把编剧的智慧和经验，奉献给我们这些年轻人，我感到您真伟大！我相信，感谢您的会是一代的青年编剧！

致礼！

小赖
2002.4.1

From：郑怀兴 <zhenghx@163.com>
To：赖玲珠 <fjndllz@sina.com>
Subject：
Date：2002-04-01

156　我看的书很杂

小赖：

　　你好！我看的书很杂，一时也说不清该如何给你开个书单。记得在我《讲稿》最后一部分中曾提到自己喜欢读哪些书。戏剧方面我喜欢中国古代的民间小戏，我手头有一本《中国民间小戏选》很不错，外国戏剧方面，莎士比亚、易卜生、莫里哀、奥尼尔、迪伦马特、王尔德等名家的都要看一看。如果要写历史剧或古代戏，《古文观止》及唐诗、宋诗、元曲要常读。当然还要多看一些历史、哲学方面的书，不断提高自己的思想境界，有些剧作家的本子品位难以提升，就差在这一点上。这不是一朝一夕的功夫，要长期积累。你近日又开始坐班了？唉，何时你才能自由自在地生活？不过别急，慢慢来。说慢慢来，似乎也不对。你瞧，2002年又过去四分之一了，光阴真是疾似箭！祝愉快！

怀兴
2002.4.1

From：赖玲珠 <fjndllz@sina.com>
To：郑怀兴 <zhenghx@163.com>
Subject：
Date：2002-04-01

157 《安道尔》读后感

老师：

您好。坐班回来，收到您的信。知识的储备确实靠长期的积累。从您的《戏剧编剧理论与实践》中，我已充分感受到您学识之渊博。要不是这二三十年来，在别人忙忙碌碌做别的事情的时候，您却矢志不移、独守书城，我也很难想象您会怎样。我现在偶尔感到坐班带来的苦痛，是因为时间浪费了很可惜，人生实在是太短暂了！

昨晚看《安道尔》，才看两场就支持不住去睡觉了，因为我实在太困了。（前天夜半一点多，我接母亲电话，说我二哥在城里与人喝酒，还没回家，我就起床去找他，一夜没睡。在改《贼豆》期间的一个夜里，大约凌晨三点吧，我二哥醉醺醺地打电话给我，说他在天下最大的地方，一个人坐了很久了，想找个人谈谈心，想来想去，最后还是想到我。我一路跑着去找他，结果在十字路口的交通岗亭看到他一个人孤零零地站在马路当中的指挥墩上。昏暗的路灯，寂寂的夜晚，四周空荡无人，夜行的车辆在他身边呼啸而过……我两腿发软，感到车轮从心上碾过去、碾过去……）

唉，我老是禁不住要把这些伤感的事儿告诉您。其实这些都是生活对我的一种馈赠。我不知道在未来的岁月里，生活还会馈赠给我什么，我只知道，到时候，我虔诚地献上我的喜怒哀乐作为回报就行了。人生的生动不正在于此？您说是这样吗？

今天上午我在单位里接着看《安道尔》，感觉这部作品非常好！因为各种人声与噪声不断地穿进我的耳膜，所以下午我又从头到尾把它看了一遍。文学的魅力，把我的魂都吸走了。在安德利一步步走向广场的木桩的时候，我的心也被牵扯得跌跌撞撞。

第一遍看《安道尔》的感觉和第二遍看的感觉是不一样的。就像品茶，人说第二道茶才是茶的真味。我不敢说深刻理解了这部作品的全部内涵，但我感觉看书真的不能走马观花。马克斯·弗里施把高超的编剧智慧和深刻的思想内涵，表达得如此的巧妙和不露痕迹，真让我叹服。有几个地方的思考，不怕在老师面前暴露自己的粗浅与鄙陋。

一、人物设置：人物表上虽有姓名职业，但在剧作中，除了安德利和芭尔布琳这一对兄妹以外，其他人物一律以职业面目出现。不管马克斯·弗里施是否别有用心，他都让我感到了在安德利走向死亡的路上，扔满了从这些职业者的脸上撕下来的一张张或丑恶或扭曲或惨白、痛苦的面具。

  教师——安德利的父亲，用他的话说，作为一个教育者，他没有时间去统计自己所犯下的错误。用我们中国人的说法是，人类灵魂的工程师，掉进了危机四伏的陷阱，这个工程师在他一手创造的作品走向毁灭的时候，他也只能走向了毁灭。

  神父——以传播福音、代替上帝接受罪人的忏悔从而使他脱离罪恶为使命的牧灵工作者，最后却自己跪在祭坛上，向世人忏悔。

  士兵——除了服从上级命令外，可以践踏一切的杀人武器。

  大夫——治病救人的白衣天使，他告诉安德利患了感冒，安德利却连他开的药都没拿就走了。

还有木匠、伙计、老板、无名氏、白痴等等，这一群蒙着黑布的活物，除了职业，谁还在乎他们是谁呢？他们又能说什么，又能看见什么？他们只能把一张张黑布从脸上撕下，折叠整齐，再放在广场上。

二、结构：每场的末尾，让剧中人从正在进展的剧情中一一走向证人席，省得他们最后在法庭上再露面。这种结构很智慧、很高超。

三、人物台词以外的各种声音提示：塔钟敲响、鸟儿啁啾、公鸡啼鸣、晚祷钟声、士兵鼓声、电唱机声、脚步声、吵嚷声、玻璃碎声、叽叽喳喳叽叽喳喳叽叽喳喳声……与不断出现的[沉寂、[停顿、[沉默、[寂静、[击鼓、

[击鼓、[击鼓等声音提示完美地结合在一起,令人感到窒息、沉闷、紧张、惶恐、心碎……令人仿佛听到无法入眠的灵魂发出的阵阵呻吟,感到被生生绞杀的生命的痛苦痉挛。

四、不断重复的台词,层层递进,力量的蓄积和情绪的发泄:如50磅,50磅,50磅……如你正坐在我制作的椅子上,你正坐在我制作的椅子上,你正坐在我制作的椅子上……如我感激你救了我的命,我感激你救了我的命,我感激你救了我的命……如犹太人,犹太人,犹太人……特别是最后一场:脱鞋、光着脚、蒙头巾……我的老天,语言就像墨水一样,大师能用它画出杰作,而凡人却弄得满手满脸乌黑。

五、伏笔与呼应:马克斯·弗里施把伏笔与呼应处理得如此的不露痕迹,以至我第二次再看时,对他这种居心叵测,真是又气又恨又叹服。这家伙几乎在每一场里,都漫不经心地在人物的台词里,暗藏机关。特别是第一场:芭尔布琳上场的刷墙与结尾刷广场的铺石地面,士兵挑逗芭尔布琳的"刷吧,刷出一个雪白的安道尔",神父夸奖芭尔布琳:"做得好,我们安道尔将一片洁白……一个雪白的安道尔,不过夜里可别下暴雨。"还有教师担忧的木桩、芭尔布琳在神父走了以后还自言自语说的话:"他们说,犹太人被绑在柱子上,然后朝他们的脖子后开枪……要是犹太人有未婚妻,或者新娘子,那这女人,他们说,也会让人把头发剪个精光,像只癞皮狗。"

还有安德利说的:"今天的阳光把树木照得一片翠绿。今天的钟声也在为我飘荡……真想把我的名字像扔帽子一样扔向空中……"这些语言,等到再一次出现时,都成了咒语。

写战争或迫害犹太人的灾难性的文学作品,在世界文学中占着相当大的分量。可能由于我孤陋寡闻的缘故,在国内,这样优秀的作品似乎很少很少。我们反映某个时期的作品,只留下伤痕文学的印记,为什么呢?

向您致礼!

小赖
2002.4.1

From：郑怀兴 <zhenghx@163.com>
To：赖玲珠 <fjndllz@sina.com>
Subject：
Date：2002-04-01

158　你读《安道尔》比我认真

小赖：

　　你好！你读《安道尔》比我认真，我只读一遍，而你读了两遍；我只觉得这部作品很深刻，而你能具体分析好在哪儿。我赞同你的看法。外国的戏剧比我们内涵要丰富得多，因为他们的剧作家对人类都有一种深厚的人道主义关怀，都在挖掘人性，而我们不是迎合政治，就是急功近利，追赶时髦。要写出好作品，首先要沉得住气，要耐得住寂寞，要多思考。你说你二哥的情况，我心里十分难过。经常喝醉酒，会伤害身体的，你们应该劝劝他……你要注意休息，千万不要太累了。我明天上午去莆田市参加人大常委会会议，下午回来。不多写了。祝身体健康，精神愉快！

怀兴
2002.4.1

From：赖玲珠 <fjndllz@sina.com>
To：郑怀兴 <zhenghx@163.com>
Subject：
Date：2002-04-02

159　什么是"戏曲韵味"？

老师：

您好。昨晚收到您的信，感到真不应该让您分担我的忧愁。我这人不善控制，这很不好，容易把本应自己承担的伤感情绪，转嫁到良师益友身上，自己舒了一口气，却让对方难受，这很自私。

今天我上蕉城区图书馆，想找戏剧方面的书，遗憾的是搬迁后的图书馆场所一直无法解决，为数不多的书除小说以外，全都打包堆在角落里，不过馆长很热情，帮我和师专图书馆取得联系，过几天我到师专图书馆找找。今天还买了一本《元曲鉴赏辞典》，唐诗、宋词我都有，偶尔也看看。自家存书乱七八糟的有六七百册，但戏剧的很少，特别是一些好剧作。由于以前看书多囫囵吞枣，所以现在特意要认真一点，带着思考去看。

小方给我的《贼豆》三稿（您很不满意的那一稿）写了一封很长的信。我很感动，但看完觉得，如果照她这种提意见的方式，我恐怕又得如堕五里雾中。可能因为我对理论的东西反应迟钝，所以我需要条理性、针对性和操作性较强的意见，这样，吸收理解会快些。

上次参加武夷剧作社会议时，姚清水先生曾说道，现在的年轻人写戏，多是话剧加唱，很少懂得"戏曲韵味"。我听后，就请教大家，什么是"戏曲韵味"？可能因为我提的问题大家太熟悉，提问的方式又太突兀、太正面了，以致在座的各位先生一时不知如何回答是好（当时您不在场）。后来大家说请郭启宏先生来回答，郭先生又客气，推来推去，不了了之。当晚叶之桦局长与我同房，她说这个问题，一时还真把大家给难住了。这次小方在来信中，又谈到她也一直在思考这个问题。

关于"戏曲韵味"，有人说这是"只可意会，不可言传"的境界，我认为这么回答显得语言太苍白无力了，可能得结合具体例子谈谈比较好领悟。您说呢？

您几号去福州？方便的话，请来宁德玩吧！

小赖
2002.4.2

From：郑怀兴 <zhenghx@163.com>
To：赖玲珠 <fjndllz@sina.com>
Subject：
Date：2002-04-02

160　关于戏曲韵味问题

小赖：

　　你好！关于戏曲韵味问题，我好像没有听人解释过。按我的理解，这是戏曲有别于话剧、电影等艺术门类的一种特殊的表现形式，它体现在编剧、导演直至演员的演和唱等诸多方面，而且只能从具体的例子中来细细品味、慢慢领会，难以用几句话来表达清楚。比如拙作《鸭子丑小传》"审妻"那一场戏，就充满戏曲的韵味，还有我讲稿中所举例的《打神》《张三借靴》《十八相送》《绣罗衣》，以及前不久你在泉州看的梨园戏传统折子戏《井边会》《买胭脂》等等，通过载歌载舞，把人物的个性表现得淋漓尽致，将其复杂微妙的内心世界都刻画出来，又那么富有生活情趣。试想一下，如果用话剧、电影或者小说来处理，能有这种场面吗？能有这种情节吗？能有这种艺术效果吗？显然都不可能。我想，这就是戏曲韵味的最好体现。有的演员的唱，也极富有韵味，这我具体谈不来，你可向一些戏迷请教。评章又寄一批本子来给我看（估计明天会收到），大概10号去福州吧。宁德等以后去，这次没有什么事，就不去了。不多写了。祝愉快！

怀兴

2002.4.2

From： 赖玲珠 <fjndllz@sina.com>
To： 郑怀兴 <zhenghx@163.com>
Subject：
Date： 2002-04-02

161 还戏于民

老师：

您好。信收悉。关于"戏曲韵味"经您这么解释，我似能体味。它应是戏曲这门艺术所独有的，能从本质上区别于其他艺术门类的，否则就成了其他艺术门类的韵味了。但从《审妻》《井边会》《买胭脂》《十八相送》以及《春草闯堂》中知县与春草在路上的那场戏看，我感觉戏曲的韵味似乎在"闲笔"之处体现得更为充分。如旁枝逸出的别样之花，如园林小径（情节）之外的观赏点。您说是这样吗？

今天翻了《新剧本》第一期的几个作品，除陈健秋先生的《宰相刘罗锅》第五本还看得下去外，其他的诸如《幸遇先生蔡》什么的，我都看不下去。同时我觉得一个双月刊，居然两期同时刊发相同的两个作者的作品，这似乎不多见，让我产生是不是稿源很紧张的感觉。

《宰相刘罗锅》作为贺岁京剧，一到六连台本，听说誉满京城，我只看了其中的五六本，每本长度都是六场，感觉套路大同小异：观赏性的味道很浓，人物及故事为观众所熟悉，制造一点紧张，插进一些调侃，忠奸之斗最后来个圆满的结局，看后一笑了之。这与我们福建省一贯追求的思想性，是不是另一条路？现实生活中，许多老百姓看戏，似乎并不在乎其思想性有多么深刻，人物是不是丰满。是不是他们评判一本戏好不好的标准和作者或专家不一样呢？中国有些老百姓（除都市年轻观众外）的审美水平、价值评判标准，多停留在好坏、善恶、忠奸、忠孝、贫富……这一层面上，似乎比较单纯。

我写的几个现代戏习作，都不敢讲给我公公听，因为我没有信心得到像他这样的观众的兴趣，所以我想，我们一直想"还戏于民"，可是业务戏与会演戏的区别是如此明显，照此发展下去，是不是离主要的观众越来越远了？当然观众的欣赏水平也是有待提高、发展的。这是我胡思乱想的，也不知对不对。

向您致礼！

小赖

2002.4.2

From：郑怀兴 <zhenghx@163.com>
To：赖玲珠 <fjndllz@sina.com>
Subject：
Date：2002-04-03

162　就像闽南人泡工夫茶一样

小赖：

你好！戏曲韵味并不单存在于"闲笔"中，只要作者对戏曲这门艺术摸透了，掌握了其特点，写出来的戏曲本子就会充满了这种韵味，就像闽南人泡工夫茶一样，乌龙茶一经他们泡过，喝起来的感觉就跟我们自己平时泡的不同。《宰相刘罗锅》就是一种通俗的剧本，与我们省提倡的"会演本"大不相同。我也写过不少通俗的剧本，如《借新娘》《阿桂相亲记》《戏巫记》《长街轶事》等等，我还努力地寻找俗与雅的契合点，力求做到雅俗共赏，如《鸭子丑小传》《晋宫寒月》《魂断鳌头》《叶李娘》等等，这两类作品还是深受观众欢迎的。而《新亭泪》《青蛙记》《神马赋》《上官婉儿》之类就属于雅的了。《新》剧当年深受文化层次较高的观众的欢迎，《神》剧在重庆演出时，年轻人非常喜欢，《青》剧当年县剧团没排好，《上》剧尚未经受舞台考验，就难说了。作为一名戏曲编剧，当然要想到戏曲观众，但是有的题材，自己很有创作冲动，我看就不必虑及观众了，先写为快，《新》剧就是这样写出来的。有些题材就是为一般观众写的。我想，写哪一类戏，也要顺乎自然，不要刻意为之。有些刻意追求深刻的戏，我看不伦不类，别扭死了，即使得了奖，也是没有生命力的，这是目前会演戏中大量存在的现象，值得你注意。不多写了，祝愉快！

怀兴

2002.4.3

From：赖玲珠 <fjndllz@sina.com>
To：郑怀兴 <zhenghx@163.com>
Subject：
Date：2002-04-03

163　这两部戏味截然不同

老师：

　　您好。阳春三月，莺飞草长，今天天气十分晴好，下午我要和好友张帆、林莉一起去踏青！您整天上网、看书，小赖建议您偶尔也要走出家门，到大自然里（您家后山就很好）活动活动！

　　刚才我还买了三株百合，清水供养，把春天的气息带到书房。

　　今天上午，我看了《剧本》一期刘佳成的《春秋霸主》和罗怀臻的《梅龙镇》。这两部戏味截然不同，合在一起看，感觉是个很好的调剂。一个阴云惨雾，血光杀气，一个春光明媚，轻松怡然。同是古装戏，从思想内容到语言，截然不同。虽则二者都有令我吹毛求疵之处，但现在我就不谈读后感了，免得老是让您处于思虑状态。

　　窗外阳光明媚，我也祝您的心情充满阳光！

小赖

2002.4.3

From：赖玲珠 <fjndllz@sina.com>
To：郑怀兴 <zhenghx@163.com>
Subject：
Date：2002-04-03

164　一场春雨

老师：

　　您好。一场春雨把我们今天下午的踏青拖到5点多才出发。可是我们玩得非常开心。满山遍野的青草野花，橘园阵阵的橘香，特别是一丛丛野生的草莓，红星点点，煞是可爱，兴奋的欢声笑语，在山坡上此起彼伏。我们三人一直在野花丛中采摘草莓，直到天黑才满载而归，连鞋底都沾满春色，很久没有这么得意忘形了。

　　您今天又开始看稿了吗？省里又送来几部？都是谁的作品？感觉怎样？

　　我今天看了四部剧作，除《春秋霸主》《梅龙镇》外，还有您的《林默娘》及徐棻的《都督夫人董竹君》。董竹君自传《我的一个世纪》我看过。张帆也看了您的《林默娘》。我说最后一场让我很感动，她说她从头到尾都感动，为剧中人物的高尚情操所感动。《林默娘》是一部雅俗共赏的好戏，与湄洲旅游开发结合起来，演出市场前景一定看好。

　　林瑞武先生的《黄乃裳》，我得用心拜读。

　　春游归来，有点疲乏，就此打住。这段时间，我争取多看一点书。

　　祝您一切好！

小赖

2002.4.3

From：郑怀兴 <zhenghx@163.com>
To：赖玲珠 <fjndllz@sina.com>
Subject：
Date：2002-04-04

165 《贼豆》初选有了

小赖：

你好！前后两次来函均收悉。知道你们玩得很尽情尽兴，我非常羡慕，我虽然不要上班，但近日事多，没有春游的雅兴。评章又送来二十四个剧本。这次一共八十个本子，初选后还有三十七本，《惠女情》《走过十五岁》《兰花赋》不参加评选，可直接进入会演。我想，如果你的《桃花吟》送上来，也可以享受这个待遇吧。你的《贼豆》初选有了，但没送给我。宁德还有林之行的、吴昌铸的，共三部。我8日赴福州，9日、10日两天讨论评选。这两天得埋头看本子了，一下看这么多，真累！张帆到现在看了几个拙作？我的集子你让她看了吗？我很想听听她的意见。不多写了。祝愉快！

怀兴
2002.4.4

From：赖玲珠 <fjndllz@sina.com>
To：郑怀兴 <zhenghx@163.com>
Subject：
Date：2002-04-04

166　相信她会很喜欢的

老师：

　　早上好。老天,这次这么多本子参评,真是太辛苦评委们了。您的剧作选,我今天就给张帆送去。估计她得抽时间慢慢看,因为最近她忙着准备面试和英语六级考试。相信她会很喜欢的。她的意见到时再转发给您。我昨天在她那儿拿了一本丰子恺的《缘缘堂随笔》,正在看呢。

　　不打扰您了。请您注意休息!

小赖
2002.4.4

From：郑怀兴 <zhenghx@163.com>
To：赖玲珠 <fjndllz@sina.com>
Subject：
Date：2002-04-04

167　戏，光有局不行

小赖：

　　你好！今天我已经看了十个本子了，令我兴奋的几乎没有，有的立意不错，但情理不顺。俗话说，顺理成章，情理都不顺，何有好文章？特别是有个作者的两个本子，情节很别扭，人物只是作者手中的木偶，没有自己的生命。他的戏"局"是设得不错，但戏光有局不行，关键要有人物。明天上午我要去盖尾扫墓（我母亲是榜头人，父亲是盖尾人，父母亲安葬在盖尾），下午再回来看本子。你这几天还上班吗？

　　祝愉快！

怀兴
2002.4.4

From: 赖玲珠 <fjndllz@sina.com>
To: 郑怀兴 <zhenghx@163.com>
Subject:
Date: 2002-04-05

168　书山有路勤为径

老师：

　　见信好。清明扫墓回来接着又看剧本，一定很累吧？这几天，我往返于单位签到和家里看书之间，越发感到时间被切割浪费的遗憾与无奈。好在我现在心态放平静了，权当出去散步，然后再从单位逃遁。

　　本来这个月下旬，要参加英语自考，但因为一直没有心理准备，所以看来只得再往后拖了。自学考试，我是十年前报名的，当年碰到怀孕生小孩，就放弃了。到了1996年才和张帆、林莉一起念，她俩说我是她们的旗帜，三人约好一起过关斩将。两年内我一口气过11门，剩下一门外语，准备好好攻攻，结果1998年碰到去北京学习，回来后就把精力转移到编剧上，再也没有心思去念外语了。林莉、张帆都按计划相继自考毕业，接着一个考研、一个考律，朝着目标努力进取，只有我迟迟毕不了业。想扔掉又很可惜，想用心攻攻，又静不下来，只好用"鱼和熊掌不可兼得"来托词，让她们笑话我这面旗帜倒下了，可我心里还是很想把自考进行到底。

　　唉！书山有路勤为径，学海无涯韧作舟。咬牙切齿念英语，自考不过誓不休！

　　我念ABC去了。

　　致礼！

小赖
2002.4.5

From：郑怀兴 <zhenghx@163.com>
To：赖玲珠 <fjndllz@sina.com>
Subject：
Date：2002-04-05

169　但不知别人怎么看

小赖：

　　你好！今天去盖尾扫墓，难得晴天。回来后接到文化厅的邀请函，16日赴厦门参加"全国艺术创作工作会议"。看来从8日开始，又要忙于外出了（8—11日在福州，16—20日在厦门）。吴昌铸的本子我看过了，情节没有什么疙瘩，但感动不了人。按我（这次）看过的戏曲本子来说，还没有超过《贼豆》的，但不知别人怎么看。还有十来本争取明天看完。不多写了，祝愉快！这个时候仙游是出产枇杷的季节，你们那儿有枇杷吗？

怀兴
2002.4.5

From：赖玲珠 <fjndllz@sina.com>
To：郑怀兴 <zhenghx@163.com>
Subject：
Date：2002-04-05

170　我总梦想自己是庄园主的女儿

老师：

　　您好。我这里有枇杷，但不是我种的。大凡水果、蔬菜及各类产品，我最喜欢的莫过于自种自收，因着劳动的欢乐，享受时才倍觉甘甜。我总梦想自己是庄园主的女儿，一年四季在土地上耕种收获。我童年所有的记忆与欢乐，都与土地有关。只要双脚一踩在土地上，心中的快乐就吱吱地冒出来。现在让我整天关在高高的钢筋水泥屋里，仿佛成了温室中的茅草，原本肥厚朗绿的枝叶，都变成了病恹恹的瘦细长条。昨天，我把自己种的两盆吊兰，端到楼顶去，那一条条又长又细的枝叶全部被我掐掉了，我要让光秃秃的根，长出充满活力的叶子。

　　再告诉您一件事，我还偷偷种了一株罂粟，种子是公安处一个熟人那里要的。人常说烈酒最香，毒花最美。昨天，我的罂粟开出了一朵紫色的花，我一天上去看好几次，不过可能因为种在盆子里，所以感觉有些病态，闻了又闻，感觉不香，反而有些臭。此外，自去年以来，我和小儿一直养蚕宝宝，这也给我增添了不少乐趣。

　　不啰唆了，祝您心中有块绿洲，芳草鲜美，绿水潺潺！

小赖

2002.4.5

From：赖玲珠 <fjndllz@sina.com>
To：郑怀兴 <zhenghx@163.com>
Subject：
Date：2002-04-06

171 有没有仁杰先生的《蔡文姬》？

老师：

您好。忘了问您一件事，这次征文中，有没有仁杰[1]先生的《蔡文姬》？如有，烦请您帮我留下来，好吗？我手头的几个剧本都看完了。下一步看《郭启宏剧作选》，再就是去师专图书馆找作品。

心里有个构思，是前年埋下的种子，这几天又被触动，目前还不成熟，而且我再也不敢重蹈覆辙了，等忙过这一阵子再说吧。宜平妹妹考研结果出来了吧？祝贺她！

小赖向您致礼！

2002.4.6

---

[1] 剧作家王仁杰。

From: 郑怀兴 <zhenghx@163.com>
To: 赖玲珠 <fjndllz@sina.com>
Subject:
Date: 2002-04-06

172 我还在看本子

小赖：

你好！我还在看本子，不过快看完了。有两个《西施和伍员》，杨路冰的比较玄虚，方朝晖的比较平实。汤印昌的《母子桥》是个充满戏曲韵味的本子，虽然写的是小事、凡事（县官劝导一对夫妇孝顺母亲），但作者熟练地运用戏曲的夸张手法，写得很有生活情趣。汤写这类戏很拿手，值得学习。王仁杰的《蔡文姬》尚未看到。你正在看启宏兄的剧作选，很好，他的《南唐遗事》我很喜欢。我晚上争取全部看完，只能走马观花。不多写了。

祝愉快！

怀兴
2002.4.6

From：赖玲珠 <fjndllz@sina.com>
To：郑怀兴 <zhenghx@163.com>
Subject：
Date：2002-04-07

173 您认为对我有帮助的，都请帮我留着吧！

老师：

您好。来信收悉，谢谢。

这几天，您看了那么多稿，应该好好休息一下。汤印昌先生的剧作及其他您认为对我有帮助的，都请帮我留着吧！如果方便的话，麻烦您带到福州，放在小方那里，我以后有机会再去她那儿拿。

致礼！

小赖
2002.4.7

From：郑怀兴 <zhenghx@163.com>
To：赖玲珠 <fjndllz@sina.com>
Subject：
Date：2002-04-07

174　启宏的本子看了几本了？

小赖：

　　你好！我本来昨晚要把本子看完，但累了，还剩下三本，留今天看。话剧本中，厦大研究生王晓红的《考研》很不错，可以看出本子饱含着作者真实的生活感受。小方那边这些本子都有，你给她挂个电话，让她给你留这几本就行了。我明天去福州。启宏的本子看了几本了？一定受益匪浅，要慢慢看，慢慢琢磨。

　　祝愉快！

怀兴
2002.4.7

From：赖玲珠 <fjndllz@sina.com>
To：郑怀兴 <zhenghx@163.com>
Subject：
Date：2002-04-07

175　学如逆水行舟

老师：

　　您好。知您这段时间看稿很累，本不应该再给您增添劳烦，却又不断地发邮件搅扰您。古人说"一日不作诗，心源如废井"，我只觉"学如逆水行舟，不进则退"，书山叠嶂、学海茫茫，稍一懈怠，惰性便生，所以每日都希望像去上课一样，聆听先生的教诲。郭先生"才、学、识"兼备，他的剧作我得用心学习。

　　今天您看完剧稿后，好好休息一下。等11号您从福州回来，我再把读后感发给您。

　　小赖祝您快乐！同时预祝《上官婉儿》花开富贵，《贼豆》也能冒出豆芽。

2002.4.7

From：赖玲珠 <fjndllz@sina.com>
To：郑怀兴 <zhenghx@163.com>
Subject：
Date：2002-04-10

176　《郭启宏剧作选》读后感

老师：

　　见信好。福州评稿归来，感觉如何？我很想知道。

　　这几天我抽空都在看郭启宏先生的剧作选，该著作共收郭先生十部作品，都是1991年以前创作的。按目录顺序分别是《司马迁》、《王安石》、《成兆才》、《评剧皇后》、《卓文君别传》、《南唐遗事》、《宋宫异史》、《紫》（话剧）和《村姑小姐》、《李白》（话剧）。

　　郭先生的大名我早有所闻，对他的印象也很好，他是一位学养很高深的长者。可能因为这次连续看他的十部作品，好比一下子吞食一位高级厨师烹调的十道大菜一样，因为胃口（学识）所限，所以难免有猪八戒吞食人参果之陋相，甚至于吃到最后，撑了，还产生挑食甚至厌食，因而对郭先生的十部作品，从阅读态度上，我没有做到一视同仁。

　　一类作品：《司马迁》《王安石》《南唐遗事》，这三部作品给我的感觉是，犹如色香味俱全、才学识兼备的佳肴，品读之下，赏心悦目，酣畅淋漓，用宁德话形容，大有"头摘掉吃"的贪食之相。

　　二类作品：《成兆才》《评剧皇后》《卓文君别传》《宋宫异史》《李白》，这五部作品，读来的感觉，有如吃了蜂蜜之后再啃甘蔗，感觉淡了许多。特别是《卓文君别传》，我感到很不满足，心里老想着，凭着郭老师在《司》《王》《南》三部佳作中所显示出的超众的才情，他的《卓》剧不该这样。

话剧《李白》，我分两天才看完。第一天，只看了"一二"部分便罢看了，第二天想想，又拿起来，坚持看完。看的时候，心里也在犯嘀咕，郭老师为什么不写戏曲的《李白》，而写话剧的《李白》呢[1]？

三类作品：话剧《紫》和昆曲《村姑小姐》，看时的感觉就像吃菜，因为前面吃的还没消化，夹一口，感觉不对味，再夹一口，仍然不对味，就不再吃了，所以这两部作品我没看完，也许得等"饥饿"感来时再看比较好些。

因此，我只能就看过的八部作品，谈些粗浅的感想。

一、总体感觉。

郭先生的剧作，设置的人物都比较多，除各类群众角色（宫女、差役、兵丁等等）外，一般少则十来个，多则二十个，个别的还有三十多个。《剧作选》中除《村姑小姐》人物只有 7 个外，其他的像《司马迁》13 个，《王安石》13 个，《南唐遗事》13 个，《宋宫异史》14 个，《卓文君》15 个，《评剧皇后》17 个，《紫》17 个，《李白》17 个，《成兆才》36 个！

我很钦佩郭老师塑造人物的能力，比如《南唐遗事》中的李后主，这个书生气质的亡国之君，被他塑造得真是令我叹绝！同时，其调兵遣将统筹支配的能力，也让我十分钦佩。满台人物，出将入相，呼来唤去，主次清楚，浓淡分明，得心应手，也让我望尘莫及。但是，在第二类作品中，一些场次，我也感到，也许因为人物过多，造成枝蔓旁生，笔墨分散，难以集中，因而让我感到一阵目不暇接之后，回头去找主要人物时，发现他们在众人闹哄哄中都躲起来了，这样就有一种主要人物被隔离起来的感觉，人物心理流程和情节发展也就断裂了。比如《卓文君别传》中，第五场"题柱桥"写司马相如官拜中郎将荣归临邛，众人争相出迎，谁知才到桥头，又突传圣旨，司马相如被削为民，卓父马上翻脸，拂袖离去；东方朔邀请

---

[1] 20 多年后的今天，重新捧读郭老师的这部经典力作，不由喟然长叹，真乃"桃花流水杳然去，别有天地在人间"！

相如夫妇到茂陵闲居作赋，接着第六场"废长门"一整场就写陈阿娇和汉武帝去了。

二、文辞雅畅、精练，才情横溢，特别是第一类的三部作品，真是令我叹服。这三部作品中，唱词用墨十分讲究。惜墨如金，唱词凝练，用意很深，用最少的笔墨，传神、准确、精练地完成唱词的任务。或勾勒人物，或交代事端，或表情达意，或伏埋底线。在一类作品中，他通常只用两句唱词，就表达出很充分的意思。这我就不一一举例，浪费您的时间了。我只是想说，这一点特别值得我学习，因为我的唱词一写就是一大段，这也是造成我的习作篇幅总是太长的重要原因之一。

三、道具的应用。我的习作里很少有表情达意的道具，这一点，在郭先生剧作的反照下，感到是一个非常突出的缺憾。

如《司马迁》，司马迁的祖传之剑，先是作为友情的信物，由司马迁赠送给任安，后作为"割席断交"的利刃，由任安掷还司马迁，最后作为司马迁发愤挥篇的精神支柱，悬挂墙上。

再如《王安石》中扇子、玉带等，也都作为一种蕴意深刻的道具，与人物命运、剧情发展、主题深化等紧密联系在一起。

四、蓄势。这与设局有关，也是表现人物精神品格和风貌之时，运用的一种方法，人物的命运层层递进，压力不断增强，直至将其推入极致。

比如《司马迁》，作者写司马迁遭宫刑还不够，又写他当宦官才担任的中书令，这还不够，再让他遭屋焚书毁，再让他遭知音弃绝，最后在书将成之时，再让他遭被查抄，直到人物精神面临最后崩溃时，才拉开命运的闸门，让情感的水一泻千里。

再如《王安石》也一样，子死、兵压、学生背叛，诸多压力加在一起，最后让他不得不辞官归田。

再如《成兆才》也一样，戏班散了，妻子死了，朋友也将要离去，自己又摔断膀子……让人间所有不幸接踵而至，让人物处在四面楚歌之中，以此达到最佳的戏剧效果。

五、我感觉第一类作品,郭先生对剧中人物倾注着强烈的人道主义关怀,所以很感人,也能把他的才情充分发挥出来。而第二类作品中,像别传、异史之类的,感觉有调侃和戏说的"不严肃"的味道,我不大喜欢。同时觉得郭老师写这类作品,有点像一个很有才气的人在餐桌上说着一些大众化的玩笑话一样(这话您千万别告诉郭老师)。相形之下《成兆才》我比较喜欢,《评剧皇后》可能因为素材问题,有落入俗套之嫌,没什么新意。

当然,郭老师作品中的优点,我在您的剧作中也可以充分感受到。不过,我真的非常喜欢第一类的那三部作品,特别是《南唐遗事》,这可能还有一个原因,那就是我很喜欢李煜的词。

郭先生的大作我只看了一遍,因囫囵吞枣、痴鹅胡言,必定贻笑大方。最好找机会再好好拜读、再好好思考。不能再浪费您的时间了,就此搁笔吧!

我这么乱说郭先生的作品,太胆大妄为了。

祝您愉快!

2002.4.10

From：郑怀兴 <zhenghx@163.com>
To：赖玲珠 <fjndllz@sina.com>
Subject：
Date：2002-04-11

177　我坚信这是一个好戏

小赖：

　　你好！我刚回到家里。你的来函我还来不及细读。昨天剧本评完了。这次共有八十多本参评，二十九本入围，大概占三分之一。《贼豆》入围了，宁德还有林之行的戏也选上了，《桃花吟》属于不要评选，可直接参加22届调演之列。梁处长和评章都希望龙岩汉剧团能排《桃花吟》，让他们去联系吧。《贼豆》喜欢的人少，他们认为比较灰暗。昨晚我同马建华谈你这个戏，他很欣赏。我们讨论了这个戏的结尾，你是不是考虑一下，不要让杨婶杀儿子，而是让她看到翠花跪下时，深受震撼，爬到毛家夫妇跟前，向他们下跪赔罪，这也促使贼豆向母亲下跪，再面朝毛家夫妇低头……我坚信这是一个好戏，你不要气馁。《桃花吟》要继续修改，争取付排。我这几天要继续改《上官婉儿》，16日去厦门。不多写了，祝愉快！

怀兴
2002.4.11

From：赖玲珠 <fjndllz@sina.com>
To：郑怀兴 <zhenghx@163.com>
Subject：
Date：2002-04-11

178　我很坦然

老师：

　　您好。信收悉。闻知喜欢《贼豆》的人很少，我很坦然，更不会气馁，请您放心。这几天我得帮我们的市长大人处理一份文稿。他想出一本寿山石雕艺术精品之类的书，找我给他整理文字……待这件事处理完后，我再好好修改《贼豆》和《桃花吟》。

　　小赖祝您一切好！

2002.4.11

From: 郑怀兴 <zhenghx@163.com>
To: 赖玲珠 <fjndllz@sina.com>
Subject:
Date: 2002-04-11

179 我感到遗憾

小赖：

你好！来函收到了。我们这个年代掌握评戏大权的很多专家、领导，常常还是从意识形态出发，来看待剧本的。这次对《走出围屋》[1]的否定就是如此。当然《走》剧还存在不少问题，但与某些入围的本子比起来，却好多了。《贼豆》公开没有人反对，但也没有被列入重点，只当一般本子看待，令我感到遗憾。你能正确对待这个问题，我就放心了。但大家把你当作最努力、最有前途的年轻作者看待，寄予很大的希望。《桃花吟》大家还十分看重。我认为《贼豆》应争取在《新剧本》发表，争取在外省上演。我同意你对启宏剧本的看法。有些问题待我有空时再详谈。不多写了。祝愉快！

怀兴
2002.4.11

发给你的信为何屡被退回？是否感染病毒？请查一查。

---

[1] 龙岩市剧目创作室编剧王保卫创作。

From：赖玲珠 <fjndllz@sina.com>
To：郑怀兴 <zhenghx@163.com>
Subject：
Date：2002-04-12

180　不知王珏师姐怎么看

老师：

　　您好。信收悉。《贼豆》剧稿，不知王珏师姐怎么看，我担心的是她那里也不敢发，当然某些地方，可以做些调整，还有就是外地剧院，比如中国评剧院，他们肯定也会顾及主旋律问题，我不理解为什么人们把主旋律理解得这么狭隘，一个人需要忠言和忧患意识，一个国家和民族更应如此，我讨厌现在的官场风气。这件事，暂时搁着吧，别理它。

　　我倒为王保卫先生感到难过和不平。他上次在泉州和厦门时，几次和我言谈。言语间，我感到他是一个很纯朴、诚恳的人，对戏曲创作也很真诚，而他的作品居然因为这个缘故，连入围都不让，我真有些不平，尽管我没看过他的剧作，但我相信您不会看错！

　　邮件被退回的原因，我刚才问了张帆，会不会是地址的字母敲错了？我也出现过几次这样的情况。

　　不啰唆了，您又开始改《上官婉儿》了吧？别太累着。祝您快乐！

小赖

2002.4.12

From：赖玲珠 <fjndllz@sina.com>
To：郑怀兴 <zhenghx@163.com>
Subject：
Date：2002-04-12

181 登山

老师：

　　您好。下午处理完市长先生的文稿，五点多时和张帆、林莉一起去登山，爬了两千多级台阶，感觉很清爽。回来后，几个人在我家吃稀饭，刚刚送走她们。这段时间我们宁德很多年轻人都在傍晚去登山（上了年纪的多在早上晨练）。我家后面就是戚继光公园，一路上行人络绎不绝，许多人还自发捐资在路边平整修葺草地，搭建避雨场所，捡拾垃圾，这是一种很好的现象，对我也是个促进。我想如能坚持登山，对身体健康一定有益。不知您和师母有没有锻炼的习惯，不妨试试。

　　明天开始，想把《桃花吟》好好捋捋，思考一下修改的方案。张帆告诉我，她已看了您的《新亭泪》和《晋宫寒月》。我请她给您发个邮件，谈谈读后感，她很客气，只说剧作写得太好了，哪里还敢提意见。今天她又从我这里拿走贻亮先生的戏曲论作和安葵老师的《海边剧评》，这两本书我还都没看呢。

　　不知道王珏师姐是不是出差了，这半个月来，给她发了三封邮件，她都没回呢。

　　不啰唆了。祝您愉快。

小赖

2002.4.12

From：郑怀兴 <zhenghx@163.com>
To：赖玲珠 <fjndllz@sina.com>
Subject：
Date：2002-04-13

182 要精益求精

小赖：

你好！来函已悉。《桃花吟》要精益求精，争取在22届调演中一炮打响。王珏没有回音，不要紧，待《贼豆》改好再发过去。昨天我跟王保卫通了电话，安慰、鼓励他要再接再厉，不要丧气；不经磨砺，难成大器。《上官婉儿》大框架虽不变，但又要做较多改动。二场中武则天在里面偷听的情节去掉了，上官婉儿内心变化的层次要写清楚。争取在15日前改好。待厦门回来后，可以听你谈《桃》修改方案了。小张复试了吗？祝她一帆风顺，马到成功！

怀兴

2002.4.13

From: 赖玲珠 <fjndllz@sina.com>
To: 郑怀兴 <zhenghx@163.com>
Subject:
Date：2002-04-13

183　我算是很幸运了

老师：

　　您好。信收悉。今天我把《桃花吟》一、二、六、七稿（《剧本》刊出的那一稿）好好看了一遍，同时也把《贼豆》四稿认真看了看。我必须从《贼豆》的修改中，吸取得失。初步感觉，问题还是挺多的，特别是人物心理的准确理解和把握，还有就是设局，都得好好琢磨琢磨。这次不敢再造次了，但可能又得脱层皮吧？我心有余悸！

　　您也太辛苦了。《婉儿》修改得顺利吗？我看您写作很是孜孜不倦，但愿千万别累着身体。

　　《桃》作的修改方案，您别惦着。我好好琢磨琢磨再说。干这一行真不容易。我算是很幸运了！由此，一些作者的艰辛、无奈、失望，乃至放弃，真是可以理解！我感到这一行也很残酷。

　　张帆还没复试，但蒋松源先生对她十分厚爱，当时也是蒋先生看了她自考的毕业论文后，鼓励她考研的，并说只要分数达到，一定收她，所以应该没有问题。

　　阴冷了几天，又放晴了。好天气，好心情，祝您快乐！

小赖

2002.4.13

From：郑怀兴 <zhenghx@163.com>
To：赖玲珠 <fjndllz@sina.com>
Subject：
Date：2002-04-13

184 我今天还在改《上官婉儿》

小赖：

你好！我今天还在改《上官婉儿》，估计后天能改完。每改一次，都有所提高，戏就是如此磨出来的，不可能一蹴而就。当然，初稿往往要凭创作冲动，一气呵成。我相信《桃花吟》《贼豆》将改得更好。戏剧创作成功率不高，这次八十多本，只入围二十九本，虽然有个把遗珠，但也有好几本属于滥竽充数，总体来说，好本子太少。你的起点高，只要不懈努力，将来会有大成就的。在福州时，我们说，戏剧界出现一群宁德才女：你、小方、厦大的王晓红，都是宁德人，再加上将上师大读研的小张，将来都会成为福建戏剧界的中坚。这几天春光明媚，可是我得伏案改稿，不能出去踏青，待厦门回来后，要好好休养一段时间。不多写了，祝愉快！

怀兴

2002.4.13

From：赖玲珠 <fjndllz@sina.com>
To：郑怀兴 <zhenghx@163.com>
Subject：
Date：2002-04-14

185　昨晚看《长大》

老师：

您好。昨晚看电视很迟回书房，信收悉，因书房近日电灯坏了，所以到今早给您复信。

近段时间因改稿、看书，没有时间看电视。昨晚想清清脑，看了"佳片有约"播的美国片《长大》，非常好！说的是一个十三岁的小男孩在机器人面前许了一个长大的心愿，结果第二天醒来就变成一个三十岁的成年人了，于是这样一个三十岁的少年，融入了充满各种污染的成年人社会，由此生发出种种极有情趣的事件，是一部令人浮想万千的现代童话。

我原有一个构思，就是上次跟您说的，是两年前发生的一个关于母亲把孩子打成重伤，触犯法律的事件。这个题材引起我很大兴趣，因为我们中国的传统教育方式，普遍存在许多问题，孩子得不到理解和尊重，特别是他们天性中美好的纯真、丰富的想象以及人之初时，人性中对世界的好奇、对生命的关怀（比如小动物）等等，很少得到在"权力欲"中沉浮的家长们的关注，因此总是处于被制止、被否定和摧残状态，等到这些被摧残得差不多的时候，也就成了大人眼中的"懂事"和"长大"了。由于这个题材所生发的人物、事件一时还不成熟，所以我一直没有动笔。这段日子来，心里老是惦记着它。前段日子看丰子恺的《缘缘堂随笔》，其中关于其子女成长过程的记述，又令我生发出一些构思。主题立意、人物设置、中心事件开始渐渐清晰，一一记在本子上了。

昨晚看《长大》时，感到自己的构思，在立意上与该影片有某些共同之处。只是该影片的色彩是喜剧，而我的色彩偏悲剧，这也是中国和美国在教育上由来已久的不同吧！

关于西施和伍员的题材，我看了《东周列国志》后，感到类似吴越历史中的诸类人物，血腥味、权欲味太浓，因此有了新的想法，至于是否激起我的创作热情，得待以后再说了。

您看我做事着急的缺点是不是又暴露出来了？不过，这次请您一定放心，即使想创作，我也会先处理好《桃》《贼》以后，将日渐成熟的构思进一步向您禀报后，再决定是否动笔。

另：《长大》在下周星期天（4月20日）上午9点55分，中央第六套电影频道重播，您如有空，不妨看看。如怕忘了，到时我再提醒您。

又啰唆了。祝您的《婉儿》千娇百媚！

小赖
2002.4.14

From：郑怀兴 <zhenghx@163.com>
To：赖玲珠 <fjndllz@sina.com>
Subject：
Date：2002-04-14

186　这几天太忙了

小赖：

　　你好！这几天太忙了，哪有空看电视？20日将在厦门，恐怕也没有时间看那佳片了，等以后再找机会吧！现将刚改过的《上官婉儿》发过去，听听你的意见。我后天去厦门，21日或22日回来。等待你的回音。

　　祝愉快！

怀兴

2002.4.14

From：赖玲珠 <fjndllz@sina.com>
To：郑怀兴 <zhenghx@163.com>
Subject：
Date：2002-04-14

187　结尾我很喜欢

老师：

　　您好。我本想等王珏师姐的意见出来后再把《贼豆》好好修改，但她一直没回信，我就先把《贼豆》个别地方进行了小改，结尾也做了调整。主要是把杨婶的唱词内容做了修改，并让豆干嫂也上场，这样比较光明一点。由于最后的结尾我很喜欢，所以还是保留了。现将结尾修改部分发过去，敬请赐教。

小赖

2002.4.14

附件：略

From：郑怀兴 <zhenghx@163.com>
To：赖玲珠 <fjndllz@sina.com>
Subject：
Date：2002-04-15

188　又对《上官婉儿》做了一点小改

小赖：

　　今早我又对《上官婉儿》做了一点小改，主要是受刑后那一部分，知道你还未看，所以又将新稿发过去。上午要去接待泉州来的戏剧界朋友，下午回家。祝好！

怀兴

2002.4.15

附件：上官新稿.doc，略，详见《郑怀兴剧作全集》

From：赖玲珠 <fjndllz@sina.com>
To：郑怀兴 <zhenghx@163.com>
Subject：
Date：2002-04-16

189　向您致敬

老师：

您好。由于《婉儿》剧稿发过来时，排列上每一行都出现不规则的大空格，我花了近两个小时才整理好。认真看了两遍，真为您治学之严谨，创作之用心、虚怀之若谷所深深感动。我向您致敬！这一稿您花了不少心思，改动也比较大，效果也令我叹服。一定很辛苦吧？您千万要注意休息。

唱词台词、人物心理、情节设局，我感觉都非常好。这里就不再一一细说了。只将几个我做了记号的小地方，斗胆冒昧提出，请老师原谅我的坦率和不恭。

1. 乌云滚滚，众人消失；只余郑氏腹痛难忍，在地上打滚。
   "在地上打滚"如从戏曲表演上看，很有舞台效果，但如从实际出发，孕妇临产，一般不可能在地上打滚。是否把这几个字删掉？
2. 婉　儿　嘻嘻嘻，今天任我怎样吟诵，也比不过天后昨晚才作的一首诗！
   武则天昨晚才作的诗，为何那么快就传到婉儿耳中？
3. 婉儿，听你申辨有理……
   "申辨"，似乎应为"申辩"。
4. 婉　儿　啊，太后，皇上初立，政务未谙，突厥又来犯边，各地灾情不断，群臣歧见繁杂，人心惶惶，朝廷一日都离不开你呀！

> 武则天　朝廷还离不开我？（突然发问）皇上不是准备不让我过问国事了吗？
>
> 婉　儿　没有，没有。皇上只是说，大事由你裁定，小事不必烦扰。
>
> ……

以上台词中，婉儿称武后为"你"似太随意。武后自称"我"，是否统一改为"哀家"？

类似的君臣之间的互称、自称，剧中有很多处，其中包括宫女对武后的称呼，也有出现"你"，是否合适？

5. 上官一门只剩下你母子两个了！

"母子"，是否应为"母女"？

6. 御烈马草要喂还要用锤。

"用锤"，感觉不如原来的"鞭催"。

7. "女人额上被剌字"中的"剌"应为"刺"。

8. "臣妾不知跪陛下驾到"中多了一个"跪"字。

9. 婉　儿　陛下！君王拂袖而去，叫我心急如煎！你看，君王欲借壮大韦势力，来与武家抗衡……

这句台词中的"你看"二字，是否多余？这一大段台词，势如破竹，令我惊叹，只是其中个别字眼，似乎还可以再推敲。

10. 听到李贤自杀身亡的消息时，婉儿只（大惊）地"啊！"了一声，似嫌不够，因为李贤是她的心爱之人！而且死得那么惨，似乎不能一个字带过去，不过也看表演啦。

11. 婉儿被施刑后，昏迷中做梦评点文章之事，这很好，但身为一个女人，她对自己花容月貌被损毁表现得似乎太平淡了。记得原稿中有一段她的唱词，其中有一句意思是说即使到了地狱，鬼也不想见她。我认为那一段很充分地表达了她的痛苦，为什么删了？

12. 李显因想专权被废后，又因《黄台瓜辞》的事，使武则天大动肝火，婉儿为李显申辩时，称呼李显为"殿下"，是否合适？

13. 武则天质问李显:"你写的诗别人都看得,却要瞒着我母亲。"
    "我母亲"连在一起,有些歧义,是否需要稍作调整?
14. "为弭谤当追究黄台瓜辞"中的"弭谤",这句台词的意思是"为了要消除诽谤,所以要追究黄台瓜辞的事"?
15. 李显因为想专权,而与婉儿发生冲突后,被武后废了。紧接着就写他让老黄门传密信给婉儿,感觉有些突兀。虽然文中借老黄门之口,交代说在婉儿向武则天汇报之前,已有朝臣向武则天告密,但毕竟事件是紧接在婉儿向武后汇报之后引起的,同时,圣旨中很明确地指出"要把宰相名位,轻易授予国丈;想把大唐江山,随心送与他人",特别是想把大唐江山送人,是李显在婉儿面前说的,所以李显一点都不怪婉儿,似乎不可能。

　　以上是我粗浅之见,由于看得不够认真,待我过两天再好好拜读后,如有不明之处,再向您请教。
　　祝您厦门之行愉快!

小赖敬上
2002.4.16

From：郑怀兴 <zhenghx@163.com>
To：赖玲珠 <fjndllz@sina.com>
Subject：
Date：2002-04-16

190　能改的我已改了

小赖：

你好！所提意见很好，能改的我已改了，谢谢你，看得很认真细致！上午9点我去厦门，待回来后再发信给你。

怀兴

2002.4.16

From：赖玲珠 <fjndllz@sina.com>
To：郑怀兴 <zhenghx@163.com>
Subject：
Date：2002-04-17

191 "如何修改剧本"有感

老师：

您好。因为修改《桃花吟》，今天我特意又看了您的《戏曲编剧理论与实践》中的第八讲"如何修改剧本"。这一章我曾看过好几次，但因为没有和修改剧本的实践紧密结合起来，进行深度思考，当然，更没有怀着一种恳切希望该著作再版后，能造福更多的编剧的心愿去看。

由于您曾告诉我《剧本》月刊杨雪英副总编想将此书再版，再加上我经历了上次修改《贼豆》的深刻体验，今天再结合《桃花吟》的修改思路，所以，我以一个初学编剧者修改习作的心态，再看这一章时，便有一种感觉，特向您禀告，以便在该著作再版前，为您提供一星半点儿的读后感。

一、两年来初涉戏曲编剧的切肤之感告诉我，修改剧本是剧作者一个非常重要的环节，它不仅关系到作品提高还是退步，成功还是失败，而且关系到对年轻的编剧在精神上是鼓励还是打击，在信心上是建设还是破坏，在未来道路的选择上，是继续前进、踟蹰徘徊还是改辙换道。

俗话说"万事开头难"，对初涉戏曲编剧的作者更是如此。在我们还很稚嫩的时候，"坚强"与"不懈"只是一个良好的希望，一个作品的成功或失败，可能会影响我们一生的选择。我们用激情创作出的作品，通常情况下都存在许多问题。而作品要进一步提高，得到行家的认可，唯一的途径就是通过不断的修改，以观成效。因此，我认为如何修改剧本，是至关重要的一堂课。如果有行家在这方面加以指导点拨，并总结出一套切实可行的经验和方法，那对剧作者来说，不啻是黑暗中的明灯。

您这一讲，共有两项内容，一是"十年磨一戏"，二是"从案头本到演出本"，从篇幅上看，前后共十六页，算是全书中篇幅最短的一讲（仅次于最后一讲"戏外功夫"）。如果剔除第二部分的"从案头本到演出本"，那么对于文学本的修改，您论述的"十年磨一戏"的篇幅就只剩下七页了，约五千字。这一讲中，您很生动具体地阐述列举了您的剧作在修改过程中遇到的事例，以及您独有的把握、鉴别、吸收意见的能力乃至举一反三、触类旁通。同时也指出戏曲作品的修改是一个艺无止境的过程。但是，看完后，我产生一种强烈的愿望，那就是很想多听听您在这方面的更多的体会。因此有些问题，我想是不是应该加以补充？

比如，通常情况下，初学者乃至一般的剧作者，创作的初稿二稿乃至三四稿，据您二十多年的看稿、改稿经历，感到我们的剧作普遍存在哪些比较常见的问题？当然，不同的作者创作的不同的剧作，存在的问题肯定也是五花八门的。比如取材、用材、主题深化、立意挖掘、戏曲结构、情节安排、人物设置、关系组织、矛盾冲突、人物塑造、心理把握、层次变化、蓄势设局乃至唱白等等，都有哪些"临床症状"？病灶出现在哪里，病因又是什么？应开什么药方？我想您从辅导我的过程中，一定也有深刻的体会。

二、作为一个初学者，我感到分析了解初学者的创作心态、提醒他们在听取意见时，应该注意哪些问题，也是很重要的。今天我跟一个年逾花甲的业余老作者通电话，他的剧作《兰亭序》初稿参加市里的改稿会后，没能进入省改稿，后来他改出二稿，我们剧目室两个人看了以后，一致认为连读下去都很困难，同时我也征求了曾到宁德来改稿的长赋先生、立衔先生对他初稿的看法（虽然二稿他们没看，但我认为鉴定一个业余作者的创作水平，看初稿是可以知道的，而且不谦虚地说，我认为有些作者的才华也许更适合干别的）。为此，我们就没有给他推荐上去，结果在我委婉地告诉他没有入围的时候，他表现得很不冷静，这让我感到很尴尬。

三、专家、评论者在分析会诊某个剧稿时，通常情况下，特别关注哪些问题？也就是说他们衡量一个剧本好坏的主要标准是什么？专家们提意见是否也可分为几种类型？作为专家，是不是也会因为自身的某些因素，而不可避免地存在某些主观因素或喜恶现象，乃至鉴赏力和意识形态等方面的诸多制约因素（如您举的某副厅长之例），由此是否有必要提醒作者如何听取意见？如何鉴别意见？特别是在意见不统一时，如何对待、消化、吸收意见，如何将其化为修改剧稿的有利因素（这些您也谈到了），但我认为您还可以谈得更多。比如我的教训不冷静！操之过急，一路狂奔。

四、作为初学者，我感到比较困难的是，判断、鉴别、把握意见的能力的培养，还有就是专家们提的意见通常情况下，都比较概括笼统，而不够具体详细。就我个人而言，我很怕大家在提意见时说，"有些地方还不够合理""有些地方还有待进一步提高""蓄势又不够""设局不巧妙""人物不丰满""语言不够好"等等，诸如此类的意见，让我感到害了病的人去看医生，结果医生只告诉他确实病得不轻，而患者自己也感到不舒服，却不知道到底患了什么毛病，病灶在哪里，该吃什么药，吃药期间还要注意什么等等。

五、我听意见，很想知道到底哪个地方不好、哪个地方好；哪些地方不行，怎样才行；哪些地方需要改，怎么改……也就是说，到了剧本初稿出来后，我特别需要专家很具体地指出剧作中存在的具体问题。当然，通常情况下，人家不可能那么具体地指出来，更不可能像您指导我修改《贼豆》一样，那么精心细致。但作为初学者，如果得不到具体的指点，自己又缺乏鉴别和把握问题的能力，在修改时，往往会感到无所适从，在取舍上，不知怎样决断，就像迷路的孩子，知道自己走错了路，却不知道正确的道路在哪里，有时甚至把好的东西也改掉了，结果偏离方向，越走越远。

六、经历了《贼豆》修改的教训后，我感到修改剧本时，最忌讳听了意见，草草行事，认真思考非常重要。前几天整理寿山石资料时，有一句话对我启发很大，就是寿山石雕刻家们，非常注重"相"功，有"一相抵九工"之说，也就是说在下刀之前，要反复端详、分析原材料。我想修改作品更是这样，动笔之前，要对原稿反复端详思考，找出毛病到底在哪里，应该怎么改。正如您所说的，修改作品花的时间和精力，比创作还要多。所以有的裁缝师傅，宁愿制新服，而不愿改旧衣。其实您屡次告诫我从容从容再从容，就是这个意思。

啰唆了这么多，感到很不好意思，因为这些问题，都没有经过系统的思考，因而显得很随意。其实，任何一部书，都不是机械的万能钥匙，它必须结合实践，不断学习、不断思考，才能不断领悟。您说是这样吗？我很期待您的这部著作能够造福更多的人。如果您不介意我啰唆，我以后看到哪个章节时，有什么想法，还会坦率地禀告您。

胡乱说三道四，冒昧之处，敬请原谅。

小赖

2002.4.17

From：赖玲珠 <fjndllz@sina.com>
To：郑怀兴 <zhenghx@163.com>
Subject：
Date：2002-04-20

192 《桃花吟》第八稿修改提纲

老师：

您好。厦门之行还好吧？这段日子来，因为上班签到，我往返于单位和家里之间，时间被切割得很碎，情绪也被剁成一段一段的，有时真感苦痛，恨不得马上找一个能够让我专心致志创作的单位。《桃花吟》的修改本想等定下由哪个团体付排后，再作方案，但想想，还是先着手吧，免得到时候时间仓促。现将修改思路发送给您，敬请赐教。

小赖

2002.4.20

附件：

《桃花吟》第八稿修改提纲
（在第七稿即《剧本》刊出的那一稿的基础上）

总体思路：

一、基本框架结构和走向不变。

二、第一场"花嫁"拟删除。因为该场主要任务是交代桃花是被父亲骗回来成婚的，这个任务可分解到后面的相关人物或相关场次。再者以桃花匆匆回家开场，并不出彩。

三、拟适当增加李母和媒婆的戏份。原稿中这两个人的戏很少，特别是李母，形象不丰满，作用也没有充分体现。这两个人的戏份主要添加在恳求和劝解桃花回心转意上（拟安排在原稿第五场"花债"，胡椒叔率众到桃家兴师问罪之前）。李母恳求，道出李家孤儿寡母之不易，使桃花的善良同情之心被激起，加重她的痛苦，增加她的进退两难。媒婆劝解，道出"我一生做媒千百对，从未见过你这样的妹"，说明桃花举动对传统习俗和伦理道德的违逆，以深化主题。

四、深化主题的道具，原稿用红发夹，评章先生说显得很生硬，我自己也感到牵强附会。拟改用金项链。因为在现实生活中，金项链是男方送给女方的聘礼，也是农村婚姻的象征。初步考虑第一次出现在洞房之夜，即桃花按习俗，必须佩戴着它当新娘，并借它表达桃花当时穿嫁衣、戴项链、进洞房、做新娘的内心感受。当李虎强行时，金项链被扯断了，桃花的脖子上留下一条勒痕，成为她痛苦和耻辱的烙印。第二次出现在桃花回到李家时，李虎想缓解矛盾，表情达意，想为她戴上，却进一步加深桃花的痛苦，加剧两人的冲突。第三次出现在李母去规劝桃花时，作为一个苦苦拉扯孩子长大的母亲，含泪恳求桃花，并为桃花戴上项链。这时项链已成为一种精神枷锁，让桃花难挣难脱。第四次出现在退亲时，作为退还的聘礼，由花母还给李虎，表示桃李婚姻关系的决裂。第五次出现在李虎将桃花送进监狱后，这条项链成为他睹物思情，悔恨交织的伤心之物。最后考虑在法庭上出现，李虎得知自己即将入狱后，从怀中掏出这条项链，交给母亲，让她将其卖了，作为安家度日之济。当然，这些考虑是否得当，还得视具体修改过程而定。

五、修改的重点，放在桃、李俩人的内心世界的梳理上，力求准确理解和把握他们的内心世界以及心理发展变化的层次。原稿中这两个人物言行都有些生硬，不够通情达理，人物不够可爱，情感变化缺少迂回曲折，这是大家比较一致的看法。特别是洞房之夜这一场，要好好梳理。此外，李虎在与桃花婚事的进退上，其内心的迂回曲折，也要注意。

六、考虑到桃花这个人物的情感发展线太直，我除了拟增加李母及王媒婆的戏份外，同时受您《上官婉儿》中"沈宋之线"的铺垫的启发，拟把桃花与打工妹这条线索，加以强化。增设两个与桃花很要好的打工妹阿敏和小丽，这两个人物笔墨不多，但对桃花影响很大。所以我设计她们两人，一个正处于热恋的甜蜜幸福中（让桃花感到自己与李虎在情感上的苍白）；一个则属于有理想有追求，努力工作，积极向上，对未来有美好的规划（让桃花感到自己若这样没有希望、没有生机地与李虎过下去，无异于行尸走肉）。她俩先从桃花的唱词中交代，接着在第四场即桃花再次受辱回家又遭父母更强烈的指责，李母和王媒婆双双前来哀求、苦劝之后，桃花内心处于激烈的矛盾痛苦时，阿敏和小丽从城里来了。她们的唱词，道出桃花在城里打工时，曾与她们谈起这桩婚姻的态度，只是叹息、回避，不愿多谈。及至她们见到桃花时，没想到桃花竟憔悴变化判若两人。三人相见，桃花先是掩饰、回避，在阿敏与小丽的追问下，才和泪道出真情。阿敏、小丽听后气愤不平，劝告桃花摆脱这种没有感情的婚姻，桃花诉说种种无奈，最后叹息说只能认命。阿敏、小丽无可奈何，留下几句话，伤心离去。桃花痛苦莫名，越想越觉得阿敏、小丽的话有理，于是收拾行李，准备追赶她们而去。这时，花父、花母回来了，他们一见桌上的礼品，便追问桃花谁来过了，又见女儿要走，哪里肯放？李家闻讯，想到强扭的瓜不甜，长痛不如短痛，于是有了"花债"这一场戏。

七、第二场"花怨"，就是桃花洞房受辱连夜回家时，花父、花母原稿是在睡梦中，要改为正为好不容易嫁出女儿而舒口气却又担忧她能不能与李虎好好过日子，这我在上次信中已提及。其他各场次细节之处的具体修改就不再一一列出了。

八、您看这样是否太笼统了？是否需要我一场一场地将修改提纲加以细化后，再请您审定？

我又开始让您费神了。

另：这些天来，我零零碎碎都在修整提纲。今晚和张帆、林莉及师范的邱景华老师一起吃饭、喝茶，聊得很迟，我把桃花的修改要点也和他们说了。邱老师和张帆认为，增加李母、媒婆及增设阿敏、小丽，这个思路很好。张帆说，她听了一下子感到作品拉开了层次。不知您怎么看。当然实际效果如何，还得改后再说。

　　此外，我到今晚才知道，我和张帆发给邱老师的电子信件，其中包括您的著作，他居然都没有收到，因为我们把他的信箱搞错了。同时，张帆告诉我，近段日子来，零星看了您的作品后，对您的著作的感受，比原来只看《上官婉儿》的感受，有很大丰富。简单地说，她感到您的作品是"旧瓶装新酒"，也就是形式是古老的戏曲，但内容渗透着强烈的现代意识，包括对人生的关怀和深刻的哲学内涵。她5月前后考试，待她考完后，她会好好再看您的其他作品。我还想告诉您，师范的邱老师，是我在宁德文学圈内非常敬重的一位很有学养的先生，他在图书馆工作，像您一样，饱览群书，他研究的主要是诗歌、散文和小说，戏曲接触很少，但他十分鼓励我走这条路，因为文学是相通的，所以他的意见，对我也有很大帮助。在宁德，我的周围太需要这样的老师和朋友了。

　　今天我从师专图书馆借了《李笠翁喜剧选》及《中国十大古典悲剧集》，正在看。唉，我多么希望尽可能拥有更多的时间和更大的自由来看书和练笔呀！

　　还有一封17号写的电子邮件，是关于再读您的《戏曲编剧理论与实践》中"如何修改剧本"的读后感，一并发给您。一下子让您看这么多字，真难为您了！

　　致礼！

2002.4.20

From：郑怀兴 <zhenghx@163.com>
To：赖玲珠 <fjndllz@sina.com>
Subject：
Date：2002-04-20

193 我还准备对《上官婉儿》进行琢磨

小赖：

你好！今天下午我刚从厦门回来，看到你发来的信件。《讲稿》中关于修改部分是可以再具体些，当初是匆匆赶写的（只花一个月时间写的），来不及认真思考，以后若再版，有时间的话，应加以补充。《桃花吟》的修改提纲我还来不及深入思索，初步感觉是可行的。我想强调一点的是，这个戏的素材是"婚内强奸"，而立意应该是对女性的尊重。在两性关系中，正常的婚姻中，在男性常常以为是天经地义的事情中，却不经意地侵害了女性的尊严，你的戏要引起人们从习以为常中惊醒过来。现在我们对你这个戏不满意就在于你还停留在就事论事的层面上，还没有超越题材，没有让人们从个别中看到一般。因为我前天夜里开始闹胃肠炎，到今天才好些，有些精疲力竭之感，不能提出更好的意见，待看到你的修改稿后再详谈吧。我还准备对《上官婉儿》进行琢磨，北京《新剧本》要把我请到北京搞个"命题剧本"，我请他们先把材料寄过来，让我看看能不能激起创作热情，再做决定。我除了《戏曲选》外，还有十几个质量参差不齐的本子，以后有机会，都可以让你看一看。另，我从这次会议中获悉，云南省文化厅把《寄印》列入今年艺术生产的计划。不多写了。祝愉快！

怀兴
2002.4.20

From：郑怀兴 <zhenghx@163.com>
To：赖玲珠 <fjndllz@sina.com>
Subject：
Date：2002-04-22

194　二十四个戏曲剧本都齐了

小赖：

　　你今天辛苦了！夜晚11点才能到家吗？真叫我们过意不去。我现在将《上官婉儿》新一稿发过去，以后再陆续将《寄印》《林默娘》及根据莆仙戏传统剧目整理的《拜月亭》都发给你，请你把这四个本子都再复印、装订成《郑怀兴剧作选》（三）。这样我到目前为止所写的二十四个戏曲剧本都齐了。不过得等你有空时再做这件事。给你和张帆添麻烦了。我电视剧剧本比较重要的是《左宗棠》和《郑成功》，将来你也可以看一看。

　　向小李问好！祝愉快！

怀兴
2002.4.22

From：赖玲珠 <fjndllz@sina.com>
To：郑怀兴 <zhenghx@163.com>
Subject：
Date：2002-04-23

195　枇杷很好吃

老师：

　　您好。两封邮件均收悉。《林默娘》我有，谢谢您。能有机会去拜访您，非常高兴。就是来去太匆匆，给您和师母添麻烦了。枇杷很好吃，明天请朋友们来分享。另请烦告师母，糟制大黄鱼食用时不必将酒糟洗掉，我就很喜欢吃那酒糟，呵呵。我给您带去的几小盒"健胃整肠丸"，您以后出差时，是不是带着？因为出差在外，食物很杂，怕影响肠胃。

　　您家的百合花和三角梅开得非常好。

　　祝您健康、快乐！

小赖
2002.4.23

From：赖玲珠 <fjndllz@sina.com>
To：郑怀兴 <zhenghx@163.com>
Subject：
Date：2002-04-24

196　您的剧作需要复印几份？

老师：

　　您好。今天一早就被市长先生叫去，还是寿山石出书的文字之事。现在是上册整部书十几万字的文字资料都要我给他整理（原材料都是剪贴的）。我感到有些为难，但又不好拒绝。我曾就此事请教过师专的一位老师，他认为我们局长一向很听上级领导的话，建议我借此机会，到时候请市长出面，帮助解决我创作时间上的自由问题。我心里有点不是滋味。要整理这个资料，"五一"前后我恐怕就没有时间修改《桃花吟》了。我想听听您的意见。

　　另：您的剧作需要复印几份？二十份够吗？张帆手上的设备很好、很方便。我拟等她本月底考研面试结束后，和她一起专门抽一两天时间做这件事。您的《林默娘》也请发给我吧，因为《福建艺术》发的字号太小，我想把它重新输出后，再复印装订，这样会整齐些。昨日发的《上官婉儿》是定稿吗？如还需修改，我们就等您改好后再输印。您如有其他需要输印的文章，也请一并发过来。此外，《剧作集》（三），四部作品排列顺序要讲究吗？《戏剧编剧理论与实践》要不要用简体横排输出，再复印几份？专家评点您的文章如有电子邮件，最好也都发过来，搞成一个小集。如没有电子邮件，能寄的话，就烦请把备份件寄过来，我们一并整理。

　　小方给我寄来的剧稿也收到了。其中包括长赋先生的《金圣叹快事》，再加昨日从您家抱回来的9部著作和您的剧作集（二）以及22届参赛的8

部作品,就像满桌大餐一样,够我"啃吃"一段时间了。

您明天去莆田开会吗?祝您愉快!

小赖
2002.4.24

From：郑怀兴 <zhenghx@163.com>
To：赖玲珠 <fjndllz@sina.com>
Subject：
Date：2002-04-24

197　印十份就够了吧

小赖：

　　你好！我看你要帮市长的忙，并顺便谈创作时间问题，如果他有兴致的话，还可以谈《桃花吟》由宁德集中力量来排练的问题，因为让外地排不容易，除非人家约稿的，否则各地市都优先考虑本地的作者。中国目前还是当官的说话算数，而且下级总是听上级的，只要市长发话，局长敢不顺从？局长不给你请创作假，不重视《桃花吟》，都是不对的。我们要善于利用机会，这样做，既是出于无奈，也是正当的。《林默娘》现在就发过去，《剧作集》（三）排列的顺序还是按时间吧，《寄》《林》《拜》《上》，作为文学本，《上》这一稿是比较成熟的。刚才叶之桦来电话，说看了这稿后非常高兴，不知还有什么可改的了，当然以后演出本可能与此会有所不同。印十份就够了吧，不要让你们太累了，而且千万别耽误了你的正事。评论文章我挑选一些较有分量的寄过去。不多写了。祝愉快！

怀兴
2002.4.24

From：郑怀兴 <zhenghx@163.com>
To：赖玲珠 <fjndllz@sina.com>
Subject：
Date：2002-04-24

198　戏曲论文54篇

小赖：

你好！论文之类我挑选有关戏曲的54篇，过几天寄给你。刚才又把《上》剧改了几句，主要是"黄台瓜辞"那一场戏。现将新稿及论文目录发过去。祝愉快！

怀兴
2002.4.24

From：赖玲珠 <fjndllz@sina.com>
To：郑怀兴 <zhenghx@163.com>
Subject：
Date：2002-04-24

199 最完整拥有您的作品

老师：

您好。《上官婉儿》新稿及论文目录均收悉。您真是精益求精！晚上张帆等人来取枇杷，又吃又带，都说好吃。她们让我向您表示感谢。张帆得知我带回这么多书及剧稿，很高兴。她明天去福州面试，30号回宁。您的著作及论文输印后，我和她各留一套，我们应该算是最完整拥有您的作品吧？

《桃花吟》第一场已改好，后面的但愿不要这样折磨人。待您莆田开会回来后，争取给您发稿。祝您愉快。

小赖
2002.4.24

From： 赖玲珠 <fjndllz@sina.com>
To： 郑怀兴 <zhenghx@163.com>
Subject：
Date： 2002-04-26

200 《桃花吟》改到第五场

老师：

您好！

《桃花吟》改到第五场，因为一些地方改动较大，为了避免再犯《贼豆》错误，我先把改好的前四场及后面几场的思路发送给您。敬请赐教。

这一稿改动较大的有两处：

一、增设一场"花归"。

因为考虑到，原稿第二场"花残"之后，桃花已经跑回娘家，又被父母送回李家，所以，原稿第五场"花债"前，即拟增加的"花归"，场景就换到省城某服装厂女工宿舍里。主要内容是写桃花第二次与李虎发生冲突后，跑进省城。姐妹关心、询问、照看她；花母、虎母、媒婆前来劝导她。桃花痛苦矛盾，在回家还是留在工厂，是听父母的还是听众姐妹的两难选择中，选择了回家。

这个思路，主要基于几点考虑：一是桃花第一次回家后父母对她的态度，应该使她明白娘家已经不是她的立足之地；二是她受伤害后，一直想着再去打工；三是场景变换，桃花与父母之间的冲突拉开距离，人物情感以免重复（原稿她父母的态度还是责骂）；四是她与打工妹之间的这条线索，可以明朗；五是戏剧情势发展上，是否也有助于回流和缓和？免得一直处于紧张的冲突状态。

二、改动较大的另一处是，虎母对儿子的退亲的态度问题。

第七稿中，胡椒叔到李家兴师问罪的时候，虎母的态度是站在儿子一方，几句台词很牵强，情理上也不通。因为虎母还是很喜欢桃花的，再说虎子第二次摧残桃花时，她又亲眼看到，作为一个善良而明理的老人，好不容易娶了一门媳妇，不可能轻易同意退亲。基于这些考虑，所以我让她在胡椒叔拿着清单与桃家算账退亲时上场，态度与胡椒叔大相径庭。我的原意是希望在戏剧情境上，造成异峰突起，形成蓄势，不知能否达到目的？

由于5月10号前，要完成市长先生的任务，所以后几场的修改时间得往后挪，以便能专心致志，免得分心。

另：昨日给梁处长挂电话，他说正和评章、长赋老师一起商量我的事（不知是工作调动还是《桃花吟》），他只告诉我说，打算找个时间，请龙岩的邱龙海和我上去商谈《桃花吟》付排的事。我们宁德排这个戏难度很大，但我于公于私，还是打算向局领导提出建议，希望他们集中力量排《桃花吟》，如果他们实在不听，我也就尽责了。

但愿这次修改，不要让您失望。祝您快乐、健康。

小赖

2002.4.26

From：郑怀兴 <zhenghx@163.com>
To：赖玲珠 <fjndllz@sina.com>
Subject：
Date：2002-04-27

201　这几场总体感觉不错

小赖：

　　你好！因为来了乡亲，我下午才看你的修改稿，这几场总体感觉不错，戏比以前简练了，虎母这个形象改得好，让她跟胡椒叔有个鲜明的对比，使戏的色彩丰富些。有两句唱词选一句的我选"死水一潭"。这四场戏中，比较起来，我对第一场还不够满意。桃、李两人的内心刻画还有些不到位。李虎的粗暴应源于几个原因，一是人的本性使然；二是他认为洞房花烛，同床共枕乃天经地义；三是中胡椒叔的毒，认为只要把女人破身了，她不从也得从，不会飞走了。所以当桃花还以为李虎能体贴她，以后可以慢慢培养感情时，想不到李虎对她突然袭击……这样对桃花的伤害就更明显、更突出了。你说是不是？这些你在剧本中陆续都提到了，但不集中强调，所以冲击力不大。这段戏是你这个剧本的基础，一定要写好，让观众明白、信服。另，你千万不能太累了，坐在电脑前每回不要超过一个小时，要活动、休息十来分钟，再坐下来。《评论选编》的那些资料复印装订起来将很麻烦，不便做的就不要做了。我同意你的意见，《桃花吟》要先对局长说，争取在宁德排，实在不行，才与龙岩汉剧团商榷。先帮市长的忙，再改本子，估计《桃花吟》的修改难度不会很大。

　　以上意见供你参考。泥螺很好吃，你带来的蛏更好，我们这里虽然也盛产蛏，但从来没有吃过这么好的。黄鱼还留着，等孩子们"五一"节回来共享。再一次谢谢你！祝愉快！

怀兴

2002.4.27

From：赖玲珠 <fjndllz@sina.com>
To：郑怀兴 <zhenghx@163.com>
Subject：
Date：2002-04-27

202　闽东的海产品很丰富

老师：

　　您好。来信收悉，很高兴！谢谢您的意见和鼓励。《桃花吟》的修改问题，我会在完成市长先生的任务后，再好好磨磨。这段时间在您精心指导和帮助下，自感有所寸进，特别是创作心态上，一直很注意"三思而后行"，但就您所花的精力来说，实在太羞愧了，所以一点也不敢懈怠，感觉像一只蜗牛！

　　闽东的海产品很丰富。我和小李老家都在海边。我在上初中前经常滑土橇在滩涂上讨小海，虽然那时生活很艰辛，但记忆非常美好。我婆婆在识别、烹饪和制作海货方面，非常精通。每年我家吃的泥螺都是她在泥螺产季，每天到市场上买菜时，巡视到她认为好的，才买回来再按她的传统方法进行制作。如对您的口味，现在正是产季，我请她多做一些，以后有机会再带给您，最好放在冰箱里冷藏，所以您需要多少，请说一声。

　　我在电脑前创作，一坐就是到吃饭时间才站起来，因为患有腰椎突出，所以感觉较累，今后一定注意。另：我公公说，老家兰花已经抽蕊了，不知您家的长势如何？他说兰花抽蕊开花后，如发现过了旺盛期的花枝，最好把它剪掉，否则盆中整株花的营养都要供养它，影响其他花枝的生长。

　　"五一"我没法休息了，祝您节日愉快！代向宜平姐妹问好。刚才接一朋友电话，说他调往宁德洪口当乡长了，请我在夏天组织朋友到他那儿的莒洲漂流。欢迎您和师母及宜琳、宜平、宜愚一起来！

特快专递明后天应会收到，届时再电告。

小赖
2002.4.27

From：赖玲珠 <fjndllz@sina.com>
To：郑怀兴 <zhenghx@163.com>
Subject：
Date：2002-04-28

203　我对寿山石就像对戏曲一样是一片空白

老师：

您好。刚才我和市长先生谈了整理寿山石资料的几个思路，顺便向他简单汇报了工作情况。在介入担承这件事之前，我对寿山石就像对戏曲一样是一片空白，与市长也从未接触过，不知是哪个好事者，向他推荐让我做这件事。那天他把我叫去，给我一本资料，简单说了几句，让我帮他整理一个前言，我鬼使神差，二话没说就接了差事。两天后把前言交给他。他看完后，就把十几万字的材料交给我，说原想出一册，现在想出两册了，上册以文字为主，下册以图片为主。

这两天，我粗粗看了资料后，感觉工作量非常大。认为有些想法必须与他沟通，所以今晚就去见他了。我谈了这几点：一是出书立著关系重大，市长找我帮忙，是对我的信任，我非常乐意借这个机会学习、锻炼、增长见识，并希望能调动我粗浅的知识积累，但我才识有限，对寿山石一片空白，压力很大，所以我提出如果市长认为有更合适的人，我愿意打打下手；二是整理该书的几点思路、建议，以及需要进一步补充了解相关资料；三是我目前的工作任务和时间安排，包括《桃花吟》的情况。他听后，做了三个表态：一是他咬定我担当此事，说他看了我写的前言，感觉很好，相信我能出色完成任务；二是"五一"过后，他会召集我们局长和我一起到他办公室，听取工作汇报、安排会演工作（应该是指《桃花吟》吧？因为我告诉他，省厅艺术处梁处长认为，畲歌的舞剧今年9月要拿下来是不现实的,《桃花吟》早在去年就被省厅列为向文旅部汇报的重点剧目,这是去年评章老师和梁处长告诉我的,同时我认为自己地区创作的作品,如果能够集中力量排好,却没能付诸实施,而被外地拿去,那损失的不是作者,而是本地区的艺术创作,因为一个作者一生中也许就写那么一两部好作品,一个地区在一定时期内也许也只能遇到一两部好作品);三是我目前的任务,就是做好整理他这本寿山石的书,其他的问题,由他跟我们局长说。

所以,我现在是别无选择了,只能尽最大努力做好这件事。

考虑到《桃花吟》的付排问题,有几个问题想请教您。

一是我们地区的剧团情况:两个越剧团力量都很弱,就是合在一起,演员仍是不够。一个北路戏剧团,已多年没参加大型演出。两个歌舞团,其中畲族歌舞团力量较强,准备今年排一个舞剧,梁处长认为目前还为时太早。福鼎歌舞团,是前年才成立的,目前正准备与福鼎越剧团合并。二是如果要举这几个团体的力量来排《桃花吟》,则面临剧种选择问题。如是越剧,男演员和语言问题都不好解决。北路戏我没看过,唱腔,听分管局长唱过,还比较好听,因为说的是普通话,所以我认为在语言上有兼容的优势,剧团又是天下仅存的北路戏剧团,表现手法听我们分管副局长说,有文有武,很适合。她是北路戏出身,对北路戏感情很深,分管艺术工作。音乐方面,郭祖荣老师是作曲的理想人选。男演员有,主要是演技和水平有待考察。畲歌的舞蹈演员如扮演群众角色,非常理想。但是不同剧团、不同剧种的演员同台演出,肯定会有困难,会不会变成大杂烩,抑或是剧团演出体制改革的一种尝试?对于这件事,我很想听听您的意见。

另:谢谢您和师母对我椎间盘突出的关心。适当的时候,我到医药店看看有没有这几种药。还有,特快专递收到了。我以前的剪报资料都是用统一型号的纸粘贴起来,您看是否允许我也这样粘贴后,再复印?

祝好!

小赖
2002.4.28

From： 郑怀兴 <zhenghx@163.com>
To： 赖玲珠 <fjndllz@sina.com>
Subject：
Date： 2002-04-29

204　关于《桃花吟》排练一事

小赖：

　　来信已悉。关于《桃花吟》排练一事，我因为不熟悉那边剧团的情况，不敢奢谈什么。北路戏我只听说过，从来没看过演出。几个剧团联合起来，是很好的，要以哪一个团为主，还是你视具体情况再定吧。至于导演，我以前只知道宁德有个缪芝莲导得不错。现在外请导演很难，一是外地导演要价非常高，二是不认真，飞机来飞机去，让你受不了。我看与其请外地二流的导演（外地几个一流的大腕，更是开天价，吓死人），不如请本地的。不过你这些问题还是要跟小梁、评章他们商量，他们对《桃花吟》寄予重望。我寄去的资料，该如何弄才好，由你定吧。目前你还是要把改本子、帮市长整理书稿、选定《桃花吟》二度创作的班子等事情先做好。同仁堂的狗皮膏药、广州陈李济的壮腰健肾丸是普通的药品，到处都能买到。不多写了，祝工作顺利！

怀兴
2002.4.29

From：赖玲珠 <fjndllz@sina.com>
To：郑怀兴 <zhenghx@163.com>
Subject：
Date：2002-04-29

205　宁德的剧团太弱了

老师：

　　您好。信收悉，今天看到省厅发来的22届戏剧征文入围作品通知，《贼豆》排在戏曲类的倒数第六吧，很羞愧。真对不起您。

　　今天下午局里开会结束后，我把建议跟局长说了，他还比较认同。但我感觉没底，宁德的剧团太弱了，财政又紧，若是因为帮助市长整理文稿，市长才重视，就是排了，我也感到不是滋味，因为这不符合我的个性。这件事等"五一"以后有实质性消息了，再向您禀告吧。

　　心绪有些不好，不说了。致礼！

小赖
2002.4.29

From：郑怀兴 <zhenghx@163.com>
To：赖玲珠 <fjndllz@sina.com>
Subject：
Date：2002-04-29

206　入围名次你千万别在意

小赖：

　　来函已悉。入围名次你千万别在意。这次评委不是跟你过不去，而是大家对《贼豆》不欣赏。我在1990年可惨呢，在《新剧本》和省文化厅联合召开我的剧本研讨会之际，评委们把我的《要离与庆忌》评为倒数第二名，那才叫难堪。事前，分管戏剧的副厅长还说，《要》剧本是这一届戏剧调演的拳头作品呢。当然，鲤声剧团没有演好这个戏，也是一个原因。做任何事业，都不可能一帆风顺的，事业做越大，经历的挫折也可能越多。相信你会有充足的思想准备。不多写了。祝愉快！

怀兴
2002.4.29

From：郑怀兴 <zhènghx@163.com>
To：赖玲珠 <fjndllz@sina.com>
Subject：
Date：2002-04-30

207　明天去厦门

小赖：

　　刚才接到叶之桦的电话，要我明天去厦门，后天跟《上官婉儿》剧组的几个人一起去北京，跟一位导演见面，并在北京逗留几天，我还跟《新剧本》那边有事要办，可能这一去要十多天才能回来。祝你工作顺利，精神愉快！

怀兴
2002.4.30

From：赖玲珠 <fjndllz@sina.com>
To：郑怀兴 <zhenghx@163.com>
Subject：
Date：2002-04-30

208　写戏是一件很艰苦而清贫的事

老师：

　　您好。刚刚来电上网，两信均悉。我今天看了王晓虹的《考研》和王保卫的《走出围屋》，感觉晓虹的很好，王保卫的有新意。写戏是一件很艰苦而清贫的事，只有从心底里喜爱，才能不懈不怠。戏曲圈内有很多值得我学习的榜样。您去北京，烦请您代我向王珏师姐问好。我心情不好，不是因为《贼豆》，而是因为我感觉自己像个渺渺小小的"上官婉儿"……唉！不说这些了，既然答应人家了，就好好干吧！

　　祝好！

小赖
2002.4.30

From：郑怀兴 <zhenghx@163.com>
To：赖玲珠 <fjndllz@sina.com>
Subject：
Date：2002-05-19

209　《上官婉儿》磨了又磨

小赖：

　　你好！我于昨日回到家里。这次出门十八天，够长的了。《上官婉儿》在北京改了几次，磨了又磨，不知投排后还要如何折腾。不过到目前为止，都是我乐意改的。现把最后的修改本发过去。你这几天还在忙寿山石吗？何时改《桃花吟》？我还接了北京的约稿，不过在年底以前交稿，来得及，这个戏难度大，得慢慢来。这次宜平考研一事让我心烦。教育部门如此腐败，令人长叹！不多写了，祝愉快！

怀兴

2002.5.19

From：赖玲珠 <fjndllz@sina.com>
To：郑怀兴 <zhenghx@163.com>
Subject：
Date：2002-05-19

210 《桃花吟》做了一点修改

郑老师：

您好。这两天我对《桃花吟》做了一点修改，由于邱团长说，要体现闽西特色，所以我就尝试插了一段贯穿主题的山歌。第五场桃花跑到城里后，花母、虎母、王媒婆一起去劝她的那场戏也写出来了，但是感到与后面的戏有些脱节。按我的思路，第六场戏是"断"，这是一场寓风暴与平静之中的戏。写桃花回村后，住在娘家，双方家长表面上不再催逼她，但心情都很不安。他们有期待，也有担忧，不知道桃花会做出怎样的决断。人物心情描写，李虎、虎母、胡椒叔、花父、花母乃至姜婶，拟简单带过，桃花作为重点，她经过冷静思考后，终于做出退亲的决定，这使双方家长对这门婚事彻底绝望。花父只得按照风俗，还钱、赔礼、走红道，但桃花认为这样不公道，于是纷争再起。接下来，乡里就来了个何西尼。您看这样是否符合情理？

由于市长的事还没做好，我只得暂时把第六场的思路放下，暂用两句台词"人人以为桃花回心转意，想不到她却把退亲提"先过渡。同时我感到因为有了"劝"这场，后面的人物台词、唱词的准确性，还得花些精力去修改。

本想待修好后再传给您，但想到时间紧了点，所以只得辛苦您，替我诊断一下，这样改是否可行？

宜平考研的事,真是出乎意料,明天我朋友回来,再与她联系。下午和晚上忙寿山石,剩下两章,能赶多少就赶多少,争取早日告一段落,多点时间改《桃花吟》。
　　致礼!

小赖
2002.5.19

From：郑怀兴 <zhenghx@163.com>
To：赖玲珠 <fjndllz@sina.com>
Subject：
Date：2002-05-19

211 《桃花吟》我看了

小赖：

你好！发来的《桃花吟》我看了。因为今天来了几个客人，所以看得不够仔细，但有一些想法，先跟你谈谈。（1）我觉得桃花从头到尾，都是悲悲切切，不好，人物的情感在一个戏中，应有变化，才好演、好看，尤其是主要人物，更要如此。固然桃花是被逼被骗回来成亲的，但她为何对这门亲事不满呢？就是因为她到城里打工后，对爱情有所憧憬，李虎不符合她的理想，才引起新婚之夜的一场冲突。因此你在第一场就应把桃花这种憧憬表现出来。而憧憬是欢乐的、甜美的，但跟现实相距太大了，这是她和李虎矛盾的基础。她也认识到两人结合缺乏感情基础，但听父母说过李虎人厚道，只好走"先成亲，后恋爱"的老路，她期待李虎的温存，感情上的慢慢沟通，出于姑娘的羞怯，她对李虎主动出击采取回避甚至拒绝的态度，而李虎却不理解她的心情，认为桃花不爱他，婚事才一拖再拖，怀疑她在城里另有所爱，认为只有把生米先煮成熟饭，桃花就永远属于他了，才迫不及待地采取了粗暴的行动，这更令桃花大失所望。两人的鸿沟就越变越大了，以致不可调和。（2）桃花跑进城的那场戏我也不满意，有点节外生枝之感。（3）退亲是李虎先提出来的，后来为何又变成是桃花先提出的？戏的上半场比下半场生动、紧凑，下半场相比之下就失色了，要再认真想一想。先谈到这儿，待看了你全部修改之后再商榷，好吗？你去北京，要到西单图书大厦二层戏剧专柜买几本当代外国剧本选，我因为行李太多了，没有多买一套。

祝愉快！

怀兴

2002.5.19

From：赖玲珠 <fjndllz@sina.com>
To：郑怀兴 <zhenghx@163.com>
Subject：
Date：2002-05-20

212 《贼豆》是贼苦贼苦，《桃花吟》是苦吟苦吟

郑老师：

您好。市长的文稿刚刚赶出六章，剩下两个章节，要我整理的只有一个章节了，虽然没什么困难，但需要花费时间。为了确保《桃花吟》修改顺利，我只得和市长商量，把剩下的一章，放在6月初来完成。这段日子，局里事情很多，我动不动就得跑进去，白天的时间没法充分利用，27号又要去北京，本来不想去，但因为局里要经费，以此为名，请市长批了钱，市长又交代局长要让我去，所以只得走一趟。

虽然这段时间，日夜加班，有些劳累，但和戏曲创作比起来，还是轻松许多。我看写剧本累，改剧本更累。《贼豆》是贼苦贼苦，《桃花吟》是苦吟苦吟。

昨天看了您的意见，感到桃花一苦到底，确实不好。第一场洞房里，桃花心情的调整，还比较好解决；但是她第二次与李虎冲突后，要不要跑进城里，这一点，我现在还没想好。因为这一场的修改，关系到与后面的戏如何接上的问题。我原来是考虑，洞房之夜冲突后，桃花已经跑回娘家了，如果第二次又跑回娘家，那她与父母之间的戏，就有些重复。原稿花父为了防止她跑出去，把她绑起来，也不近情理。还有就是退亲时，披红挂彩

走红道的风俗以及花父断指认债这一情节，如何处理，我也在考虑。前者是宁德发生过的一件事，但并不是真正意义上的风俗，我原是为了加重风俗势力与人们观念的历史沉重感而设置的，以加深作品的思想内涵；花父断指，有人说好，也有人说不好。

后半部的戏，各色人物的思想、行为，也要做深入的理解，昨日发给您的稿，还没仔细修改。这两天我好好考虑后，争取在去北京前，把它改出来吧！实在不行，北京就不去了。

宜平的事，我朋友还没回来，但她的助手已经与她联系过了。帮不上忙，很无奈。

不啰唆了，致礼！

2002.5.20

From：郑怀兴 <zhenghx@163.com>
To：赖玲珠 <fjndllz@sina.com>
Subject：
Date：2002-05-20

213　争取多看几场戏

小赖：

　　你好！《桃花吟》我一时也谈不出什么来，待你修改后再说，人物情感一定要波澜起伏才好。你26日赴北京吗？代我向张颖、王正、曾献平等人问好！我最近休息、看书，宜平的事让你费心了。我想事情到了这种地步，还是请那个导师推荐，以后让她出国留学为好，免得孩子伤心。你去北京要争取多看几场戏。不多写了。祝愉快！

怀兴
2002.5.20

From：赖玲珠 <fjndllz@sina.com>
To：郑怀兴 <zhenghx@163.com>
Subject：
Date：2002-05-22

214 《桃花吟》的修改正在思考中

郑老师：

您好。我已将《贼豆》发给郭老师了。昨夜市里小品会演彩排，要评奖，占去我整个晚上时间，今晚还要一个晚上。明天早上又要开会。《桃花吟》的修改正在思考中。可能因为我第一稿的框架没搭好，在将近两年的时间里，前后修改了七八稿，每一稿改动都较大，也都有得有失。我感到戏到桃花与李虎发生第二次冲突后，有两个关键性的问题一直在困扰着我，也影响着戏的结构和走向。

一、桃花是"告"还是"跑"。最初几稿都是"告"，但大家认为状告丈夫强奸，不是轻而易举的事，应该经过重重的思想矛盾后，被逼到绝路了，才做出最后的选择。于是我就改过来了。

二、桃花到底往哪儿"跑"，是娘家，还是城里？第七稿，是往娘家跑，第八稿，我改过来，往城里跑。评章老师认为，要写出桃花受辱后精神上的创伤，您认为节外生枝的那一场，我的初衷是想借她好友阿敏的口，来道出她的精神创伤。

三、桃花跑后，"退亲"由谁先提出来好？是桃花，还是李虎？七稿我选择的是桃花提出。因为她遭受屈辱后，再也无法与李虎共同生活，所以只有选择退亲，这样李虎的那方就更咄咄逼人。到了第八稿，我又把它改成是李虎在胡椒叔的怂恿下，认为无法与桃花生活下去，长痛不如短痛。

这样改，虎母的戏丰富了一点，但新的问题又出来了。

我现在的修改思路是从第四场"花债"思考的。待改出来后，再请您指导吧！

另：宜平的材料我朋友看过了，由于可能要动用厦门记者站的力量，所以她认为先跟社里的老总打声招呼较好，因此把材料呈交老总了，早上她会协调这事。结果出来后，再向您禀告。

致礼！

小赖

2002.5.22

From：郑怀兴 <zhenghx@163.com>
To：赖玲珠 <fjndllz@sina.com>
Subject：
Date：2002-05-23

215　人生总是有磨难的

小赖：

　　你好！来函已悉。宜平的事不要再为难你的朋友了。艺术评判的标准不好说，而且厦大美术系的那些老师出于妒忌心理的问题也难查个明白。我一直劝慰宜平，准备出国留学好了，别为考研的事耿耿于怀了。人生总是有磨难的，经得起磨难，才能成才。别人故意贬低你，你也不必计较，要一笑置之。此兄我以前没有得罪他，他却在北京攻击我。他已是明日黄花了，靠压别人来自慰，也够可怜的了。我认为，不要与人比一时高低，要往大处着眼，要敢于跟高人比，要记住"文章千古事，得失寸心知"。《桃花吟》排演的事由省厅出面协调，你保持沉默最好。我这两天还在磨《上官婉儿》，虽是微调，但也颇费心思。不多写了。祝愉快！

　　奇怪，昨夜发过去，为何收不到？你哪天去北京？我能不能把《上官婉儿》最新一稿发给你？由你打印两份，一份给叶之桦，一份给王珏（她那边网络发生故障，不能发电子邮件），请王珏让傅玲按此稿校对。盼回复。又及。

怀兴
2002.5.23

From：郑怀兴 <zhenghx@163.com>
To：赖玲珠 <fjndllz@sina.com>
Subject：
Date：2002-05-24

216　启宏兄对《贼豆》的意见可取

小赖：

　　你好！线路又畅通了，我很高兴。现将《上官婉儿》5月24号的修改稿发过去，请打印一份给叶之桦，拷一盘给《新剧本》，其编辑部就在西长安街七号，离西单图书大厦只有几步路，也在民航售票处附近，你应去一趟。宜庸住在中国艺术研究院内（前海西街17号），离叶之桦家不远。启宏兄对《贼豆》的意见可取。我们不要去解析贼豆为何成为无赖，而只要把这个人物写生动了就行，只要写出无赖在目前这种社会环境中更可以横行霸道，本子就发人深省了，就深刻了。我对《上官婉儿》是逐步加深认识的，改一次清晰一点，所以改动次数这么多。也可能在电脑上改更方便，就不厌其烦地磨了。给你添麻烦了。我以为，去一趟北京不容易，要多看戏，多买点书，多会朋友，不要来去匆匆。我答应为北京写戏，今年还有机会去，他们本来要我住在北京写，我不习惯，还是在家里方便。祝愉快！

　　　　　　　　　　　　　　　　　　　　　　　　　怀兴
　　　　　　　　　　　　　　　　　　　　　　　　2002.5.24

From：赖玲珠 <fjndllz@sina.com>
To：郑怀兴 <zhenghx@163.com>
Subject：
Date：2002-05-25

217　苦吟成戏

郑老师：

　　您好。看完您的《上官婉儿》，掩卷长思，感慨良多。记得在北京进修时，我听说魏明伦先生有本书叫《苦吟成戏》，一度设法想买而不得。这段日子看您一遍又一遍地修改《上官婉儿》，真想写一篇读后感。不过又想等看了厦门高甲剧团排演后再写，可能感受会更深刻一点。这次看稿，更多的感触是来自您的治学精神！看您精益求精，我想如有时间，您肯定还会再磨的。向您致敬！

　　有您垂范，写戏再苦，我也应该"吟"下去。不过我不赞成"苦吟"，应该是"吟唱"，低吟浅唱！

　　祝快乐！

小赖

2002.5.25

From：郑怀兴 <zhenghx@163.com>
To：赖玲珠 <fjndllz@sina.com>
Subject：
Date：2002-05-25

218　戏的层次与推进问题

小赖：

　　你好！下午因网络出现故障，收不了邮件，你新发过来的剧本及短信到 7 点以后才收到。后面一稿比较简练一些。前面几场我没有什么意见。到何西尼来处理这场开始，我觉得还要再斟酌。桃花提出退婚，李家同意了，向花父索赔，才引起桃花向有关部门申诉。但她是申诉不能赔偿李家那么多呢？还是申诉李家不要逼得那么紧？还是提出我决不退回聘金？我弄不清楚。按民间惯例，女家首先提出退婚，就应该把聘金彩礼退回男家。桃花应该先是委曲求全，同意按旧例办，等以后打工慢慢还掉。但李家认为丢了面子，向桃花提出过分的要求，这才引起桃花不得不向有关部门申诉。何的处理双方都不同意，造成何和群众都站在李家一边，桃花不但要退回聘金彩礼，而且要赔偿李虎的精神损失，这才激起桃花愤慨：我的精神创伤他也要赔偿。大家都觉得奇怪，你受了什么精神创伤？桃花脱口而出，说被李虎强暴了，却引起哄堂大笑，认为新婚之夜李虎的举动是天经地义的，反而视桃花为奇胎。胡椒叔威胁说不赔偿李虎的各种损失，就要告桃花借婚诈财。这样把桃花逼上梁山，要不要状告李虎强奸？连桃花父母都认为状告李虎强奸是惊世骇俗之举，劝女儿不能太出奇。桃花告不告李虎？不要光靠唱，还要有戏曲动作，如拿着状纸，要不要踏入法院的大门？多少人在看她的笑话，说她必输无疑，父母在劝她，她也在犹豫徘徊……而姜婶却理解她，同情她，打工妹支持她，鼓励她……法院门槛前的这一段戏，写好了，是一场唱做俱佳的好戏。这里我所说的，关键是戏的层次与推进问题，要层层推进，才能吸引观众，打动观众；还有一个是戏曲化的问题，不能光是直抒胸臆，要设计好戏曲情境。

　　以上意见供参考。看来你要待北京回来后再磨了。《上官婉儿》是命题作文，所以我只有通过不断琢磨才慢慢加深对婉儿的理解，或许是自己江郎才尽，才不能一挥而就了？不多写了。祝你一路平安！

怀兴
2002.5.25

From：赖玲珠 <fjndllz@sina.com>
To：郑怀兴 <zhenghx@163.com>
Subject：
Date：2002-05-25

219　在这次改稿中

郑老师：

您好。

信收悉，看了几遍，感到自己在这次改稿中，还是思考不够认真、不够细，没有很好地领会戏曲这门独特的艺术。在后面几场中，您曾跟我说过，桃花入狱那场戏是否有必要，我徘徊又徘徊，最终还是割舍不下，一是因为那些唱词，我很喜欢；二是在构思上没花心思去想什么招；三是省里改稿时，几位先生认为这一场是考演员的戏（唱半死）。还有一些台词也是这样，有些地方一两句也就够了，可因为句子比较生动，有时都删了，随后又恢复起来。这也是我的戏太长的缘故。为此陈立衔先生曾批评我说，他最怕我一写起唱词来，就没完没了。

经您这么指点，我感觉好多了。虽然还没进一步思考，但脑子里已有动感浮现。同时，梁处长指出的问题，也能得到解决。他说桃花状告李虎，应该事先就想到，而不是入狱后才想到，只是出于种种顾虑，她才没有付诸行动，应该把她冲破重重矛盾的思想过程写出来。在这一稿中，我考虑了这个问题，但只是一点而过。

您说的桃花申诉的具体内容不明确问题，是我考虑不够细，没落到实处。不过，在第四场"花债"中，桃花就已向李虎提出"你赔我清白"的问题，如果后来同意接受赔偿，我想是不是因为她感到，既然李家已经同意退亲了，自己终于挣脱了这场婚姻的锁链，对于李家的赔偿要求，虽然不服气，但考虑到，一是因为退亲是自己提出来的，因此再吃亏，也只能打断牙和着血往肚里吞；二是迫于民俗和众口；三是考虑到如果提出要求，再闹起来，自己的声誉就会受到进一步影响；四是打工生涯，让她感到，还可以挣到一些钱，一两年内可以还清，以后的日子就是属于自己的了，因此对生活，也看到一线曙光？

我感到这个戏，如何准确分析和把握人物内心的活动，显得特别重要。

下午我已把稿发给邱龙海了，让他先看。等我北京回来后，再好好修改。

市长昨日给我挂电话，要求我将其中一章的内容再丰富一些，这样，我明天就把他的事情给处理了，免得到时又造成干扰。

《婉儿》已拷贝和打印好了。其中"流落不偶"中的"偶"是不是"遇"？我感觉最后一段补充了婉儿最终的结局，比原稿好。这样不仅婉儿的命运完整了，而且也加深了作为高级知识分子典型代表的婉儿，其悲剧命运的意义和内涵。原稿武则天躲在里面偷听婉儿和李显的那一段，也改得非常好。文章真需要千锤百炼。您都这样磨，我更不好意思吱吱叫苦了！

致礼！

小赖

2002.5.25

From：郑怀兴 <zhenghx@163.com>
To：赖玲珠 <fjndllz@sina.com>
Subject：
Date：2002-05-26

220 一定要层次分明

小赖：

　　来函已悉。桃花在提出退婚后的心理变化一定要层次分明，现在有些含混不清。你来函中说的是对的，但在本子中没有很好体现出来。以胡椒叔为代表的李家要步步紧逼，退亲的条件过于苛刻，超出桃花所能承受的范畴（不仅是经济上，主要还是精神上）才激起她的反弹。但告不告？从传统观念来说，告丈夫婚内强奸，乃是破天荒的，惊世骇俗的，桃花本身也有这种旧的意识，加上她的善良，不忍把李虎"推"上被告席，同时她也害怕事情弄大了，有损自己的名声。但李家先把桃花告了，法院已给她发传票了，不状告李虎自己就得坐牢了，逼得她迈入法院的大门。相信你能改好的。我查了成语词典，"流落不偶"一词中是"偶"，而不是"遇"，你查一查看。《上官婉儿》让《新剧本》编辑拷贝后，再给宜庸，好吗？《新剧本》我明天也要发过去，你到北京后给王珏打个电话，问她是不是收到了我发去的本子。如果收到了，你就不要把磁盘给她。我是出于稳妥起见，才让你辛苦。不多写了。祝愉快！

怀兴

2002.5.26

From：赖玲珠 <fjndllz@sina.com>
To：郑怀兴 <zhenghx@163.com>
Subject：
Date：2002-05-26

221　流落不偶

郑老师：

　　您好。

　　信收悉。您的建议很好，我把它与上封信的内容融在一起，印出来，带到北京去，慢慢消化，理清思路，以便回来后好好修改。

　　由于我家里只有《新编成语字典》，昨日查后，找不到这个词。刚才又查了《现代汉语词典》和《辞海》，也找不到。我望文生义，心想"流落不偶"可能是流落在让人找不到的地方，所以就瞎猜了。

　　另：昨日上网，看了原来的新浪信箱，居然有两封您24号发出后我一度收不到的信，可能是电子邮局又从什么地方转过来了。不过我感觉现在上的"网易"比"新浪"更迅速一些，所以以后还是用"网易"的邮址联络吧！

　　致礼！

小赖
2002.5.26

From：赖玲珠 <fjndllz@sina.com>
To：郑怀兴 <zhenghx@163.com>
Subject：
Date：2002-05-31

222　这次进京，时间很紧

郑老师：

您好。我晚上9点多才到家。这次进京，时间很紧，前后五天，马不停蹄。王正老师和曾献平先生的活动能力很强，文学学会作为一个民间社团，靠学员们自己的力量搞活动，虽然不如官办的风光，但确实很不容易，因此，尽管有的学员对交会务费等有看法，但我却认为应该支持并心存感激。

这次活动，可能是有参加都有获奖吧。来京的获奖者有130多人，加上参加颁奖演出的广东东莞及云南玉溪两个艺术团的演员，共300多人。颁奖只发奖牌、证书，不发奖金。您的金牌和证书我给您带回来了，剧本和软盘已交给宜庸。郭老师为了便于让我好找他，原约我到他自己的住处（他要从儿子那里过来），但我考虑到他刚动过手术，怕影响他的身体，所以不忍劳累他。王珏师姐很热情，给我很多指点。北京金尊影视传播中心拟拍《桃花吟》的事，基本定下来了。他们今年共报了8部戏曲电视剧项目，其中包括《驼哥的旗》《香魂女》《乡村女支书》等，但中央电视台只看中《桃花吟》，因此，他们拟将其拍成8集湖南花鼓戏曲电视剧。总经理王冰河同志给我印象很坦诚，做事干脆、按规矩办。他的意见是每集稿酬5000元，双方先订个意向书，然后我先写提纲，提纲通过后他们付30%，我再写剧稿，通过后，他们再付40%，剩下30%于开拍前三天付清。对此，我当场没说什么，只向他们表示感谢，并希望合作愉快。咨询王珏师姐后，她认为这说明他们做事比较坦诚,没有店大欺客,价格也较公道,但她提醒我在正式签订文书的时候,要注意维权。由于这是他们今年的拍摄任务,所以我接下来的任务就很重了。我想这是一个机会,应该争取,您认为怎样?

这次去北京,吃得不太习惯,气候很干燥,流了两次鼻血,感觉很累。

另:戏剧文学学会会刊第三期刊登了王正老师写的《隐者独白》,披露了您应约写《林默娘》而与王正先生用电子邮件交流的有关事实始末,我看了感慨万千。一些与我相熟的学友都跟我说,读了文章,触动很大,对某团某老太太的做法感到既可气可笑又很愤慨,同时对您充满敬意!

此外,宁波的(陈?)世友先生让我向您问好。

向您全家问好。祝愉快!

小赖敬上
2002.5.31

From：郑怀兴 <zhenghx@163.com>
To：赖玲珠 <fjndllz@sina.com>
Subject：
Date：2003-02-20

223 《东京物语》我也很喜欢

小赖：

你好！《东京物语》我也很喜欢。好作品总是令人难忘的。我今天去市人大开常委会，晚上回来，但从大后天即23日开始，要连续参加5天的人大会议，都不能回来，真难受。不多写了，祝愉快！

怀兴
2003.2.20

From：郑怀兴 <zhenghx@163.com>
To：赖玲珠 <fjndllz@sina.com>
Subject：
Date：2003-02-24

224　几个问题

小赖：

你好！上午我看了你发来的话剧提纲，可以看出你是很认真在构思这个戏的。有几个情节很感人。如父子俩的那场戏，儿子做剁椒鱼头，直至父亲喝酒昏倒。我想，这场戏如果写出来，可能很漂亮。我没有写过话剧，但读过不少话剧本子。现有几个问题提出来，供你思考或说明。

第一，就是鲁宁的女儿为何要设计成自闭症？这一家三代都是病人，让人看了太压抑、太难受了，而且这个女儿患自闭症，对这个戏有何象征意义？我一时想不出来。

第二，回忆的场面要不要出现过去的人物？我看过一些话剧本子，所有的回忆都是通过对话来完成的，而这种对话，又是非常有张力的，即是充满了戏剧矛盾与冲突。你戏一开始，就让鲁宁把所有的往事都说出来，以后就没有戏剧的悬念了。我认为，当年的事，应是一个谜，要通过妻子与鲁宁，与公公的对话中不断了解出来，让观众逐步了解过去。这其间，有父子的误会，有人生观的不同，有时代的原因，也有个性使然……整个戏要通过妻子为公公当保姆的过程，使历史的谜一步步清晰，人性之美一步步得到展示。现在这个提纲只具备一个雏形，还不能非常引人入胜。先说到这儿吧。

以上仅供参考。别太赶了,思考成熟了再动笔。祝愉快!

怀兴

2003.2.24

From：郑怀兴 <zhenghx@163.com>
To：赖玲珠 <fjndllz@sina.com>
Subject：
Date：2003-02-24

225　人物的设置要为主题服务

小赖：

你好！人物的设置要为主题服务。鲁宁由于跟父母断绝关系，他的心理肯定与一直受到父母关爱的人不一样，那么他对女儿的态度也可能异于常人。他们夫妻、父女、母女之间的关系也不同寻常，可能会产生一些矛盾冲突。而通过关心、照顾老人之后，一家子的人生态度都起了变化，互相鼓励，使老人对生活又充满希望,同时无意中也化解了其家庭原来的问题。这样相互作用才有戏。如果这样推理下去，女儿患自闭症并不恰当。当然，这只是我的考虑，仅供参考。不多写了。祝愉快！

怀兴
2003.2.24

From：郑怀兴 <zhenghx@163.com>
To：赖玲珠 <fjndllz@sina.com>
Subject：
Date：2003-02-26

226　用真情打动人

小赖：

　　你好！两封来函均收到了。这是在特殊历史背景下所引发的关于家庭伦理、人性等问题的一个现实题材。我认为可能要采取白描的手法。看似平淡无奇，却能引人入胜，用真情来打动人，感动人。这需要好的细节，需要戏剧结构的机巧运用。你别太急。等创作会议过后再修改提纲吧。应邀写戏，要有充分的思想准备：不断修改。因为人家会不断提出要求的。叶之桦又来电话，说《婉儿》第六场还要改。星期六她要来与我商榷。以我为例，劝你不要急。好吗？

　　祝愉快！

怀兴
2003.2.26

From：郑怀兴 <zhenghx@163.com>
To：赖玲珠 <fjndllz@sina.com>
Subject：
Date：2003-02-28

227　何谓戏剧电影？

小赖：

你好！来函已悉。何谓戏剧电影？我不大清楚。目前央视让我们做的是电视电影，篇幅相当于两集电视剧，稿费（含税）是3万元人民币。宜庸已写出初稿，我看过，提了一些意见，让她再修改。我认为你的决定是对的，第一次跟影视公司打交道，还是要大度点，忍耐些。武夷剧作社会议要在你那儿开，当然好，我争取与会。燕英恐怕走不了，祖母那么老了，她得天天在家侍候。叶局长说是明天要来,我会跟她谈你调动之事。祝愉快！

怀兴
2003.2.28

From：郑怀兴 <zhenghx@163.com>
To：赖玲珠 <fjndllz@sina.com>
Subject：
Date：2003-03-02

228 《婉儿》又做了点改动

小赖：

两函均收到了，老叶是11点时到达我家里，近2点离开，前往福州，明天下午才会回厦门。我这几天给二女儿《妈祖》提意见，同时对《婉儿》又做了点改动。今天跟老叶交谈后，还准备再动第六场。昨天还从福州运回一架"珠江"牌钢琴，动用好几个人，才将之搬到二楼去。改完《婉儿》后，老叶说3月中旬要我一起上北京再座谈，听意见，所以我近来就不准备写新本子了。宜庸前天给陈欣欣开列一大张碟片的清单，说在福州就可以买到，价钱比北京还便宜。你需要的话，可给宜平挂电话，让宜庸将此清单用电子邮件发给你。那两个片我看时还好好的，为什么打不开？

怀兴
2003.3.2

From：郑怀兴 <zhenghx@163.com>
To：赖玲珠 <fjndllz@sina.com>
Subject：
Date：2003-03-07

229　聚焦点找到了

小赖：

　　你好！三封来函均收悉。我又做了一点调整。这次终于聚焦点找到了，即反对专制。武则天是中国唯一的女皇，其伟大之处历史有了定论，但谁都不否认她为了当女皇而搞了特务统治。婉儿也是其专制的受害者。这个问题也是历代知识分子与统治者最大的矛盾所在。如果不让婉儿痛斥武则天的专制，观众就不能解气，戏就失去了共鸣点。当然武则天会为自己的专制寻找各种理由，但她取得政权后，的确仁慈一些。《桃花吟》的事只能让你自己决定了，不过不急，一急，就常常事与愿违。宜平，我没有跟她发过电子邮件，你可打电话问好。不多写了，祝愉快！

怀兴
2003.3.7

From：郑怀兴 <zhenghx@163.com>
To：赖玲珠 <fjndllz@sina.com>
Subject：
Date：2003-03-08

230　好作品永远看不完

小赖：

　　你好！宜庸开列的清单，我也只看一小部分，好作品永远看不完。至于生活的意义，谁也说不清，是不是按自己的兴趣，干些事，有益于世道人心就行了？反正我几十年就是这么傻傻地走过来。明天我要到城外一个山区走走，下午回来。你说小张要写《婉儿》的评论，我现把最新一稿发给她，请你打电话告诉她，以便查收。祝你节日快乐！

怀兴
2003.3.8

From：郑怀兴 <zhenghx@163.com>
To：赖玲珠 <fjndllz@sina.com>
Subject：
Date：2003-03-09

231　大胆构思

小赖：

你好！你按自己的想法大胆构思吧！同一个题材，一百个作者有一百种构思，这是正常的。让自己的思路顺畅，是最重要的。我今天乘车出去游玩，刚回来。不多写，祝你构思顺利！

怀兴
2003.3.9

From：郑怀兴 <zhenghx@163.com>
To：赖玲珠 <fjndllz@sina.com>
Subject：
Date：2003-03-12

232　心静才有好构思

小赖：

　　你好！我以前写戏，没有写提纲，只打腹稿，也就是大概写什么，有几个人物，分几场。一写起来，有时就信马由缰，任凭想象力自由驰骋了。可能有原来构思所没有的新奇情节出现。当然这因人而异，也因戏而异，不能一概而论。我看你最近有点急躁，不要因为人家约稿，就急了。心要静下来，才会有好的构思。我近来都闲着。昨晚看片《爱在冰雪纷飞时》，惊奇地发现它的立意跟我 2000 年构思的一个戏相似，当然它的故事框架比我的好，而我也半途而废，没有写出来。不多写，祝愉快！

怀兴
2003.3.12

From：赖玲珠 <fjndllz@sina.com>
To：郑怀兴 <zhenghx@163.com>
Subject：
Date：2003-03-12

233　人物设计

老师：

　　您好！

　　来信收悉，您说得很对，我是有点急躁。不过专门请假，静下心来思考提纲，总算脑筋在转。这两天我面对原来的提纲，感到思路还是无法突破，主要原因是对于倩倩这个人物的设计，一直摇摆不定，我觉得您的意见有道理，把倩倩设计成自闭症患者，就这个人物的台词而言，话剧就成了"哑剧"，她与别的人物之间，在台词上也无法形成对流，为此我恢复了原来中学生的人物形象设计，并开始分析别的人物设计有没有问题，结果发现给公公做保姆的儿媳妇——殷雪梅，这个人物的前史设计与剧中人物关系也形不成矛盾冲突，就算她因为鲁宁隐瞒情况，夫妻之间能够产生一些冲突，但也还是比较单纯的冲突。为此我把这个人物的前史做了调整，把她设计成是鲁承宗生死之交的女儿，"文化大革命"开始时她才6岁，父母惨死后，她由乡下的伯父抚养，高中毕业后招工进了纺织厂，后来认识了改名为鲁卫东的鲁宁，在不知情的情况下，俩人结了婚，一直生活了二十多年（婚后不久，鲁宁从她保存的一张照片——鲁承宗与殷国梁在战争年代中的合影中，得知殷雪梅原来就是殷国梁的女儿，他不敢吐露真情，只用自己对殷雪梅加倍的关爱来赎罪）。这样，当剧情一步步发展，最后真相大白的时候，人物自身以及人物之间的冲突，才能强烈地表现出来。您看，我对人物进行这样的调整，是否比原来好点？

　　不知我是否把情况说清楚了。离您那儿太远了，要不然我真想当面请教您，和您一起讨论一下，这样也许会说得清楚一点。

　　让您辛苦了，小赖祝好！

　　致

礼！

2003.3.12

From：郑怀兴 <zhenghx@163.com>

To：赖玲珠 <fjndllz@sina.com>

Subject：

Date：2003-03-20

234　听专家谈《婉儿》

小赖：

　　你好！我下午将近5点才到家。这次北京之行主要是听取专家对《婉儿》的意见，还是对第六、第七两场不满意。我准备休息一两天后再修改。你提纲写好了吗？随时都可以发过来。不多写了，祝愉快！

怀兴
2003.3.20

From：郑怀兴 <zhenghx@163.com>
To：赖玲珠 <fjndllz@sina.com>
Subject：
Date：2003-03-21

235 提纲比前一次好多了

小赖：

你好！你发来的提纲我看了，比前一次好多了，我很高兴。目前我不满足的是鲁宁说家史，太一般了，没有把过去的痛苦经历化入戏中，只是靠说出来，这还需要你再巧妙构思。要引起妻子对丈夫过去丑恶表现的气愤，后来又谅解了，这样才有冲突，目前矛盾、冲突还不够，这跟你的构思有关。换句话说，目前还是在说故事，不是一个最佳的戏剧结构。请你在这个基础上再好好想一想，相信你能写出一个好戏来。下午因为央视七套的记者要来采访，我不多写了，祝成功！

怀兴
2003.3.21

From：郑怀兴 <zhenghx@163.com>
To：赖玲珠 <fjndllz@sina.com>
Subject：
Date：2003-03-21

236　央视采访仙游文化

小赖：

　　你好！央视是来采访仙游文化的，今晚是来让我谈有关莆仙戏及鲤声剧团的问题，从7点开始，边聊边拍，到10点才走。明天开始才要修改《婉儿》。你的话剧要再认真想一想，可以写得很感人的。鲁宁的妻女都可以从老人那边听到有关儿子当年的劣迹。当然，他的女儿不知道老人说的就是自己的父亲，而在鲁宁面前谴责老人的儿子，那可能很有戏。供你参考。

　　祝愉快！

怀兴

2003.3.21

From：郑怀兴 <zhenghx@163.com>
To：赖玲珠 <fjndllz@sina.com>
Subject：
Date：2003-03-22

237　提纲又进了一步

小赖：

　　你好！新的提挈我匆匆看了，觉得又提高了一大步。我认为，如果父亲一度怀疑保姆的丈夫可能是自己的儿子，后来他几经试探，却否定了。他是在完全认为这个保姆的一家比亲生骨肉不知好多少的情况下才对保姆及其女儿，说起自己的儿子，引起倩倩的恨和保姆的痛苦，然后父女、夫妻之间才会有一场非常好看的戏。以后鲁承宗谅解儿子，不能因为他得悉儿子得了绝症，而是在老人劝倩倩之时自然流露。而老人越谅解，儿子越不能谅解自己的过去，越忏悔，越大胆地向女儿承认自己就是老人认为的逆子，这样戏才可能更深刻。如果鲁宁把一切推给历史，推给客观，不能感人。你说是不是？又给你出难题了。祝愉快！

怀兴

2003.3.22

From：郑怀兴 <zhenghx@163.com>
To：赖玲珠 <fjndllz@sina.com>
Subject：
Date：2003-03-22

238 《婉儿》还要进一步修改

小赖：

　　你好！鲁宁既要发泄，推卸责任，最终在父亲谅解他时，他反而不能原谅自己，又痛表忏悔，这样一正一反，才有深度。张帆来函，我已回复，请她暂缓写评论，因为《婉儿》还要进一步修改。不知她能否上网，收此回信。

　　身体一定要自我爱惜，否则年纪一大，疾病缠身，就后悔不及。不多写了，祝愉快！

怀兴

2003.3.22

From：郑怀兴 <zhenghx@163.com>
To：赖玲珠 <fjndllz@sina.com>
Subject：
Date：2003-03-24

239　转去小张意见

小赖：

　　你好！来函已悉。小张的意见我收到了，现将我的复函转发于你。关于你调动一事，为何黄与叶说法不同，我也莫名其妙。不过，歌舞团是全民单位，比高甲团好多了。我正在改《婉儿》，大框架虽不变，但唱词道白改动较多。不多写了，祝愉快！

怀兴

2003.3.24

　　附件：略

From: 郑怀兴 <zhenghx@163.com>
To: 赖玲珠 <fjndllz@sina.com>
Subject:
Date: 2003-03-25

240　这是一种机巧

小赖：

你好！后一种方案比较好一点。但不写绝命书行不行？女儿不是骂父亲，而是骂那个爷爷的"儿子"，只有母亲知道女儿骂的其实是谁，但她也不能当场揭穿，这样造成几个人的冲突、痛苦可能更激烈些。最后一场戏设计在先母墓前，较好。人物之间可以有误会的戏，这是一种机巧，能增加戏剧性，要大胆运用。当然也要显得自然，不能人工痕迹过于明显。这期电影剧本都没看，《婉儿》把我弄苦了，不过片看不少。不多写了。

祝愉快！

怀兴
2003.3.25

From：llz<llzfjnd@163.com>
To：郑怀兴 <zhenghx@163.com>
Sent：Tuesday，March25，2003 12：00 AM

241 这种思路是否更好一点？

老师：

您好！

我在修改话剧提纲，遇到一个把持不定的问题，敬请您赐教。

即在最后一幕中，鲁宁在得知自己身患绝症，又遭遇妻子的怒斥和女儿弃绝之后，身心破碎。前一提纲中，我安排他去西山找到了母亲坟墓后，浑身沾着泥土，醉醺醺回家，体检报告掉在地上，被女儿发现，才知道他身患绝症。我在思考过程中，觉得这样编排，他在母亲坟前的那场戏就作为暗场处理了，而这场戏应该是他袒露内心，向生者、死者忏悔的重要的戏，应该是很感人的，为此，我想是不是把它改为鲁宁在妻女离他而去（母女俩都去了鲁承宗家）之后，痛悔悲绝之中，留下绝命书信一封，前往西山寻找母亲坟墓，在母亲坟前忏悔。在表现手法上，采取打破时空限制的办法，用绝命书把他在家中写信、女儿经爷爷规劝回来、发现书信，看信，冲出家门去寻找他，以及他跪在母亲坟前的忏悔，都统一贯穿起来。您看这种思路比原来的设想，是否更好一点？我拿不定主意，所以就又打扰您了。

小赖祝好！

致

礼！

2003.3.25

From：郑怀兴 <zhenghx@163.com>
To：赖玲珠 <fjndllz@sina.com>
Subject：
Date：2003-03-27

242 《婉儿》最新一稿

小赖：

　　你好！我现将《婉儿》最新一稿发过去，请你看一看。虽说重点改的是第六场，但每一场或多或少都有所改动。你有何意见，请回馈过来，便于我再改一改，然后发给厦门付排。让你辛苦了。祝愉快！

怀兴
2003.3.27

From：郑怀兴 <zhenghx@163.com>
To：赖玲珠 <fjndllz@sina.com>
Subject：
Date：2003-03-27 17:55:00

243　梅花奖演员要晋京演出

小赖：

　　你好！三封来函均收到了。这几天我特别忙，因为梅花奖演员要晋京演出，王少媛要演《戏巫记》。这个戏 1992 年、1999 年在上海、在福州演出都很成功，可是这两个演员离开剧团一年多了，演技大退，水平下降太多了，令人伤心，我只得去排练厅督促。《婉儿》才改到第六场。这一场要写好，不容易。我同意你的意见，把提纲先给省话，他们还会提意见的。不多写了，祝愉快！

怀兴

2003.3.27

From：郑怀兴 <zhenghx@163.com>
To：赖玲珠 <fjndllz@sina.com>
Subject：
Date：2003-03-28 8:51:00

244　又对《婉儿》改了几句

小赖：

　　你好！早上起来，又对《婉儿》第六场改了几句（用红字标出来），重发过去，请你看一看。今天要稍事休息。祝愉快！

怀兴

2003.3.28

From：郑怀兴 <zhenghx@163.com>
To：赖玲珠 <fjndllz@sina.com>
Subject：
Date：2003-03-28　15:49:00

245　《婉儿》难写的原因

小赖：

你好！历史上的婉儿正如我这一稿所写的，这一稿也与演出本相似，只是心路历程更清晰而已。春节后那么改，是老叶提出来，要往"亮点"靠，但如此一靠，就失去了历史真实，同时那一类君臣为了顾全大局而摒弃前嫌的主题太落俗套了，这是小张所不满的原因。这一稿的婉儿有普遍意义，即士的人格很难独立，必须依附统治者，才能有所作为。我批判了武则天的专制，也批判了婉儿的功利心重，但又非常同情她，这是古今多少士摆脱不了的命运。这个戏难写，一是我在立意上为各种意见所左右，一直把握不定。二是刻画士的这种心态很难，因为既要同情，又要批判，差之毫厘，就会失之千里。

这次北京的意见只是嫌婉儿的心路历程没深挖，都是泛泛之谈，我想，这样改，可以说是深入一步了。演出本的纸花比喻不准，我这次用风筝来比喻，可能准确一点。结尾让两人在得到的同时又产生了深深的失落感，能深化主题。我看了你的意见后，又略改几笔，现给小张发过去，请你告诉她，注意收之。祝愉快！

怀兴
2003.3.28

From: 郑怀兴 <zhenghx@163.com>
To: 赖玲珠 <fjndllz@sina.com>
Subject:
Date: 2003-03-29 15:10:00

246　文艺作品的意义在于对人性的挖掘

小赖：

你好！来函已悉。这两天我一边去剧团看排《戏巫记》，一边对《婉儿》的第六场某些唱段继续推敲。婉儿与武则天之间的关系是相当复杂、微妙的，除了依附外，还有两人的惺惺相惜，都感到喜欢对方，离不开对方。以前对这一点强调不够，这次我予以表现了。说到底，文艺作品的意义在于对人性的挖掘，挖得深刻，有你独特的发现，这部作品就有新意了。你说是不是？不多写了，祝愉快！

怀兴

2003.3.29

From：郑怀兴 <zhenghx@163.com>
To：赖玲珠 <fjndllz@sina.com>
Subject：
Date：2003-03-30 18:08:00

247　要好好休息

小赖：

　　你好！前后两封来函均收到了。上午我去莆田市参加剧协换届会议（相隔十八年了），才回家不久。人生真如梦，十八年前，我才三十多，转眼就五十多了。前一届的代表有的故世了，有些也十分苍老了，再一届，相识有几个？我这两年精力明显不如以前了，容易疲惫，不敢再拼命了。《婉儿》改好后，要好好休息一段，不写新戏了。你等省话的意见来后再写吧，也要休息一下才好。不多写了，祝愉快！

怀兴
2003.3.30

From：郑怀兴 <zhenghx@163.com>
To：赖玲珠 <fjndllz@sina.com>
Subject：
Date：2003-03-31　16:32:00

248　我如释重负了！

小赖：

　　你好！来函已悉。我这两年身体已不如前，都是积劳成疾引起的，与"指导"你无关，认识你，跟你进行学术交流，只能让我愉快，哪里会增加我的负担。话剧本待她们意见来了再说吧！刚才收到小张的来函，她十分肯定《婉儿》这一稿，我非常高兴。这个戏让我怕了，怕自己才尽了，小张的艺术感觉好极了，而且每次都谈到点子上，让我恢复了信心。你瞧，我原来也这么脆弱！你的朋友中有这么一个小"韩荆州"，真幸甚，让我也托你的福，受益匪浅！这两天我还对《婉儿》进行微调，又给她发去了，现在可让她写评论了。我如释重负了！祝愉快！

怀兴
2003.3.31

From：郑怀兴 <zhenghx@163.com>
To：赖玲珠 <fjndllz@sina.com>
Subject：
Date：2003-03-31　17:47:00

249　别妄自菲薄

小赖：

　　你好！上山刚回来，就收到你的来函，真高兴。你可把发表的两个剧本及得奖的有关资料都准备好，拿给厦门的人事部门。我认为，照这些材料，你是有资格享受人才引进的待遇，别妄自菲薄。凡事都要靠争取，按最好的争取，才会有中等的结果。祝你朋友相聚快乐！我把微调后的《婉儿》再发给你，有空时再看看。

怀兴

2003.3.31

From：郑怀兴 <zhenghx@163.com>
To：赖玲珠 <fjndllz@sina.com>
Subject：
Date：2003-03-31 22:08:00

250　《婉儿》给我的教训是很深的

小赖：

你好！《婉儿》给我的教训是很深的。主要有两点：（1）酝酿不够成熟就动笔，造成这个戏的先天不足，改起来就费劲多了。（2）因为是应约写的，厦门方面又非常认真，不断请省里与北京的专家座谈，人多嘴杂，造成我思想混乱。这次是静下心来，认真梳理思路，才改出来的。这个教训，说给你听，也是前车之鉴吧。《新剧本》你介绍的那个话剧我看了，不错。这几天要好好休息看书。愿你调动一事顺利！

怀兴

2003.3.31

附

欲速不达文思乱，气定神闲慢斟酌
——修改《三倒丫轶事》的心得体会

□ 赖玲珠

现代戏《三倒丫轶事》是我 2001 年 6 月阅读《电视·电影·文学》杂志 2001 年第 3 期中刊发的中篇小说《讲案》后，萌发创作兴趣，从而改编的第三部现代戏。《讲案》的作者是浙江省丽水市文联作家阙迪伟，小说讲述一个被人称为"气死公安，难倒法院"的乡村小无赖贼豆，在村口手牵掳来的母羊，调戏了刚从外地回来的打工妹毛五月之后，又到处散布谣言，说毛五月与他如何相好，弄得毛五月只得离家逃脱。不久，贼豆老迈痴呆的老娘不慎在井边摔倒，毛五月的嫂嫂——毛弄井老婆好心将她送到乡卫生院医治，不料却遭到贼豆的反诬。毛家夫妻为讨公道，受尽屈辱，历尽艰辛，最后，安分守己的毛弄井在妻子被逼疯的情况下，忍无可忍，向贼豆举起了手中的菜刀，正当此时，傍上黑社会小头目蔡八的毛五月，领着蔡八来了。蔡八轻轻一句话，贼豆就屁滚尿流，跪地求饶了。毛家夫妻的遭遇和蔡八"以黑制黑"的反讽结局，成为我改编此作的最初动机。

　　由于小说人物众多，情节复杂，内容丰富，再加上我初涉梨园，又是第一次改编别人的作品，以为所谓改编，就是把别人的作品进行简单的剪辑与拼贴，所以一开始是冲动有余而构思不足。2001年8月，初稿《贼豆》勉强出来以后，在当地召开的改稿会上即遭否定。同年10月，参加省里组织的第一次改稿会，专家们也都不看好这个戏。大部分意见认为，把这样一个极不光彩的乡村无赖作为一号人物来写，意义何在？同时，作品基调太灰，篇幅太长，结尾也缺少弘扬主旋律的作品应有的光明……

　　听了意见，我自然十分沮丧，所以就搁置一边，打算就此放弃了。2001年10月，省文化厅举行首批戏剧编剧导师签约仪式，我有幸成为著名剧作家郑怀兴先生的学生。先生的编剧经验十分丰富，对题材的分析具有十分独到的眼力。中秋节那天，我给先生发送贺卡的时候，顺便跟他提到了《贼豆》，先生看了剧情简介之后，就建议我把剧稿发送给他。10月12日，我收到了先生的复信，他在信中这样说道："我认为改稿会的意见值得你好好思考，但你不要轻易放弃这个戏。鲁迅的《阿Q正传》不是写得灰暗吗？但深刻极了。你这个题材写好了很有现实意义，也揭露了人性的弱点。记得前些年《剧本》发表了一部外国剧作，叫《纵火犯》，写的是众人对纵火犯的纵容，最终大家都惨遭其害，富有哲理。我相信你可以改好的，只是别太急，要酝酿成熟后再动笔。"

　　先生的复信犹如雪中送炭，他一眼洞悉我改编此剧的初衷，使我备受鼓舞。我立即给先生复信，表示愿意从头开始，认真修改这个本想放弃的剧稿。从此，先生对《贼豆》开始了长达5个多月的精心辅导，交流信件达150多封！

　　由于我做事虽则专心致志，但性情急躁，求成心切，一旦决定修改剧本，就心无旁骛，长驱直入，日夜沉浸在思考之中，这往往造成热情冲动有余，而深思熟虑不足。先生多次提醒我，要从容，从容，再从容。可我的脑子一旦开动就很难平静下来。2001年3月,省艺研所第二次改稿会召开之际,我为了赶时间,一方面频频向先生汇报思路,一方面急不可耐地要动笔修改剧本。先生屡屡告诫不要急躁,哪怕时间来不及,也可以先整理一个修改提纲参加。为了帮助我深入理解和塑造好贼豆这个人物形象,先生还找来《小说月报》刊登的中篇小说《杨志卖刀》,让我从小说中的牛二如何由老实本分的秀才牛仲学蜕变成了泼皮无赖牛二,从中思考、感悟促使贼豆蜕变的深层原因。他不断启发我加深理解贼豆这个人物,最后还建议我给贼豆立个小传。可我哪里按捺得住,于是夜以继日匆忙赶制,连最后一场还没写完,就急不可耐地将剧稿发给了先生。发完后,还暗暗抱着侥幸心理期待先生的赞许。谁知信件发出后,当天晚上并没有收到先生的复信,我开始有些纳闷,因为通常情况下,如果我的思路正确,剧稿精彩,先生总是及时回复,热情鼓励。第二天,仍然没有先生的复信,我不禁有些焦急了。到了第三天下午,我一直守在电脑旁,临近中午时分,我再也按捺不住内心的焦急,拨通了先生家里的电话。先生正在吃午饭,他告诉我要有思想准备,我一听就如泄气的皮球,失魂落魄呆坐在书房里。家人几次催促吃饭,我只好硬着头皮勉强出来。就餐时,我一声不吭,垂首低眉,既不夹菜也不盛汤,只是机械地动着筷子,空空地拨扒着饭碗。餐桌一片肃静,家人全都奇怪地看着我。我的眼泪就这样一滴一滴往下淌着,最后,终于控制不住,匆匆放下饭碗,跑进书房……

当天傍晚,我收到了先生一封十分简短的复信,信中这样写道:"小赖:你好!从昨夜到现在,一直在看《贼豆》。说实话,我只喜欢头三场,后面的戏改得不如以前,人物没有内心情感,情节掩盖了人物。修改过程出现这种反复,并不奇怪。我把意见都写在每场中,请你看一看。我的设想并不一定正确,只供你参考,或许能帮你打开思路……"

打开附件,一看剧稿,我的眼泪就涌了出来。我的病稿从头到尾,每一场都写着先生具体的批语,有热情赞许,有严厉批评,有冷静分析,有启发引导,有出谋献策……从第一场到第七场,先生的评语从"很好""不错""还可以""不太满意""不满意"到最后"很不满意",我一边羞愧不已,一边感动万分。先生就像医术高明的内科手术医生一样,对我的剧稿进行精心的解剖和细致的诊治,他不仅准确找到患处,指出病症,开出药方,对症下药,还找到病灶——那就是我急于求成的浮躁心态!

我含着泪水一遍遍看着先生的批改,为了让自己铭记教训,我把先生的意见用黑体字加粗套红标出来,然后平心静气给先生回信:"这么多年来,我从来没有因为文章写不好而流泪,更没有人对我的文章进行这么用心的指导。我觉得非常对不起您。请您放心,我认真看后,一定用心改好!"

先生看了我的信,回复道:"小赖:你好!你不要急于动笔,我的意见并不一定正确,你要好好思考后再决定如何取舍,但我想告诉你,写戏不能就事论事,写贼豆逼得毛家夫妻无路可走,村长敷衍了事,都只是一种社会现象,写得再有戏,再有趣,也只能逗乐观众,不能震撼人心,不能给人以更多的思考和启迪。只有通过故事来写人,写人的心灵,才有审美价值,才能打动人心,才有深刻的内涵。看你的稿子,我也慢慢深入这个戏中来。贼豆固然是个无赖,但如果翠花不是一味地蔑视他,辱骂他,而是给予谅解、宽容,事情就不会闹得那么僵;如果乡亲们不是一直麻木不仁,如果村长不是一直欺软怕硬,贼豆也不会越陷越深。写戏,应有悲天悯人的情怀,站得比剧中任何人物都要高,即使对剧中的恶人,也要像上帝对待罪人一样去对待他们。你说是不是?千万不要过于性急,要吃好,休息好,慢慢琢磨……"

先生的谆谆教诲如春雨润物,平息了我内心的喧嚣,洗净了我思想的浮躁。此后几日,我虽然继续沉浸在思考中,但气定神闲,创作心态明显好转。我根据先生的指点,一场一场地整理提纲,梳理思路,认真改好一场,就发过去请教。先生则看完一场,批点一场。那段日子,先生一直沉浸在思考中,他经常忽然想到什么,就立即发信给我。在先生的帮助下,剧稿越改越顺,思路越来越畅,我的感觉也越来越好。当改完第七场,开始写最后一场的时候,我完全进入创作的最佳状态,与笔下的人物同哭笑共悲欢,完全融为一体。到了2002年3月27日，从白天到黑夜，我靠喝牛奶维持体力，拼命抓住感觉，一气呵成把剧稿写完……随后我扶墙走到卧室，躺在床上，浑身发抖，连眼皮也发抖，我平生第一次体验到了真正的创作是生命的透支……

两天后，恢复精神的我针对《贼豆》创作修改过程中暴露出来的种种问题，进行了深刻反省，写下了4000多字的修改小结，从八个方面总结了自己的心得体会：一是构思不成熟甚至压根儿没花心思去构思，就仓促动笔。二是听取意见心态不端正，一旦意见不同，就顿失方向，乱了方寸。三是自觉领会了一些编剧技巧，最大收获就是关于"设局"的理解。先生曾在《戏剧编剧理论与实践》中，把"局"比作是"圈套"。通过修改《贼豆》，我认为这个"圈套"应有两重含义，一是"外套"观众，即设置情节，制造悬念，组织冲突等吸引观众；一是"内套"剧中人，让他们一步步走入特定的戏剧情境中。设局的技巧似乎也有规律可循，比如欲扬先抑，欲悲先喜，欲擒先纵，欲放先收……多呈对立关系，这样才有变化，有蓄势，有跌宕起伏，有峰回路转。同时我也明白了，为什么大家说我的戏往外走的倾向性很强，而往内走的倾向性较弱，剧中的情势发展蓄势不够，往往像一条小河哗哗哗一路欢畅地流下去，没有峰回路转，没有跌宕起伏，形不成瀑布。四是唱词的节奏，随着剧情与人物情感的发展变化，要有长短徐疾起伏有致。五是深化主题性的语言。虽然有人主张，作者的观点必须隐藏得越深越好，但点题性的语言可以通过人物之口道出，留给观众去思考。六是亮点，即指人性中美好的、善良的、闪光的东西，这不仅能使剧中人物精神境界得以升华，而且也是一剧之本是否具备穿透观众心灵的内在因素之一。七是人物心理发展变化的层次问题。剧中人物在做出重大选择和行动之前，必有一个心理发展变化的过程，要把这个情感脉络梳理清楚。八是人物唱词、对白的准确性。特定人物在特定的情势下，说什么，怎么说，唱什么，如何唱，要符合人物性格、剧情、环境和心情。

《贼豆》在先生的精心指导下，从一部打算扔进纸篓的弃稿，改头换面成为《三倒丫轶事》,成了先生和我都特别喜欢的一部习作。2003年《新剧本》第2期刊发了它。2004年参加广州市文体局主办的向全国征集舞台文学剧本活动,564部应征作品,11部入选,《三倒丫轶事》名列第一。

原载《福建艺术》2004年第3期

密叶因裁吐，新花逐蕚舒
——《上官婉儿》21次修改浅谈剧本修改的几点体悟

□ 赖玲珠

《上官婉儿》是著名剧作家郑怀兴先生从事戏剧编剧20多年来，写得最苦、改得最多、最下功夫的一部应约之作。在他创作、修改这部作品期间，我有幸作为学生，不仅参加了《上官婉儿》5次研讨会和3次观摩演出，更难得的是，先生为了让我更好地学习、领悟、提高戏剧编剧技巧，他从2002年1月20日写出初稿《女学士》，到2003年10月《上官婉儿》参加在西安举行的中国第八届戏剧节演出，在将近两年的时间里，他每改一稿就发送给我，让我全程跟班学习，在前后剧稿对比中，领悟他步步深入、层层挖掘、丝丝缕缕梳理和点点滴滴雕琢这部作品的创作历程。至今，我的电子信箱里还保存着先生大小修改的21种版本。在认真研读、对比先生修改的不同剧稿的过程中，我获得了以下几个方面的启迪。

一、素材发掘与主题立意

先生是一位具有20多年编剧经验的剧作家，素以历史剧创作名播剧坛。在20多年创作出的20多部作品中，名震艺坛、举足轻重的几乎都是历史剧，如《新亭泪》《晋宫寒月》《要离与庆忌》《王昭君》《乾佑山天书》以及电视连续剧《林则徐》《左宗棠》《郑成功》等，写的几乎都是历史上的大人物、大事件。他对素材的把握和分析，具有十分独到的眼光，往往能透过表面现象发掘出深刻的思想内涵。《上官婉儿》这个素材之所以吸引先生，是因为先生看到婉儿的命运揭示了统治者和知识分子宠辱进退的关系,这个主题非常深远而宏大,而旷世才女上官婉儿和绝代女皇武则天之间的恩怨情仇,及其所包藏着的深刻的思想内涵、厚重的历史观照以及巨大而复杂的心灵开掘空间,更是先生孜孜不倦致力探索的重要原因。先生从一开始创作,就在给我的来信中这样说道:"这个戏的立意,我主要是放在知识分子跟统治者的关系上。婉儿与武则天的关系,就是典型的知识分子跟统治者之间的关系。在专制社会里,知识分子的命运都是很可怜的,统治者从来都是恩威并施,既要利用其才华,又不许他(她)忤逆其意志;而知识分子只有顺从了才有地位,才有作为。"

二、大处着眼与小处雕琢

先生认为:"写戏好比建造楼房,架子搭好之后,就要细磨,于细微之处见功夫,但首重立意,重在骨架,大的不行,再拼命装修,也是白费劲。"他花了3个月时间查找资料、思考构思,然后在创作冲动的驱使下,一气呵成写出了《女学士》的初稿。尽管初稿后来经过20多次大大小小的修改,最后以《上官婉儿》定名,但是作品构架、人物设置、剧情走向、主要情节等,并没有错骨伤筋、重新组合。相反,每一处修改都很精到,有的地方画龙点睛,光彩立现;有的地方巧加利用,巧配天成;有的地方添它几笔,立即峰回路转;有的地方顺势开掘,顿然眼界大开,别有洞天。如一至六场,从婉儿七步成诗,招为侍从;李显初立,武后警示;新王被废,婉儿抒怀;武后问罪,婉儿受刑;戏弄三思,醉书颂文;到最后一场昆明盛会,彩楼评诗,其中涉及的重大事件和主要情节,在后来历次修改中,不仅都予以保留,而且不断开掘,越改越好。比如《黄台瓜辞》这首诗,在初稿第三场,由婉儿抚琴吟出后,作为一条导火索,导致第四场武则天兴师问罪,追查诗的来源,婉儿代人受过,遭受黥刑,之后,《黄台瓜辞》的作用就宣告结束了。但是在一步步的修改过程中,先生赋予《黄台瓜辞》更丰富的内涵,更浓郁的悲情,更久远的诗韵。从修改后演出本的第四场开始,到终场彩楼评诗结束,在群臣贺毕,繁华与喧嚣褪尽,舞台一片沉寂之际,《黄台瓜辞》的旋律犹如武后与婉儿心底的肃杀寒气,从远处隐隐传来。"武则天顿时愣住了，灯光渐渐集中照射在她身上……《黄台瓜辞》的旋律越来越清晰了。另一束表演区的灯渐亮起来，婉儿席地而坐，抚琴弹唱《黄台瓜辞》。雪花渐飞舞，李贤隐约出现在风雪中，武则天喃喃地唤着：'贤儿，贤儿！'婉儿也同样在呼唤、寻找李贤，李贤飘然而下……"这样，《黄台瓜辞》便成了一条贯穿本剧，一吟三叹、如泣如诉、不绝于耳的"诗线"，为剧目增添了无限的神韵，使人物内心世界的开掘更加宽远，并与全剧中的《奉和圣制立春日侍宴内殿出翦彩花应制》《入朝洛堤步月》《采书怨》等诗作，水乳交融，浑然一体，从而也使《上官婉儿》被誉为一部充满悲情的诗剧。

三、人物设置与场次结构

人物设置与场次结构的调整，对一般的剧作者来说是个大手术，它对剧作者特别是初学者是一种很严峻的考验，因为牵一发动全身，弄不好，整部作品都得重组，甚至有可能面目全非，如果没有经验，甚至会影响到修改作品的信心。当然，修改好了，作品也会柳暗花明，焕然一新。先生的《女学士》初稿，主要人物的设置，除了上官婉儿、武则天、李显、郑氏、武三思外，还有婉儿的祖父上官仪，次要人物除宫女、太监、文人、卫士之外，还有手持巨秤的魁星神君。在场次安排上，除了上述六场，还有一个序幕，写的是上官一门被灭族抄斩，郑氏临危产下婉儿，魁星神君预言此女才华胜其祖父，并将称量天下士，而上官仪的冤魂则泣求苍天保佑，不要让孙女落入武后手掌。在初稿的第五场，婉儿受刑之后，武三思来传武后口谕，命婉儿写《劝进表》的时候，上官仪的鬼魂再次出现，与婉儿进行了一番激烈的论战。到了 2002 年 7 月 12 日的第九稿时，先生删去了上官仪和魁星神君这两个人物形象及序幕等相应的戏，而把初稿时在第二场中，婉儿被封为昭容后，在椒房抒怀，以两句唱词"曾倾慕李贤他风流倜傥，却遭废贬巴州音讯渺茫"一点带过的前太子李贤，作为第三号人物，把他从幕后请到台前。这不仅使婉儿与李贤的感情由隐隐约约闪烁的光点，变成了一条自始至终伴随她的人生命运与情感裂变的副线，而且对塑造武则天形象,丰富她的内心世界,加强悲剧色彩,深化作品主题,都起到了很好的作用。

四、人物形象与情感世界

写作的历程就是走近人物内心世界的历程,心界有多大,心路有多远,距离有多长,作品的内涵就有多深。剧作家与笔下人物在心灵上的距离的远近,决定了剧作家对题材的挖掘与人物形象的塑造。我第一次看完《女学士》的初稿后,在先生的鼓励下,曾在2002年2月9日给先生连续写了3封信,坦言相告自己的读后感:"完整看完后,感觉婉儿才气很足,但内在情感戏偏少,也许她对李显、李贤情感上的戏不是您要重点表达的,或者婉儿不像班昭、李清照或别的才女那样,儿女私情的戏份那么重。这也许源于我对您想塑造怎样一个与众不同的婉儿还不清楚……"

先生复信告知我,他创作的初衷及其历史剧创作的一贯态度之后,我又大胆请教:"统治者与知识分子的关系,我想到曹操与杨修、汉武帝与司马迁,狭义上,那是男统治者与男知识分子的关系,而《女学士》则是中国历史上唯一的女统治者与女学士的关系。我想《女学士》在拥有共性的同时,在特性上还要取胜!而且应该会更感人的!作为中国历史上唯一的女皇帝,武则天对婉儿施黥刑,这恐怕也是独有的。这样一想,婉儿的悲剧色彩和内涵都应更加厚重了。另外,我看电视剧,对婉儿把自己额上受的黥刑绣成一朵梅花这个细节很有感触。这不仅是女性天性中对美的执着追求,更是心如青云出岫的知识分子,其受压制、被屈辱的人格,绽放出的一朵苦寒之梅!……"

先生积极鼓励我继续思考,于是,我又给先生写了一信:"我刚才又认真读了一遍,感觉仍有一些地方的理解把握不定。您塑造的这一个婉儿,是作为'女学士'来写的,但她身上似乎带着浓厚的'男文人'的气质:恣才纵意,激扬文字,敢与贤者比高低,学而优则仕……醉改奏章那一场,更让我想起李白醉酒调戏高力士,及至被施黥刑之后,仍想着东山再起……把替武三思改文章看作是成败的机会。这是不是就是您想赋予她的独特之处呢？我在想，婉儿作为中国历史上唯一的女皇武则天身边的一个女学士，又与武则天有着灭族之仇、黥刑之恨，她身居宫中、伴君之侧、处理国是、评称天下之士，内心深处对自己所处地位、所见所闻、所做之事是抱着怎样的态度呢？对诗文、对宫廷、对从政、对女性掌管天下（与上官仪对话中有一段）、对女官参政议政等等，又该有怎样的切身体悟呢？还有她对武则天的感情、发展、变化过程，我也想从您的剧作中去感悟。"

先生轻车熟路的编剧技法、点石成金的修改功力是令人叹服的。每改一稿，前后对比，我都深为先生的编剧智慧所折服。随着他对人物的不断理解和内心世界的深入开掘，婉儿和武后的情感脉络越来越清晰，内心世界越来越丰富，人物形象也越来越丰满。

五、时空氛围与艺术韵味

捧读先生剧作，常叹其胸襟宽广，气势磅礴，写景状物，有登高望远之眼界，时空氛围营造，更富大家之风范。如《新亭泪》序幕开启，便是"骇浪浮天，桅樯林立"，及至周伯仁携琴出城，新亭抒怀，渔父翩然而至，两人琴箫相和，高山流水，空谷鹤鸣，更是神来之笔。《晋宫寒月》亦是如此，幕启"碧空如洗，黄花遍地"，幕落"血似飞虹，冷月无声"。还有《神马赋》中，山庄里的古树、寒星、薄雾、虫唧、流水以及更梆鸥影；《青蛙记》中的水声蛙鼓，月色荷影。这种天籁之声与剧作情境内外共融的特点，使先生的剧作富有高远的艺术境界。《上官婉儿》在修改的过程中，同样也采用了以诗声琴韵来传达人物的内心世界，用百花争艳和漫天飞雪来烘托气氛，从而使人物内心与外部环境达到高度和谐，使作品富有天人合一的艺术韵味。

六、意象突现与主题升华

在 2003 年 12 月揭晓的中国第二届舞台美术展览会中，《上官婉儿》的舞美设计从 21 年来 1000 多部舞台艺术作品中脱颖而出，在入选的 19 部优秀舞美设计作品中名列第三，其成功之处就是该剧的舞美设计师黄永碳先生深刻解读并传达了剧中关于鲜花和纸花的意象。先生的初稿，花朵的意象并不明显，其序幕先是交代婉儿特殊的出生背景，到了第二稿，开始加了幕后唱："大唐女子好风光，出现女官与女皇。今朝搬演女学士，一投胎便风雨狂！"直到2002年7月12日发来第九稿，删除了原来的序幕，真花与纸花的意象才突现出来，开场戏改成了"从遥远的地方传来一阵歌声：剪纸花，扎纸花，忙煞众宫娃。真花不听天后话，却有假花连夜发！"7月16日第十稿进一步完善，增加了序幕："武则天独自在漫步，从遥远的地方传来一阵采莲的歌声，李贤追逐着婉儿，婉儿从荷塘中出现，两人嬉闹……武则天出神地观看着，忽然传来小太监的喊声，幻觉消失……"到了2002年9月23日第十二稿的时候，序曲更加完美："武则天面对着漫天风雪，独自在漫步。她的幻觉中出现灿烂的百花，上官婉儿与一群年轻的宫女在花丛中嬉闹……"这样，序幕与落幕也就浑然一体了。

　　最后，再经一遍遍地精雕细刻，终于成就了2003年10月的演出本《上官婉儿》。剧作以婉儿的诗作《奉和圣制立春日侍宴内殿出翦彩花应制》为开篇，以清丽纯妙、含苞欲放的鲜花在"炽热的阳光逼射下"成为情丝抽尽、血泪蒸干的纸花为意象，以婉儿与武则天的恩怨为主线，以婉儿和李贤的爱情为副线，通过婉儿七步成诗，招为侍从；洛堤送别，惊闻家世；临封昭容，却成学士；抒怨吟怀，因诗伏险；冒命顶罪，遭施黥刑；感君复宠，醉书颂文；昆明庆会，彩楼评诗，这一系列的跌宕起伏，来展示婉儿和武则天这对旷古奇绝的政治搭档既同声相应、同气相求、如星伴月、相映生辉，又相互对立排斥、牵制驭御、充满对抗的悲欣交集的矛盾关系，揭示出婉儿从天真烂漫的诗情少女，在历经苦难与磨砺之后，"斫去了稚气、士气、骨气和女儿气"[1]，走向成熟、干练和理性，自觉回归武则天，最后从"聪慧天真少女蜕变成老辣成熟政客的心路历程"，[2] 深入开掘出历代知识分子

---

[1] 张帆：《华美与苍凉——郑怀兴〈上官婉儿〉中知识分子心态浅探》，《剧本》2003年第10期。

[2] 张帆：《华美与苍凉——郑怀兴〈上官婉儿〉中知识分子心态浅探》，《剧本》2003年第10期。

在君威王权之下，实现"兼济天下"的理想抱负和个人心性之中追求独立人格与思想自由的"独善其身"的愿望之间的剧烈冲突与矛盾，考问灵魂、直诘心灵，极富思想震撼力和艺术感染力。

在先生创作修改《上官婉儿》的过程中，我一边在先生的精心指导下修改习作《三倒丫轶事》，一边应约协助编著《寿山石大典》。五彩缤纷、美不胜收的寿山石，正像丰富多彩的创作素材一样，而技巧精湛的雕刻师就好比功底深厚的剧作家，他们在雕刻作品的过程中，十分讲究"相石""俏色""开掘"，这与剧本创作有异曲同工之妙。

所谓"相石"，就是雕刻之前，要针对不同的寿山石品种，认真观察，反复研究它的色彩、质地、纹理、格裂乃至瑕疵。"相石"对于雕刻之重要，就好比深入理解素材对于创作之重要一样，故雕刻界有"一相抵九工"之说。意思是说，如果能把石头的属性彻底琢磨透了，那么，它的一分"相"功将胜过九分"雕"功。"俏色"则是根据石头的不同色彩，在构图、布局时如何巧配天成。"开掘"是指有些石头表层裹有石皮，当你没有剥开石皮的时候，你的构思可能就停留在表层，但是运刀开雕之后，深层的颜色、纹理可能与表层并不一样，或者深层的某种花色纹路，从表层看是若隐若现的，当你开掘到深处时，才发现别有洞天。所以，高明的雕刻师和高明的剧作家一样，顽石在握，雕琢什么，如何雕琢，往往取决于他对石头的不断认识和发现，而一件雕品艺术水平如何，终究还是要看雕刻家的眼力和功力。

原载《福建艺术》2004年第6期

斯戏人纯真
——从《戏巫记》浅谈郑怀兴先生其人其文

□ 赖玲珠

汉代桓宽《盐铁论·论儒》曰:"君子执德秉义而行,故造次必于是,颠沛必于是。"恩师怀兴先生安身立命于梨园,"在写戏中履行自己的使命"。近半个世纪以来,他忠执一念,笔耕不辍,著作等身,宛如仙游文旦蜜柚,满树挂果,粒粒沉甸甘醇。5出小戏、5部现代戏、2部神话剧、3部传统改编剧、11部古装剧、21部历史剧、4部电视连续剧、1部长篇历史小说和1部《戏曲编剧理论与实践》专著……其剧作集,1992年中国戏剧出版社出版时,收入7部剧作。2010年出版时,上下卷汇集31部剧作。时人或许认为此集乃以《青藤狂士》压轴,殊不知先生长藤结瓜,绵绵瓜瓞。步入2010年后的花甲人生,先生心神怡然安泰,知识史识器识智识齐臻,不仅新作泉涌井喷,而且往年未被抬识的压箱之作亦如沉坛老酒,一一被搬演。2016年,文化艺术出版社出版了《郑怀兴戏剧全集》(1—4卷),囊括42部剧作,但全集仍然不全,《关中晓月》《冼夫人》《嵇康托孤》……一部又一部,犹如金刚葫芦娃蹦跳落地,执戟披挂、驰骋剧坛。2019年春又传佳讯:中国评剧院复排他38年前的成名作——历史剧《新亭泪》;同年4月,讲学各地的他,登上了中国最高学府——北京大学的戏剧讲坛……

今我野人献曝,斗胆浅品先生的莆仙戏小戏《戏巫记》,窃以为这部小戏,犹如福建寿山老坑艾叶绿的薄意微雕,仔细揣摩,先生丰盛的人生积淀、良善的草根体贴、敦厚的人文关怀和出神入化的戏剧情思妙构，均在其中有迹可循。

《戏巫记》是1991年先生听一位老艺人说到过去戏班里一个吹生的故事之后，进行创作的，发表于《新剧本》1993年第1期。据说那位吹生为人诙谐，20世纪50年代去世，他的故事经先生创作，得以传世，真是戏比人寿。全剧只有两个角色：单身阿梅，寡妇阿秀；情节很简单：阿秀自称神灵附体，能上天入地招亡魂，不信鬼神的阿梅有备而往，存心戏弄……至于怎样戏弄，戏弄过程中发生了什么，戏弄的结果又将如何，就是这出戏的精思妙构之处。

此剧由朱石凤先生导演，仙游县鲤声剧团当年的当家花旦王少媛和青年演员林飞建饰演，全剧60分钟。这个小戏，是先生诸多正剧中难得的喜剧。今天在互联网上可以轻易搜索到1997年的演出录像，虽然录制技术平平，影像效果欠佳，但定睛观赏，牵情动心，且每每忍俊不禁，笑贯始终。时至今日，先生谈起此戏，喜乐溢于言表。窃以为，此戏与众不同之处，集中呈现在表的是"戏"，发掘于内的则是"善"。

且说"戏"

先生说："有戏没戏，关键要看人物关系。"角色越少，挑战越大，故事越简单，戏剧构思越求精妙，人物心理活动越要曲折细腻，就像包饺子，擀皮剁肉切菜调味样样都须精细，皮薄而有韧性，馅大而有滋味，因此动笔之前，必须花大力气消化素材，先把人物小传写好。

就此剧两个小人物而言，若是寻常的光棍调戏寡妇，就算文字功夫再了得，恐也难免低俗媚世、诲淫诲盗，而《戏巫记》的两个角色，原生态的素材，蕴含着丰富的社会底层信息。经先生构思提炼，不仅诙谐生动，意趣横生，而且感时叹世，动人心怀。

先说戏班吹生阿梅，贫而有智，孤而可喜，窘而发善，虽是光棍寻访寡妇，却非贪慕阿秀美色，欺她衰门，图谋不轨，而是因为不信她有什么神灵附体、通天入地、呼魂唤鬼之功。他寻访阿秀的动机是要戳破她装神弄鬼、招摇撞骗的幌子，为此，从未婚娶的他，谎称爱妻去世五年，为解"朝思暮想泪不干"之苦，特持铜钱，恭请仙姑招妻亡魂。仅这一个角色设计，就已充满喜剧性，不论读者还是观众，全都喜心笑口等着看戏。

可是，乐呵呵以为稳操胜券的阿梅，一见到阿秀，没等她为亡妻招魂，自己就先丢了魂魄："心在她面前停了跳，脚在她跟前生了根。"面对貌若天仙的阿秀，阿梅一边舌头打结，真诚点赞："你，你不是人……你是天仙不是人！"一边毫不掩饰自己喜乐风趣的性情。且看他的自我介绍：

我常见金戈铁马换朝代，

我常与帝王将相坐同台，

我常听才子佳人诉幽怨，

我常为渔夫樵子带欢谐。

他做谜语让阿秀猜自己的身份，何其风趣自如也，这一下子拉近了两人的距离，阿秀喜道："啊，莫非你是神仙？"

笛子一支随身带，四处奔波乐开怀！

先生笔下的这个阿梅，诚如孔子赞叹的颜回："贤哉，回也！一箪食，一瓢饮，在陋巷，人不堪其忧，回也不改其乐。"平头百姓的简朴生活，先生实在太熟悉了，而梨园对他来说，亦如吹生阿梅之于戏班，是他安身立命之所，因此吹生的人物形象，从皮到骨，轻松拿捏，栩栩如生。

再看阿秀，年轻美貌，不幸守寡，但兰芝改嫁，相信不难，可她偏要守寡洁身、自谋生路，这倒也罢，但她胆大包天，凭着非凡的想象力、创造力和对现实社会的洞察力与反抗力，自主创业，选择了一份常人难以想象的职业——装神弄鬼当巫婆！让企图欺凌孤寡的势利小人和好色之徒，因迷信她法力无边而不敢胆大妄为。为此，我们不禁要问，是什么原因使得这个阿秀，胆敢妄称自己具有通天入地之功，敢与孤魂野鬼乃至阴曹地府的阎罗打交道呢？先生一句唱词击中要害——"世上敬神不敬人"。

这两个身处社会最底层的孤苦伶仃的小人物，一个托身戏班，一个藏形巫觋，他们以假戏假，以虚应虚，都是逢场作戏，各自演技也很高明，但演起拿手好戏，却因互不相识，不明底细，因此产生假不识假、虚不知虚的喜剧效果。因为彼此都很向往真善美，所以这一对孤男寡女虽然并无相互勾引之意，但在"招魂"的过程中，各自的魂魄却被对方所吸引，渐渐显山露水，使得真活人和假鬼魂的情思交织并行。阿梅无中生有的假哭妻，感动了阿秀的心，使她心甘情愿装神弄鬼、上天入地设法寻找其妻亡魂，以慰眼前这个难得的多情种，为什么？因为她"看天下男人多是少情义，才葬了前妻又娶来新人"，但眼前这个吹生如此多情，着实难得，因此想当然地以假慰真，装模作样招魂，一会儿仙姑附身，"腾云驾雾下瑶池"，"为招亡魂下阴司"，一会儿闯鬼门关、过奈何桥、上望乡台、翻滑油山，又是路询白无常，又是冥城去寻访，一惊一乍，唬得阿梅一愣一愣，又感动莫名。当阿秀说找不到阿梅的亡妻时，心虚的阿梅吓得心惊肉跳，害怕自己戏弄神仙，恐将惹祸，便想溜之大吉；但阿秀偏要成全他思妻情切，表示自己仙姑附身法力无边，能下十八层地狱，定要再为他仔仔细细寻找一番。这一擒一纵的喜剧效果，足使观众前仰后合。

本想戏巫的阿梅，欲罢不能，脱身不得，从主动变成了被动；而把招魂假戏演得有声有色的阿秀，随着自己编造的阿梅阴司鬼妻阿秋的出场附身，不仅使阿梅假戏真做，也使自己成了借尸还魂、亦人亦鬼的化身。于是这两个"演戏高手"和"性情真人"，因着一个子虚乌有的亡魂，自己内在真实的灵魂却被招引出来，他们形假神真，戏谑于现实，抒情于鬼域，以假开始，以真结局，最后，两颗孤苦无依的心灵终于融合在一起，两个小人物不知不觉忘了阴阳阻隔，忘了人鬼殊途，忘了男女授受不亲，情真意切地走到了一起，成就了一出独特的爱情喜剧。

再说"善"

《戏巫记》里的两个小人物，以心体心，以情引情，同病相怜，彼此倾心爱慕，实是善的力量推动。特别是最后，阿梅能承认自己并无亡妻，阿秀也回应他："我不是仙姑，我也是人，是有血有肉的妇人！"双双"退神还本色"，剥去演戏之假，坦吐内心之真。

先生是正人君子，心地善良，秉义而无畏惧，行善而不倦怠。他以孝赡养祖父、祖母（百岁去世），以忠守护发妻，以慈严教养四个女儿，以真诚坦待各界朋友，以良善扶贫济困。近年来，他每每慷慨解囊，雪中送炭，用稿酬捐助孤、残、寡、老、贫、病、弱小者和农民工子女。他笔下的人物，上自帝王将相、大夫志士、仕女节妇，下至市井百姓、贩夫走卒，乃至荒郊精灵、野渡老叟，甚至于阴曹地府、阎罗鬼魅，可谓通三界遍九流。他的每一部作品都在表达自己的三观，都在呼唤正义和良善。读先生剧作，有个发现，就是剧中常出现一些生活在社会最底层和边缘化的小人物，他们像《戏巫记》中阿梅和阿秀一样，纯朴、敦厚、善良，如《神马赋》中的哑奴，《叶李娘》中的男女乞丐，《造桥记》中的流浪汉、落魄者，《长街轶事》中的老清洁工阿坤、少年流浪者阿洪。他的现代戏《遗珠记》《鸭子丑小传》《阿桂相亲记》《长街轶事》等，都是表现平头百姓的善良可爱。有些遭受世人欺凌、轻贱的小人物，甚至再三再四地在先生的剧作中出现，如乞丐，《叶李娘》中有男女乞丐，《林龙江》中也有，还有一部小戏干脆就叫《审乞丐》。在这个小戏中，先生借县衙师爷之口，说乞丐是"四海为家，万民供养之人"，以至县令大惊失色，以为圣上驾到。他又借乞丐之口道出："乞丐者，乞人间有余而食也。唱俚曲，卖好话，只求残杯冷炙，不慕荣华富贵，让人博个好施之美名，于众留下功德于子孙，这与去抢去偷之贼可有天地之别！"

天道酬勤更酬善。先生同情、关爱弱者之情倾注笔下，这与他出身寒微、谋生艰难、生活简朴息息相关。他成名之前，曾受家庭政历株连，服完兵役，退伍回乡，只能当一个一天挣不到两角钱的农民。为了养家糊口，他以写戏为生，戏曲滴水解其饥渴，他便舍身涌泉相报。他这样说："我是为戏曲而生的，我的人生使命就是要努力用人文精神来照亮戏曲这个民族传统艺术，使之在中国社会大转型的时期焕发勃勃生机。"

先生著作等身，每部作品都根植于心，饱含深情，其作品的精气神与先生的精气神是相通的。他把内在生命中的风霜雨雪，化为笔下的戏剧情境，剧作内涵历史、现实、浪漫、神秘兼备。仙佛神道、精灵鬼怪、渔翁野叟、闲云野鹤，皆入剧中。如《新亭泪》中有渔父，《寄印》中有印神，《红豆祭》中有道士俞嘉言，《轩亭血》中有舟子，《潇湘春梦》中有艄公，《傅山晋京》中有张静君（幽灵），《荷塘梦》（《青蛙记》）中有以不同面目出现的幻影，《神马赋》中有马神、各种精灵，《蓬山雪》中有"点化"元士会的泥菩萨，《二泉映月·随心曲》中有阿福和阿喜……

生命如树，向下扎根，向上开花结果。先生以戏曲呈三观，抒情怀，剧作屡获大奖，且被多个剧种搬演，除了家乡的莆仙戏，有京剧、高甲戏、越剧、汉剧、晋剧、评剧、琼剧等，可谓花妍南北，锣响西东。

《戏巫记》这个民间逸事遇到先生，好比福建寿山老坑艾叶绿遇到了薄意大师，一番相石，轻轻下笔，别有洞天。我选此戏浅品，乃是相信剧作家的作品，不论大小，皆根植于他的灵魂，这好比小花小草，虽与栋梁之材不可同日而语，但根部的泥土却同样芬芳醇厚。《戏巫记》曾在上海参加中国喜剧研讨会暨展演，受到观众和专家的好评；在参加全国第十七届"梅花奖"评选演出中，也令评委拍案叫绝。目前，这个戏下乡演出已达300多场，深受观众欢迎。

"圣人之道，为而不争"，诚祈《戏巫记》长演不衰。

《福建艺术》2020年第2期发表（略有压缩）

后 记

孔夫子在《论语·为政》中说:"吾十有五而志于学,三十而立,四十而不惑,五十而知天命,六十而耳顺,七十而从心所欲,不逾矩。"人生不同阶段的理想状态,孔夫子是在年逾古稀之后回首来路才作如是观感吧?茫茫寰宇,芸芸众生,显然不会只此一个参照系统。我而立之年摇摆不定,不惑之秋大惑不解,如今年过半百,人知天命我仍问天:此生究竟为何来?

挚友王凡凡是新华社的高级记者,我们从1997年12月中国首届福建宁德大黄鱼招商暨畲族文化节上一见如故,第二年9月我便离开报社,闯进梨园,她对此反应很是平淡,不过每次见面,我们总是难免感叹人生如戏。不久前一起喝茶,她落座甫定,把盏轻抿,突然咧嘴一笑,指着我大声说道:"你的使命是记录!"

我一愣,大有当头棒喝、醍醐灌顶之感——对呀!至少一半如此!

我的家乡原是一个小岛,在环三都澳海域的黄金海岸边上,广袤的滩涂潮起潮落,有人工养殖的蛏、蛎和各种野生的小海鲜;东湖塘围垦之后,岸边礁岩的夹缝里,有许多小青螺、跳跳鱼和招潮蟹;房前的沧海变成桑田后,长出稻麦和果蔬,屋后山头又有四季山花和野果,这一切对童年的我都有着非凡的吸引力,所以我到十岁才勉强上学。我就是从那个时候开始记录的吧！读书认字，除了完成课堂笔记和家庭作业，偶尔也摘抄一些祖父辈传诵的祈祷文，后来又学习写日记和书信，整个青春期因为使用文字表达，而把思绪拉得很长。走出校门参加工作，先在一家企业独立编辑一份行业报纸，接着是7年地方小报记者生涯，几乎每天都在采访和写作。1998年，刚过而立，虽阴差阳错涉足梨园，但听课笔记、阅读摘录、看戏观感、写作练习、点评、心得等等，仍然离不开记录。2001年10月，由福建省文化厅主持，承蒙剧作家郑怀兴先生不弃，忝列门墙，虽以戏剧编剧为学业，但不经意间，由于对新兴网络的热衷，又产生了许多电子书信，这也是一种与时俱进的持续记录。如果不是自己撰写的文章里有相关的数据记载，我压根儿料想不到从2001年7月到2003年12月，郑老师与我的电子教学通信竟达980多封！师妹宜庸当年就曾提议编辑成册，可惜我未及时去做。

由于我使用的第一部家庭电脑是286，后来更新换代，软盘亦随之日新又新，一晃20年，原先容量为1.44MB的3.5英寸软盘，竟然找不到电脑打开了，所幸两度搬家，均未丢弃。2020年新冠肺炎疫情暴发和全球流行，静处的日子多了，便开始回首去路，从既往的日子里刨出许多感恩和珍爱来。2022年春，咨询在福建省艺术研究院的好友张帆：福州有无打开此类软盘的电子服务？她说同事邱剑颖的家里还留一台旧电脑，可以打开这种旧盘。真是大喜！张帆的爱人阮惠珑先生又热诚帮助，将十几片软盘捎带到福州，两位女友积极抢救，不料，邱剑颖的旧电脑在拷贝过程中竟又烧坏了！最后，张帆在福州街上找到一家服务部，总算解决了部分问题，但拷贝还原的邮件只剩300多封，少量剔除之后，选出250封结集出版，这个数字正好应对我的傻头傻脑。

我诚信万事相互效力。倍感神奇而惊喜的是，存留的电子邮件仿佛已由电脑自动筛选好了：第一封是2001年10月2日，内容是关于《三倒丫轶事》（原名《一粒贼豆》）的素材——小说《讲案》的故事梗概，记录着这部习作修改之始，而最后一封则是2003年3月31日，记录着先生关于创作《上官婉儿》的感触。这两部作品的修改过程,先生和我都非常专注地投入,过程也很艰辛,他手把手、呕心沥血传道、授业、解惑,我心无旁骛聆听、思考、领悟、练习。这两部作品的修改过程,正是我们印象最深刻,其中的经验和教训也是我们最想奉献给初学者的,毕竟很多时候,人们只看到呈现的作品,而看不见创作背后呕心沥血的过程。

这些书信,有不少内容涉及我当时的工作和生活,触及的对象十之八九都是戏剧界尊敬的老师和朋友们,我如实呈现当时的一己私语,旨在反观自己成长过程中的温情和局限。现在读着它们,犹如回放人生旅途的幻灯,希望能够借此表达我对邂逅戏剧的珍视。至于我个人观剧和阅读随感的愚妄之见,则纯属一个小学生的阅读笔记,透着天真率性,也透着孤陋寡闻和无知。

因先生患有青光眼,不便一一仔细审阅这些信件,因此我给每封邮件加了小标题,提供目录请他浏览,至于书信的具体内容,个别地方把握不定的,则通过电话征求意见。为便于阅读,每封信都用单独排版,并采用电子邮件的格式,时间标记有原始记录的保持原始记录,没有原始记录的补录年月日。

作为一个贸然闯入戏剧编剧队伍的小学生,我的每一部习作都浸透着先生的心血,他辅导我创作比自己创作更耗力劳神。虽然福建省文化厅主持的师带徒签约期限只有两年,但我们的师生情谊显然不受合同制约。二十多年来,无论我写不写或写什么,先生从不耳提面命,但只要我有写戏,先生必是我第一个请教的导师,而只要我有请教,他必倾囊相授。先生一辈子安身立命于梨园,著作等身,虚怀若谷,甘为人梯,其梨园之情至矣!随着岁月增长,先生心气和性情愈加平淡,我偶尔电话或微信问候,愈能感受到他的静水流深和始终不变的良善和纯厚,以至我有勇气出版此集的同时,将《三倒丫轶事》等习作汇集成册,同时出版,因我深感有幸师从先生,写戏与否,成果有无,都已不太重要。

先生常说,戏如人也,每一部戏都有它的命运,同样,每一位戏曲编剧的成长环境不同，责任和使命也不同。我在人生的黄金阶段与戏曲相遇，在剧目工作室能够持续工作二十多年，虽始料未及，但别赋深情。回首梨园笔耕，既有春暖花开之慰藉，也有道旁苦李之孤寂，更有不少惭愧、遗憾和无力感。中国戏曲是一门非常注重唱念做打的舞台表演艺术，内涵博大精深，观者从阳春白雪到下里巴人，戏曲编剧的成长需要非常独特的戏曲环境的熏陶与浸泡，我半路误闯梨园，情感上天生不足，后天虽有几分动情，也曾几分用功学习，但地方剧种风雨飘零，草根剧团生存困顿，戏曲演员处境窘迫，加上剧本传播载体非常稀少，读者也极为小众，这一切对编剧的成长都造成很大的制约和挑战。初涉梨园之时，面对三年一届的会演，纵目所及，急功近利难免渗入方刚的血气之中，获奖成为目标和动力，创作之心已被熏染，驻足沉思，或能及时止损。时至今日，仔细体会先生的教导：从容，从容，再从容……更觉此乃需要终身持守和践行的教导——不论写戏与否。

常言人生如戏，实则戏也如人生。我从先生那里知道一副对联，是傅山写的，上联："曲是曲也，曲尽人情，愈曲愈妙"；下联："戏其戏乎，戏推物理，越戏越真"。每品此联，便想安安静静、清清朗朗、实实在在写一部好戏，但想起明末清初戏剧评论家李渔的经验之谈，又感力不能及。李渔说："传奇不比文章，文章做与读书人看，故不怪其深，戏文做与读书人与不读书人看，又与不读书之妇女小儿同看，故贵浅不贵深。"老艺人常把编剧的创作称为"打本子"，这是很有道理的，我虽涉足梨园，又蒙恩师口传心授，但"师傅领进门，修行在个人"，时至今日，深愧所学所悟十分皮毛，原因在于终究还是心浮气躁，既缺少对剧种的深入研究，又缺乏与艺人日久天长的研习磨合，几部习作多是闭门造车的作业，而非投身生活大熔炉，千锤百炼"打本子"，故而结集出版这些习作，实乃自曝其短，装订一册小学生作业本而已，希望可敬的读者能从我诸多败笔中吸取教训。

茫茫寰宇，借着戏曲，得遇先生，以及戏剧界诸多良师益友，这为我是一份生命的礼物。我相信，看得见的与看不见的是有联系的，文字是有力量的、有生命力的，每一个人都是有责任和使命的——但愿我的使命真的就是记录。

感谢中国戏剧出版社的支持，感谢我的朋友、尊敬的书法家刘永顺先生惠赐墨宝，题写书名，感谢我的家人和朋友，感谢抽空批阅我的习作的老师和同行……

赖玲珠
2022 年 9 月 22 日